刘蕾

白野

站在跳台上的时候，你应该去想什么？
胜利。仅此而已。

刘梦寒
白　野

著

百花洲文艺出版社
BAIHUAZHOU LITERATURE AND ART PUBLISHING HOUSE

图书在版编目（CIP）数据

扑通扑通的青春 / 刘梦寒，白野著 . — 南昌：百花洲文艺
出版社，2019.12
ISBN 978-7-5500-3452-5

Ⅰ . ①扑… Ⅱ . ①刘… ②白… Ⅲ . ①长篇小说－中国－当代
Ⅳ . ① I247.5

中国版本图书馆 CIP 数据核字（2019）第 242497 号

扑通扑通的青春
Putong Putong De Qingchun

刘梦寒 白 野 著

责任编辑　　郝玮刚
特约编辑　　吴小波　唐 慧
封面设计　　刘芳英
出版发行　　百花洲文艺出版社
社　　址　　南昌市红谷滩新区世贸路 898 号博能中心 A 座 20 楼
邮　　编　　330038
经　　销　　全国新华书店
印　　刷　　湖南凌宇纸品有限公司
开　　本　　880 × 1230 毫米　　1/32
印　　张　　10
版　　次　　2019 年 12 月第 1 版第 1 次印刷
字　　数　　287 千字
书　　号　　ISBN 978-7-5500-3452-5
定　　价　　39.80 元

赣版权登字　05-2019-293

网　　址　　http://www.bhzwy.com
图书若有印装错误，影响阅读，可向承印厂联系调换。

目录

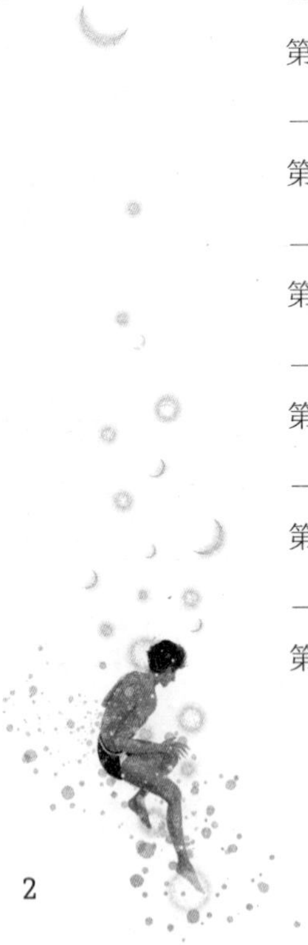

楔 子

"现在又轮到了今年的冠军热门选手李淼和江白龙！"广播中传出主持人激动的声音，"他们的动作是 6243D，天呐，是 6243D！让我们看看这对搭档会有怎样的表现吧！"

只听一声哨响，倒立在台上的两人同时翻转。

这一刻，沸腾的跳水馆整个安静了，观众们的神情变得惊恐起来！

几乎是在起跳的一瞬间，白龙就知道自己失误了，因为手臂乏力，他没有达到预想的弹跳距离。而跳板的湿滑又让他手滑，身体失控地朝着李淼倾斜。

时间在这一刻被拉长，白龙的脑中一片空白，他无法思考，也无法动作，可是双眼却偏偏将李淼惊恐的表情一帧一帧地烙刻在了他的大脑中。

他清楚地看见，自己倒向了李淼，清楚地看见，李淼毫无防备地横飞了出去，一切都像是慢动作一样上演，李淼被他撞飞了出去，重重地落在了 7.5 米的跳台口。

眼前闪过一片刺目的白光，满场响起歇斯底里的尖叫声，白龙重重地落入了水中，甚至来不及闭上眼。

眼睛里传来剧烈的疼痛，他什么也看不见了，他像是失足落水的人那样惊慌失措，竭力想要抓住什么，可是却什么都抓不住。

视线逐渐恢复，白龙浮出水面，大声喊着李淼的名字，可是回应他的，却只有蓝色的池水中缓缓绽开的暗红血污，在那片血污之中，只有那金色的头发，亮得刺痛他的眼睛。

"不——"

白龙从噩梦中惊醒过来，他不断地喘着粗气，汗水将他的衣服打得透湿。

第 一 章

　　华龙小区的停车场有 3 个出口，南面的出口正对着一条马路，马路对面是热闹非凡的商业中心。商场的滚动屏上播放着最近的电影预告，机械对战、怪兽来袭场面惊心动魄，路人经过时忍不住驻足围观。

　　一片热闹嘈杂的声音中，一个青年正坐在收费亭中，漫不经心地研究着手中的求职资料。他眉目清秀，神色冷淡，对震耳欲聋的音效毫无反应，淡定得如同世外高人。

　　作为一名即将毕业的大四学生，白龙有着不符合他年纪的冷倦气质，仿佛对什么都不感兴趣。

　　前方广告屏上的电影预告片声音一变，开始播放即将上映的竞技电影。白龙不由自主地抬头——只见男主角从 10 米高台突然跃起，反身翻转两周半，最后打开身子完美进入一片碧波中，身姿潇洒，动作规范，几乎没有溅起任何水花。

　　白龙久久地凝视着这一幕，沉静得仿佛屏住了呼吸。也就是在这一刻，这个仿佛对什么都不在乎的青年才有了鲜活的表情。

　　一辆车缓缓驶过，停在出口杆前，车窗摇下。

　　白龙的眼神仍放在从水中冒出头的明星身上，有口无心地背诵着自己的台词："对不起，系统升级现在暂时只能收取现金。前面直走右转 100 米处便利店有提款机，可以提现。"

　　车中无人回应。

白龙这才转过头来。只见坐在驾驶位上的女人穿着一身训练服，胸前绣着"鹭岛大学"4个字。他眉心微微一皱，目光向上，待看清楚女人的面貌，不由惊讶道："教练？"

车中的人正是鹭岛大学跳水队的教练于枫。在白龙离开跳水队前，于枫曾是他的教练。

于枫没有回应他，只是坐在驾驶座上直视着前方。白龙愣了两三秒，意识到自己已经没有资格这样称呼她了，默默打开了出口杆。

于枫头也不回地开车进了停车场。白龙从她紧抿的唇角读出她的愤怒，低头沉默着，心中涌起一丝少年人的难堪。

脚步声由远及近。白龙抬头，于枫挡住了收费亭窗口的光线。

"最近怎么样？"于枫无奈地问。

白龙的目光落在面前散落的简历资料上："嗯，挺好的。"

"找到工作了吗？"于枫捡起他的简历随意地浏览着，发现白龙没有在任何一栏里写他曾经是个跳水队员。

白龙沉默了，这半个月他没有收到一份录用通知。

为了掩饰自己的窘境，白龙岔开了话题："教练，你今天是来办事的？"

于枫放下了手中的资料，冲他正色道："白龙，既然你还管我叫教练，那就还是我的队员。我今天来是……"

白龙出言打断："对不起，于教练，我不是那个意思。如果你是为跳水来找我，那你还是回去吧，我不会再跳水了。"他说完，重新拿起了手中的求职资料，准备钻回自己的世界里。

自从3年前的那件事后，他不想听到任何关于跳水的事情。

于枫怒道："那你连跳水队的生死存亡也不管了吗？"

白龙一愣，目光重新游移到了她的脸上。

"你走了以后，跳水队能坚持练下来的人越来越少，成绩更是一落千丈。如果这届全国高校跳水系列赛再拿不出像样的成绩，鹭岛跳水队就要被解散了！"

白龙震惊。曾经他和李淼还在的时候，鹭岛跳水队可是全国高校跳水系列赛上无可争议的王者。

震惊过后，他流露悲凉神色："教练，我跳不了。鹭岛的事我无能为力，抱歉。"

"我知道你跳不了。"于枫干脆道。

"那你为什么……"白龙对于枫此行的目的感到疑惑。

于枫扶着桌子俯下了身，目光坚定地凝视着白龙的双眼："我希望你能归队，成为我的助教，带鹭岛队重回巅峰！"

同一时间，泰国某地下拳馆。

这里灯光昏暗，人声鼎沸。拳台被愤怒的观众围得水泄不通，他们用泰语朝拳台上的两个少年大声嘶吼着"打啊""用力啊"。

拳台上，一个精瘦男孩被对手步步紧逼，陷入困境。他连续受了几下重击，头脑发昏，步履摇晃。对手抓紧时机，扑上来死死抱住了他。

"叮！"钟声响起，一回合结束，精瘦男孩瞬间瘫倒在拳台角落的凳子上。

一个穿着素色长衫的金发少年一步跨到拳台上，俯在虚弱的男孩身边，给他喂水煽风。男孩还是提不起精神，金发少年用力把他的脸捧了起来："听着，想要赢很简单。一、掩藏你的恐惧，别让对方看出你在怕！"

精瘦男孩想要挣脱他的双手，脑袋拼命摇晃。金发少年用力拍了拍他的脸蛋："我还没说完！"

男孩瞬间服从地安静下来，眼神茫然地看着他。金发少年严肃道："二、要想打败别人，先学会挨打！几拳几脚，没什么的！听我的，能赢！"

男孩的眼神终于有了焦距，咬着牙点了点头。

铃声响起，裁判示意新一回合开始。金发少年拍了拍精瘦男孩的肩膀，跳下了拳台。

巴色正在那里焦急地等待着："维特，我觉得他干不了这个……"

"他干不了，还有我，怕什么？"名叫维特的金发少年镇定道，"打完这局再说！"

台上的精瘦男孩又开始挨打，但这一次，他没有再像之前一样闪躲。

维特对他大声呼喊："保持耐心，等待机会！"

精瘦男孩更加坚定地用双拳护住了头脸。

对手突然飞起长腿朝他袭去，力道之重，把他整个人踹飞了出去。

精瘦男孩倒地后无法动弹，裁判高高举起对手的手："获胜者吉拉宇！"

拳台下爆发震耳欲聋的叫好声，维特狠狠拍翻了手边的矿泉水。

巴色做了个鬼脸："维特，这次亏大了。"

维特收拾了一下心绪，上前扶起精瘦男孩："这次打得不错！对手太强，下次再来打！"说着捡起了地上的矿泉水递给他，虚弱的精瘦男孩流露感激的神色。

广播中的主持人宣布下一场对决名单："接下来，2号拳台迎来的拳手是能量炸弹皮拉瓦，他的对手是机敏小子维特·颂恩！"

维特将披着的拳击袍子一脱，用手捋了一下金色的头发，一个漂亮的闪身翻上了拳台。

台下响起一阵欢呼，维特一边接受着欢呼，一边亮起拳头，跟台下的巴色遥相呼应。

巴色对身边的大佬介绍："维特胜率很高。"

大佬对着拳台上光彩照人的维特满意地点点头，示意小弟拿出一卷钱："押注维特。"

台上摇铃声起，比赛开始。

对手是一名大汉，维特没有靠近硬拼。他四处灵活走动，做出各种震慑的招式。

大汉不受影响，不动如山。

突然，维特一个强攻而上！大汉灵活地飞踹向维特的脑袋，脚趾划过他的耳朵。维特"砰"的一声应声倒地，浑身抽搐了起来。

观众席上传来一阵嘘声，巴色赶忙从拳台下迅速钻上台，抱起维特的脑袋埋在自己的胸口："快喊救护车！"

观众与裁判一脸懵，押注维特的大佬更是面沉如水。

维特就这么躺尸在拳台上，直到裁判吹响了终结哨。

半个小时后，维特生龙活虎地出现在拳馆外的小巷里。

因为成功打了一场假拳，巴色押对手的注翻了十倍。巴色得意地点着手中的钱，平分了其中一摞给维特。

维特见巴色虽然伸出了手，却直勾勾地盯着自己的钱，飒爽一笑，将钱塞回给了巴色："知道你急用钱，都给你了！"

巴色刚准备将钱收回，余光瞟到突然出现在巷口的人，是刚才拳台上的大佬。他带人堵在前面，面色不善。

"完了！"巴色小声嘀咕。

"骗了钱，就想走？"大佬往前迈了一步，眼中杀气腾腾。

维特机灵地使了个眼神给巴色："兵分两路！"

话音刚落，拔腿就跑！

维特冲进停车场，随便拉起一辆摩托车，一踩油门飞驰而去。

混混们拎起旁边的摩托车追逐着他的身影："多来几人支援！老大说了，非得抓住维特那小子不可！"

维特骑着摩托车冲进水上市场，身后一大群人紧咬不放。维特坏笑一声，驱车冲下桥面，在急转弯时车子甩尾穿过一条巷子。混混们可没有他的技术，撞墙的撞墙，溜车的溜车，还有人直接撞飞到了水里！

出了巷子就是人头攒动的商业街，骑车寸步难行。维特弃车混入了人潮，抓起沿岸摊贩的货品胡乱扔向身后。剩下的混混也将摩托车丢开，追进了人群中，可他们要面对的是四处乱飞的爆米花、玩具和椰子。混混们和商贩们的叫骂声混杂在一起，连绵不绝。

逃难的维特突然眼前一亮："有炸鸡！"

他抓起摊位上的炸鸡塞进了自己的嘴里，从容回头看了追兵一眼："来啊，来啊，快来追我啊！"说着从口袋里掏出几个泰铢从容一抛，刚好落在炸鸡小贩的零钱罐里。

他就这么轻轻松松一蹦一跳，把所有人甩在了身后。

在商业街尽头的桥头上，一个穿着警服的男人正守株待兔。

维特前一秒还在"抓我呀抓我呀"，下一秒就被他勒住了脖子。混混们见是警察，都作鸟兽散了。

"阿坤，你吓死我了！"待看清楚是爸爸的同事阿坤，维特松了口气，"你怎么会在这儿？"

阿坤正色道："维特，我是来送你的。"

"送我？"维特皱了皱眉。

"你妈妈托我好多回了，这次你不去也得去。"

听到"妈妈"两个字，维特的眼神冷下来，笑容也从嘴角渐渐平息。他转身离开，冷冷地说："我没有妈妈。"

阿坤拽住了他的胳膊："你不能一个人再待在这里了，走！"

阿坤拉着行李箱，把不断挣扎的维特推上了出租车："去机场！"

维特被阿坤硬生生绑上了飞机，两个小时后，到达了海城。

维特小时候每年都会跟着母亲回来过春节，自从母亲离家出走后，他便再也没有来过这里。如今重新回到这个熟悉又陌生的地方，他只觉得浑身不舒服，想要回家去。

维特翻遍自己的口袋，发现只有不到1000泰铢，根本不够买飞回泰国的机票，正愁该怎么回泰国时，突然听到一个激动的女声从不远处传来："维特！"

维特心头一颤，朝着声音的方向望了过去。

在看到母亲的那一刻，他不禁想起了两年前，母亲提着行李箱义无反顾地离开时，脸上决绝的表情。

维特气得掉头就走。

"维特——"曾苓追上来将他拉住，恳求道，"你要去哪，跟我回家！"

"我的家不在这里。"维特想要甩开她的手臂，又不敢太生拉硬拽，两人僵持在了原地。

"你爸爸已经不在了，"曾苓的声音有些悲伤，"跟妈妈回去吧。"

"不，他还活着！"听到母亲提起父亲，维特情绪激动，用力将她一推，竟将她推坐在了地上。

维特心中一慌，想要扶她起来，但手伸到一半，又犹豫地悬在那里。

曾苓趁机一把抓住了他的手。

"不要走，"曾苓恳求地望着他，"妈妈准备了你爱吃的炸鸡。"

维特心头一软，最终还是没能拒绝。

两人一同返回曾苓在海城的家中。

一开门，一个活泼可爱的小男孩蹦蹦跳跳地跑过来，抱着曾苓叫"妈妈"，他身后还跟着一个高大温和的男人。

男人见到维特，露出和善的笑容，维特不自然地别开头。

"来，"曾苓拉着维特，将他推到了男人面前，"这是你的宋叔叔……这是你的弟弟磊磊。"

"维特，欢迎你回家！"宋达明伸手向维特问好。

维特仍倔强地别着头，没有回答。

曾苓有些尴尬，接过维特身上的包："走，进去再聊。"

几人走到餐厅，餐桌旁边的置物架上放着一家三口的全家福。维特的目光被照片吸引，他紧紧盯着上头一脸开心的3人，觉得刺眼极了。

曾苓发现他的目光，不禁紧张起来，赶紧将他往餐桌前推了推："来，吃饭，准备了你最爱的炸鸡。"

维特有些迟疑，宋达明补充道："你妈妈忙了一下午，专门为你准备的，多少吃一点吧。"

维特看了一眼满脸期待的曾苓，拉开椅子坐了下来。

"来，吃炸鸡。"曾苓忙给维特夹了一块。

"我也要吃。"磊磊喊道。

曾苓也给他夹了一块，磊磊用手拿起就大咬了一口，嘴上糊得都是碎渣。

"看看你，"曾苓温柔地看着他，伸手帮他擦了擦嘴，"吃得满嘴都是。"

维特还记得，以前她也是这样温柔地帮自己擦嘴的。

但现在却换了别人。

他反而像个多余的人一样，与这个家庭格格不入。

他突然有些吃不下："我不饿了。"

维特站了起来，准备回房。

"要不随便吃点菜吧。"曾苓慌忙地站起来，像是恳求。

维特看着她小心翼翼的样子，心里更难受："不用。"

"那你先回屋休息，房间已经给你收拾好了。"曾苓神色暗淡，轻声说着，"明天我就带你去鹭岛大学报到，这还是你宋叔叔给安排的。"

维特突然觉得烦躁："我也没求他。"

"你这孩子……"曾苓有些尴尬。

宋达明忙打圆场："都是一家人，不要紧的。"

"谁和你一家人了？"

"维特！"曾苓板起脸，"你怎么能这样跟宋叔叔说话？"

"我说的是实话！你们才是一家人，和我有什么关系？！"维特发泄完情绪后，拿起书包冲出了家门。

家中的气氛让维特觉得不自在，溜出家门后他放松了许多。他给自己拍了张照，发送给了巴色。

正想着该去哪里的时候，听到肚子传来"咕噜"一声，维特低头瞧了瞧肚子，这才想起这一整天都没有吃东西了。他打开钱包，看着里面的泰铢，又四处看了看，发现没有可以兑换的地方。

突然，他注意到不远处的岗亭，坐着一个和他差不多大的清冷青年。青年正将长方形的盒子摆在面前的桌上，看起来像是饭盒。

维特眨眨眼，有了主意。

他跑到岗亭不远处躲起来，捡起一颗小石子朝着岗亭玻璃扔去，青年被声音吸引，抬了一下头。

维特又扔了一颗石头，青年成功地被引了出来。维特心中暗喜，不断制造响动，将那青年引向地下车库。

青年走开后，维特从高台上翻转，落在了停车岗亭旁，四顾无人，蹑手蹑脚溜进了岗亭。里面的桌上放着吃了一半的鸡胸肉蔬菜沙拉，他咽了咽口水，拿起块鸡肉放进嘴里，立马又吐了出来。

"什么玩意，连个味道都没有……"

维特瞬间对偷吃失去了兴趣，忙着干起正事来。他放下500泰铢，拉开收银箱抽出一张红色的人民币，坏笑着说："这汇率，算便宜你了。"

目前100人民币折合成467泰铢，还有三四十泰铢就当是给青年的小费了。

就在维特放泰铢的工夫，他的目光被桌上的电子手表所吸引。那个表看上去很特别，正一闪一闪停留在运动模式。他好奇地将手表戴上，手表立刻显示72，是他的心率。

外头突然传来一声大喝："李淼！"

维特吓了一跳，抬眼对上回来查岗的清冷少年，赶忙压低身子从岗亭溜了出去，拔腿就跑。

白龙这一天过得心神不宁。

于教练走后，他心中一直想着鹭岛跳水队的事。魂不守舍的，吃着饭就被人用计骗出了岗亭。等他意识过来中招，回头就看到一个金发少年从岗亭偷溜出来。

他心头一跳，不禁喊道："李淼！"

没想到金发少年在听到他的声音后，跑得更快了。

"李淼，不要走！"他慌忙追赶了过去，但金发少年的身影却消失在拐角处。等他冲过去时，路上已经没有了人影。

"你还是不愿意见我吗，李淼？"白龙神情悲伤，看着空空的街道，眼前似乎浮现金发少年冲着自己挥手的样子——

"小白，干吗呢？走，训练了！"

回忆瞬间如潮水般涌来，白龙仿佛看到自己与李淼一起站在跳台上自信果断地跳下，耳边是观众响起的掌声和欢呼声，还有喜极而泣的队友和教练……

"白龙，我们一定要拿到全高赛的冠军！"李淼的声音在白龙脑中响起，清晰如昨日。

鹭岛队、李淼、全高赛、冠军……过去的一幕幕在白龙脑海中掠过，最后只剩下耳边于教练痛心疾首的指责："那你连跳水队的生死存亡也不管了吗？"

白龙清醒过来。

他拿出手机，拨通了教练的电话："教练，我愿意回来。"

鹭岛大学开学第一天的日子，学校门口站着数位穿着印有"鹭岛大学"文化衫的师姐，迎接来注册报到的师弟妹。

软件学院前挂起了"你们来的这一天，阳光很好，Bug 很少"的条幅；

经管学院前挂起了"亲，你已被经管学院签收，请给5分好评"的条幅；

文学院前挂起了"今朝梦圆挥笔墨 明日吃撑舞乾坤 文学院欢迎你"的条幅。

…………

学校的道路两旁还张贴着各种社团、同乡会海报，整个学校热闹非凡。

不过，这些热闹与白龙无关。他淡然地从人群中走过，径直来到了跳水馆。

这是他担任助教的第一天。

于枫将他介绍给队员们："为了跳水部更好地发展，我请来你们的前辈——白龙同学来做助教，今后大家要严格遵守江教练所制定的训练计划。"

于枫说完，看向身边的人："米楠，今天开始你跟着白龙，一起做好助教工作。"

白龙顺着她的目光看过去，一个小姑娘正朝他招手，她的眼睛又大又亮，透着一股机灵劲，看上去青春活力十足。他淡笑着冲她点点头，米楠笑得眼睛都成了月牙。

介绍完白龙后，跳水队的晨练正式开始。队里一共有 7 人，人称鹭岛七侠，他们正各自做着自由训练。白龙站在旁边观察他们的动作，不禁皱起了眉。这些人走板动作不稳定，跳床上的姿势欠佳。

白龙对身边的米楠直言："作为参赛阵容，跟过去几届差距太大了。"

米楠解释道："这些已经是咱们跳水队剩的最后一批队员了。大家能力虽然不太行，但能坚持下来已经很不容易了……"

"所以才需要招贤纳才，补充有效人员。"白龙一边说着，一边从书包里掏出两份资料递给米楠，"我要重新组建跳水部的比赛阵容，这两个人要先招进跳水部，他们实力不俗，搭档很有默契。"

米楠看着手里的资料，是陆浩然和田林的信息，上面写着他们的个人资料和赛事经历，虽然年纪轻轻，但已获得过大大小小不少奖项。

她不禁感叹："他们的资历很强啊！但……他们真的会加入我们鹭岛队吗？"

"会的。"白龙回答，他已经知道陆浩然报考了鹭岛大学。

"他们能加入那当然好，只是，"放心之余，米楠还有一些担忧，"我们还缺少一张王牌啊！"她满怀期待地看着白龙。

鹭岛队仅仅只靠陆浩然和田林两人是远远不够的，只是这张王牌，除了白龙，她还不知道上哪里去找。

白龙避开了米楠的眼神，拿起跳水队的人员信息和以前的训练计划，走到一边研究起来。等晨练结束后，白龙拿着训练计划进入休息室，大家正在嬉笑着换衣服，并没有注意到他。

白龙没有什么情绪地将图纸铺在墙上粘好，不轻不重地拍了拍墙壁："从今天开始，原有的训练计划全部改变，每天每人要按量完成，不许偷懒。"

队员们簇拥过来，看着被训练项目填满的计划表，一脸愁容。

"这是要累死我们啊！"胖哥忍不住说道。

"我们要面对的是全高赛，这只是基础训练量，大家要抓紧时间好好努力。"白龙严厉的眼神一一扫过众人，"我会陪着大家一起训练。"

休息室里顿时响起一片哀号声。

散会后，白龙离开跳水馆，刚出门，迎面撞见了维特。

这个国际交流生第一天到校，正拿着手机四处拍照，左手腕处的手表镜面反光，晃了白龙的眼。

白龙先是一愣，随后反应过来，昨天他回岗亭后发现手表不见，收银箱中还多了 500 泰铢，清点后发现少了 100 元人民币。白龙找了保安查监控，这才发现他看到的人影不是李淼，而是这个不认识的金发小子。

他手腕上的表和自己不见的那块一模一样，那头金发以及与中国人略有差异的面容，亦跟视频中的小偷一模一样。

"小偷！"白龙冷喝一声。

"谁是小偷啊，你可不要乱说啊……是你？"维特认出白龙是昨晚在岗亭里的高冷青年，义正词严的叫嚣忍不住变成了小声哔哔。

"你不是小偷，那你的手表是哪儿来的？"白龙拽住了维特的手腕，铁证如山。

维特麻溜地把手表摘了："我只是试戴一下嘛——"昨晚要不是白龙突然吓他，他怎么可能戴着手表跑了，他原本还打算放学以后顺路把手表还回去的呢！

他轻巧地把手表抛还给白龙："哪，现在还给你了。"

白龙受不了他这个吊儿郎当的态度："偷了东西，还回来就可以了吗？那还要警察做什么。"

维特耷毛："还都还你了，你还想怎么样啊！"

白龙死死拽着他的手不肯放："走，跟我去见老师。"

"你这个人怎么跟木头一样！都说了我只是试戴！试戴你不懂吗？快放开我！"

白龙不为所动，冷着一张脸拽着他向前走。

维特大为光火："我宣布你摊上大事儿了！"说着，就一把抢过白龙手中的手表，挣开他拔腿就跑。

白龙没有想到世上竟然有如此厚颜无耻之人，偷窃不成改抢劫！

维特一边跑一边朝他甩着手表炫耀："你说我是小偷，那我只好偷给你看咯，有本事来抓我呀！"

白龙的眼神凌厉了起来。

维特在曼谷街头打过无数游击战，深信自己的飞毛腿可以给白龙一点教训，谁知道白龙腿比他还长，紧追不舍、死咬不放。维特走投无路，朝着跳水馆冲了进去。

"你，给我出来！"白龙隔着玻璃冲维特做着手势。

维特看出这个地方有怪，又嘚瑟了起来："我不出来，你有本事就进来啊！"

"外人不能随便进跳水馆！"白龙脸色铁青地撸起袖子进了跳水馆，"来人，给我拦住他！"

跳水馆中的米楠和鹭岛七侠听见动静，齐刷刷看向了维特。

维特脸色一僵。

他这是……跑进了死木头的老巢？

前有跳水馆众人围住去路，后有白龙步步紧逼，维特眼前只有通向 10 米高台的台阶。

白龙知道他已无路可走，伸出了手："把手表还给我，跟我去见老师。"

想不到维特嘴角一勾："急什么，你还没抓到我呢！"说着一脸兴奋地冲向 10 米高台。

白龙愤怒的神情被惊恐所取代："危险！"他毫不迟疑追了上去。

维特一路往上跑，冲上了跳台也不停歇，径直跑到跳台边缘。白龙紧随其后，尽量避免去看台下的景象，死死盯着眼前的金发少年。

他一边靠近维特，一边紧张地伸出手："来，到我身边来。"

"让你把我扭送去校长室吗？"维特反问。

"这里很危险！"白龙高声道，"快跟我下去！"

"我才不要呢！"维特看了眼闪着粼粼波光的水面，坏笑了起来，"你手表防水吗？"

白龙不明白他为什么突然这么问。

"我说，你手表防水吗？"维特把手表举到跳台外，坏心眼地摇着，笑得像只贼溜溜的小狐狸。

白龙终于下定决心不再试图理解维特的脑回路，大步流星朝他走了过去，伸手想要抓住他。

维特往后退了一小步，踩在跳台边缘，白龙赶紧停步："不要站在跳台边！"

维特充耳不闻，将衣服一脱，系了个结，朝池边的方向扔了下去。

白龙已经猜到他要干什么，脸色一寒："手表我不要了，你不要乱来！"

维特自顾自地把鞋一脱，又扔向了池边。

"这里有 10 米高，没有接受过训练的普通人跳下去，会受伤！"白龙焦急地冲他解释。

脱得赤条条的维特好像根本没有听见他的警告，再次将他的手表悬在半空："你叫什么名字呀？"

"江白龙。"白龙不明其意，但为了稳住他，还是耐心回答。

"江，白，龙。"维特一字一顿咀嚼着他的名字，回过神来冲他灿烂一笑，"我说，你猜是这手表掉下去的速度快，还是我快……"

话音刚落，众人只见维特将手表高高抛起，一个跃身在空中抓住手表！

白龙心中一惊，来不及多想，立刻助跑腾空，朝维特飞起的方向一跃而起。他没来得及拉住维特，只来得及握住剩余的半截表带！

半空之中，两人对视一眼，维特不慌不忙，眼中精光四射。

白龙突然意识到了，维特，也是一个专业跳水运动员！

维特脱了手，手表落回白龙手中。在接近水面时，两人同时一个翻转，齐齐落入水中，水面溅起微微水花。

进入水中后，回忆的洪流冲破闸门，白龙脑中疯狂闪回着惊悚的画面：在闪光灯与欢呼声中，身边的金发男子在水中摇曳，红色的血水在他身后蔓延开来。恐惧迅速在身体里蔓延，他的双眼模糊，像是沉溺于水中一般。他不禁开始疯狂地挣扎着。

混乱中，一只手牢牢拽住了他，带着他游回了池边。

白龙回过神来，是维特将他拖出水面。

"水性不佳啊，救你一命算我还你咯。"对方笑得一脸得意。

白龙喘着粗气，不服气地瞪着他："谁用你救……"

"跳得不错！"维特毫不在意地扬起嘴角，趁他不注意，调皮地拍了一下他的屁股。

白龙惊得挺起了腰板，还未反应过来，占了他便宜的家伙已经翻身上岸，抱起衣服鞋子就跑，一边跑还一边摇着右手食指。

"年轻人要懂得知恩图报。"维特戏谑的声音在馆内荡漾着，"还有，我真的不是故意拿走你的手表的！"

鹭岛七侠还沉浸在刚才的惊险一幕中，举着手机录了大半天的米楠却眼中冒起金星，她不过是晚走了一会儿，竟然看到这种神仙画面！

简直太刺激了！

她十分确信，那个金发少年，就是鹭岛队需要的王牌！

第 二 章

　　白龙回到家时，家里静悄悄的。

　　自从母亲去世后，家中只剩他和父亲两人。父子俩都是沉默寡言的性格，就算面对面坐着，家里也是一片安静。于是乎，湿漉漉的球鞋发出的"扑哧扑哧"的水声，在安静的房间里变得格外明显。

　　白龙的父亲江湛是一名修表匠，前两天才接了只高档机械表的修理工作，这个时间点应该在家工作。

　　白龙还未与父亲说过要去跳水队当助教。自从3年前的事故后，父亲反对他再参与任何与跳水有关的事情，他也不知道如何开口。

　　为了不让父亲听到球鞋发出的声音，白龙脱掉了鞋子，光脚踩在地板上。父亲正埋头在工作台前，拿着放大镜拨弄着手下的表盘齿轮，表情十分专注。

　　"爸，我回来了。"白龙打了声招呼，提着鞋轻轻地朝自己房间走。

　　"嗯，吃了吗？"江湛头也没抬地问道。

　　"吃了。"

　　简短的对话后，白龙回到房间里，松了一口气。

　　"白龙。"门外的江湛突然喊了一声。

　　白龙心惊得一跳，走出门外，江湛正看着地面。白龙顺着他的目光看过去，湿淋淋的脚印顺着大门延伸到自己脚下。

　　大意了。

"我早说过，不要再跳水了。"江湛的语气有些不悦。

"我……"

江湛打断了他的解释："你不是已经答应过我不再跳水的吗？现在马上就要毕业了，安安稳稳地找一份工作不好吗？"

"我没有跳水。"白龙解释道。

江湛的表情变得更加不悦："难道你已经忘记了3年前发生的事情——"

金发男子浑身是血的样子再次浮现，白龙突然觉得无法呼吸，慌忙中他扶住旁边的椅子，脸上写满了恐慌和不安。

江湛还在说话："这么危险的事情，根本不适合你，还是说你连自己的命都不要了吗？"

白龙的心跳越来越快，他再也忍受不了："住口！"

江湛一愣。

房间里再次安静了下来。

白龙缓过神来，有些抱歉地看着父亲，江湛却低下头继续鼓捣着手中的钟表。白龙想要说些什么，张嘴又不知说些什么才好。

最终，白龙只是叹了一口气，回到了房间里。

他的房间并不大，但收拾得干净有条理，所有东西都摆放得整整齐齐。展示柜里摆着很多跳水比赛的奖牌、奖杯，以及历次比赛的合影。

他将鞋子放在窗台上，一头倒在了床上。

许久之后，他重新坐了起来，从抽屉里拿出一本陈旧的笔记本，一张折叠的照片从夹页里掉了出来。

照片上两个少年亲热地搂在一起，手中捧着亮闪闪的奖杯，在他们身后是"鹭岛队"的旗帜。

"李淼……"白龙温柔地抚摸着照片上的金发少年，"我不想我们的跳水队就这样没了……"

照片上的少年以阳光灿烂的笑容静默地回应着他。

白龙对着老照片发了一会儿呆，开始翻看以前记录的跳水笔记。马上就是社团纳新的日子，他要为即将到来的新人做好训练计划。

社团纳新的这一天，各个社团为招揽新生各显神通。游泳社、舞蹈社、合唱社、篮球社、话剧社等社团在校园里支起了展板，发着传单。

与其他社团前络绎不绝的人相比，跳水社显得门可罗雀，偶尔过来几人，问的都是让人火大的奇葩问题——

女生A："参加跳水社，可以免费游泳吗？"

女生B："跳水社有自己的浴室吧？每天洗澡的时间有限制吗？"

男生A："不光只有男的吧？要都是大老爷们，谁参加啊？"

男生B："同学，我觉得你挺好的，你觉得我怎么样？"

跳水社的招新人员胖哥耐着性子将最后一人打发走，有些崩溃地靠在了椅子上："天啊，米楠说的王牌队员到底何时才能找到？"

"我找到王牌了！"在离跳水社纳新处不远的超市旁，米楠正兴高采烈地将手机捧到白龙面前，手机上播放的是昨天白龙和维特双人跳的画面，"学长你看，你们配合得太默契了，才一晚上已经有好多个赞了！"

白龙摇了摇头："他不行。"

"为什么？"米楠大吃一惊，"你不觉得这人很有天赋吗？他一定就是我们要找的王牌！"

"他是小偷，"白龙冷淡道，"鹭岛队不会允许小偷加入。"

"怎么会这样？！"米楠抱头痛呼，"他跳得这么好，怎么会是一个小偷呢？！"

"他偷了我的手表。"

米楠不甘心："这会不会是个误会？"

白龙想到维特昨天暗偷改明抢的骚操作，摇了摇头："不会。"

米楠神色犹豫："万一……我们因此错过了王牌呢？"

白龙看向了跳水社纳新处，那里站着两个新来的少年，一个阳光俊秀，还有一个样貌普通，看上去脾气挺好。白龙嘴角显露一个淡淡的微笑："不会，我们的王牌，已经来了。"

米楠顺着他的目光看过去，面露喜色："这是……陆浩然？他竟然真的来了？！"

话音刚落，身边的白龙已经身形一动，迫不及待地朝两人走去。

"浩然，田林。"白龙的声音永远那么矜持严谨。

田林腼腆地笑了下，轻轻地回应了声："学长好。"

陆浩然转身见到白龙，猛地一愣，脸上绽放惊喜的笑容，连声音都激动得走了样："学长！"

"你果然来了。"白龙微微笑着，"你的比赛我都看了，表现得非常不错。"

陆浩然是他的师弟，很有潜力的跳水运动员。听说陆浩然报考了鹭岛大学之后，白龙知道对方一定会加入跳水队。

"有这些成绩，全都是因为你！为了能跟学长进同一队，我一直在努力。"陆浩然丝毫不掩饰对白龙的憧憬。

白龙笑着拍了拍他的肩膀："今年就要靠你带领鹭岛闯进全高赛了。"

"我？那你呢？"陆浩然瞪大着眼睛望着他，"你才是鹭岛的王牌。"

"我……现在是跳水队的助教。"白龙无法承载他热切的目光，避开了眼神，"以后我会负责你们的训练。"

"助教……"陆浩然面露疑惑，"为什么？为什么你会当助教？"

"说来话长。"白龙转移话题，"走，带你们去跳水馆看看。"

陆浩然看他不愿多说，便也不再追问，只是鞠了一躬，郑重说道："白龙学长，那以后我的训练就交给你了！"

白龙忙将他拉起来，表情松散，调笑起来："那你可要做好吃苦的准备了。"

"嗯！"陆浩然重重地应了一声，一副甘之如饴的模样。

"只要能和白龙学长一起，浩然做什么都开心。"田林插嘴。

"田林！"陆浩然有些不好意思了，拍了一下田林。

白龙看着两人，露出了欣慰的笑容："能和你们一起训练，我也很开心。"

他们几人正聊得投入，没有人注意到米楠偷偷溜走了。倒不是她对陆浩然不感兴趣，而是她现在有更重要的事情去做——弄清楚白龙说的"偷窃事件"。

虽然白龙拒绝让维特成为鹭岛的王牌，但米楠还是心有不甘。

维特那看似随意的一跳，带着受过多年训练的痕迹；和白龙几乎一致的动作和轻微的水花，证明他对时机的把握和对身体的控制都天赋异禀。维特绝对是个不可多得的人才，她决心要调查清楚真相。

在向留学生社团打听到维特的消息后，米楠冲向了他所在的教学楼。维特正慢悠悠地走在走廊里，耳机里播放着他最喜欢的摇滚乐，一头金发灿烂得耀眼。

米楠面露喜色，从背后搭上维特的肩膀。

维特几乎是条件反射地侧身抓住米楠的手，凶狠地将她抵到墙上。

"你干什么？快放我下来！"米楠被他的举动吓到了，眼眶微微发红，挣扎着要下来。

维特定睛一瞧，来人竟然是个女孩，来不及责怪对方从后面"偷袭"的行为，连忙放手哄道："欸，你别哭啊！"

米楠神情委屈极了："白龙学长说得对，你不是什么好人！"

维特挑挑眉，想起了那个一本正经的男人："是昨天那个白龙吗？他又在背后骂我了吗？"

"骂你怎么了！你不仅是个小偷，还是个爱欺负女生的坏蛋！"米楠受了惊吓，眼眶发酸。

维特最怕女孩子哭了，手足无措道："好了好了，我从来不欺负女生的，你不要哭啊……"

"那……那你偷东西是怎么回事？"米楠捂住了脸，假装抽噎着。

"那是个误会，我是无意拿走的。都怪那个死木头，死也不信我的话。"维特烦躁道。

米楠偷眼从手缝里观察着维特的表情，他愤怒中带着一丝委屈，不像是在说谎。

维特从包中拿出一瓶饮料，递给米楠："别哭了，喏，请你喝饮料。"

"一瓶饮料就想打发我啊……"她抬起了自己的小细胳膊，把维特的犯罪证据亮给他看——一条明显的红痕，被维特捏出来的。

铁证如山，维特没法子了："你想怎么办？"

米楠露出狡黠的神情："加入鹭岛大学跳水队！"

"啊，跳水？"维特一愣，英俊的面庞上闪过一丝复杂的神色。

"嗯，跳水！"米楠激动地点点头，眼中冒出星星。

维特果断拒绝："不行！"

"为什么？你跳得很好，一看就知道是专业的！"米楠坚定地看着他。

"我没兴趣。"维特拨开她想走。

米楠倒退两步，拦在他的面前，激动地说："鹭岛大学的跳水部已经3年在高校联赛中垫底了，要是今年还没有起色，跳水部就完蛋了……"

"那你换一个社团加入不就好了？"维特替她想办法。

"我是不会去其他社团的！"

"那你加油咯。"

维特想要绕过她，又被米楠拦住："我们今年有超级新人陆浩然、田林加入，肯定能越走越远！"

"祝你们马到成功！"维特见前路不通，索性掉头离开。

米楠不依不饶冲到他面前，两眼冒着精光："维特，你来跳水队吧！以你的实力，你可以跟白龙配对，这样，我们一定能重新夺回冠军奖杯！"

维特惊悚："我才不要！"跟死木头跳双人跳，想想就吓死人了！

"为什么？你这么有天赋，为什么不跳水？"

"跳水是不可能的，这辈子都不可能跳水的——"维特一个假动作绕过米楠，手插着裤兜朝着楼梯口走去。

"白龙学长说得对，你不行！"米楠突然大声喊道。

维特身子一顿："果然那个死木头在背后偷偷骂我！"

米楠一看他对白龙耿耿于怀，开始信口胡诌："不不不，他觉得你根骨奇佳，天赋异禀，跟他搭对正好，就是比起他来还差那么一丁点……"

维特前面还听得美滋滋，听到最后冷嗤一声："谁比他差了？真是臭不要脸。"

米楠见有希望，追上去鼓励道："那你更应该加入跳水队，让他知道你的厉害！"

维特内心一阵纠结，最后还是克制了自己跟白龙比试的欲望："告诉白龙，激将法对我没有用。我知道他很想跟我比试，可是我已经金盆洗手了，我维特是他这辈子也得不到的男人！"

米楠煽风点火："可他说你是他掌中之物！"

维特忍不住咬了一下后槽牙："这个死木头，真是不要脸……"

"来来来加个微信吧。"米楠递出手机，"扫一扫，扫一扫，以后他骂你我第一时间告诉你！"

"为什么我要知道这种事啊？！"维特嘴上说着不要，身体却很诚实地把手机递了出去。

"你想加入跳水队打败他，随时联系我！"米楠笑着晃了晃手机，一蹦一跳地离开了。

下午1点多，白龙提前去了跳水馆。他先检查了蹦床的辅助设备，之后又挨个将跳板调整好。做好准备工作后，他开始检查每个人的训练计划。

现在的训练强度还远远不够。根据队员目前的情况，这种闹着玩的训练量并不能让他们在全高赛前达到专业运动员的水平。

白龙看了眼时钟，规定的训练时间是两点半，已经过去了7分钟，但还没有一个队员过来。他又等了6分钟，鹭岛七侠才说笑着走进训练馆，一点紧迫感都没有。

白龙站在集合的队伍前，冷冷地扫了众人一眼："训练时间什么时候开始？"

原本还松松散散的鹭岛七侠都被他寒冰一般的眼神吓住，顿时低垂着头，不敢回答。

"我问你们，下午训练的时间是几点开始？"白龙放慢语速又问了一遍。

跳水馆的气氛更加沉重，鹭岛七侠被他的眼神吓得胆战心惊，相互传递着眼神。

最后胖哥鼓起勇气说："两点半……"

"你们迟到了。"白龙的目光在众人身上徘徊，所有人都被他沉重的目光压得不敢抬头，"按规矩，迟到1分钟就跑3圈。"

胖哥腿上一软："开什么玩笑？！"

白龙面上却没有半点表情："我不开玩笑，要么跑39圈回来训练，要么就别训练了。"

米楠看到他一上来就如此强硬，担心会引起大家的抵触，小声对他说："白龙学长，他们不知道你的规矩，要不还是……"

"现在都知道了——动起来。"白龙率先冲了出去。

鹭岛七侠看着身先士卒的白龙，面面相觑，最后不情不愿地跟了上去。

白龙慢下脚步，跟在他们后面，不时看下时间。

等到第12圈时，胖哥浑身是汗，一副奄奄一息的虚脱样子。

白龙无动于衷，在后面催促："跟上速度。"

"不行，我要死了……我要死了……"胖哥停下来，弯着身子喘着粗气，一副快要战死的模样。其他人也纷纷停下了脚步，满是汗水的脸上流露委屈不满。

白龙正要开腔，却见于枫朝自己招手，犹豫了一会儿，离开了队伍。

"教练。"白龙走到于枫身边，发现不远处所有人都一屁股坐到地上偷起懒来，不禁皱起了眉头。

"慢慢来。他们从来没有那么大的训练量，要循序渐进。"于枫教导道。

"要有那么多时间，你也不会叫我回来帮忙。"

"欲速则不达。你刚到队伍中，先要对大家的情况有个了解。太着急，可能会适得其反。"

白龙迟疑了一会儿，见众人的确已经到了极限，勉强点点头。

于枫看他听进去了，松了口气，话题一转："我给你安排了运动员宿舍。"

白龙一愣。

"我自己有房子，住在外头，你可以住到我教练宿舍去，这样就算毕业也可以安心待在学校做助教。"

"我不该享受这种特殊照顾。"白龙推辞道。

"你妈妈是我的好姐妹，照顾你是应该的。"于枫拍他的背一下，"过去吧，记得循序渐进。"

"知道了。"

白龙重回跑道，拉起胖哥，在他背上轻拍几下，招呼上其他人，重新跑了起来。

不过这一次，他的速度变慢了一些。

维特从跳水馆大门前路过，一眼就看到带头跑在前面的白龙，不禁想到米楠上午说的话，一脸傲娇地"哼"了一声：谁要跟他一起跳水，想得美。

回到家中，维特轻轻地开门关门，不想引起任何人的注意。但当他从客厅经过时，还是被母亲发现了。

"快来吃晚饭吧。"曾苓热情地招呼道。

维特步子顿了顿，上次吵架的事情，所有人都当作没有发生一样，但他却无法泰然处之。

"不用，我不饿。"说着，他往房间里走去。

"过来吃一点吧，"曾苓走过去将他拉住，"我特意给你做了炸鸡。"

维特正要拒绝，宋达明又说："你妈妈忙了一下午，快来尝尝吧。"

维特一犹豫，就被曾苓顺势拉到了餐桌边。他不好再走，拉开椅子准备坐下。没想到磊磊从后面跑过，一头撞在他的腰上，跌倒在地。

维特愣在那里，曾苓却已经跑过去将磊磊抱了起来："没事吧？"

磊磊"哇"的一声哭了出来。

维特对上曾苓责备的目光，倔强道："看我干什么，我怎么了？"

"都不小心点……"

"是他撞上来的。"维特不由提高声音。

"欸，小心点就是了。"

"没事的，小孩子磕磕碰碰不碍事。"宋明思伸手想要拍维特的肩膀，却被对方一把挥开。

维特跑回自己的房间，重重关上了门，一头扑倒在自己床上，低吼两声。

他脑子里突然冒出个想法：既然这个家不欢迎自己，那他就离开。

维特假装睡觉，竖着耳朵等曾苓一家回房。等客厅彻底没有动静后，他带着行李偷偷溜出了家门。他第一个想要投奔的是在大学认识的几个外国朋友，他们住在学校留学生宿舍。但宿舍当真让人没法下脚，他只能重新回到街上四处晃荡。

突然一道亮光划破天际，随着轰隆隆一声响，大雨如注。

路上的行人纷纷躲进了街边的店铺，维特也跑进便利店买了一把伞，想要迈开脚步，却不知该去往何处。

拿出手机，翻了半天，里面全是泰国的朋友。他的目光停在"曾苓"的页面，犹豫了片刻，还是滑过了。

手机电量突然狂掉，从橙红的20%掉到了鲜红的3%。

维特崩溃地拍着手机："老兄你怎么回事儿啊……再坚持一会儿！"

就在这时，维特扫到了米楠的名字。

此时，米楠正在家里洗菜，她的目光却放在电脑所放的视频上，里面的两人以极为同步的姿势一同落入水面。

"我敢肯定他就是鹭岛未来的王牌。"米楠认真地跟于枫说道。

于枫将录像倒回来重看了一遍，点点头："协调性很好，爆发力也足够，空中的控制也不错，他是留学生？"

"嗯，刚从泰国转来的，叫维特·颂恩。虽然表面排斥跳水，但实际很喜欢。而且他和白龙学长很有默契，我觉得他们可以组队双人跳。"

"维特·颂恩……"

米楠的电话突然响起，她看到维特的名字，连忙接通电话。

维特："我手机快没电了，长话短说。我没地方住，可以留我一晚吗？"

米楠看向于枫，捂住电话轻声道："维特要来借宿，可以吗？"

于枫嘴角上翘，冲她点了点头。

"我发你地址。"米楠说。

维特没想到这么成功就能找到借宿的地方，挂了电话后兴奋地转了一圈："Yes！中国女孩真是太热情了！"他迅速背下米楠发来的地址，撒欢一般冲进雨里。

米楠住的地方离此处不远，维特很快就找到了小区。走进单元楼后，他哼着小曲，三步并做两步地跳上台阶。

等到了6楼，维特加重了脚步，楼道的声控灯亮了起来。确认了门牌号，维特便小心翼翼地整理了下打湿的衣服，用手顺了顺头发。整理好仪表后，他刚准备按响门铃，门突然开了。

身着家居服的米楠出来倒垃圾，维特赶紧撑着门冲她抛了个媚眼。

只是……出乎维特意料，还有一个利落英气的成年女子站在米楠身后，维特赶紧放下了手，立正站好装起了老实。

"啊，终于来了，路上好不好找？"于枫看着维特的眼睛像狼一样发亮。

"呃……"为什么莫名有一种羊入虎口的感觉？

"我小姨，于枫，你可以叫她于教练。"米楠一边介绍，一边将维特迎进了屋。

"于教练？"维特羊入虎口的感觉更加浓烈了，"什么教练？"

"鹭岛跳水队教练。"于枫走到他面前，伸手道，"维特你好！"

维特终于明白了这羊入虎口的感觉来自哪里了，他想要退后，但房门已经被米楠关上了。

"来，"于枫笑盈盈地看着他，"坐吧。"

维特抱紧自己坐在沙发上。

这是一个不大的三居室。客厅小小的，餐桌摆在过道上，餐桌侧面的墙上挂着于枫和别人的各种合影：有和米楠的，有年轻时候和一个眉清目秀的女运动员的，还有参加比赛的，手持奖牌的……在墙边的柜子上，挂着很多条比赛的通行证、运动员证，但客厅可见的陈设中并没有看到奖牌奖杯。

于枫将准备好的枕头放在沙发上："维特，今晚你就睡在这里吧。"

"嗯。"维特老实地应了一声。

于枫一直盯着自己，让他后背发凉。

"来，随便聊聊。"于枫坐在他对面，爽快地打开一听啤酒，咕咚咕咚地灌上一口，长舒一口气，"什么时候来中国的啊？"

"刚来……"维特不自然地摸了摸脑袋。

"别紧张，只是闲聊而已。"于枫又喝了一口，"中文不错啊，基本听不出外国人的腔调。"

"我从小就说中文。"维特老实答道。

"你家里有中国人？"

"我妈是中国人。"

"来中国前你在那边是干什么的？"

维特的脸色沉了下去，这对他来说是一个不太愉快的问题。

米楠见状，忙打断道："小姨，你怎么什么都问……"

"有吗？就是随便问问嘛……"于枫连着灌了几口，眼睛越发的亮了。

"在泰国那边什么都干，导游、打拳，什么来钱快就做什么……"维特目光落在旁边的啤酒上，"我能来一罐吗？"

"喝吧。"于枫拉开一罐递了过去，"要不弄点下酒菜？"

维特一口啤酒下去，之前的紧张感消散了许多："好啊！"

于枫让米楠弄了些菜来，两人一边喝酒一边吃菜，维特在酒精的作用下，情绪越来越放松，和于枫从自己的家庭聊到鹭岛的未来。

第二天维特醒来时，只觉得头隐隐作疼。他四处看了看，发现茶几上散落着十几个啤酒罐，那是两人昨日的战绩。

不过，昨天发生了什么？

这时候，卧室的门打开，于枫和米楠走到他面前。

"睡得怎么样？"于枫问。

"挺好的。"维特揉揉头，他总觉得自己似乎遗漏了什么重要事情。

"那我带你去宿舍。"米楠忍着笑说。

"什么宿舍？"维特更是疑惑。

"当然是跳水队的宿舍了。"米楠得意地朝他摇了摇手中的申请表，上面写着他维特·颂恩的签名，"你不是已经提交了入队申请表了吗？"

哈？！维特茫然地站在原地。

米楠的话如同一道闪电在脑海里炸开，记忆的洪流瞬间冲开了闸门，让维特回忆起了昨天的事。

他昨日跟于枫说起自己那乱七八糟的家庭关系后，嚷着要离家出走，再也不回去了。

"我有个免费的房子可以提供给你。"于枫当时是这样说的。

他想起来了！

就是那个时候，于枫拿出一张表格，像个卖保险的人孜孜不倦地安利着："签吧，只要签了就有免费的房子了。"

当时他脑袋被灌得七荤八素，想着有便宜不占王八蛋，立刻抢过笔颤抖着签下了名字。

果然免费的东西才是最贵的！

他竟然加入了跳水队！

"有字据为证，想要反悔也不行了哦！"米楠看到他不停变换的复杂表情，贼溜溜地将申请表藏回怀里。

"男子汉大丈夫一言九鼎，我不会反悔。"他维特也不是那种言而无信的人，更何况有了住处他就可以不回家了，"不过，我有一个条件……"

维特眼珠子一转，狡黠地笑了起来——这两个女人趁他喝醉强迫他签卖身契的事情可不能这么完了！

这几日，白龙家中一直低气压，原本就没什么人说话，此刻更是冷寂如雪。

直到白龙要重回学校的这天，他才在吃早饭的时候对父亲说："我回学校住。"

江湛的手顿了顿，又继续沉默地吃了起来。

"我不是去跳水。"白龙解释道，"我只是去做助教。"

"工作有的是，没必要在跳水队做。"

"但是鹭岛需要我，我不能就这样看着它解散。"

江湛深深地看了他一眼："既然你已经做好决定，又何必再说？"

白龙隐忍的目光中闪过一丝失落。虽然他猜到父亲可能会不理解自己，但真的面对时，还是忍不住难过。

白龙提着行李从房间出来时，江湛冷着脸收拾好了碗筷，又一言不发地回到了自己的工作台上。白龙看了他一眼，什么也没说，最终带着行李出了门。

他没能看到，在他出门后，江湛望着他离开的背影，不动声色的脸上流露着浓浓的悲伤与担忧。

白龙按着教练给的门牌号来到教工宿舍。

宿舍不大，两张床，白龙觉得一个人住挺宽敞。

他安顿好自己的行李，外出上了几堂课，再回来时被屋内的景象惊住了——原本整洁的房间像是被抢劫一般，满地狼藉。

他正考虑着是不是要报警，却注意到罪魁祸首正堂而皇之地睡在自己的床上，还没脱鞋！

他朝强闯宿舍的小贼走去，脸上的神情渐渐变得怒不可遏——居然又是那个金发小偷！

新仇旧恨一起算。

他左右一瞧，瞧见自己床头还挂着一条湿漉漉的裤头，拿起一支笔挑起那裤头就往维特脸上砸去。

维特被内裤糊脸，猛地惊醒，一脸茫然地看着白龙："干吗？"

"你在干吗？"白龙瞧他无辜的样子，心中更气。

"睡觉啊……"维特清醒过来，把内裤一丢，气极反笑，一副地痞流氓的样子，"怎么，你是想来和我一起睡觉吗？"

"你——"白龙从未见过如此厚颜无耻之人，"滚出去！"

"对不起，滚不了，我就住这儿。"维特从床上跳下来，堂而皇之地整理了下自己的衣领，老神在在地朝白龙伸手，"我是你的新室友维特·颂恩。"

白龙很是意外，于教练没有提过他还有个室友。

看白龙吃瘪的样子，维特就觉得暗爽，越发变本加厉地调戏道："我不但是你的室友，还是你的新队友，所以我非但滚不了，还要一天24小时在你眼前乱晃，惊不惊喜，意不意外？"

这消息对白龙来说，不啻晴天霹雳："谁准许的？"

"于教练呀！"维特幸灾乐祸道。

"无论如何我都不会和你住在一起！"白龙摔门而去。

"哦，那我倒要看看，你怎么甩掉我！"维特看热闹不嫌事大地跟着他跑了出去。

白龙冷着一张脸走进办公室，一见于枫的面便开门见山道："教练，我请求换宿舍。"

于枫一愣，她很少见到白龙如此主动地提要求："出了什么事？"

"维特·颂恩偷了我的手表，我拒绝和他共用一间宿舍。"

"关于这件事，米楠跟我说起过。维特跟她解释过了，这件事完全是一起误会……"于枫将事情向白龙解释了一遍。

白龙皱了皱眉，内心已经有七八分相信了。

"就算是这样，我也不想和他住在一起。"白龙坚持道。

于枫感到为难，在看了米楠拍的视频之后，她认定维特将是让白龙重新跳水的契机，这才将两人安排在一起，没想到他们之间的关系竟然这么恶劣。

不过男孩子嘛，感情都是在互看不顺眼中培养出来的。维特确实皮，两人还有过误会，可于枫不相信他有什么让白龙恨之入骨的地方。只需要给他们提供机会，他们就能更加了解彼此，对彼此改观。

"这是最后一间宿舍了，你们得学会好好相处。"

"不可能。"白龙的语气异常坚定。

"我特别好相处。"随后赶来的维特兴高采烈地跟他抬杠。

于枫给了维特一个警告的眼神，调解道："先试试吧，等其他宿舍空出来，你们再分开。"

白龙陷入了沉默。他内心不满，却也不愿让于枫为难。

"对了，白龙，维特以后就交给你了，浩然由我来带。"趁两人都在这里，于枫宣布了一个人事安排。

这段时间白龙一直在为陆浩然的训练做准备，听到这个提议，立马拒绝："我更了解浩然，能帮他进步。"

"浩然的能力提升需要新的方式方法，我要针对他的情况作出调整。倒是维特，你有很多可以教他的东西。"

维特得了于枫的支持，挤眉弄眼地凑近白龙："以后就请多多指教了。"

白龙淡淡地扫了他一眼："好。"

维特从来没被他正眼瞧过，赶紧趴到窗户上看看太阳是不是从西边出来了。

于枫笑着解释："白龙非常专业，只要是他的队员，他都会认真对待。"

"是……吗？"维特撇撇嘴，对此持保留意见。

下午训练的时候，于枫将这次招到的3个新人介绍给其他队友："让我们一起欢迎陆浩然、田林，还有维特！"

陆浩然和田林冲大家打了个招呼，白龙望着人群中的陆浩然，嘴角浮起一抹笑。陆浩然对上他的目光，重重地朝他一点头。

维特横了他俩一眼，自嗨起来，扬起手一个一个与众人击掌。

气氛一下就被炒热了，维特担当起了解说："相信鹭岛队在新鲜血液的补充下，一定能迈进本届的全高赛，拿下冠军，再冲击世界级赛事。来，掌声欢呼声，响起来！"

鹭岛队的众人被他带动，纷纷鼓掌欢呼，唯有白龙冷眼围观，周围散发着一股冰冷的低气压。

维特跑到他面前，举起双手，高声喊："来，击个掌！"

白龙抱着胸口没有要抬手的意思。

"来啊！木头，傻愣着干什么？"维特晃着双手，等他抬臂。

白龙仍是无动于衷，一动不动地站在那。

"我的胳膊好酸啊，只有跟木头人击掌才能放下。"维特撒娇。

白龙尴尬地发现所有队员都在盯着他俩，无可奈何地抬起手臂，与维特重重拍在了一起。

欢迎仪式结束后，于枫又将每个人的训练任务安排了一遍，除了将负责陆浩然的白龙换成米楠之外，其他一切照旧。

陆浩然不明白地问米楠："为什么白龙会是助教？他是我们中能力最强的跳水运动员。"在他看来，白龙应该和他们一起训练才对。

米楠回答他："白龙学长答应回跳水部帮忙已经很不容易……至于只

做助教的原因，我也说不清楚。"

"那我想和教练申请，由白龙助教带我训练。"既然不能与白龙一起训练，陆浩然希望自己能够得到他的指导。

"可是于教练专门为你做了新的训练计划，让我来帮你训练……你确定要为了你们之间的私情影响训练吗？"

陆浩然一愣，垂头丧气地朝田林游去。

"浩然，白龙学长是因为当年的事情，要放弃跳水吗？"田林也在关注白龙的动态。

陆浩然摇摇头，神情坚定："我相信白龙学长是不会放弃跳水的。"

第 三 章

　　每天早上 5 点，白龙的闹钟都会准时响起，这是他从运动员时期保持到现在的习惯。闹钟响后，他立马起床换衣洗漱、换上跑鞋，像设定好程序的机器一样流畅快速。

　　反观对床的维特，像是什么都没听到一样，仍睡得死死的。

　　"起床了。"白龙摇着床叫他。

　　维特迷迷糊糊地睁开眼，声音朦胧不清："……嗯？"

　　"跑步了。"白龙冷冷道。

　　维特重新闭上双眼，在床上翻了个身，用背向他表示抗议。

　　白龙的目光落在桌面的闹钟上。

　　只见他一把抓过闹钟，打开闹铃，放在了维特耳边："丁零——"

　　维特没有转身，而是反手将闹钟关掉。

　　白龙重新将闹钟铃声打开："丁零——"

　　维特不耐烦了，用力一推白龙的手，将闹钟摔到了地上。

　　白龙望着满地零件，眼底闪过一丝恼怒。发现始作俑者裹紧被子继续呼呼大睡后，白龙脸色越发难看。他站起来，一把将维特的被子掀开，拽住了他的手。

　　维特反手将他的胳膊扣住，一个翻身利落地将他摁在身下，高举的拳头猛地揍了过去。

　　白龙镇定自若地接下了他的拳头，让他不能再靠近一寸："闹够了没有。”

维特傻眼了：“放……放开我！”

白龙非但没有放手，反而起身跳下床，粗暴地将他拉起来：“跑步去。”

“别嘛，我要睡觉。”维特耍起了无赖。

“多说一句，多跑一圈。”

“也太冷酷了吧！怎么能这么对待一个刚起床的人……”

“……”

最终，维特还是被白龙拖到了操场。

5点多，夏季的天边已经微微亮，操场上空无一人。白龙跟在维特身边，一边喊着口号一边督促他跑步。维特一副没精打采的样子，白龙喊一声他才加速几步，像个拨一下才肯走动的老式时钟。

跑完步，白龙的任务完成，也就不再理会维特，径直去了食堂。他一边听着音乐，一边排着队，连维特走到身边都没有发现。

维特气鼓鼓地摘下他的耳机：“白龙，让我跑完10公里你就把我丢在操场上跑了，连吃饭都不叫我，你这就是传说中的管杀不管埋！”

白龙选择无视他，夺过耳机塞进自己耳朵里。

维特见状，抢过他的手机将声音调到最大。刺耳的声音在耳边炸裂，白龙被刺激得浑身麻毛，忙摘掉耳机狠狠瞪着维特。

“略略略。”维特冲他做了个鬼脸，撒丫子朝着米楠所在的餐桌跑去。

“你又欺负白龙学长。”米楠的语气虽有几分责备，但表情却不是那么回事。

维特理直气壮：“谁让他一大早就拉我起来跑步，天哪，才5点，我硬生生地被他逼着跑了10公里！”

“这只是个开始。”米楠忍住笑，将餐盒摆了出来，“你会习惯的。”

维特的目光被餐盒吸引：“今天的早餐是什么？”

之前他向于枫提了一个加入跳水队的条件，就是每天让米楠给自己送早餐，算是对米楠算计自己的小小报复。

米楠神神秘秘地将餐盒打开，里面歪歪扭扭地摆着两个惨不忍睹的三明治：“限量特供金枪鱼，惊不惊喜，意不意外？”

维特看着这品相吓人的早餐退避三舍："我……我不喜欢吃金枪鱼。"

"这可是我花费一早上做出的爱心便当，你一定要用心品尝，全部吃完哦！"米楠说着，将三明治递到维特的嘴里。

"……"维特觉得他是搬起石头砸了自己的脚。

特别是品尝到金枪鱼三明治那难以形容的销魂味道，维特更加确信了这个想法。

"明天就不麻烦你了，你天天做饭太辛苦了。"维特笑得特别假。

"不麻烦，我可喜欢做饭了！"米楠对自己的做菜水平根本没有半点逼数。

维特的心都在滴血，看到不远处独自吃饭生人勿近的白龙，突然有了一个鬼主意："为了与白龙学长增进感情，我决定明天与他共进早餐，你准备两份。"

"好嘞。"米楠又露出那种让维特看不懂的笑容。

维特得意洋洋：白龙，要死一起死，哼！

第二天一早，白龙的闹钟准时响起。维特不耐烦地用被子将头捂住，刚要昏昏沉沉地睡过去，耳边却突然响起了自己的闹钟声。有了昨天的经验，他闭着眼睛一翻身，抬手在摆放闹钟的位置上用力一按。

"啊！"维特瞬间清醒过来。

他这才看到，放在床头的不是闹钟，而是仙人球！

白龙施然收回捧在手里的仙人球，脸上清冷淡然，仿佛无事发生："该起床了。"

维特前所未有地想往他的帅脸上揍上一拳。

但是想到自己的"早餐共沉沦"计划，他还是勉强收拾起满身怨念，起床洗漱后跟着白龙来到了操场。大丈夫忍一时风平浪静，等白龙遇到米楠，吃到恐怖的金枪鱼三明治……嘿嘿，贱人自有天收！

这一次，不用白龙催促，维特跑得飞快。

"慢点跑，不然马上没有力气。"白龙跟在后面提醒。

维特跑得更快了。

不过，不管他跑得多快，白龙仍紧紧地跟着他，没有快一步也没有慢一步。最后反倒是维特先受不了了，喘着粗气狼狈地躺在草地上休息。

　　白龙在晨练任务完成后，照样看都没看他一眼，翩然离开，径自去往食堂。

　　维特筋疲力尽地望着他离去的背影，默默地竖起了一根手指，又躺了几秒钟，用尽全力坐了起来，脚步蹒跚、大汗淋漓地跟在白龙身后："等……等等我啊！"

　　他维特要坚持到"贱人自有天收"的那一刻！

　　进了食堂，维特瞄准排队的白龙，像颗牛皮糖一样黏了过去。跑步让他腰酸腿软，整个人软绵绵地杵在白龙背上休息。白龙面对着周围人讶异的目光，一抖肩膀把他抖下去："别碰我。"

　　说着白龙拿好粗粮碳水化合物牛奶鸡蛋，绕开他走了。

　　维特溜了过去坐在他对面："你吃那么多，会不会太饱啊？"吃饱了还怎么吃米楠的黑暗料理？维特正好饿得肚子咕咕叫，眼光发绿地朝白龙面前的水煮鸡蛋伸出爪子。

　　白龙在他手背上狠狠一拍，抢过鸡蛋一敲，慢条斯理地剥了起来。

　　维特摸了摸自己被拍痛了的手背，瞄准时机，等白龙剥出半个雪白粉嫩的鸡蛋，就以迅雷不及掩耳之势把鸡蛋抢过来塞进了嘴里。

　　白龙："……"

　　维特嘴里塞着鸡蛋，前一秒还沾沾自喜，下一秒却脸色发青地捂住了自己的脖子："唔……呜呜呜……"他太心急，把鸡蛋整个吞了下去，现在快要噎死了！

　　白龙撩起眼皮冷冷地看着他，这小子诡计多端，又不知道在演什么。

　　直到维特跪倒在地，双手胡乱扒拉着桌面，把餐盘上的其他东西通通掀到了地上，白龙才意识到他不是演的。

　　"你怎么了？！"白龙抓起维特的胳膊。

　　维特喘不上气，简直快要晕过去了。

　　白龙是专业运动员，拥有必备的急救知识，立刻意识到维特被鸡蛋卡住了。他揽住维特的腰把他带起来，站在维特背后，用双臂紧紧抱住维特的腰，单手成拳快速挤压维特的腹部。

在白龙的帮助下，维特喉咙里的鸡蛋最终咳了出来。

早起吃饭的学生们目睹了这惊险一幕！

米楠钻过人群的时候，就看见白龙从背后抱着憔悴的维特，周围人齐齐鼓掌。

咦？什么情况？

维特被白龙救了一命，觉得丢死人了，喉咙痛心也痛，他为什么要被这死木头救啊！还是鸡蛋堵喉咙这么弱智的死法，他不要在中国念书了，他要回泰国去了！

"白龙学长救了你的小命，你以后可要乖乖听他的话啊！"米楠坐在他身边，贤妻良母一般教训他。

维特不服气地瞪了一眼白龙，因为刚刚经历过生死一瞬，他的眼圈还红红的，看上去颇有几分可怜。

白龙接收到他"楚楚可怜"的目光，愣了一下，默默地把盘子里的紫薯放到他面前。他不知道维特那么饿，都到了要整吞鸡蛋的地步。

维特想起自己这一早上又是早起、又是跑步、又是整吞鸡蛋，种种悲痛经历，都是为了让白龙尝上米楠的黑暗料理，赶紧对米楠说："你看江教练那么辛苦，每天为了我起早贪黑，食堂里的早饭也不好，唯一的鸡蛋都被我吐了，今天的料理分他一半吧！"

白龙讶异地瞄了他一眼，想不到维特也有说人话的时候。

米楠眉眼弯弯地笑了起来："好啊好啊！你啊，总算也会为白龙学长考虑考虑了。"说着弯腰从食品袋里拿早餐。

白龙："不用了。"他不喜欢收受别人的东西。

"别嘛——"维特热情似火，"咱们俩谁跟谁，你尽管放开肚皮吃！你救了我的命，以后有我一份就有你一份！"

白龙淡漠自持的脸上出现了一点松释的迹象，望着维特，深如寒潭的眼神不再那么冰冷，良久，淡淡地应了一声"好"。

维特成功骗过了白龙，深藏功与名地低头嚼着筷子，简直要坏笑出声了。男子汉大丈夫一言九鼎，白龙等会儿不吃也得吃！

趁两人说话的工夫，米楠已经将早餐一盘盘端上了桌：精致的皮蛋瘦肉粥，金黄的煎饼油条，香喷喷撒满芝麻的煎饺，皮薄肉嫩汁水淋漓的小笼汤包，比果冻还细腻柔软的豆腐脑……

维特：怎么会这样啊！说好的黑暗料理呢！为什么一下子就变成了"满汉全席"！

米楠仿佛听见他心声一般拍了拍他的肩膀："知道你每天早上要跑10公里，所以打算给你吃得好点儿咯。"

维特失去了笑容，他终于明白，米楠对自己的厨艺水平其实很有数。那天她完全是故意的，这才是最气人的地方！

白龙看着这丰盛的早餐，优雅地执起了筷子，斯文地享用了起来。虽然只是坐在食堂里，却像是谁家大少爷在米其林餐厅里享受五星级大餐。

维特喉咙痛心也痛，盼望了一早上、付出无数代价的阴谋诡计还流产了，味同嚼蜡，失去灵魂。

享用完以后，白龙放下了筷子，对维特说："下不为例。"

作为专业运动员，这样的早餐热量超标了。

白龙给米楠使了个眼色，米楠弱弱地对维特说："那以后就还是金枪鱼三明治了哦……"

维特：啊！他这一早上到底是在干什么？！

白龙起身，把已经石化的维特甩在身后，嘴角浮起了一丝并不明显的笑意。

维特在白龙那里受了天大的耻辱，下午训练时还在赌气。白龙又冷酷得像个军阀，维特不愿意练了，刚系好保护绳索就开始喊累："我要休息！我要喝水！"

白龙瞪了他一眼，但仍帮他解开了保护绳索。维特不知从哪里弄来枸杞菊花茶，当着白龙的面慢悠悠地品尝起来。

"你要喝到什么时候？"白龙斜了他一眼。

维特捂住了自己的喉咙："人家喉咙好痛……"

"今天要把训练表上的内容做完。"白龙面不改色地提醒。

"知道知道，不要着急嘛！"维特吹了一口热气，又慢慢地品尝了一口。

白龙懒得管他，转身去找陆浩然。

陆浩然一见他就展颜笑道："学长，你能帮我看下走板的动作吗？我觉得步子节奏总有点别扭。"

白龙素来清冷无波的脸上浮现了一个极淡的笑容："好，你走一遍，我看看。"

斜照的阳光落在他的脸上，给他清冷的面貌镀了一层温暖的金色，连他深沉如渊的眼睛里都仿佛亮起了光。他就这样神采奕奕地看着陆浩然走板，一边仔细记录着他的问题所在，一边与他交流技术要领。

维特远远看着白龙教导陆浩然，勾起嘴角一笑，故意喊得声震寰宇："木头，给我上绳索！"

白龙回头看了一眼，又仔细对陆浩然交代了几句，这才神色冷峻地走了回来。

"我喝完了。"维特的眼珠子狡黠又心虚地一转，"你看，也不是太久。"

白龙根本不在意他喝得是快是慢，只是快速帮他系辅助绳索。他下手时粗暴用力，维特被他一勒，忍不住叫道："疼！轻一点。"

白龙没有理他，把辅助绳索的另一头缠在自己身上，站到一边做准备。

维特朝他做了一个鬼脸，轻飘飘地起跳，动作轻浮，高度不过关。

白龙眉心一簇，用身体的重量下压绳索，维特呼地"飞"了起来。因为到了前所未有的高度，维特发出了一声惨叫。

白龙无动于衷。

维特落下来后，冲到白龙面前发飙："你故意的吧？！"

白龙一脸淡然："记住，跳起来，是刚才那样的高度。"

维特心有余悸，愤怒交加："你有话为什么不好好说！"

"有什么可说的。"白龙冷冷地扫了他一眼，"我喜欢直接上手。"

"你胡说八道！你明明跟陆浩然就说得好好的，我看你是故意针对我！"维特解下身上的绳索重重扔到地上，"你自己训练去吧！"

说完，头也不回地离开了训练馆。

白龙面上没有什么情绪，也没有去追。他早就猜到会有这么一天。维特冲动轻浮，也不走心，根本不适合跳水。

　　"白龙，你这个脾气得改改。"于枫目睹了这一切，走到他身边。

　　"教练，他一副吊儿郎当的样子，我教不了。"

　　"跳水比的是技巧，但更多的时候，是这里和这里。"于枫指了指头脑，又指了指心。

　　白龙反驳："维特心不在此。"

　　"那你呢？你的心放在他的身上吗？"于枫反问，"如果今天的事情换成是陆浩然，你会怎么做？"

　　白龙愣了愣，没有吭声。

　　"维特是一个很有天赋的人。他来中国不容易，离开了跳水队，他连住的地方都没有。"

　　白龙从来没有想过维特情况这么糟糕。

　　"他有很多缺点，但我希望你能帮助他成长。"于枫认真地看向白龙，"这对你来说也是一个成长。你们都是跳水队不可或缺的一员。"

　　白龙诚恳地点头："我明白了，教练，以后我会控制好自己的情绪。"

　　"把他找回来吧。"

　　白龙先回了宿舍，维特并不在那里。他又在校园里晃了半天，仍未看到维特。

　　他回宿舍等了一会儿，思索着应该如何与维特相处，定了几条规矩。等他写完《寝室公约》，维特还没回来。

　　白龙拿起手机打开维特的微信页面，打下了"你去哪了，怎么还不回来"，盯了一会儿，把"怎么还不回来"删掉。

　　挣扎片刻，又把"你去哪了"删掉。

　　白龙脱力地倒在床上，蹙着眉头闭上了眼睛，不知道该拿维特怎么办。

　　突然手机一振。

　　白龙一下子坐了起来。

　　是米楠发来的微信："维特在游戏厅，不谢！"

白龙眼神一沉，攥紧了手机。

白龙来到游戏厅时，维特正背对他在玩赛车。

旁边的留学生朋友问："你不是住的运动员宿舍吗？这么晚回去教练不骂你？"

白龙停下了脚步，没出声。

"他才不会骂我呢！他巴不得我不回去。"维特发泄似的身子往前一倾，加快了赛车的速度。

"谁说的。"白龙轻描淡写地在他头顶说道。

维特不禁打了一个冷战，手上的动作一顿，在距离终点的最后一刻输给了旁边的玩家。

他暴躁地拍了一下方向盘。

白龙一把拎起他的衣领，将他从椅子上拽了起来。

维特想要反抗，但白龙一直保持着最佳运动状态，力气比他大，维特根本无力挣脱。

到了外面安静的地方，白龙将手松开，维特立马转身摆出了一个防御状态："我告诉你，我可是泰国拳王，你少惹我！"

白龙插着裤兜："晚上不跟我报备就跑出来打游戏，你还想不想待在跳水队了？"

"我原本就不想！现在更不想！"

白龙细长的眼尾一扫："哦？"

"你们求着我来，来了又根本看不上我！"维特磨着后槽牙，恶狠狠地瞪着从容冷淡的白龙，"你不是有陆浩然就够了吗？找我做什么？！"

"陆浩然比你认真，比你跳得好，我当然更愿意带他。"白龙眼神在他身上一转，又孤傲地望着前方。

维特再一次受了他的羞辱，涨红着脸，撞开他的肩膀想走。

白龙伸出手臂拦住了他，将他重重扔回到了墙上。

"想要我教你，可以啊！"白龙逼近一步，居高临下地望着他，"你练得比他认真，跳得比他好，就有资本跟我拿乔。"

维特迎着白龙的目光，冷笑一声："说得好像我对你很感兴趣似的。"

"不跳就滚，你没的选。"白龙压低了声音道。

"你！"维特瞪圆了眼睛，他没有想到白龙拿住宿权威胁他，顿时英雄气短，胸口剧烈地起伏，却一句反驳的话也说不出来。

白龙淡然地从裤袋里摸出一张纸："签了。"

维特扫了一眼，上面写着：

107 宿舍公约

一、保持宿舍卫生，个人物品个人妥善整理安放。

二、注意饮食管理，不带回外食，不饮酒。

三、遵守作息时间，9点半前返回宿舍，不准无故外宿。

以上条约，承诺人必须遵守，如有违反，自动搬离宿舍。

承诺人：

"我列了最基本的，如果你有什么要求也可以写进来。"

维特吐槽："这都什么年代了，你还做这么老土的事。"

"定下规矩，对我们都好。"白龙不容分说地把签字笔塞进了他手里。

维特瞪了他一眼，确认他不签，这事儿就没个完，他夺过纸笔龙飞凤舞地签下了名字。

"现在可以了吧。"维特气鼓鼓道。

"记住这三条。"白龙再次强调。

自此以后，维特只能每天跟着白龙早上出操，晚上回宿舍，过起了规律作息的运动员生活。不过他于训练还是不很上心，白龙也懒得理他。他不认真，白龙就去指导陆浩然，正好。

这天午饭时间，白龙刚端着蔬菜沙拉坐下，坐在对面的维特突然往他身后扬了扬下巴："欸，木头，你朋友来找你了。"

白龙这才发现，他身后站着两人，一个身高体壮，还有一个鼻子上满是雀斑。两人都穿着蓝色的运动服，那是港城跳水队的队服。

这是港城队的王盛和孙宇，白龙曾在比赛上见过他们。

白龙的脸色微微变了变，不过很快恢复了正常："王盛孙宇，你们来这里做什么？"

"当然是为了看看你这个'老朋友'。"王盛的语气不善。

维特听出他语气里的恶意，顿时有些懊恼，他是不是把白龙的仇人带来了？

"江白龙，听说你重新开始跳水了？"

维特为白龙帮腔："跳不跳关你们什么事？！"

白龙自顾自戳着蔬菜沙拉："没有。"

"没有？"王盛笑着调出手机里白龙与维特的跳水视频，摆在桌上播放起来，"那这是什么？"

白龙的眉头微跳了一下："这是一个意外。"

"你的意外可真多啊，"王盛嘲讽道，"3年前一次，3年后又来了。你还要害多少人哪！"

维特一愣，不知所措地望向白龙，3年前白龙有过什么事？

白龙避开了他的目光，端着盘子站了起来："你们不用担心，我没有跳水。"

他显然不想再跟他们纠缠下去了，王盛孙宇却拦住了他。

王盛冷笑着一把打翻他的蔬菜沙拉："江白龙，你当我们傻啊！你没有跳水穿着跳水队的衣服做什么？！吃健康餐又是做什么？！这黄毛不就是你的新搭档？！你他妈对自己当年做的事到底有没有存一分一毫的自责之心？！"

邻桌的陆浩然拍桌而起："当年的事情，轮不到你来啰唆！"

维特也站了起来，按了按指骨，活动了活动颈椎："港城队这是来做什么？要是想砸场子，痛快点儿，我们还等着吃饭。"

王盛和孙宇交换了个眼色："2对2，挑战赛，敢不敢？"

陆浩然一声好啊："我和田林跟你们比，不要找白龙麻烦！"

白龙给了他个警告的眼神："浩然。"

他不单单是不想让陆浩然插进来把事情闹大，主要是鹭岛现在对上港城，没有胜算。

陆浩然朝他自信地笑了笑："比憋气，怎么样，你们敢吗？"

王盛似乎被陆浩然的笑容刺激，立马昂着头高傲道："有什么不敢，输了可不要哭啊，小弟弟。"

几人来到鹭岛的跳水馆。比赛规则是4人同时跳入水中憋气，最后冒头的人获胜。

随着米楠的一声令下，4人同时扑入水中，并以不同的方式展开身体。

跳水馆中一片静默，白龙站在池边观看，维特见他眉头紧锁，不禁打趣道："木头，打赌吗？你猜谁会赢？"

白龙没有理他，目光一直放在陆浩然和田林身上，脸上露出了少有的紧张神情。

王盛在港城队算得上顶尖的选手，白龙担心陆浩然不是他的对手。

秒针缓缓走过，只见王盛在水中延展平直，保持着运动员般的姿态。

孙宇捏着鼻子将头埋在水中，不时有气泡从嘴边冒上来。

陆浩然蜷缩着身体，像是在母体中的婴儿姿势随着池水轻微晃动。

白龙看了看手表，已经一分钟过去了。

突然，田林的身子晃了晃，"噗"的一口气没憋住，头从水中伸了出来。他有些愧疚地看向众人，白龙走过去将他拽了上来，拍拍他的肩膀让他不要在意。这时，水中又有了动静，孙宇也坚持不住，冒出了头。

白龙又看了一下手表，已经过去一分半了，水下的两人一点要出来的迹象都没有。

米楠变得焦急起来，她的目光不断在秒表和水面上转换。

白龙的神色也更加严肃，他发现陆浩然的身体在微微颤动，似乎有些憋不住气。

田林他焦急地走到岸边劝道："浩然，别太勉强！"

但陆浩然一直坚持着。

突然，陆浩然闭着嘴做了个干呕的动作，鼻孔开始冒出一连串细碎的气泡，眼见就要坚持不住了。

而他旁边的王盛，也面无表情，嘴角翻出一个咕噜。

"身体都要到达极限了！"米楠捏紧了拳头，已经到了最关键的时刻。

"浩然他……"田林急得脸通红。

白龙定睛望着水中的陆浩然："他有分寸。"

两分钟后，陆浩然原本蜷缩成一团的身子慢慢打开，手臂在水中缓缓地摇摆。而王盛的身子也开始晃动起来，看来他也一直在强忍。

突然，他睁开眼睛，看着陆浩然那张表情狰狞的脸。两个人在水中你瞪着我、我瞪着你，身体开始剧烈地摇摆。

明明都到极限了，但两人谁都不肯认输。

白龙又看了一眼时间，2分30秒。他深知陆浩然的极限正是两分半，于是伸出双臂做出终止的动作。

"陆浩然，快起来！"白龙一边喊着，一边准备下水捞人。

但陆浩然却突然伸起手臂，示意他不要阻止。

白龙犹豫了。就在千钧一发之际，一人从水中甩头起来，大口地喘着粗气。

是王盛！

王盛转头张望，看到陆浩然依然窝在水里，不由得用手抽打水面："你小子耍诈！"他明明听到白龙让他起来的。

白龙松了一口气："浩然，你已经赢了！"

然而，水中的人一点反应都没有。

米楠也喊道："停！停！浩然可以了，快起来吧！"

"浩然，好啦，快起来！"田林大声地叫道。

陆浩然依然浮在水中，一动不动。

白龙心中一惊，赶忙跳入水中，将陆浩然捞起来时，发现他已经紧紧地闭上了眼睛。

"陆浩然，快醒醒！"白龙脸上闪过一丝惊慌，摇晃着他的身体，大声喊道。

怀中的人闭着眼停顿了半秒，突然喘了一大口气，睁开眼睛。在看到白龙以后，不禁露出了笑容。

白龙却一点都笑不出来，厉声训道："你不要命了吗？！"

陆浩然笑得一脸灿烂，朝他一举拳头："我赢了。"

"是，你赢了。"白龙神情松缓了一些，拖着他游到了池边，维特、田林帮忙将他拉出了泳池。

上岸后，陆浩然忍不住地剧烈咳嗽起来。

"怎么，呼吸有问题吗？疼吗？"白龙关切地问道。

他知道长时间待在水下很容易出现后遗症，非常担心陆浩然身上会出现什么问题。

陆浩然冲他一笑："没事的。"

白龙拽起了他的手："现在就去医院。"

陆浩然急忙阻拦："没有那么严重。再说我爸就是医生，有什么不舒服问他就成。"

"行，你小子有种。"王盛不服气地瞪了陆浩然一眼，看向白龙，"江白龙，你准备一直缩在别人后面？"

白龙不想再惹出什么事："我现在只是助教，没有跳水，你们不用担心。"

"我们有什么好担心的？"王盛流里流气地笑道，"该担心的人是你吧？害了兄弟，再找一个替身，可真有你的。"说着横了维特一眼。

"他不是替身。"白龙无动于衷，"别再让我看到你们来鹭岛找事，否则，明克教练的规矩，你应该清楚。"

王盛脸色一变，恼羞成怒道："就让你们再得意几天，反正鹭岛跳水馆也没有几天了……"

白龙一愣："什么意思？"

王盛并不回答，只是拍拍他的肩膀："今天你得好好感谢陆浩然。对你这种人赤胆忠心，除了他也没有别人了。"

他们离开后，白龙也神色漠然地离开了。

维特目睹了一切，溜到米楠身边八卦："米楠，今天那两人和傻木头到底有什么过节？他们为什么说我是替身？"

米楠眼睛一亮，再次露出微妙的笑容："这件事说来复杂。"

维特被她勾起了好奇："那就简单来说。"

米楠卖了个关子："你是他亲手带的队员，你对他一点儿也不了解，还有脸问？"

"不了解所以才问啊！"维特发现自己也被卷进了白龙的麻烦里，心痒极了，他到底是谁的替身？替了什么啊？

"问他去。"丢下这句话，米楠转身离开。

维特看了一眼场边休息的陆浩然，打消了向他打听的念头，破天荒地早早回到了宿舍。白龙正在宿舍里不停地击着沙袋，也许应该听米楠的，从他本人入手？

可是……这块木头平时话就少，问他他也不一定说啊！

更何况，这样不会显得他很关心死木头吗？他为什么要关心他？每天就知道给他甩冷脸子，臭木头，烂木头。

维特睬也不睬他，蒙着被子呼呼大睡起来。

然而白龙的动静越来越大，一拳一声巨响，听得维特的心跟着一颤一颤的。他实在受不了了，猛地从床上坐了起来："吵死了！"

白龙似乎这才发现他在床上，也不说话，自顾自换了双跑鞋，看样子是要出去折腾。

维特烦躁地揉了揉头发，实在没法坐视不理，一把抓住白龙的胳膊，不由分说地把他推搡出了房间："走，撸串去，我请你。"从他加入跳水队住宿后，母亲曾芩就开始给他生活费。吃了好几天的运动员营养餐，正好找个借口开开荤。

学校外的夜市正是最热闹的时候，仅容一辆车通过的小道上熙熙攘攘的都是人，比火锅还要沸腾的是喧闹的人声。

火锅店中热气弥漫，每吸一口气都是辛辣刺激，酸爽得很。

维特轻车熟路地拿了一满盘肉类，欢欢喜喜地扔入锅中，对面的人却还是一副一本正经的模样。

"放松一点。"维特夹了块毛肚下锅，时间一到，眼疾手快地将毛肚夹了出来。

在调制好的蘸料里滚了一圈，他将毛肚塞到白龙嘴中："我火候掌握得可好了，你有福了。"

毛肚刚入口，白龙的脸就变得通红，表情也变得奇怪起来。

维特一直觉得他呆板无趣，突然看到他丰富的表情变化，像是发掘新大陆一般，笑得弯起了眼睛："原来你怕辣啊，再来一串。"他坏心思地将一串麻辣牛肉递了过去，"解辣的。"

白龙毫不犹豫地一口吃下牛肉，脸上的表情更加丰富多彩了，冰冷的眼神中写满了3个字：你骗我！

"是你太弱了！"维特当着他的面三下五除二地解决了几根肉串，"你要不怕辣，才能不怕辣。"

白龙说不出反驳的话，不是因为维特说得太有道理，而是他已经忍耐到了极限。

维特见势不对，赶紧冲服务员喊了一声："来杯啤酒！"

啤酒一到，白龙马上一饮而尽。

一杯不够，再来一杯。

维特突然想到上次被于枫套路的事情，决定将此计用在白龙身上，热情得像能得到提成的店员，又不动声色地给他开了两罐冰啤："来，这里还有，啤酒管够。"

白龙也不客气，一杯接着一杯。

维特知道，满腹心事最容易喝醉了。

果然没几杯下肚，白龙的眼神就变得迷离起来。不过除此之外，他依旧是那个严谨自持的白龙，再没有别的举止透露他喝醉了。他端坐在那里，看上去比维特还清醒。

维特有点泄气，酒量这么好啊……

突然，白龙嘴里冒出一个陌生的名字："李淼。"

维特："哈？"

白龙定定地望着他，眼神是从未有过的专注："李淼……"

维特猜这个叫做"李淼"的人肯定与3年前的事情有关，也是白龙今天心情不好拼命灌酒的关键所在。而且，自己在某一方面很像他，要不然，王盛也不会管他叫"替身"。

"……是我，是我。"维特举起杯子与白龙的杯子碰了碰，"来，咱们喝。"

"李淼。"白龙醉眼蒙眬地看着对面的人，露出了一个清浅的笑容，"冠军肯定是我们的。"

"没错，冠军是我们的。"维特顺着他的话，再次给他满上了酒。

白龙又开始默默地喝酒，维特坐到了他身边，轻声问："你还记得3年前的事情吗？"

"3年前……"白龙喃喃，表情突然一变，深深地蹙起了眉头。

他凑到维特面前，轻声说："对不起……"

店里太嘈杂，维特往白龙的方向靠了靠："你说什么？"

可还没等到真相，维特只觉得肩上一沉——白龙已经睡过去了。

"喂！喂！"连叫两声无果，维特看着白龙眉头紧蹙、局促不安的样子，无奈地叹了口气。

第四章

一片黑暗之中，突兀地响起了一个模糊却响亮的男高音："观众朋友们大家好，欢迎大家来到全国高校跳水资格赛现场，马上要进行的是男子双人 10 米跳台的决赛。今年每支队伍的选手都拥有超强的实力，相信接下来的比赛一定会精彩纷呈！"

灯光猛地亮起，白龙的双眼一阵尖锐刺痛，疼得他睁不开眼。他花了许久才看清楚，自己正站在跳台上，放眼望去尽是黑压压的观众。

该跳水了。白龙深吸了一口气，调整自己的呼吸和心跳，四周的噪音正在慢慢消失，他即将沉入跳水的世界中。

耳边突然响起一个熟悉的声音，粗暴地将他拉扯了出来："白龙，第一个动作，我们一定要拿个开门红！"

白龙猛地转头看去，熟悉的金发少年正用热切的眼神看着他，语气坚决得像是一个不容置喙的命令。

尖锐的哨声响起。

白龙突然一动也动不了了，他低头看向下面的蓝色水池，不知何时那里出现了一抹刺眼的红色，血红的颜色迅速侵占了整个泳池！一股强烈的恐惧感袭上心头，瞬间让他冷汗满身，他甚至不敢迈出一步！

"跳啊，跳啊，跳啊——啊！"观众呐喊的声音传来，震耳欲聋，最后化为铺天盖地的惊呼声和尖叫声。

"不——"白龙挣扎着从梦中醒来，强烈的恐慌感还萦绕在他的心头，他觉得一阵头痛。昨晚发生了什么？他和维特一起喝了酒，然后呢？

白龙转头去看身边的床位，维特已经不在床上了，而闹钟上的时间也早已过了训练的时间。白龙从床上一跃而起，匆忙洗漱完毕，冲向训练馆。

维特正在里头满头大汗地吃早饭。

见到白龙，他眉眼一弯："好你个死木头，签了宿舍合约，又是喝酒又是迟到的，瞧瞧这都几点了！"

从来只有白龙训他的份，今天他维特要翻身了！

白龙皱了皱眉，昨晚喝醉之后的事情他都不记得了，但应该是维特把他送回了寝室。维特也因为没有喝醉，早起晨跑了。

可这根本说不通，这个懒鬼什么时候这么积极主动了？

白龙略一思忖就想明白了，手插裤兜上前问道："你跑了几圈？"

维特面对着怼到面前的两条大长腿，心里一虚："你……你自己起不来，还诬赖我没有保质保量完成训练，你太过分了！"说着就推开白龙，端着早饭溜了，这个男人实在太危险了，什么都瞒不过他的眼睛。

"晚上多跑 10 圈。"白龙冷冷道。

维特咬牙切齿的声音从远处传来："江白龙，我没有少跑 10 圈！最多就……就三四圈！"

白龙素来淡漠的脸上，浮起了一丝促狭的笑意。

米楠对白龙说道："学长，有件事，浩然他……"

"浩然怎么了？"白龙笑容顿敛。

米楠把田林拉了过来："让田林说吧。"

田林被白龙的眼神直视着，犹豫了一会儿弱弱说道："陆医生让他卧床休息。"

白龙皱了皱眉，他没想到居然会这么严重："这么重要的事，怎么现在才告诉我？"

田林低下头，有些愧疚："浩然他……不让我说。他有点发烧，但陆医生说没有到肺炎的程度，休息一段时间就好。"

肺炎这个词让白龙胸口一滞，眉头皱得更紧了。

田林怕他生气，忙为陆浩然解释："他怕你担心才没说的，你别怪他。"

"训练结束后，我们一起去看他。"白龙对田林说道。

田林闻言，吞吞吐吐道："不用了，白龙学长，浩然他不想你担心的。如果你去了，他肯定会怪我告诉你。"

白龙的心情很复杂。他想着那个每次见到他就热情洋溢的少年，心中难免愧疚。陆浩然是那么崇拜他，事事为他出头，生病了害怕他担心，可是他呢？他又为陆浩然做过些什么？

看着田林恳求的眼神，白龙只能退让一步："好，那你们帮我带个东西给他。还有，让他好好养病，等养好了身体再归队也不迟。"

说完，白龙把一本笔记本递给了田林，这是他在研究陆浩然跳水视频的时候，针对他写的分析建议。他现在没什么能为陆浩然做的，只有把这本资料给他，希望能对他有所帮助。

田林松了口气，用力点了点头。

"同学，请问跳水馆往哪里走啊？"校园中，一个模样温和的中年妇女拎着餐盒，抓住一个路过的同学询问。

同学警惕地看了她一眼，似乎在揣测她的身份。

中年妇女紧张地说道："我是来看我儿子的，他是跳水队的，叫维特。"

同学并不知道维特是谁，不过还是给她指了路："前面直走，左转。"

"谢谢，谢谢你，同学！"中年妇女对着同学再三感谢，朝着跳水馆走去。

问路人正是维特的母亲曾苓。今天她特地来拜访了一下于枫教练，感谢了她对维特的关照。虽然教练说维特和队友处得不错，但是曾苓还是担心他会和队友闹矛盾。

来到跳水馆门口，曾苓忐忑地推开了大门，小心翼翼地探着身子张望了起来，一眼就看到了正泡在泳池里的维特。

维特也看见了她，他迅速地从泳池里蹿了上来，顾不上擦干身体就快步来到她面前，语气生硬地说道："你怎么到这来了？这里不许外人进来，你赶紧回去吧。"

曾苓盯着维特看个不停："我这就回去……维特，你什么时候回家啊？"

维特低下头，闷闷道："那不是我的家，我住在学校挺好的。"

曾苓有些失望，她强笑道："住学校挺好，挺好的。那什么时候回家吃个饭吧？"

维特回头，发现白龙已经注意到了这里的动静，急忙道："不了，太折腾了。妈，你快回去吧，我还要训练呢！"

曾苓连连应声，正要离开，忽然想起还没把炸鸡交给维特："对了，我给你做了炸鸡，你以前最爱吃这个的。我今天多做了一些，你可以分给队友尝尝。"

维特想起这炸鸡的味道，不禁皱眉："我们要比赛，不能吃油炸食品。"

曾苓尴尬地愣在原地："不能吃啊，那……那我下次做点别的，你想吃什么？"

"别麻烦了。"维特发现周围的人都看向自己，有些不耐烦地催促道，"妈，我得去训练了，大家都在等我呢！"

说着，维特准备关上门。曾苓忙上前一步挡住，拉着维特的胳膊叮嘱道："那妈走了，你好好照顾自己，知道吗？"

"我一个人在泰国那么多年，我知道怎么照顾自己，死不了的。"维特冷冰冰地说道。

曾苓愣住了，一时间哆嗦着嘴唇什么都说不出来。

大门关上了，曾苓呆呆地看着手里的餐盒，眼眶里一阵酸涩。她离开维特的这两年里，这孩子已经孤独地长大了，如今她想要去弥补这份亲情，一切却早已来不及。是她没有尽到一个母亲的责任，是她对不起维特。

跳水馆的铁门突然被拉开了，曾苓猝不及防地抬起头，看到一张清俊却陌生的脸。

一个高大俊秀的年轻人对她笑了笑："阿姨您好，我是维特的教练白龙，我们住在同一间宿舍。"

"你好你好。"曾苓连忙说道。

"您特地来看维特吗？请进来吧，我正好有空，可是带您逛逛。"白龙温和地说。

曾苓受宠若惊，连忙推拒道："不了，打扰你们训练，我马上就要回去了。"

话是这么说，可是曾苓的眼神却一直放在一旁的维特身上。

维特不悦地瞪着白龙，烦他多管闲事，白龙对他的眼神抗议熟视无睹不予理睬，反而对曾苓异常友好："阿姨，东西重吗？我帮您拿吧？"

曾苓连忙道："不用不用，就一点炸鸡。"

"原来您是来给维特送吃的啊！"白龙恍然，看着维特的眼神里有一丝不易觉察的羡慕，"我可以尝尝看吗？我好久没吃炸鸡了。"

"你们要比赛，能吃吗？"曾苓问道。

"不能！"维特秒答。

"当然能！"白龙说。

两人迅速对视了一眼，维特本想嚷嚷几句，被白龙凌厉的眼神喝住了，不情不愿地嘟囔道："你吃了会后悔的。"

他妈妈做的炸鸡是什么味道，维特太清楚了。最可笑的是，当初他和爸爸为了让她高兴，总是兴高采烈地捧场，哪怕再难吃都要吃下去。他可不觉得白龙受得了这个味道。

不过管他呢，他自己要吃的，吃吐了活该，维特不无恶意地心想，只等着待会儿幸灾乐祸。

"让我尝尝……"白龙接过曾苓递给他的餐盒，拿了一块炸鸡出来。

维特眼睛一眨不眨地盯着他看，等他咬一口吐出来。

万万没想到，白龙咬了一口竟一脸真诚地夸赞道："好吃！阿姨的炸鸡真好吃！"

有没有搞错？这人的味觉出问题了吧？维特一脸崩溃地看着白龙三两口把炸鸡吃下了肚，连连夸赞了起来，还引得一大群"饿鬼"冲了上来，纷纷抢夺炸鸡。

"吃吗？"白龙递了一块给维特。

"不吃！"维特别过脸，大步走开，"我要去训练了！"

白龙对曾苓歉意地笑了笑："阿姨，您放心吧，我会给他留两块的。"

曾苓看着维特的背影，感激地对白龙笑："谢谢你，教练！维特他……就麻烦你了。"

白龙微笑着低声说道："不麻烦，应该的。他有您这样关心他的母亲，是他的福气。走吧，我带您了解一下我们跳水馆。"

结束了一天的训练，维特筋疲力尽地回到了宿舍，惊讶地发现白龙竟然回来得比他早，此时正躺在床上小憩。

维特立刻发现了曾苓带来的餐盒被摆在了桌上，还冒着几丝热气。

"吃吃看吧，真的不错。"白龙说道。

维特抿着嘴，一言不发，干脆利落地把餐盒丢进了垃圾桶。

白龙翻身坐起瞥了他一眼，俯身将餐盒捡了回来，重重地放回了桌子上。

维特怒视着白龙，胳膊用力一扫，再次把餐盒扫进了垃圾桶。

伴随着餐盒落入垃圾桶的沉闷响声，白龙的眼神逐渐冰冷了下来。

"这是你母亲的心意，她特地来看你，给你带了炸鸡，你就是这样对待她的？"白龙冷声问道。

维特冷笑了一声："你又知道些什么？这是我的家事，用不着你跟我强调！"

白龙深吸了一口气，忍住胸中的怒气："我也不想和你强调这个，但是你对阿姨的态度必须改改。"

"关你屁事！你对你妈的态度才得改改呢！"维特毫不领情地说道。

这句话如同刺穿白龙胸口的利箭，他脑中"嗡"的一声，拍桌而起一把揪住维特的领子："我警告你，说话小心一点！"

维特愣了一瞬，没想到白龙会有这么大的反应，他嘴硬道："怎么，想打架啊？"

话音刚落，白龙一拳打在了他的脸上，维特骂了句脏话，反手就拽住白龙回了一拳，两人说打就打，当即在宿舍里扭打成一团，一会儿白龙骑在维特身上，一会儿维特把白龙掀到了地上。桌子椅子都被打翻了，东西噼里啪啦掉了一地。

等到两人筋疲力尽再次分开的时候，维特四仰八叉地躺在宿舍的地上，他眼角挂着淤青，鼻子下面淌着一道血印。而枕在他大腿上的白龙，脸上虽然没事，但是身上也起了几块淤青，正闭着眼大口喘气。

熄灯的铃声响起，宿舍里顿时一片漆黑，身处黑暗之中的两人一动不动，各自平复着心情。

"喂，清醒了没？我说你，冷冰冰的一根木头，怎么突然这么大火气？"打了一架气也消了，维特捂着自己受伤的鼻子，瓮声瓮气地问道。

白龙定定地看着头顶的黑暗，无声地摸上了自己的胸口，这里隐隐作痛，不知道是刚才维特打到了这里，还是回忆里那道无形的伤口，从来也没有愈合。

"我很羡慕你。"白龙突然开了口。

"你开玩笑的吧？"维特怪叫道，他简直有一万句吐槽可以说。

"我母亲很早就去世了。"白龙说道。

正准备滔滔不绝的维特像一只受惊的河蚌，猛地闭上了嘴。

"我很久很久，没有吃到她做的菜了……我已经快记不清那个味道了。"一片黑暗之中，白龙没有去克制自己的表情，任由眼泪从眼中滑落，无声无息地消失在发丛中。

黑暗中略带哽咽的声音，并没有说出什么煽情的话，却轻易地让维特平息胸口的那股愤愤不平。

维特直起身，摸索着找到了掉在地上的餐盒，万幸餐盒密封性好，又结实，里面的炸鸡还是完好的。

"喏，请你吃我妈特产的炸鸡，咱俩就算一鸡泯恩仇了。"维特故作轻快地说道。

白龙领受了他的和解信号，接过了炸鸡。

维特皱着眉，狠狠心咬下了第一口。

这是维特两年来第一次吃到母亲做的炸鸡。与印象里那糟糕的味道不同，他嘴里的这块炸鸡已经堪称美味了。

维特呆愣了很久，几乎不敢相信。她什么时候已经能把炸鸡做得那么好了？

肯定是他的味觉出了问题。维特倔强地想着，但眼眶却不自觉地红了起来。

他也快要记不清过去的味道了。

这一晚维特睡得很香，第二天醒来他毫不意外地发现白龙的床位已经空了，于是维特也起床洗漱，抓紧时间来到操场。果不其然，白龙已经在这里跑步了。

维特加快速度赶了上去，追上了白龙，白龙惊讶地看了他一眼，维特回给他一个得意的笑容，扬手一挥，飞快地冲刺到了白龙前面。

白龙微微一笑，跟在他身后追了上去。

到了训练的时间，米楠在指导鹭岛七侠训练，白龙则在器材区指导维特做素质训练。

维特正在做腰腹训练，他满脸通红，浑身是汗，眼见着快要坚持不住。一旁的白龙已经做好了他放弃的心理准备，结果出乎他的意料，这一次维特竟然坚持到了做完。

白龙勾起了唇角，但很快放下，递了条毛巾给他："还行吗？"

维特朝他挤了一下眼睛，不正经地说道："我可是人送外号'小马达'，这点运动量都是小意思。"

白龙淡淡地笑了一下。

维特有些不服气："那你都能做多少个？"

白龙想了想，认真道："原来训练每天都要做几百个吧……"

维特吃了一惊："几百个？"

"当然了，你的转体动作之所以是短板，有一部分原因就在于腰腹训练不够。"

维特坏坏一笑，视线落在他的小腹上："原来你才是'小马达'啊……"

白龙这才反应过来维特说的"小马达"是什么意思，他不禁脸上一红："幼稚！"

维特顿时笑得东倒西歪乐不可支。

这一幕落在躲在一旁暗中观察的米楠眼中，她不禁会心一笑。

于枫走过来招呼大家停下："今天的训练就到这啦，下一站，我们去六叔的店里，今天我请客！"

一听教练请客，大家齐声欢呼。

于枫是居酒屋的常客了，下班后她经常一个人去居酒屋喝上一杯，今天带了队员过来，她也是熟门熟路地先要了杯啤酒一饮而尽，大呼了一声"痛快"。

队员们喝着果汁吃着烤肉，有说有笑，这个和睦的气氛一直持续到服务员端上了一盘牛排肉。一瞬间，维特听到耳边响起了战斗打响的 BGM，周围的队友们突然正襟危坐，满脸肃杀。

于枫教练接过盘子，放在桌子上，正色道："跳水队特供顶级牛肉，只此一盘，每人一块！"

维特眼前一亮，迅速伸出筷子去夹牛肉，没想到平日里训练起来有如树懒的家伙们，看到牛肉瞬间化身猎豹，几乎只是一秒钟的时间，盘子里的牛肉就消失不见了。

维特目瞪口呆："不是一人一块吗？我的呢？"

众人突然安静下来，只有不明状况的胖哥吃得大快朵颐，等他反应过来时，看向维特的神情有些无辜："我是看多出一块，没人要……"

"谁说没人要的！明明是你抢了我的份！"维特激动地站了起来，想去夹胖哥盘中的肉，胖哥以完全不符合人设的灵敏身手，抢先将肉放入了嘴中。

现场顿时一片欢笑声。

维特却笑不出来，他生无可恋地跌坐在椅子上，咬牙吃起了眼前的蚝油炒生菜，眼睛却不老实地在每个人的盘子里游弋，要是让他看到谁有肉……白龙，白龙的牛排还没吃完！

正叼着牛肉仔细品尝的白龙突然有了种被肉食动物盯上的感觉。

"我咬过了。"白龙夹着已经吃了一半的牛肉，没有什么情绪地说。

维特目光灼灼地盯着他看："我不介意！"

白龙的嘴角抽了一下，回想起昨晚的炸鸡，他还是切了一小块给维特，维特这才消停了，咀嚼着嘴里的牛肉露出幸福的表情："好吃！"说话间偷眼瞄着白龙盘子里剩下的牛肉。

"想要？"白龙读懂他的眼神，慢悠悠地切了一小块，举到面前眯着眼睛把玩着。见维特盯着那块牛肉，满眼放光，口水都要流下来了，他却优雅地放进了自己的嘴里。

"今天的运动量不过关。"白龙细嚼慢咽，玩味地面对着维特幽怨愤恨的眼神，"明天多做一百个转体，再给你吃。"

"江白龙你是不是人啊！"维特发出了惨叫。

于枫喝得尽兴了，敲了敲手上的杯子："好，我来说两句。今年我们鹭岛队的目标是全高赛冠军，为此我们必须多积累经验。接下来我们会迎来一场友谊赛，希望大家能认真对待，这是我们鹭岛队难得的练兵机会。"

"和谁？"米楠问道。

"港城队。"

大家齐声道："啊，港城？！"这可是今年冠军的大热门。

"港城队，是不是上次来挑事的那两个家伙的队伍？"维特小声问白龙。

白龙垂下眼帘，沉默地点了点头。那天来的王盛和孙宇是港城队的跳水队员，除此之外，港城队还有几名顶尖的选手，特别是那个人——港城的绝对王牌顾云飞，3年过去了，他应该变得更强了。

"教练，那出场阵容是怎么安排的，男单是谁，男双是谁？"胖哥问。

"还没有决定。关于男单，白龙，你有什么想法？"于枫看向白龙。

白龙心中的人选在陆浩然和维特之间迟疑了一瞬，陆浩然无疑是一个稳妥的选项，但是维特……白龙顿了顿，做出了选择："浩然还没归队，我建议男单让维特出场。"

被突然委以重任的当事人维特正满嘴食物，好不容易吞下后，一脸"我是谁我在哪"的茫然模样："我？"

白龙深深地看了他一眼："对，就是你。"

维特撇撇嘴，一副兴致缺缺的样子，平常训练已经够烦人了，比赛什么的，他根本没有兴趣。

于枫再次将啤酒一饮而尽，激情满满地说道："好了，维特，既然白龙选了你，你就要加倍训练。明天开始全体特训，大家做好准备！"

维特懒洋洋地应了一声，兵来将挡水来土掩，他才不会老实听话特训呢！

然而他根本想不到，白龙打定主意让他做一件事，就有一万种方法让他乖乖听话。

友谊赛的事情已经确定了下来，对手还是王牌港城队，大家心中顿时有了紧迫感，于枫也比平常更频繁地去跳水馆，一边看大家训练，一边做指导。

因为训练强度加大，维特只要找到机会就开始偷懒，只有看到白龙过来时，他才会装模作样地训练起来，白龙也注意到了这一点，盯他盯得更紧了，一旦维特有什么地方做得不好，白龙还会把他留下来加练。

除了白龙的特殊强化训练，米楠在饮食上对维特也进行了特殊照顾。每顿饭前，她都会将所有食物的卡路里查清楚，然后再将营养均衡却毫无美味可言的食物递给生无可恋的维特。

这还不是最惨的，最惨的是维特已经形成了惯性反应，每天早上醒来听到闹钟响都不敢再去关掉——仙人掌的滋味他一点都不想再了解。

这就导致不用白龙的监督，每天5点半他就能清醒过来，无论上学日还是双休，雷打不动地用跑步开始一天的悲惨生活。

傍晚，空荡荡的训练馆内静悄悄的，只有绳索牵引摩擦的声音，维特不停地做着翻腾转体动作，白龙则在一旁用力拉着保护绳。

虽然只是在旁边站着，但白龙的背心已经被汗水浸透，不过他像没有注意到一样，将所有精力都集中在维特身上。

"29，28，27，26……"白龙像个没有感情的机器一样报着数字。

维特侧身在地板上，靠腰腹使身体悬在半空中，他的身体微微颤抖着，表情也逐渐狰狞起来——快要坚持不下去了。

白龙故意放慢数数："25，24，23，22……"

维特气急败坏地加快数数："21，20，19，18……"趁白龙不注意，他悄悄地将侧身的幅度慢慢下降。

"直起来。"白龙眼尖得很，打了他的腿。

维特一激灵，不得不再次挺身离地。

白龙重新数数："30，29，28……"

维特咬牙切齿地喊道："白龙，你这个混蛋！"

这一发自肺腑的呐喊耗费了他剩余精力，他再也挺不住了，刚要趴倒在地，米楠却突然出现拎住了他背在后面的胳膊。

"别想偷懒！"

白龙又重新数数："30，29，28……"

维特觉得自己要崩溃了。

不过人的承受能力远远超出自己想象，不逼自己一把还不知道自己竟然能这么经得起折腾。做完腰部训练后，维特又开始蛙跳。

白龙坐在最高台阶上，如同王者一般俯视着在下面拼命卖力的维特。维特抬头看向他时，怎么看都觉得欠揍。拼着最后一点力气，他终于跳到白龙身边，往他身上一倒。

白龙顺势将他接住，给了他一点盼头："今天晚上给你加餐。"

维特看了看一旁笑得古怪的米楠，郁闷地问道："胡萝卜还是生菜，牛肉能双份不？"

白龙微笑道："这就要看你接下来的训练表现了，做得好牛肉双份，做不好，胡萝卜双份。"

维特幽怨地看着他，嘟囔了一声什么，乖乖去继续训练了，都练到这个份上了，怎么也得吃个牛肉双份！

除了日常训练外，维特还会在海绵池里练跳板跳水，白龙则帮他计分和指导动作。一开始维特的分数是 4～4.5，经过一番指导之后，分数渐渐增加到 6～6.5。

因为力量不够，鹭岛七侠还会来帮忙，在他负重跑步时，鹭岛七侠中的两个就坐在轮胎上帮他增加重量。等训练完后，再回到跳板上，他整个人都快要虚脱了。

不过让维特高兴的是，比起一开始转体有问题，他现在能在弹网上转一个漂亮的转身了。

看到他一点点进步，白龙也欣慰极了："上跳板试试。"

维特站到跳板上，腾空，翻腾，转体，一气呵成，虽然转体动作还很生硬，但却抓住时机打开了身体，而且入水时水花很小。

他从水中出来，游到岸边，欣喜地看着岸上的白龙："我会转体了！"

"不错，不过这很值得骄傲吗？"白龙一脸高冷地反问，嘴角却有一丝笑意。

维特根本没注意他的表情，气愤得泼他水，还试图把泳池边的白龙拉下水，被白龙灵活地躲开了。

米楠看着这两人难得的互动，有点欣慰地对于枫说道："小姨，这下我们对港城的胜算要大很多了吧。"

于枫淡淡道："这场比赛的意义不在输赢。"

米楠皱了皱眉，没明白她话中的深意，还来不及问出口，跳水馆的大门突然被推开了，是陆浩然。

"浩然，你怎么来了？"白龙关切地问道，"身体好点了吗？"

"已经好了。我听说了，我们要和港城队打友谊赛，这种时候我可不能缺席。"陆浩然的语气坚决，视线却越过白龙，落在维特的身上。

"身体要紧，不要逞强。"白龙温柔地劝道。

"我没逞强。你上次给我的笔记很有用，我想实践一下。"陆浩然说道。

"实践可以等你身体完全好了之后，这几天我是不会让你下水的。"白龙说。

陆浩然看着白龙关切的眼神，不自觉地退让了："那好吧，不过田林的动作还是有点问题，我是他的搭档，我得留在这里。"

得到白龙应允之后，陆浩然和田林交代了几句，接着就坐到了白龙身边，和他一起观看队员训练。

"田林的爆发力还是差了一些。"陆浩然看着田林的跳水动作，微不可察地叹了口气。

"这在单人跳上确实是他的弱点，不过他和你搭档男双，力量倒是其次了。双人跳需要找到两个人之间的折中点，再给他一点时间，不要太心急。"白龙宽慰道。

陆浩然瞥了白龙一眼，幽幽道："适应彼此，是一种妥协，这样是没办法一起往上冲的，这是从前你告诉我的。"

白龙轻描淡写地说道："这像是我以前说的话，但哪有那么多天生合拍的搭档？现在我倒是觉得双人跳最重要的是两个人培养出默契，而同步协调更是需要长久地磨合。"

陆浩然皱了皱眉："可是我们没有那么多时间了……"

白龙知道他心急，但两人的默契磨合是急不来的。有的人一拍即合，第一次搭档就能找到感觉，非常有默契；但有的人，需要多次训练才能动作同步。

陆浩然和田林无疑属于后者，这就需要他们有足够的耐心。

白龙说道："欲速则不达，你和田林已经有一个很好的积累了。"

陆浩然握了握拳，白龙总是劝他耐心，劝他等田林，可他根本不明白，对于他来说，如果不能和白龙一起跳水，那一切都没有意义！

陆浩然忍不住说道："田林是很好，但我觉得，我换一个搭档会表现得更好。"

白龙在心里叹了口气，平静道："我不觉得队里有谁更适合和你搭档。"

陆浩然的情绪一下子激动了起来，当即挑明道："你为什么要做助教呢？你难道不想再拼一次，参加比赛吗？"

"我会参加，以教练的身份。"白龙淡淡道。

陆浩然定定地看着他，眼中流露显而易见的失望："我真的不懂，明明你那么爱跳水。"

白龙不想再继续这个话题，他站起身来，拍了拍陆浩然的肩膀："去理疗吧，趁这个时间把肌肉状态调整下。田林这边交给我。"说完，白龙头也不回地朝着田林走去。

陆浩然看着他离去的背影，心里的想法更加坚定：白龙，我一定要和你搭档。

对于陆浩然来说，白龙就是他走上跳水之路的缘由。

如果不是看到了白龙的跳水比赛，被他利落的身姿深深吸引，他就不会毅然决然地从游泳队转到跳水队。如果不是白龙如同良师益友一般带他在跳水领域中成长，他就不会是如今的陆浩然。他超乎常人的力量和爆发力，不应该为了配合搭档而被压制，他应该换一个更强大的搭档。而他心目中的那个搭档，毫无疑问，是白龙。

陆浩然仰慕着那个跳水天才，敬佩他，尊重他，想要和他一起站在跳板上。但是没想到3年前的那个事故之后，白龙突然离开了跳水舞台。等他好不容易能够与白龙在一个队里时，却走向了不同的方向。

不过他相信，白龙注定属于跳水这个舞台，他肯定会回来的。等他回来的那一天，他肯定会成为他最完美的搭档。

他会一直等，等到那一天的到来。

到了友谊赛的前一天，陆浩然的身体已经好得差不多了，于枫宣布了明天比赛的出场人员，维特参加男子单人跳，陆浩然和田林准备双人跳。

站在跳台上，陆浩然看到白龙正在池边观摩他，他立刻调整了一下呼吸，以一个漂亮的压水花动作钻入了水面。

池边的于枫满意地点了点头，白龙也露出了一个微笑。

陆浩然钻出水面，甩了甩头发上的水，笑容满面地朝着白龙走去，迫不及待地问道："刚才那一跳怎么样？"

白龙还没有回答，于枫已经开口了："浩然，起跳后展体动作的时机要提前，你滞空够，但现在动作刚完成就入水了，没有留一点调整的时间。"

见白龙看着他，陆浩然自信满满道："这组我跳下来感觉不用调整，入水时间对我够了。"

于枫皱了皱眉："按照我说的再来一次。"

陆浩然抿了抿嘴："好吧，那我跳完这次，就可以提升下组别难度了吧？"

于枫有些生气，坚持道："再来一次。"

陆浩然顿了顿，把视线投向白龙。

白龙也说道："去吧。"

陆浩然只得点了点头，走向3米跳板。

于枫朝着站在预备处的田林说道："田林，你等下，让浩然再跳一次。"

这一次，陆浩然再次跃起完成了反转动作入水。

白龙有些遗憾："还是慢了。"

维特不知道从哪里冒了出来："我看还可以，每个人的风格不一样，都跳成一个样子，那不是机器人嘛，没有美感。"

"但如果完成动作后，身体角度有偏差，就真的没有时间再调整了。"白龙认真地解释道。

维特努努嘴："反正我来跳的话，肯定没有问题！"

白龙看了他一眼："那我就等着看你友谊赛的表现。"

维特冲他挤了挤眼，一脸搞怪地说道："保准让你大吃一惊！"

白龙看着他自信满满的样子，不禁也对维特多了份信心。这段时间他虽然还是有偷懒散漫的时候，但是比起之前完全目无纪律的状态已经好太多了。维特的进步大家有目共睹，他相信维特一定可以在友谊赛上取得一个漂亮的成绩。

于枫在一旁说道："维特，继续你的训练，你可是白龙钦点的男单，不要让他失望。"

维特连连称是，赶紧撤出于枫教练的火力覆盖范围。田林看着他们笑了笑，走上了 3 米跳板，他们都那么优秀，他也不能落后啊！

训练结束后，维特接到了母亲的电话，让他回家吃饭。回想起那块炸鸡，维特心头一软，答应的话脱口而出。说完却又后悔，明天有友谊赛，今天离队不太好。可是母亲那边已经激动了起来，维特再不好反悔，只得跟白龙说了一声，回家吃顿饭。

回到家中，磊磊在沙发上看电视，宋达明和曾苓在厨房里忙进忙出。曾苓见到维特，脸上立刻露出了欣慰的笑容："回来了？饭快好了，来，你先坐一会儿。"

维特不好意思去看她热情的眼神，连忙避开："噢，好。"

"我特地给你做了炸鸡。"曾苓说，语气里有些骄傲，"这两年我一直在练这道菜，大家都夸我做得好吃呢！"

维特心中一阵酸涩，却又暖暖的。

"来吃饭。"宋达明朝磊磊招招手，又招呼着维特坐下，"快吃，别等菜凉了。"

维特默默地坐到桌边，端起碗低着头兀自吃饭，不去看宋达明。曾苓夹了一块炸鸡给他，语气温柔："趁热吃吧。"

维特犹豫了片刻，还是吃了起来，曾苓的脸上露出笑容，话也变得多了："学校还住得惯吗？要是住不惯，你还是回来住吧。"

维特扒了两口饭："我训练多，住宿舍方便。"

曾苓又殷勤地说："我把你的床整理好了，今天就住家里吧。"

一直没有说话的磊磊突然郑重其事地说道："哥哥，你就留下住吧！陪我玩游戏，我一个人很无聊，想和你说说话，好不好嘛？"

这话一本正经不像是磊磊会说的，倒像是大人教他说的。维特看了宋达明一眼，埋头吃了几口菜，犹豫了一下，还是点了点头。

宋达明欣慰地笑了起来："这就好这就好，来来，咱们吃饭，吃饭。"

饭后，宋达明和曾苓收拾着厨余和剩菜，维特和磊磊坐在客厅里看电视里播放的动画片。

虽然答应陪磊磊玩游戏，但是维特跟他丝毫不熟悉，强行凑在一起难免尴尬，加上最近训练的疲惫，维特躺在沙发上很快就睡了过去。

磊磊聚精会神地看完了动画片，刚想找哥哥说话，却发现哥哥已经睡着了，手机就放在他的身边。磊磊眼睛一亮，走到厨房上偷偷看了一眼，宋达明和曾苓正一边洗碗一边聊天，他偷笑了起来，悄悄拿起维特的手机打开了游戏界面。

"维特，要不要吃点水果？"曾苓洗完了盘子，端着一碟水果走了出来。

磊磊立刻把手机藏到了身后，在嘴边嘘了一声，小声说："哥哥睡着了。"

"这孩子，怎么能睡在沙发上呢？"曾苓担忧地说道。

"没事，别叫他了，他肯定是训练累坏了。反正沙发够大，我先去给他拿条毯子。"宋达明说道。

给维特盖上了毯子，客厅的灯也被关上了，3个人放轻了脚步离开了客厅。磊磊迟疑了一下，想玩手机的念头占据了上风。等明天哥哥醒来再还给他，磊磊心想着，带走了维特的手机。

维特这一觉睡得特别好，最后竟然是被窗外的阳光晃醒的。他打了个哈欠伸手去摸手机，这一摸却摸空了。

维特一下子惊醒了，发现自己睡在沙发上，身上还盖了条毯子。他手机呢？现在几点了？比赛是不是快开始了？

维特猛地看向墙上的挂钟，已经是 10 点 30 分了。

"啊！完了，完了，完了！！我快迟到了！！！"维特最后一丝睡意也被吓飞了，他惨叫了一声，从沙发上蹦了起来。

但是还来得及，赶紧拿了手机立刻打车去学校！维特一边想着，一边整个屋子疯狂寻找手机，可是却一无所获。

"算了，不找了，先去比赛！"眼看着时间紧迫，维特忍痛放弃了手机，决定直接去比赛。

可是当他拧下门把手的时候，维特才惊觉家门被反锁了！

宋达明和曾苓上班前顺手把门给反锁了！

维特又是一声哀号，气急败坏地拧动着门把手，质量过关的防盗门理所当然地纹丝不动，情急之下维特一脚踹在了门上，顿时脚趾疼得他鼻头一酸。

比赛现场，白龙拿着手机一次又一次地拨电话，面沉如水。

"还是没人接？"米楠问道。

"重要关头迟到还失联，这也太不靠谱了。"陆浩然皱着眉说道。

白龙心神不宁却还要表现得一脸镇定："大家继续热身。"

就在这时，外面传来一阵嬉笑声，是港城大学的人来了。

白龙立刻感觉到鹭岛全体队员不由自主地站直了身体，看向门口。

于枫带着港城队的教练和队员走了进来，有些面孔是白龙的老熟人，也有一些是生面孔。

陆浩然冷眼打量着港城队的来人，走在最前面的是 4 名替补队员，后面是孙宇和王盛，最后是港城队的主教练明克，长着一张长脸，蓄着胡子，看上去是个成熟睿智的中年男人，一边走一边和身边的一名队员说话，神情温和得近乎谄媚。

和明克教练说着话的那名队员神色淡淡的，漫不经心地朝他们这边瞥了一眼，轻轻点了点头问好，可任谁都感觉得到，这一点头的动作矜持得仿佛纡尊降贵。

陆浩然下意识地屏住了呼吸。

那人是顾云飞，如今港城队的绝对王牌。他曾经是和白龙齐名的同届新秀，刚一出场就以强大的力量和爆发力艳惊四座，唯一能和他匹敌的同龄人只有白龙。随着3年前白龙的退隐，再无敌手的顾云飞接连在各大赛事上斩获冠军，如今名声如日中天。

陆浩然无数次地在录像视频中看到过他，但还是第一次在比赛现场见到他本人。

和他霸气的跳水风格不同，顾云飞长着一张分外俊秀的脸，可如果有人因为他白净斯文的外表误以为他是个性格温和无害的选手，那就大错特错了。

这一点，第一次直面顾云飞的陆浩然深有体会。

顾云飞身上自然而然地带着一股王者气势，刚才他一眼扫过来的时候，明明视线没有落在他身上，却让陆浩然有了一种莫大的压力感，仿佛自己是一只可怜的草食动物，不小心暴露在了肉食动物的眼中，哪怕它并不饥饿，也足够让草食动物惊惧不安。

而对肉食动物来说，它不过是看了一眼而已。

"3年过去，他变强了很多。"白龙神情复杂地看着顾云飞的背影。

"他3年前就不如你，现在也比不上。"陆浩然笃定地说道，"只要学长你肯回来跳水，顾云飞又算得了什么。"

白龙清楚这是陆浩然对他盲目信任，这3年来他虽然还保持着运动员的训练强度，但毕竟远离了跳台，和一直站在比赛第一线的顾云飞没法比。

罢了，都是过去的事情了，白龙定了定神，继续给维特打起了电话，全然没有注意到一旁陆浩然失落的神色。

友谊赛即将开始。

维特心急火燎地在家中翻箱倒柜，他已经放弃找到手机，只求能找到钥匙，但却一无所获。他想用家里的座机给曾苓打电话求救，却记不起电话号码。

"133……7几几来着……"他嘴中念叨着，"算了，不管了。"

他一把抓起家庭电话，拨了号码。

电话那端传来让人崩溃的声音："对不起，您拨打的电话是空号。Sorry, the number you dialed does not exist……"

维特恶狠狠地挂掉电话，换了数字又拨了一次。这一次，他听到电话传来"滴滴"的声音，心情激动起来，突然电话被接通了。

"妈，我被锁屋里了，我有比赛，我都晚了！"他心急地喊道。

电话那端传来尖锐的女声："你管谁叫妈呢，神经病！"

接着便是一阵挂断电话的忙音，维特一脸抓狂。

没办法了，他必须赶到现场去！可是要怎么才能从这里出去呢？

维特的视线落在了窗户上，他立刻冲到窗边往下看去，这个高度跳下去肯定会出事，但是也不是没有办法……维特冲进卧室一股脑儿把床单掀了起来，他要用床单拼接成绳索，然后爬下去！

鹭岛大学这边，参加友谊赛的队员们已经开始做热身运动了，白龙心神不宁地放下电话，压低了声音对于枫说道："还是打不通。"

于枫"啧"了一声："先开始吧，随机应变。"

白龙闭上眼，深吸了一口气，压住胸口的那股火气，这才点了点头。

于枫见他一脸凝重，故作轻松地反问："怎么，是不是开始后悔钦点维特跳男单了？"

白龙抿着嘴，沉声道："他最好有个合理的迟到理由，否则……"

于枫看穿了他藏在狠话下的担心，安慰地拍了拍白龙的肩膀："放心吧，那小子肯定不会出事的。"

说完，于枫向裁判边的米楠示意，比赛即将开始。

第一场是3米跳板男子单人比赛，首次出赛的是田林，他的对手是港城的孙宇。

陆浩然来到热身中的田林身边，对他说道："注意发力，别松劲。"

白龙也来到田林身边，给他打气："田林，放轻松，和平常一样就行了。"

田林点了点头："是！"

向两队教练确认过后，广播员开始播报："鹭岛大学，港城学院校际跳水热身赛，'男子3米跳板'正式开始。"

站在跳台边缘，田林心中默念着跳水的注意事项和要领。

广播员："鹭岛大学，田林，第一组规定动作113B，难度系数1.8。"

评判员拿起黄色提示音器，按下按钮，发出起跳信号。

所有的人都将目光聚集到田林身上，田林长吸一口气，稳住心神后一个飞身，旋转一周半后完美落入水中。

在后面等待的孙宇撇了撇嘴，感觉到对手比自己想象的要厉害一些。全然没有把鹭岛队放在眼里的明克教练此时表情也认真起来，他问身边的人："鹭岛的新人？"

王盛回道："是，今年新来的。"

"于枫是想让鹭岛翻身啊！"明克感兴趣地说道。

王盛露出不屑的神情："这个叫田林的没什么，和白龙相比，差远了。"

顾云飞漫不经心地说道："你把这两人放在一起比较，这叫碰瓷。"

王盛"嘿嘿"干笑了两声。

工作人员在记分板上第一行依次记录裁判给出的成绩，8.0，8.0，8.5，9.0，7.5，田林的最后得分73.8分，于枫满意地点了点头。

田林游到池边，拿起毛巾，朝裁判的方向鞠了一躬。

轮到港城队，信号响起，站在跳板上的孙宇已经要跳了，他的规定动作是201A，难度系数1.7，比田林的难度要小一点。只见他脚尖发力后，腾空向后翻腾半周后入水，比田林入水时的水花还要小一点。

明克笑道："鹭岛和我们港城比，还是差得远啊！"

王盛一脸得意："那是！孙宇最近进步可快了！他跟我说，他最近学会用脑子跳水了。"

顾云飞看都不看他一眼："你也学学，不要每次人是跳下去了，脑子却没带上。"

王盛一时语塞，又不敢造次。

明克笑了起来："王盛，要做云飞的搭档，不拿出十二分的努力可不行。"

王盛只得连连点头应声。

广播员播道："孙宇，201A，9.5分，9.0分，8.5分，8.0分，8.5分，总分：73.95。"

孙宇给各位评分员鞠躬，一转身却叹了口气，显然对自己的成绩不太满意。

站在楼梯上的田林看到对手的分数，脸色变得煞白，他已经发挥到了最好，可是对手却还没出全力。

好似觉察到了田林的视线，孙宇抬头看向他，皮笑肉不笑地勾了勾嘴角，一脸嘲讽，田林愣了一下，茫然地回到跳台上，有些回不过神来。这一走神的结果是致命的，他的第二跳规定动作是101A，难度系数1.6，分别得分为7.0、7.0、8.0、7.5、8.0，最终得分：60。

而孙宇的规定动作是403B，难度系数2.1，分别得分为8.5、8.0、8.0、8.0、8.0，最终得分：85.05。

差距从这一跳拉开了，接下来的两跳田林状态飞速跌落，分别得分61.2和65，而孙宇却越战越勇，两跳斩获93.6和112.5。

前4场比赛下来，田林被压制得死死的，看到最后的比分差距，他的信心被打击得烟消云散，整个人都被低气压笼罩，脸色也难看极了。

陆浩然见状，走到田林身边宽慰道："田林，打起精神来。"

"好的。"田林的声音有气无力。

"什么'好的'，清醒点，别畏首畏尾的。"陆浩然拍了他一巴掌。

田林情绪低落地说道："我……感觉已经尽力了。"

"不能感觉，要真的力竭才可以！"

田林抬头看了陆浩然一眼，又沮丧地垂了下去。

于枫见状，也过去安慰："田林，开始那跳非常好，该注意的都注意到了。你记住第一跳的感觉，还有两次机会，别给自己太大压力，好好去展现你自己。"

田林依然斗志低沉："好。"

当播报员喊出他的名字，他浑身一颤，身体止不住发抖，站到跳板上时都无法平静下来，以致在走板的时候出现了巨大的晃动偏差，入水时溅起了很大的水花。

白龙马上过去查看他的情况，只见他好半天才从水中冒出头来，一脸愧疚。

这时，广播员播报着分数："田林，105C，难度系数2.2，6.0，6.0，

5.5，5.0，4.5，总分 59.4。"

站在预备台的孙宇强压着笑意，自信满满地走上了跳板。

白龙安慰道："田林，没事，还有机会。"

只听着孙宇落水的声音，四周响起了雷鸣般的掌声，广播员报道："孙宇 405B，难度系数 3.0，7.5，8.0，8.5，8.0，8.5，总分 121.5。"

田林的脸色更加难看，垂着头也不敢去看白龙，默默地从水中跳上岸，重新回到了跳板上。

"跳水比赛，比的就是力量、精准、优美。孙宇力量很好，但是准确度有待提升，转体不到位，入水就不直。至于田林嘛，他已经不行了。"明克看着台上已经完全没有斗志的人，不禁笑了起来，"云飞，看来你是没机会出场了。鹭岛没有人是你的对手，也就江白龙值得你认真一战。"

顾云飞缓缓开口道："一个对跳台产生恐惧的人，注定是个失败者。"

明克愣了一下："你在说谁？田林还是江白龙？"

顾云飞没有回答，反而问道："一直盯着江白龙看的那个人是谁？"

一旁的王盛插话道："陆浩然，江白龙的小跟班，还挺忠心的。"

顾云飞轻笑了一声："上次你去鹭岛找江白龙麻烦，就是被他弄了个灰头土脸？"

王盛猝不及防被揭破："你怎么知道？"

顾云飞冷冷地扫了他一眼："是谁给了你我会不知道的错觉？"

王盛被这如刀刃般犀利的眼风扫过，立刻低下了头，正想着怎么辩解，耳边却响起了一声巨大的落水声，拯救了他这一刻的惴惴不安。王盛立刻站起来朝着水池看去，水中的波纹很大，浮在水面的田林正一脸懊恼地击打着水面。

顾云飞听声音就知道这一跳大失水准，连看一眼的心情都欠奉，只平静地落下一句："下次要找人麻烦，记得做得好看点。"

王盛坐回了椅子上，老老实实地说了句"是"。

又一声落水声响起，播报员报："孙宇，第 6 组，5132B，难度系数 2.1，得分 9.0，8.5，8.5，8.5，7.5，最终得分 88.2，男子单人 3 米跳板港城队获胜。"

眼看着田林一脸懊恼,队友情绪低落,陆浩然坐不住了,他找到了于枫,主动请缨:"教练,维特他还没到,我想替他跳接下来的比赛。"

于枫看看白龙,陆浩然又对白龙说:"给我这次机会吧,我想向你展示我真正的实力。"

白龙有些顾虑:"你现在的身体能连跳两局吗?"

陆浩然斩钉截铁地说道:"白龙学长,你放心吧,我绝对可以!"

白龙还有犹豫之际,广播已经播报出了鹭岛队和港城队的分数:"孙宇,总分 574.8;田林,总分 381.4。"

白龙下了决定,向于枫点点头。

"那就由你代替维特。"于枫说,"我去找明克教练商量一下。"

她走到港城队,与明克教练说明情况,两人又一起来到裁判席前,将情况告诉裁判。在得到允许后,两人从裁判席上下来。

"算我欠你的人情。"于枫说。

"哎,小于你说这话就客气了,两队切磋而已,别太认真了啊!"明克不以为意,对他们来说,不管换谁上,都只是玩玩而已。

明克回到了港城队中,来到顾云飞身边,在他耳边轻声说了几句话,顾云飞抬起头,视线穿过人群落在了陆浩然的身上。

"陆浩然?好啊,我上。"顾云飞语气轻快地说道。

王盛纳闷地看了他一眼,顾云飞今天心情不错?刚才看起来可不像啊!

这边,于枫也重新回到队伍,嘱咐陆浩然:"还是要注意开合身体的时机把握,保持平常心。"

陆浩然自信地说:"放心吧,教练,我会赢。白龙学长,你就看着吧!"

白龙正在盯着手机拨号界面看,听到陆浩然的话抬起头,对他微微一笑:"加油。"说完就又低下了头。

陆浩然在原地踌躇了一下,鼓起勇气开口道:"白龙学长,我会证明给你看的!"

证明什么?白龙不解地看着他。

陆浩然头也不回地朝着热身区跑去,他要证明给白龙看,他比维特更优秀！

另一边，顾云飞站了起来，简单地活动了下，回了一趟更衣室摘了隐形眼镜，出来时已经脱下了外套，露出拥有八块腹肌的精壮身体。

明克教练本来还想再叮嘱顾云飞几句，不是叮嘱他跳水注意事项，而是叮嘱他不要玩过头。可是摘了隐形眼镜就"目中无人"的顾云飞已经目不斜视地从他身边走过，朝着热身区走去。

明克教练无奈地看着他的背影，怪不得会有这么多顾云飞为人高傲冷漠难以接近的传言，谁想得到这样一个天才跳水选手离开隐形眼镜几乎就是个盲人呢？

白龙看着顾云飞走近，眼神变得犀利，两人擦肩而过时，顾云飞却看都没看他一眼，这让白龙愣了一下，回过头时顾云飞已经走远了。

顾云飞过来了！

先一步在热身区热身的陆浩然发现他走了过来，神情顿时紧张了起来，可是顾云飞根本没有看他一眼，只是专注于自己热身。即便如此，陆浩然还是隐约感觉到了无形的压力。

王盛跟在顾云飞身后来到热身区，对着陆浩然嘲讽道："你们鹭岛成绩不怎么样，人倒是换来换去的，怎么，当玩儿啊？"

陆浩然咬咬牙控制住自己的情绪："成绩怎么样，比过才知道。"

热身中的顾云飞好像这时候才发现旁边有人，回头看向陆浩然："陆浩然？"

陆浩然莫名其妙，他一个大活人站在这里，刚才他都没看见吗？这也太目中无人了吧！

王盛说道："就是他，江白龙的小跟班。"

顾云飞突然上前几步，逼近陆浩然，这个距离已经超过了礼貌的范围，陆浩然被他的气势压迫，下意识地后退了一步。这一退让陆浩然分外懊恼，不由怒视顾云飞。

顾云飞认真地看着他，雾蒙蒙的眼睛里流淌着异样的神采，陆浩然不甘示弱地回瞪了他，两人的眼神在半空中交汇，仿佛在经历一场看不见的厮杀。

忽然，顾云飞笑了起来，这一笑让他原本就俊秀的脸上隐隐有一种兴致盎然的恶意，而他甚至不屑掩饰这一点。

"那就让我见识一下江白龙的小跟班有几分水平吧，你可别让我失望啊，陆浩然。"顾云飞在陆浩然的耳边说道，说完头也不回地走向了10米跳台。

这短暂的交锋，陆浩然完全被他的气势压倒，紧张到浑身紧绷心跳加速，他再次懊恼了起来，咬牙决定要在跳台上给顾云飞一个漂亮的反击。

站在跳台上，陆浩然往下看了一眼，然后将麂皮布丢到跳台下，感受水的高度变化。他知道此时此刻他必须集中注意力，可是顾云飞的那句耳语却在他耳边挥之不去。

广播员的声音传来："鹭岛，陆浩然，第一组规定动作，301B，难度系数1.9。"

陆浩然来不及理清思绪，下意识地深吸一口气，从高台上反身一跃而下，起跳的一瞬间他就知道自己失手了——时机稍纵即逝，他还没有调整到完美的入水姿势就已经逼近水面，不得不倾斜身体钻入水中，虽然水花不大，姿势却蠢笨难看，完全失了水准。

一旁的鹭岛七侠看到他们的王牌失误，不禁发出一阵叹息声。

陆浩然钻出水面，下意识地抬头看向高台，顾云飞就站在那里，可是却连一个眼神都没有给他。为什么？因为他这一跳的失误吗？

陆浩然的心里涌起浓浓的不甘心，这种被对手无视的羞辱感让他浑身紧绷，白龙叫了他好几声，他才回过神来："你说什么？"

白龙重复了一遍："你感觉怎么样？"

陆浩然抿了抿嘴，假装对刚才那一跳浑然不在意："我没事，下一跳，我会好好发挥的。"

白龙看着他斩钉截铁的样子，担忧的神色一闪而过，顾云飞是什么水平他很清楚，他只希望陆浩然能在这一场比赛里获得一些有用经验，至于胜利与否，他并不在意。但他不能在这时候动摇陆浩然，于是他只能安慰了他几句，起身接着给维特打起了电话。

陆浩然看着白龙脸上的忧虑，一时间分不清这份担忧是给他的，还是给维特的。

10米跳台上，顾云飞已经做好起跳的姿势，听到播报员播报，陆浩然不由一愣，他要跳的动作居然和自己一样！

顾云飞在台上翻身而下，半空中，他的双手、双膝、双脚都打得笔直，屈体与展开时机把握得异常精准，入水后水面瞬时就平复了，只溅起了点点水波。

这一跳，简直完美！无论是力量还是技巧都无可挑剔！

陆浩然怔怔地看着破水而出的男人，水珠从他俊秀的脸上滑落，他睁开眼，嘴角微扬，随手将湿透的发丝捋到了脑后，脸上露出一个似有若无的笑容。

一开始，陆浩然觉得他是一只丛林中的兽王，低调蛰伏却气势强大，可是现在，陆浩然意识到自己错了。

顾云飞是一头虎鲸——大洋之中绝无敌手的杀手之王！

白龙轻叹了一口气，放下了手机。没有想到3年过去，顾云飞又进步了那么多，这一跳竟让人找不出瑕疵。

顾云飞从泳池中出来后，根本没有看陆浩然一眼，径直来到花洒下，陆浩然已经回过神来，一言不发地跟在他身后，沉默地用温水平复自己此刻的心情。

王盛突然走了过来，搭着顾云飞的肩膀，头却朝着陆浩然，语气嚣张："还有脸上去？"

陆浩然深吸了一口气，甩甩头发，没搭理他。

"你要帮江白龙挡到什么时候啊？"王盛大声喊道。

顾云飞面无表情地看了王盛一眼，王盛立刻把搭在他肩上的手缩了回去。

"江白龙是你的目标？"顾云飞突然开口问道。

陆浩然警惕地看着他："是又怎么样？"

顾云飞淡淡道："你的目标太低了，换一个。"

平淡语气中的讥诮让陆浩然气愤难当，他反唇相讥："换谁，你吗？"

顾云飞笑了起来，他平视着前方，好像专心致志地看着陆浩然，又好像视线透过他看向杳不可知的地方："对，我。"

陆浩然冷笑了一声："凭什么？"

顾云飞微微一笑，轻松愉快的语气却如同泰山一般压了下来："凭我会让你败到无地自容。"

陆浩然脑中"嗡"了一声，刹那间一片空白。这一刻顾云飞的脸庞，顾云飞的笑容，顾云飞的话语，如同梦魇一般攻陷了他的心神。莫大的被羞辱感让陆浩然气愤难当，顾云飞以为自己是谁啊，他凭什么自信能让他败到无地自容？

可是潜意识里，陆浩然明白，顾云飞不是大放厥词。现在的他要战胜顾云飞几乎是不可能的事情，除非顾云飞接连失误，而他又超常发挥。这需要他心态足够稳定，还需要一点运气。

王盛看着陆浩然魂不守舍地走上跳台，不由露出了一丝同情之色，他已经跳进了顾云飞的陷阱而不自知。他估摸着，就算是白龙也没指望陆浩然能赢，而是希望陆浩然能从和顾云飞的对战中学到一点经验，这下好了，经验没学到，精神倒是要出问题了。

果不其然，第二次站在跳台上的时候，陆浩然反反复复地咀嚼着顾云飞对他说的话，一时间莫大的耻辱感和压迫感扰乱了他，让他无法静下心来。

广播员播报着："鹭岛，陆浩然，第二组规定动作612B，难度系数1.9。"

陆浩然闭上眼，口中默念着："可以的，一定可以的，陆浩然，你要证明给白龙看，你不会输，你不能输！"

调整了一下心态，陆浩然俯下身，双臂撑起身体倒立，进入全神贯注的境地之中。然而就在发力的一刹那，他犯了一个致命的错误——他看了顾云飞一眼。

顾云飞就站在不远处，脸上带着近乎怜悯的笑容，用嘴形说了两个字：白龙。

——江白龙是你的目标？

——你的目标太低了，换一个。

——凭我会让你败到无地自容。

陆浩然刻意不去想的那些话如同梦魇一般袭来，他一阵恍惚，直直往下坠去，只听一阵巨响，陆浩然以"冰棍"姿势落入水中，当场昏迷了过去。

"陆浩然！"白龙惊呼了一声，丢开手机跳进水池将不省人事的陆浩然拖了上来。鹭岛队更是一片惊呼，于枫冲上来检查陆浩然的情况，现场兵荒马乱。

谁也没想到这场友谊赛会因为这样一个意外结束，幸好陆浩然并无大碍，很快就醒了过来，只是情绪低落精神恍惚，谁也不敢让他继续比赛。

"玩够了？"明克教练了然地问顾云飞，后者已经披上了外套。

他大致猜到顾云飞又做了什么——能让一头猎食动物兴奋起来的，当然是猎物。而顾云飞此刻明显愉快的心情，更说明了他从这场单方面的玩弄游戏里得到了非凡的乐趣。

顾云飞熟练地戴上了隐形眼镜，世界一下子清晰了起来，他语气里带着几分愉悦："勉强尽兴吧。"

"你明明能在实力上碾压对手，为什么总喜欢在精神上折磨他们？"明克教练问出了这个让他百思不得其解的问题。

"靠实力赢起来，太容易了。我喜欢有挑战一点，不论是对手，还是队友。"顾云飞微笑着说道。

他的眼神穿过人群，落在了被包围的陆浩然身上，陆浩然已经醒了，只是人有些恍惚，还有些恶寒，一句话都不想说。

明克教练顺着他的视线，看到了陆浩然，"啧啧"了两声，不怎么虔诚地祈祷这个陆浩然不要因此留下什么心理阴影。

港城队离开了，白龙捏着手机，最近通话的页面里，有一百多通他拨出去的电话，没有一次是打通的。这让白龙越发不安，维特是随性了点，但这么重要的事情，他应该不会迟到那么久。

"教练，你知道维特的家在哪里吗？"白龙问于枫，"我去他家找找看，万一是出了什么事……"

不等于枫回答，米楠突然跳了起来："来了来了，是维特来了！"

白龙猛地回过头，维特慢悠悠地从远处跑了过来，和港城队的人擦肩而过："不会吧，那是港城队的人？这么快就结束了？我还以为赶得上！"

白龙冷冷地看着他，一言不发，低气压全开。

倒是米楠瞪了他一眼："你还有脸说？"

维特低下头，小声嘀咕："我……对不起，我不是成心的！"

胖哥叹了口气："维特，你也太无所谓了吧。"

维特偷觑白龙的脸色，觉得不太对，又看看众人，这才发现气氛低沉得不太正常。

"这是怎么了？我们输了？不会吧！少了我一个你们就真输了啊？"维特想活跃一下气氛，故作轻快地说道。

这一下可捅了马蜂窝，所有人都怒视着维特，米楠气得跳脚："你迟到还有脸说！"

白龙上前几步，来到维特面前，神情冷漠地说道："我果然不该相信你。"

说完，白龙再也不看维特一眼，头也不回地径直离开。剩下的人也没有再理会维特，纷纷跟着白龙向操场走去。

维特尴尬地愣在原处，发现除了米楠之外，竟没有一人留下，不禁大声喊道："好好好，你们都有所谓，就我没所谓！"说完，他怒气冲冲地坐在台阶上。

米楠也准备跟着大家离开，却发现他胳膊肘上有擦伤，不禁问道："你到底怎么回事？"

维特正在气头上，没有理会米楠。他被关在家里为了比赛不要命地往外跑，这群人竟然一句话都没听他解释就责怪他。特别是那呆木头，听听他都说的什么话！

他再也不要理他们了，随便他们怎么想好了！维特自暴自弃地想。

"说啊，到底怎么回事？"米楠晃了晃他的肩膀。

"什么怎么回事，我被锁家里了。就这么回事，反正千错万错都是我的错！"维特还是忍不住，气呼呼地扔下一句话跑了，留下米楠在原地头痛万分。

第　五　章

　　"你就这么跑了？"身后传来陆浩然的声音，维特停下脚步。

　　陆浩然的脸色并不好，站在维特面前都很勉强的样子。

　　正在气头上的维特毫不客气地说："关你什么事？"

　　陆浩然惨笑了一声："的确不关我的事。从比赛还没开始，到比赛结束，白龙学长一直在给你打电话，直到我一跳失误晕了过去，他才丢下手机把我捞上来——大概吧，这段我也是听说的。"

　　维特上下打量着陆浩然，觉得他不太对劲："你没事吧？"

　　"没事，技不如人，而已。"陆浩然的语气冰冷生硬，带着一丝咬牙切齿。

　　"我们，输得很惨？"维特试探地问道。

　　"无地自容。"陆浩然说。不知道是回应维特的问题，还是在说自己。

　　维特一下子心虚了起来，慌忙解释道："我被锁家里了，手机也被带走了，我是从窗户里爬出来的，还摔了一跤……"

　　说着，维特觉得自己有推卸责任的嫌疑，又补充了一句："但我的确迟到了，我道歉。"

　　陆浩然静静地看着他："你该道歉的对象不是我，是提议让你跳男单，对你满含期待的白龙学长。你让他担心，又让他失望。他一整天都因为你心神不宁，生怕你是出了什么意外。"

　　维特懊恼地低下头，踢了一脚石子，扭头往操场走去，走了两步又回过头，对陆浩然说道："……谢了！"

"不用谢。其实，我也得找他道歉。"陆浩然说。

"你道什么歉？不就是输了吗？下次赢回来就好了。"维特直白地用自己的曼谷街头生存经验回了一句。

陆浩然愣了一下，维特已经走远了，他呆呆地在原地站了许久。

自从输了比赛之后，陆浩然就一直被困锁在一种强烈的羞耻和愤怒之中，这种煎熬的感觉让他如遭火焚，可恍然间他清醒了过来，他为什么会这么在意一场比赛的输赢？自从他站到跳板上之后，他赢过多少次，又输过多少次？所有的失败都不过是在为胜利做准备。

陆浩然自嘲地笑了一声，慢慢地往跳水馆的方向走去，步伐越走越快，越走越坚定。

顾云飞！陆浩然咬咬牙，在心中默念叨：下一次见面的时候，他一定不会这么狼狈了！

操场外，维特一眼就看到了正在慢跑的白龙，他犹豫了一下，鼓起勇气追了上去，白龙看都不看他一眼，自顾自地跑步。

维特忍着脚上伤口的剧痛，可怜巴巴地吊在白龙身后，一双眼睛直勾勾地看着白龙的背影。

"白龙，我错了。"维特老实地道歉，因为脚疼说话都龇牙咧嘴，在旁人看来就像是在故意搞怪。

白龙没有反应，继续跑步。

"你听我解释一下，听完再骂我，好不好？"维特死皮赖脸地追了上来，跑到和白龙并肩的位置。

白龙瞬间加速，从旁边慢跑的跳水队员身边"嗖"地穿了过去，转眼就把维特甩在了身后。

维特骂了句脏话，也加油提速，可是没跑几步小腿处就传来一阵阵剧痛，伤口好像流血了，他低头一看，果然，运动裤下已经隐隐透出了血色。他爬下来的时候床单不够长，最后一点高度他冒险攀墙下来，结果失手搞了一身伤，因为时间紧迫只草草处理了一下，这下又裂开了。

迫不得已，维特只好停了下来，先回去处理伤口，等白龙回宿舍再道歉。

白龙见维特没有追上来，忍不住回头看了一眼，却只看到维特离开操场的背影。他板着脸，扭头在跑道上飞奔，好像要用跑步把内心的情绪全部发泄出来。

跳水队的其他队员看到他这么拼命，还以为他是因为比赛输了而生气，也不敢喊苦喊累了，跟着白龙任劳任怨地跑了起来，最后七倒八歪地躺在地上，只剩下喘气的力气。

米楠在一旁看得忧心忡忡，她知道白龙是一个重视规则的人，这一次无论维特有什么理由，缺席比赛就是缺席比赛，可是……

米楠目光一转，看到不远处在和于枫说话的那个身影，不由愣了一下："维特的妈妈怎么来了？"

曾苓很着急，她一听说维特错过了比赛，当即请假来找于枫教练解释情况。

"教练，都是我的错，我上班前习惯性地把门反锁了，这孩子的手机又被他弟弟偷偷拿去玩了，结果人也联系不上，门也打不开，邻居说他是从窗户里爬出来的，还摔了一身伤。这件事都是我们不好，您千万不要怪他。"曾苓焦急地对于枫说道。

于枫叹了口气："都是意外，我也没怪他。"

一旁偷听的米楠回想着维特的话，还有他胳膊上的擦伤，不由沉默了。

维特的缺赛事出有因，可是白龙却还在气头上，维特想解释他都不听，还是她去劝一劝白龙吧。

维特在宿舍里处理伤口，疼得龇牙咧嘴都不敢上药，等到他包扎完毕把带血的废绷带扔进垃圾桶之后，天色已经暗下来了。维特没有开灯，摸黑在宿舍练习一门新技能。

"喂，木头，你有劲没劲？还生我气呢？来，拿着，咱俩一瓶泯恩仇呗！"维特脸上带着僵硬的笑容，一边说着，一边将饮料朝面前的空气递去。

不对，这一条过不了。

维特干咳了两声，重新组织语言："江教练，我知道是我错了，我辜负了大家的期望，我道歉，我反省！"

不行，这条太生硬了。

维特深吸了一口气，故作随意地说道："正好多买了一瓶，给！"

不成，太皮了，白龙听了一准更生气！

维特叹了一口气，看向那空空如也的床上，想不出一句漂亮的道歉话，最终放弃地倒在床上。

宿舍外传来了米楠的声音，维特一下子从床上坐了起来，她怎么跑到男生宿舍里来了？

"……维特真的不是故意的，他是被家里人不小心锁在了家里，并不是故意耽误了比赛，这不能怪他。"米楠语气急促地说道。

"那他至少应该打个电话说明一下。"白龙平静的声音里带着压抑的怒火。

"他手机被他弟弟拿走了！我听他妈妈亲口说的。维特为了赶来比赛，从3层楼爬下来，还摔了一身伤！"

"……"

"维特真的很重视这次比赛的，这件事纯属意外，你不要再怪罪他了。"

脚步声在寝室门口停了下来，维特紧张了起来，不由屏住了呼吸。

白龙会怎么看他呢？他知道了缘由，会原谅他吗？

隔着一道门，白龙清冷的声音传来："他太不把集体当回事了，心思就不在跳水上。"

维特握着饮料瓶的手紧了紧，瓶盖硌得他手心发疼。

"学长，维特可是你亲自挑选的男单啊，你就再给他一次机会吧！"米楠恳求道。

门外沉默了片刻，再一次响起了白龙的声音："我后悔了。当初我就该选陆浩然。"

维特好似被一闷棍打在了头上，天旋地转头晕目眩，浑身上下每一处伤口都撕裂一般疼痛了起来，让他无法呼吸。

门打开了，坐在黑暗中的维特眼前亮起了一片白光，那是来自走廊的灯，照亮了他，也照亮了站在门外神情惊愕的白龙和米楠。

维特感到眼眶发热，胸腔中满腹的委屈像是潮水一样上涌，他猛地站起身，粗鲁地推开门口的白龙，大声喊道："我不需要你的原谅！"

白龙下意识地伸出手要拦住他，可是维特已经头也不回地跑了出去，跑出两步又狠狠把手里的饮料瓶一扔，"哐当"一声巨响。白龙胸口一沉，仿佛那瓶饮料不是砸在宿舍门上，而是砸在他的心上。

米楠小心地看了白龙一眼，轻声说："维特好像很生气……"

"别管他，让他冷静一下。"白龙冷冷地说着，捡起地上的饮料瓶。

瓶子已经破裂了，饮料湿淋淋地淌了一地。他一声不吭地走进宿舍，打开灯，把瓶子扔进垃圾桶。

垃圾桶里有东西，白龙扫了一眼，脸色一变，把整个垃圾桶翻了过来，一堆用过的绷带和纱布撒在了地上，上面赫然是大片大片红褐色的血迹。

"这是……"米楠大吃一惊，"维特伤得这么重吗？"

白龙的嘴角紧紧抿着，视线无法从那堆绷带上移开。

半晌，白龙闭上了眼，深吸一口气，对米楠说道："有件事要麻烦你。"

"什么事？"

白龙转身看向敞开的宿舍大门，低声道："你认识维特的朋友，问问他有没有和他们在一起……别告诉维特。"

米楠难以置信地看着他："学长，你是想……"

白龙沉声道："我去接他回来。"

这一天过得大起大落，从宿舍落荒而逃的维特只是想找同是留学生的狐朋狗友们一起喝酒，没想到被这群损友见色忘友，说是约好了要去联谊，维特不想一个人待着，干脆跟去喝喝酒。

对一个心情不好的人来说，联谊也不过是喝酒的附带项目。维特一声不吭，对几个姑娘爱搭不理，自顾自坐在一旁喝酒，仿佛他的联谊对象是酒一般。

几个姑娘对他的态度从热情变成了冷淡，现在已经沦为了嫌弃，毕竟长得再帅，是个酒鬼那也不行。

维特喝得醉眼蒙眬，眼看着只剩最后一罐酒，他大声喊道："来啊，再给我来两扎！"

姑娘们忍无可忍地对视了一眼,决定撤退,于是虚伪地笑道:"不早了,我们还是先走了。"

"别啊,再聊一会儿吧,不用理会这小子,他就是……就是……心情不好!"朋友之一的班钟忙为维特解释,后面半句还压低了声音,"一会儿就有人带他回去了。"

几个姑娘皮笑肉不笑,气氛一片尴尬。

"维特,我警告你清醒一点啊,不然别怪我们赶你走了!"朋友之二的杰夫生气地说道。

维特摆摆手,一副破罐子破摔的架势:"走就走,有什么了不起的!江白龙,我告诉你,我以后就不回来了!你哭着求我我也不回来了!"

这答非所问的话,让几个姑娘更是莫名其妙,这听起来怎么像是感情问题?

"你和白龙怎么样我们管不着,不过你要是把姑娘们吓到了,我们就和你翻脸!"朋友之三的塞见色忘友地说道。

维特听到白龙的名字,立刻站了起来,一脚踩在桌子上,大声喊道:"江白龙,天上地下第一混账!他没有人性,没有良心,我就算睡大街上,也不会回去跟他住!"

几个姑娘对视了一眼,哦喔,还是同居纠纷啊!

"天哪,白龙快点过来吧,我受不了他了!"班钟痛苦地抱住了头,"早知道就不该答应让他一起来喝酒!"

杰夫和塞也是一脸懊悔。

"白龙是谁?"一个姑娘小声问道。

"是我。"

几人身后传来一个清冷的男声,几个姑娘闻声回头,只见一个清俊的年轻人站在他们身后,就算是在昏暗的酒吧里,周围的光好似也自动地打在了他的身上,让他看起来熠熠生辉。

几个姑娘眼前一亮,羞涩地腾出了一个座位:"你好啊,请坐请坐,一起喝一杯吧。"

白龙礼貌地点了点头,顺势坐了下来:"谢谢!"

杰夫几人看着白龙的眼神顿时幽怨了起来，这人一来就夺走了姑娘们的注意力，他们恨不得他立刻带着维特回去。

　　维特已经喝高了，见到白龙坐在自己面前都反应不过来，还把一罐酒拍在了他面前："喝！"

　　白龙打开易拉罐喝了一口："他喝了多少？"

　　杰夫抢答："快把我们喝破产啦！"

　　白龙微不可察地叹了口气："麻烦你们了，这顿我请。"

　　班钟几人眼前一亮，不只是女孩子会觉得买单的男人有魅力，男孩子也是啊！一听白龙要买单，这几人迅速要来了菜单，疯狂加菜加酒。

　　白龙也不在意，只提醒道："不许再给维特点酒了，他身上还有伤。"

　　醉醺醺的维特一听，立刻激动了起来："我要喝，我还能喝！我的酒呢？怎么还没上来！"

　　白龙要了一杯无酒精的饮料，放在维特面前："你的酒来了。"

　　维特喝了一口，似乎没觉得有什么不对，幽幽道："你人不错，比混账白龙强多了。"

　　桌上几人顿时吃吃地笑了起来，白龙也失笑，硬是板着脸问道："他怎么混账了？"

　　"你问我这个，那我可是三天三夜也说不完！"维特精神了起来，从头到脚地开始数落，"一见面就一口咬定我是个小偷，不肯让我加入跳水队。加了之后又不肯跟我住一个宿舍。住一块了，他又每天大清早逼我起来晨练！最近集训，天天从早到晚折磨我！"

　　白龙问道："如果不训练，怎么出成绩？"

　　维特嘟囔了一声："成绩成绩成绩，就知道成绩。关心队员懂不懂？"

　　杰夫为白龙鸣不平："白龙不挺关心你的吗？"

　　维特大声抗议："他不关心我，他就知道压榨我，把我往死里训！"

　　几人看向白龙，白龙喝了口啤酒，镇定地说道："关心你，不代表纵容你。迟到、偷懒、缺赛，这些都是不能容忍的纪律问题。"

　　"我不是故意缺赛的！"维特顿时激动了起来，"我也想及时赶上啊！但是我能怎么办？！还什么后悔没选陆浩然，那你选陆浩然去啊！训他去管他去啊！来管我做什么！白龙你就是个混蛋！"

白龙直直地看着他，一针见血道："你果然是在装醉。"

情绪激动正在正主面前拼命控诉的维特，瞬间僵硬了：糟糕，演过头玩脱了！

"该，让你骂上头了，这下被抓包了吧。"杰夫幸灾乐祸。

维特垂头丧气地坐了下来，赌气道："反正你就是个混蛋！"

白龙很淡定："嗯。"

维特难以置信："你自己还应了！"

白龙平静道："混蛋来接你回去了，走不走？"

维特愣愣地看着他，还以为自己喝多了产生了幻听。

白龙看着维特手肘上的绷带，语气温柔了下来："我知道，你缺赛是有原因的，不是因为你目无纪律。"

维特的眼睛亮了起来。

"但是，客观上你就是迟到了，你要对迟到的事实负责。"白龙说道。

维特的表情垮了下来："你就是怪我迟到！"

"不只是怪你迟到。是怪你让我……让大家那么担心。"白龙低声道。

维特的表情变得傻里傻气，被酒精茶毒的脑袋一时间理解不了白龙的话，不，应该说是他不敢相信自己听到的话。冷酷的白龙也会有这么温柔的时候？还表达了他的担心？今天喝醉的人是白龙吧！

半醉的感觉和白龙难得温柔的话语，让维特轻飘飘了起来，他茫茫然地就答应了跟白龙回去，茫茫然地回到了宿舍，准备趁着酒意睡个好觉，说不定还能做个白龙温温柔柔照顾他的好梦呢！

结果，一回到宿舍，白龙就变了脸。

"药膏都不涂，随便包一下伤口就敢出去喝酒？坐下，上药！"白龙命令道。

维特不想破坏刚才的良好气氛，老实地照办了。

很快他就后悔了。

"啊——！疼死了！不涂了不涂了，反正它自己会好的！"维特惨叫了起来，抱住伤腿往后躲。

白龙皱着眉，维特的腿上全是细小的伤口，密密麻麻的，右腿小腿还有一道被划开的血口，尽管已经开始结痂，却还是触目惊心。回想起下午的时候维特追在他身后亦步亦趋跑步的样子，白龙忍不住去想当时维特该有多疼。

"加训和上药，你选一个吧。"白龙冷酷道。

维特皱着一张脸，把胳膊和腿递到了白龙面前："来，上药吧！"

白龙似乎想笑，又强忍住了，板着一张脸给维特的伤口消毒涂药，最后仔细包好。

疼到酒醒的维特终于可以躺到床上了，白龙清理了一下换下来的绷带，准备关灯。

"你原谅我了，对吧？"维特眼巴巴地看着白龙。

背对着维特的白龙"啪嗒"一声关掉了电灯。

黑暗中，白龙一贯冷清的声线里似乎透着一股罕见的温柔。

他说："下不为例。"

第二天，米楠一大早就来到了跳水馆，欣慰地看到维特在里面好好训练，而白龙在一旁指导，两人相处和睦，丝毫看不出前一天吵得天崩地裂。她露出了老母亲一般的笑容，终于松了口气。

不过比起干劲十足的两人，其余队员就显得有些沮丧了，昨天输给港城队的事情给了他们不小的打击，看出了这一点，今天训练结束后于枫就把队员们带到了居酒屋，大家一起聚个餐。

"今天把大家叫到一起，是想说一说友谊赛的事情。"于枫猛灌了一杯啤酒之后，把话娓娓道来，"友谊赛我们输了，大家心里不舒服我能感受得出来。"

队员们一脸愧色，纷纷低下了头，特别是陆浩然，他的脸色简直是惨白。

"不过，我觉得这场比赛输得值！"

于枫这句话掷地有声，队员们纷纷抬起头来看她，眼神有些不解。

于枫知道他们并没理解自己的想法，笑着解释："我们的使命刚开始，鹭岛的真正目标是全高赛。虽然我们新加入了优秀的队员，但我们没有经过实战的磨合，大家没有真正的默契，很多队员实力并没有真正提升，这些都是我们的问题，所以要想让大家重视起来，再没有比输掉一场比赛来得更直接了。"说着，她目光坚定地看了全员一眼。

陆浩然紧抿的嘴微微开合了一下，用干涩的嗓音说道："这一次比赛，我犯了很多错误，让大家失望了，对不起。"

"我也是，让大家失望了。"田林沮丧地说道。

"任何人都会失败，我会，顾云飞也会，没有一个运动员是常胜将军，只要我们从失败中取得经验，从哪里倒下，就从哪里站起来，那么下一次，胜利就会是我们的。"白龙说道。

于枫满意地点头："就是这个道理。全高赛的资格赛快要开始了，我们必须进入参赛队伍前 12 名，大家千万不能松懈！"

"好嘞！"

维特用胳膊肘杵了杵白龙，对他挤眉弄眼："从哪里倒下，就从哪里站起来？没想到你这个人看起来冷冰冰的像根木头，其实还挺会灌心灵鸡汤的嘛！"

白龙没搭理他，专心吃饭。

一旁的陆浩然犹豫再三，放下筷子对白龙说道："白龙学长，你回来跳水吧。我们需要你，你才是我们绝对的王牌。"

白龙沉声道："我说过，我会以助教的身份参加这次全高赛。跳水的事情，不要再提了。"

维特看了白龙一眼，心中的那份疑惑再一次浮现。

白龙，他到底为什么放弃了跳水？

和那个李淼又有什么关系？

那一天白龙喝醉后说的"对不起"，又是为什么？

陆浩然见白龙拒绝，有些着急："可是……"

白龙斩钉截铁地打断了他的话："没有可是。"

于枫打了个圆场："好了，比赛的事情大家放在心上，接下来我们肯定要加紧训练。出场人员安排我和白龙会仔细考虑的，大家先完成好自己的训练计划吧。"

这一顿饭维特吃得食不知味，就连特供牛肉都引不起他的兴趣了，他迫切想问一问白龙，可是回想起白龙醉酒时皱着眉的痛苦表情，又觉得问不出口。

散场后，维特找了个机会逮住了米楠："你告诉我，白龙到底为什么不跳水了？"

米楠赶紧做了个"嘘"的手势，偷偷指了指前方："我小姨把白龙抓过去谈心了，估计也是因为这事儿，走走走，偷听去！"

维特立刻精神了起来，跟着米楠蹑手蹑脚地去偷听。

于枫和白龙走到了江边，和两个偷听的家伙只隔了一道树墙，交谈的声音清晰地传入他们耳中。

只听于枫说道："我记得你这么高的时候，喜欢跟我玩，那会儿你可聪明了，教你什么都很快就能学会。你妈老偷懒不带你，就把你推给我。嘿，你还记不记得我带你第一次站在跳台上时，你……"

白龙打断她的话："教练，我现在只想做好助教的工作，跳水的事已经不想了。"

于枫看了看他，转头望向大江："白龙，你有想过，跳水对于你来说意味着什么吗？"

白龙陷入沉默。

于枫又说："我跟何婉14岁那年就相识了，我们每天都在一起，一起训练、一起睡觉、一起谈喜欢的男孩子。我曾经也问过她这个问题，你知道她是怎么回答的吗？"

树丛后的维特小声问米楠："何婉是谁？"

米楠比他还小声："白龙学长的妈妈。"

维特想起那天寝室里的炸鸡事件，一片黑暗中白龙提起早逝的母亲时那份难得的柔软和脆弱，一时间心头沉重。

树丛那头，白龙久久地沉默着。

于枫继续说道："她说，跳水对她来说，就像是呼吸一样自然。她离不开跳水，就像人无法不去呼吸。"

这句话击中了白龙的心扉，他转头去看江面上倒映的灯火，江风吹过他的眼角，带走眼眶中微微的潮湿。

　　在他的记忆中，他的母亲是一个把跳水当作生命一样去爱的人，正是因为她的影响，他从小到大的人生都和跳水纠缠在一起，跳水对他来说，也是呼吸一样自然的事情。

　　他曾经天真地以为，这会是一辈子的事。

　　"白龙，你的妈妈是属于跳台的，你也是。"于枫郑重地说道。

　　白龙的语气里流露一丝惆怅的沙哑："我已经无法再回到那个跳台了。"

　　"你可以，我相信你。"

　　白龙用沉默代表了拒绝。

　　于枫叹了口气："白龙，你知道吗？我们的跳水馆很快就要被撤掉了，学校打算把场馆给别的体育项目。"

　　白龙浑身一震，眼中流露着难以置信。他本来以为鹭岛队的危机只是人员和成绩的问题，没想到，就连训练场馆都成了问题。

　　同样难以置信的还有一旁的米楠和维特，两人差点惊呼出声。

　　"我不想把这个压力带给大家，但我也快瞒不住了。白龙，现在我们只有最后一次机会，全高赛。可是我们已经3年没有进入全高赛了，如果这一次再失败，我们就会一无所有。"于枫说道。

　　"我会全力训练他们的，特别是维特。"白龙沉声说道。

　　"你知道我想听的不是这个。"于枫说。

　　"我给不了别的回答。"白龙说道，"从前，跳水是我的命，但现在，跳水会要了我的命，我不能再害人害己。"

　　——跳水会要了我的命，我不能再害人害己。

　　维特的脑中反反复复地闪动着这句话，直到深夜都无法入睡。他偷偷直起身，看向隔壁床上的白龙，他睡得很安静。

　　白龙的话到底是什么意思？维特从回来后就一直在想，想到半夜也不明白。

　　白龙明明那么有能力，陆浩然他们成天在他面前吹白龙，也无数次劝白龙回到跳台上，但是白龙的态度却一如既往地坚决。

他到底是为什么不再跳水？这和那个李淼又有什么关系？怎么样才能让白龙回来？

维特苦恼地在床上辗转反侧，忍不住摸到手机给米楠发消息："我想不出招来，你有什么办法吗？"

大半夜的，米楠竟然秒回："办法是有一个，但是不知道管不管用，还得你牺牲一点形象。"

维特立刻兴奋了起来："说说看？"

米楠那边一直显示输入中，等得不耐烦的维特连着发了几个问号催促。

米楠："明早来跳水馆，我跟你细说。"

维特等了半天才等到这么一句话，气得狂戳键盘发了几十个表情包过去，但是米楠好像打定主意不回他了，维特只能郁闷地放下手机。

第二天一大早，睡眠不足的维特被白龙抓了起来，痛苦地开始训练。

今天的白龙看起来格外沉默，心事重重的样子，维特撩了他半天都不见他有什么反应，嘟囔着这块木头还真的成了木头。

"你到底有什么计划，快说！"趁着训练的间隙，维特找到了米楠，两人藏在角落里叽里咕噜了起来，像两只密谋中的小动物。

"哎，我想了半天，也只有这个办法了，全靠你发挥了！"米楠说道。

"你倒是说啊，光吊我胃口！信不信我不干了？"维特不满地说道。

米楠看了他半天，叹了口气："我思来想去，觉得你这个人不怎么靠谱呢！要不我还是找陆浩然帮忙去吧，他对让白龙回到跳台这件事，比你还上心呢！"

维特立刻炸了："谁说我不干了，你快说！"

米楠露出了一个狡猾的笑容："那你听好了……"

维特听完，表情立刻垮了下来，一脸她竟然敢在太岁头上动土的震惊。

"快去，白龙能不能回来就全看你的了！"米楠冲他挥了挥手，那眼神仿佛目送一位烈士。

"喂，这我……白龙会杀了我的！"维特大叫了起来，被白龙折腾的这些日子，他已经知道这人是个多么"心狠手辣"的家伙了，这会儿让他去挑衅白龙，这不是作死吗？

"你再偷懒的话，确实有这个可能性。"一个熟悉的声音传来。

维特和米楠哆嗦了起来，齐齐回过头去，白龙抱着手臂站在不远处，冷冷地看着交头接耳的两人。

"快，上吧！"米楠用胳膊肘戳了维特一下，示意他抓紧时机。

维特深吸了一口气，为了白龙能回来，他拼了！

"江白龙！"维特突然站直了身体，大声喊出了白龙的名字，惊得整个场馆的人都停下了训练，就连3米跳板上正要往下跳的陆浩然都停住了动作。

白龙面无表情地看着维特："场馆内禁止大声喧哗。"

"你听我说完！你成天让我训练这个，训练那个，我不服！"维特大声喊着，紧张得心脏狂跳了起来。

白龙皱了皱眉："我是你的教练，你必须服从我的安排。"

"可以啊，但是你得证明给我看，你有做我的教练的实力！"越演越顺的维特趾高气扬地说道，"怎么样，我们比一比，敢不敢？"

白龙冷冷一笑："看来你对自己的实力有很大的误解。"

维特眼睛一亮，上前一步站到白龙面前，和他四目相对："我们打赌，要是我赢了，你就必须答应我一件事！"

白龙的语气里充斥着一种让维特毛骨悚然的气势："可以。但要是我赢了，接下来的时间里你就得无条件服从我的命令，哪怕我让你半夜爬起来跑步，你也得照办。"

维特不禁打了个哆嗦，完了完了，这要是输了，他妥妥要被白龙往死里折腾啊！

白龙啊白龙，为了让你回到跳台，我可是豁出去了啊！维特在心里惨叫。

"一言为定！"维特面上不动声色，牢牢稳住自己此刻的嚣张人设，其实内心慌得不行。

"我来当裁判！"米楠赶紧站了出来，给小伙伴维特分担了一点火力。

白龙瞥了她一眼，又在维特身上停留了几秒，头也不回地朝着更衣室走去。

"死定了，白龙刚才那眼神是想杀了我啊！"维特身体往后缩了缩，对出了这个馊主意的米楠吐槽了起来，"我要是输了，他非把我做成红烧维特、清蒸维特、油炸维特不可！"

"往好处想，白龙都3年没跳水了，你努力努力，说不定能赢呢，加油！"米楠不怎么真诚地宽慰他。

维特觉得米楠完全是个猪队友，骗他来送死！

比赛开始了。

这次比赛的规定动作由抽签决定，有6个组别，一人分别抽取3个动作。白龙先抽，抽到的是1。

米楠道："113B，难度系数1.8。"

白龙走上跳台，凝神静气，准备助跑。

台下的众人都屏气凝神地看着他，维特更是为他捏了把汗。

白龙开始跑动起来，每一步都干练稳健。他迅速起跳，以优美的身型纵身一跃，干净利落地落入水中，一气呵成将113B的动作漂亮地完成。

"漂亮！"陆浩然激动得惊呼了一声，带头鼓掌，紧接着整个跳水馆都响起了热烈的掌声。

维特又是惊喜又是苦恼，惊喜的是白龙离开跳台3年，再次跳水的时候发挥仍然如此完美，苦恼的是，他离半夜起来跑步又近了一步。

几位评审打分，分别为"9分，9分，9.5分"，最终得分49.5。

维特来到抽签的地方活动手腕，暗暗做了个祈祷的手势，这才伸手抽签。他抽中的是5号，规定动作是5132D，难度系数2.1。他稍稍松了口气，只要他完成得比训练时好点，也不是赢不了白龙嘛！

走上跳台，维特一路都在调整自己。白龙的表现比他想象的要更优秀，他的压力自然很大。但是，只要站到跳台上，他就不想输！

他要赢下这一场赌约，赢过白龙，只有这样，白龙才能回到跳台上，重新绽放光彩！

维特闭上眼，长吸一口气，大拇指使劲抠着食指关节，努力让自己镇定下来。虽然他不擅长转体，但之前白龙给他的特殊训练让他已经能够克服这个问题，现在只要想起当时的感觉就行。

他在心里给自己打气：加油啊，维特，为了让白龙回来，你必须赢！

维特助跑起来，以完美的身形跳跃而起，一个漂亮的转体，最终干净利落地跳入水中，没有激起太大的涟漪——竟然比他平常训练时完成得更好！

"8分，8分，8.5分，"米楠喊道，"最终得分51.45。"

维特从水中露出头，双手捋了一下金发，四处寻找白龙的身影，见他就在不远处看着自己，顿时喜笑颜开，冲他使劲挥手，得意地说道："白龙，怎么样，怕了没？"

白龙的视线因为这一头金发恍惚了一下，他嘴唇微微开合，一个熟悉的名字就挂在嘴边，又被他咽了下去。

维特敏锐地注意到白龙的神情变了，他既没有回应自己的招呼，也没有说什么话，沉默地朝着抽签处走去，留给他一个孤独的背影。

这又是怎么了？维特迷惑不解。

白龙梦游一般抽了签，他不知道自己是怎么再一次走上跳台的。

耳边响起巨大的噪音，数不清的尖叫声围绕着他，视线开始发黑，大片大片地出现空洞，前方的跳板扭曲了起来，脚下的池水浮现了猩红的颜色。

白龙的双眼毫无焦点地看着前方，耳边响起梦中的那个声音："欢迎大家来到全国高校跳水资格赛现场……"

"白龙，第一个动作，我们一定要拿个开门红！"

"跳啊，跳啊，跳啊——啊！！！"

米楠见白龙迟迟没有起跳，大声喊道："白龙，6243D，难度系数3.2，准备好起跳了！"

维特抬头看向跳板上的白龙，使劲祈祷，失误，失误，失误，必须得失误，不然他就要被拉开分数了！

正在心里念得欢，下一秒，维特满脸震惊地看着跳板上的人影笔直地坠了下来。

恍惚间，所有人都看见，一条伤痕累累的白色长龙从天空中落下，重重地跌入了水中。

"白龙——！！！"维特的心跳都差点被吓停了，不顾一切地跳入水中，奋力将白龙从水中捞了起来，现场一片大乱！

白龙睁开眼，第一眼就看见抱着他急得要哭了的维特，刹那间维特的脸和记忆里那张挥之不去的面孔重叠在了一起，他说不清这一刻自己是伤感还是欣慰，抑或只剩下一片空洞的悲伤。

"你吓死我了，我……我还以为你要出事了！"维特急促的声音里带着一丝哭腔，他刚一祈祷白龙失误，白龙就真的从跳板上掉下来了，他愧疚难当，又焦急难当，情急之下眼泪都掉下来了，幸好浑身的水珠掩盖了他这一刻的狼狈失态。

白龙闭上了眼，这是维特，不是李淼。

维特关切地问道："你感觉怎么样啊？还好吗？刚才怎么回事啊？"

"没事。"白龙的声音前所未有地冰冷。

米楠跑了过来，上下打量着已经站起身的白龙，确定他没事后才松了口气："没事就好。第二跳失误，没有成绩。维特，该你抽签了。"

维特火气上来了："都这样了还跳什么水啊？不比了！"

被吼了一声的米楠愣了一下，讷讷地说不出话来。

白龙回过了头，眼神空洞，一贯清冷的声线比以往任何时候都要飘忽："是我输了。我会答应你一个条件，说吧。"

本来是想听到的话，但此刻维特却并不觉得开心。他沉默了一会儿，觉得还是没法放弃这个难能可贵的机会。

"那你就加入跳水队！"维特大声说道。

白龙自嘲地冷笑起来："即使我跳成那个鬼样子？"

维特上前几步，双手扶住白龙的肩膀，坚定地说道："从哪里倒下，就从哪里站起来！这不是你自己说过的话吗？江白龙，你要是再做逃兵，我看不起你！"

这一刻，维特的眼睛里仿佛有两团火焰在熊熊燃烧，白龙不由怔忪了。

这股信念，这股勇气，他曾经也有过。

是什么时候消失的呢?

"我不知道你和那个李淼到底怎么回事,我也不管什么替身不替身,要么你回跳台,要么我们一起滚蛋,我就问一句话,你还跳不跳水?!"

所有人都屏住了呼吸,米楠更是绞紧了双手,放在胸口祈祷了起来,整个跳水馆安静得一根针掉下都能听见声音。

"我跳。"一片寂静中,响起了白龙的声音。

维特死死盯着白龙,他清俊的脸上隐隐地散发着光芒,维特说不清这是一个什么样的神情,既悲伤、又温柔、还决绝。

白龙语气决然地告诉维特:"我答应你,回来跳水。"

跳水是他的呼吸、他的生命、他的一切,无论遭受过多少的痛苦和挫折,也无论跳下去需要承受多少危险,他都注定无法割舍。

江白龙离不开跳水,因为人不能不去呼吸。

"太好了!""啊啊啊!学长答应跳水了!!""哇唔——乌拉——鹭岛有救啦!"全场的人都欢呼了起来,欢快的气氛充斥着整个跳水馆。

"哦耶!你答应回来跳水了!"维特激动地蹿了起来,拉着白龙全场飞奔,跑完还要高高举起白龙的手,"大家看好了,这位就是我们鹭岛队新加入的王牌——江白龙!接下来,我们要为了全高赛一起努力,我们的目标是……"

米楠双手放在嘴边,大声喊道:"冠军!冠军!冠军!"

维特哈哈大笑:"你膨胀得太快了吧!"

"有了白龙学长,我们当然要膨胀!"米楠得意洋洋地喊道。

陆浩然站在人群中,默默看着这场闹剧变成喜剧。

他难以置信,让白龙答应回来跳水的人,不是他,而是维特。

陆浩然握了握拳:没关系,学长已经答应回来了,这是一个很好的开始。他要更加努力,这样才能跟得上学长,他的目标一直都没有变过——他要和白龙双人跳!

第 六 章

自从白龙答应归队跳水之后，鹭岛队的训练状态一下子上了一个新台阶。一到训练时间，跳水馆里就是一片忙碌热闹的景象，跳水队员们井然有序地进行着自己的训练内容。

在这热火朝天的气氛中，只有维特，他一如既往地想着偷懒。

维特刚做完了一组动作练习，鬼鬼祟祟地张望了起来，看到白龙正在专心致志地练习转体，根本无心关注他之后，他大大方方地溜到一边休息去了。

和白龙打赌逼他回来跳水真是个明智的决定——偷懒中的维特得意地心想着。

结果他还没舒服几分钟，米楠就一路小跑过来，气势汹汹地说道："看来白龙说得果然没错，你肯定会趁他没注意，抓紧时间偷懒！他让我多看着你点！"

维特哀号了起来："你这个叛徒，再也不是小伙伴了！"

米楠哼哼了两声："快回去训练，不然我就报告给白龙！"

维特不情不愿地站了起来，拖拉着步子走了两步，发现白龙已经从垫子转移到了热身区，看样子是想上跳台。仿佛注意到了维特的视线，白龙回过头，用眼神示意他回去训练。

维特哪里肯老实听话，干脆三步并作两步跑了过去，骚扰起了白龙："白龙，你要跳水吗？我也来啊，我们来个双人跳怎么样？"

这一声吸引了陆浩然的注意力，他警惕地看向维特。

白龙冷淡地摇了摇头："我只跳单人。"

维特向来是个不看人脸色的，自来熟地用胳膊勾住白龙的肩膀，嬉皮笑脸地开起了玩笑："哎呀，别这么冷酷地拒绝我嘛，我们是什么关系啊，我们可是一个宿舍的小伙伴呀，论默契，全队没有人比得上我们！还记不记得我俩那次手表跳水？同步率杠杠的！"

陆浩然脸色一沉，心中的不安迅速扩大。他自诩足够了解白龙，但是毕竟从来没有和白龙双人跳过，他没有能和白龙绝对默契的信心。就连了解白龙这一点，他都好像输给了维特，毕竟说服白龙回来的人是维特，不是他。

白龙把维特的胳膊拉了下来："为了逃避训练，你还真是什么都说得出来。再偷懒我就要给你加训了，别忘了我还是你的助教。"

维特闻言，对他做了个搞怪的表情，一溜小跑回去训练了。

白龙收回视线，继续做热身运动。

一旁的陆浩然在原地犹豫了半天，忍不住走上前去："白龙学长。"

白龙见来人是陆浩然，语气温和地问道："什么事？"

陆浩然嗫嚅了几声，决定委婉一些："我发现，你习惯用左脚起跳。"

"是，怎么？"

"可是我习惯用右脚，你说，我是不是调整一下比较好？否则我们搭配起来可能会影响节奏。"陆浩然一脸希冀地看着白龙。

白龙立刻就明白了他想说什么，白龙很清楚自己的状态，虽然大部分时候他能够在跳台上控制好自己，但是这仅限于单人跳水。一旦要双人跳水，风险就会增加到一个不可控的程度，特别是对他的搭档来说。

"我还在找状态，还是先把单人跳练好再说吧。"白龙语气坚定地说道。

再一次被拒绝了。陆浩然看着白龙离去的背影，想要和他一起跳水的想法却没有丝毫动摇。他知道以自己现在的能力，想要配合白龙还是很勉强，他必须加大对左腿的力量训练。

之后的训练中，陆浩然开始尝试改变身体惯常的协调性，一边跑步一边将重心转移到左脚。虽然尝试左脚起跳的动作还不习惯，会出现磕绊，不过他一点都不在意。只要想到能和白龙一起跳水，即使再辛苦他也甘之如饴。

除此之外，他每天都会看白龙的训练录像，观察白龙跳水时对力量的掌控情况。如果看得不够清楚，他便一遍一遍地重看，并跟着练习，直到对白龙的动作了然于心。

对于陆浩然的这些改变，刚刚回到训练场上一心训练的白龙没有注意到，现在的他只想要尽快找回状态，重新回到跳台上，为此他没日没夜地训练着，想要将丢失的这几年时光重新找回。

这天晨练结束，队员们陆陆续续地回到训练馆。

陆浩然默默看着白龙，数着他的迈步节奏，这些天他一直对着白龙的录像视频练习，很快就跟上了白龙的节拍。起跳、翻转，两人行动一致，等到白龙跳完，陆浩然微微笑了起来，自言自语道："5253B。"

这是白龙每天都练习的动作，他已经了然于心，有信心跟得上白龙的节奏。

轮到白龙跳水了。

于枫在下面嘱咐："白龙，你在技术上不成问题的，重要的是找回跳水的竞技状态，放开了跳，不要太在意得失。"

"我明白。"白龙应道。

陆浩然排在白龙后面，故意紧挨着他走，想给他一点暗示，但没承想白龙一脸专注地做着准备动作，根本没有注意到他。

陆浩然只有开门见山："学长，要不我们试一次？"

白龙回头看到学弟的目光中满怀希望，又有几分胆怯，仿佛被他拒绝就是天塌地陷一般的打击。

但白龙还是拒绝了："我们之前没一起练过，这样很危险。"

陆浩然自信地说道："我能跟上你的节奏，你就跳刚才那个动作，不用换！"

白龙仍想拒绝，正好看到田林从后面跑上来排队，他立刻叫住了田林："田林，你陪浩然一起跳吧。"

田林老实地点了点头："好！"

白龙走了，一旁的维特摸了摸下巴，好奇地问陆浩然："你就这么想和那根木头双人跳啊？"

陆浩然瞪了他一眼，严肃道："白龙学长才不是木头！他是我见过最有天赋的跳水运动员，我当然想和他一起跳水！"

维特回想起被训练狂白龙支配的恐惧，撇了撇嘴道："反正我不想。不和他一起跳已经被他这么折腾了，要是真的和他做了搭档，那还不得累死。"

陆浩然气愤道："就算累死我也甘愿！"

维特吹了声口哨："那你加油，祝你好运。"

陆浩然看他这副满不在乎的样子，更是气不打一处来，维特来到跳水队后，于枫教练和白龙对他的关注程度，大家有目共睹，可是维特却连训练都吊儿郎当，这让一贯认真的陆浩然非常看不惯。

上一次和港城队的友谊赛，选择男单的时候，白龙选了维特而不是他，这件事让陆浩然一直耿耿于怀。

他在白龙心中不是第一位的，陆浩然完全无法接受这个事实，他迫切地想要证明给白龙看，他不但能跳得比维特好，更可以成为白龙当之无愧的搭档！

想到这里，陆浩然猛地转头看向跳板上准备起跳的白龙，算准了他的起跳时机，突然发力跟随了上去。

维特傻眼了，他愣愣地看着陆浩然像是受了什么刺激一样，不假思索地就跑了起来，还越跑越快，随后迈上跳台，赶在同一时间和白龙抵达了起跳点。

先一步起跳的白龙，在视线的余光里看到了一个身影，他的瞳孔猛然收缩，眼前一片刺眼的白光，如同千万根细密的针扎入他的眼球——

眼前的画面天旋地转，白龙再一次被那种巨大的恐慌感攻陷，脑中一片空白，唯有一个熟悉的声音在他耳边响起："白龙，我们一定要拿到全高赛的冠军！"

下一秒，金色的头发在一片血红的池水中漂浮……

噩梦重现！

陆浩然顺利起跳，有条不紊地做着5253B的动作，顺利结束转体准备入水，耳边却传来"砰"的一声落水声，他赶紧浮出水面，大喊了一声："白龙学长？"

　　四周响起一片惊呼声，陆浩然茫然不知所措，一时间懵住了。

　　"我靠，陆浩然你发什么疯！"跳台上传来维特的声音，他一个翻身跳下了水，没来得及调整姿势，水花溅了陆浩然一脸。

　　等到陆浩然再次睁开眼看清楚，维特已经从水里将白龙捞了起来。白龙急促地咳嗽了两声，用力抹了一把嘴角，殷红的血迹溅落在池水中，迅速消失。

　　"白龙学长，你……你没事吧？"陆浩然慌了，他赶紧游过去要去扶白龙。

　　"滚开！"脸色异常的白龙低吼了一声，一把甩开了陆浩然的手。

　　无论是扶着白龙的维特，还是被他甩开的陆浩然都愣住了。

　　盛怒之中的白龙大口大口地喘着气，指尖还在发抖，似乎受到了极大的刺激。

　　陆浩然连道歉的话都不敢说了，呆呆地站在水池中，看着维特把白龙拉上了岸。

　　米楠给白龙递上毛巾，于枫赶过来想询问白龙的状态。白龙却丢下所有人一言不发地走向了更衣室。

　　维特一贯开朗的脸上没了表情，他看着白龙的背影，直到他消失在了门后。

　　"维特，你要去哪？"米楠看到维特也朝着更衣室大步走去，连忙拦下他。

　　"我要和白龙聊聊。"维特觉得不能再任由白龙逃避下去了，他的身上一定出现了严重的问题。

　　"你不能这么贸然去问啊，先让白龙冷静一下吧。"米楠说。

　　于枫教练面色凝重道："维特，你不要冲动，这件事情需要……从长计议。"

　　"你们到底是怎么回事？！"维特的声音突然提高了，不光是米楠被吓了一跳，所有人都被惊住了，"我真是搞不懂，白龙生病了，你们都没有发现吗？两次了，这两次失误绝对不是巧合，你们就任由他继续下去吗？白龙为什么不再跳水，3年前到底发生了什么，他为什么会出现这种不该出现的失误？你们不去问，我去，反正我一定要弄明白！"

说完，维特冲进了更衣室，一把反锁了大门。

离开水池后，白龙在镜子前捧起了一把水泼在了脸上，强迫自己冷静下来。可是冰冷的水并不能将那个梦魇驱除，反而让他越陷越深——

"这次比赛我们跳6243D怎么样？"他将填好的表格递给身边的金发少年，期待地问道。

"不行，没有双人跳选倒立动作的，太难了。手臂挡着，看不到对方，很难同步。"李淼皱皱眉，觉得太过冒险。

"正因如此，我才想试试，学长，如果成功……"

李淼看着白龙眼中的光芒，也被感染："没错，如果成功，我们将会是第一组跳这个动作的人！"

"我们一定会成功的。"白龙信心十足地说道。

"没错。"李淼点了点头。

"砰"的一声巨响，大门被人关上了，还落了锁。

回忆中止，白龙回过头，看到来人是维特。他连身体都没擦一下，浑身的水湿淋淋地落在了地上，这让白龙不禁皱了皱眉。

"有一件事，我今天一定要问明白。江白龙，3年前到底发生了什么事，让你离开了跳台？"维特一字一顿地问道，收起了笑容的神情前所未有地严肃。

白龙的手指不受控制地痉挛了一下，他干脆握成拳。

"与你无关。"他说。

维特的火气顿时上来了，他上前几步逼近到白龙面前，抬头说道："那李淼呢？我做了那么久的'替身'，你总该告诉我，李淼是谁了吧？"

他没有错过白龙眼中一闪而过的暗淡和无措。

"他是……我从前的搭档，一个真正的天才。"白龙轻声说道。

"你不再跳水，和他有什么关系？"维特又问。

其实他知道一些，从王盛放过的狠话，和周围人怪异的态度里，他隐隐约约猜到了一些，他只是想要一个明确的回答，从白龙的嘴里。

白龙的神情再一次冰冷了下来，浑身都竖起了防备的尖刺，看着维特的眼神也变得戒备又疏远。

"我为什么要告诉你？"白龙冷冰冰地反问。

维特简直被他气笑了："为什么？你好意思问我为什么？你跳成那副鬼样子还不让我问清楚吗？江白龙，你给我清醒一点……喂，你去哪？"

白龙拉了一下门，发现上锁了，又拧开了门锁。

维特冲了上来按住他的手："不许走，你今天必须给我解释清楚！"

白龙想推开他，一甩手却正好擦过维特的脸颊，空气中响起了一声脆响，维特愣住了，白龙也愣住了，更衣室里突然安静了下来。

维特捂着脸颊，嘴唇哆嗦了一下，白龙别开脸不去看他的眼神，拉开门头也不回地离开了。

维特一拳砸在了墙面上，愤懑地骂了一串泰语脏话，把进来看情况的米楠吓了一跳："怎么回事啊？白龙学长刚才的脸色好可怕。"

"我不管他了，让他去死！"维特大吼了一声。

米楠的眼眶一下子红了，更衣室里很快响起了她一抽一抽的抽泣声，低低的。

"别哭了，哭得我脑壳疼。"维特缓和了语气，闷闷地说道。

"我也不想哭……可是……可是……我……"米楠哭得更伤心了。

"3年前到底发生了什么事？"维特问她。

米楠摇了摇头："我不知道，小姨从来不肯跟我说。"

"我知道。"门外，一脸惨白的陆浩然说道。

两人一起看着他，陆浩然的神情惶恐又颓然："但是我不知道，这件事给白龙学长这么大的创伤。我以为，我以为他已经好了……"

白龙一个人走到了江边，吹着风，等待自己的情绪和缓下来。

于枫知道他每次心情不好就会来这里："白龙。"

白龙远远地看着她，于枫教练脸上的担忧和关心之色瞒不过他的眼睛，他走了过去，低声道歉："对不起，今天的事情，是我的问题。"

于枫叹了口气："明天和浩然聊聊吧，他今天可算是吓坏了。"

白龙沉默地看着江边，郑重地点了点头。

"今天是意外吗？"于枫问道。

白龙的手指再一次痉挛了起来："不是。"

于枫心下一沉。

"每当这种时候，我很容易控制不住我自己。一旦受到刺激，就很容易失控……我肯定不能回去跳双人了。"白龙语气沉沉地说道。

"我明白了，你好好跳单人吧，不要给自己压力。"于枫安慰道，"另外，你得找个时间和心理医生聊聊。"

白龙抿了抿嘴，他自己也知道这种情况是不对头的，他会去努力克服，但要让他对医生剖析自己，他还是不愿意。

"明天是周末，回家好好睡一觉，有什么事情随时联系我。"于枫拍了拍白龙的肩膀。

白龙垂下眼帘，浓密的睫毛在他的脸上留下了两道深深的阴影："好。"

自从开始恢复跳水，白龙就更少回家了，但是今天情况特殊，他不想留在寝室里，加上正赶上周末，他难得地回到了家中。

父亲江湛见他回家有些意外，但还是很高兴地多做了几道菜，只可惜父子俩都不是话多的人，这一顿饭吃得很是沉默。

"助教的工作，做得怎么样？"江湛问道。

"挺好的。"白龙说。

江湛看了他一眼，轻描淡写说道："我托人帮你留意工作的事情，最近有眉目了……"

白龙打断了江湛的话："爸，我最近要忙着带队，工作的事情不着急。"

"你不着急，我着急，当助教对你以后工作有什么帮助？还是说，你就是想跳水？"江湛逼问道。

白龙没敢把自己回去跳水的事情告诉江湛，猛地听他这么说，心虚又愧疚。他很清楚，父亲只是太担心也太害怕了，3年前的事情，受伤的人不仅仅是他，还有他的父亲。

知子莫若父，江湛敏锐地感觉到白龙情绪的变化，他哆嗦了一下嘴唇，脑中闪过一个可怕的可能："你回去跳水了，对不对？"

　　白龙沉默地点了点头。

　　"跳水，到底有什么魔力？你妈跳到瞎掉，你跳到肺炎，还差点害死了人，你们都不要命的吗！"江湛这双因为维修钟表而格外稳定的手微微颤抖着。

　　白龙痛苦地闭上了眼，当年的一切历历在目，这是他一辈子都无法醒来的噩梦。

　　"对不起，爸，但是，跳水对我来说，真的像命一样重要。"他说。

　　江湛痛苦地大吼一声："别说了！你别说了！"

　　白龙闭口不言，江湛闷头抽烟，父子两人谁也说服不了谁。

　　许久，江湛声音沙哑地问道："你身体，怎么样？"

　　白龙听出他有意缓和气氛，松了口气："没有问题。"

　　江湛不怎么信任地打量着他："眼睛呢？"

　　白龙抿了抿嘴："早就好了。"

　　江湛叹了口气："你性格像你妈妈，从小就有主意，我劝不动你。现在你翅膀硬了，我更管不了你了，你最好老实一点，要是让我知道你又动不动肺炎住院一个月……"

　　白龙断然道："不会的，我会注意身体。"

　　江湛深深地看了他一眼："你最好说到做到。"

　　白龙郑重地点了点头："我保证！"

　　江湛掐灭了烟头，转头看向柜子上的相框，白龙顺着他的视线，和他一起看着那张照片——那是他的母亲何婉的照片，照片里，何婉捧着奖杯笑得一脸幸福。

　　白龙记得，那是他的母亲拿过的最后一个奖杯。在那之后，失明、退队、抑郁、癌症……一切接踵而来。她离开了她最心爱的跳台，在她人生最后的时光里，白龙再也没有在她的脸上见过那样纯粹的笑容。

　　"你妈妈走之前，我问她，跳水就这么重要吗？"江湛的声音疲惫沙哑，带着一丝颤音，"她说了和你一样的话。她说，跳水对她来说，就像命一样重要。"

白龙垂下了眼帘，忍住了这一刻眼中的潮湿和喉咙间的酸涩，他轻声说了一声"对不起"，虽然他知道，他的父亲想听的不是这句话，但是他却只能给出这个回答。

这一晚，白龙做了一个梦。

与其说是梦，不如说是一段被他埋在记忆深处、不堪回首的过去。

"李淼！李淼！"

"白龙！白龙！"

"鹭岛！鹭岛！王者必胜！"

听着观众席上整齐划一的口号声，在盥洗室里冲洗身体的李淼不禁笑了起来，他甩了甩一头亮眼的金色短发，用胳膊肘碰了碰白龙。

白龙的脸上带着一抹病态的红，被李淼一碰，他膝盖一软，趔趄了一步。

"小白，你还好吗？"李淼摸了摸他的额头，发现温度偏高。

"我……"白龙已经感觉到自己状态不对，可是还没开口，他迎上了李淼充满希冀的眼神，就在嘴边的话拐了个弯，"我没事。"

"没事就好。我们坚持了这么久，就只为了这最后一场，你一定要坚持住！只要跳完6243D，我们肯定能够名声大振！"李淼给白龙打气。

白龙用力点了点头："最后一场，我可以的！"

提出跳6243D的人是他，现在他不能让李淼失望，只是一点发烧而已，他可以克服。

"对，最后一场了，"李淼兴奋起来，一手拉住他，"白龙，我们一定要拿到全高赛的冠军！"

播报员报出了两人的名字。

"教练，我们去了。"李淼领着白龙一起走上了跳台。

于枫微笑着点了点头，李淼和白龙已经和第二名拉开了差距，这一跳只要发挥正常，拿下资格赛冠军不在话下。

站在跳台上，场上的观众热烈鼓掌，期待着这对黄金搭档为他们带来罕见的6243D动作。

白龙的视线开始发黑，一阵阵地扭曲，他感觉很热，又很冷，手心不断地冒出冷汗，让他双手颤抖。

　　"不要担心。"李淼坚定地看了他一眼，"就像我们平常练习的那样完成就可以了。"

　　白龙点点头，他看了一眼塑胶跳台，是老式的胶垫没有防滑纹。他伸脚踩了踩，比鹭岛的滑。

　　"这跳台比我们鹭岛还不行。"李淼嘟囔了一声。

　　"你说什么？"白龙看见李淼张开了嘴，却恍惚得什么都没有听见。

　　李淼笑了起来："我说，我们一定要拿到全高赛的冠军！"

　　这一次，白龙听见了，这句话牢牢地刻在了他的心头，成为他这一刻带病上场的信念。

　　比赛开始。白龙和李淼慢慢倒立起身体，做好臂立动作。此时的白龙已经隐隐感觉到身体的不对劲，他开始控制不住手腕的颤抖，然后是嘴唇，接下来是全身，他甚至咳嗽了一声。

　　"小白，坚持住，加油！"李淼对他轻声说道。

　　白龙觉得他的声音很遥远，远得就像在梦里。

　　哨声响起，李淼开始喊起跳的节奏："3，2，1……"

　　于枫站在台下，在心里为两人鼓劲，这个动作他们已经练习了无数次，只要发挥如常，冠军就是鹭岛的！

　　起跳了，两人瞬间挺直身体，同时一躬身，手臂发力，小腿借力凌空一蹬，同步腾空而起。

　　这一刻，沸腾的跳水馆整个安静了。

　　白龙朝着李淼撞了过去，李淼被他撞飞了出去，重重地落在了7.5米的跳台口。

　　一片刺目的白光，满场歇斯底里的尖叫声，白龙重重地落入了水中，甚至来不及闭上眼。

　　眼睛里传来剧烈的疼痛，他什么也看不见了，他像是失足落水的人那样惊慌失措，竭力想要抓住什么，可是却什么都抓不住。

　　视线逐渐恢复，白龙浮出水面，大声喊着李淼的名字，可是回应他的，却只有蓝色的池水中缓缓绽开的暗红血污，在那片血污之中，只有那金色的头发，亮得刺痛他的眼睛。

白龙愣住了，闪光灯，人们的惊呼声，还有那慢慢扩散的红色区域，都让他感到如坠冰窖，他一动也动不了，呆呆地看着工作人员将血泊中的人抬了起来，看着他们将李淼放在担架上，并将担架围住。

他看不到李淼了，惊恐让他大叫了一声："不——李淼！！！"

白龙奋力地游向岸边，冲进人群中想要靠近担架。旁边的工作人员立刻将他拉开，人头攒动中，他看到满脸是血的李淼安静地躺着，一名医护人员正在用手电照射他的眼睛。

白龙疯了一样挣扎，一遍遍叫着李淼的名字，却最终只能眼睁睁地看着李淼被众人抬走。

于枫按住他的肩膀，大声叫着他的名字，白龙颤抖的嘴唇发不出任何声音，晕眩和疼痛如潮水般袭来，每一口呼吸都好像在灼热的地狱之中，他眼前一黑，失去了意识。

维特呆呆地听着陆浩然将当年的事情娓娓道来，听到他卡在关键处，急得追问道："后来呢？白龙怎么样了？"

陆浩然摇了摇头："那时候我还在念高中，学长却已经在大学了，所以很多事情我也不清楚。听说他失联了很久，好像是病了一场，之后就退队了。"

"白龙发了高烧，引起肺炎住院了一个多月。等他回去的时候，李淼已经离开了。现在你们知道为什么他会这样了吧？"于枫教练的声音在几人背后响起，不知什么时候她已经回来了。

维特低下头，心情沉重。

"我真的不知道，学长原来留下了这么深的心理阴影。"陆浩然一脸愧疚懊恼。

"小姨，那现在要怎么办呢？"米楠焦急地问道。

"我们不能确定白龙的问题到底是哪一种心理问题，还是需要咨询专业的医生。"于枫说道。

陆浩然举起手："我爸爸可以。他虽然是外科医生，但是对心理学方面有很深的研究，我可以去问问他。"

于枫说："但是白龙现在对看心理医生这件事，很抗拒。"

维特发狠道："拖也要把他拖过去！"

米楠说道："别这么极端，万一惹恼了学长，你肯定侃不过他。我们得想个办法……"

3个小机灵鬼叽里咕噜地商量了起来，于枫在一旁看着他们团结一心的样子，笑着叹了口气。

总会有办法的，她心想，白龙是如此热爱这块跳台，所以他一定会回来，而且是王者归来！

商量了老半天，最后维特给出了个靠谱的主意：陆浩然先拿着白龙两次失误的跳水视频，回去找他爸爸做个咨询，等有了方向之后，维特负责把白龙骗去和陆医生面谈——最后半句是米楠的主意。

"为什么最艰巨的任务总是交给我啊！"维特大喊道。

"一回生二回熟，你都已经当面挑衅过白龙了，再骗他一次也不算什么嘛！"米楠打趣道。

陆浩然同情地看了维特一眼，不禁有些佩服他，他可不敢这么干。

周一一大早，维特准时参加晨练，看到白龙在操场上晨跑，模样看起来一如既往，他不由松了一口气。

"你爸怎么说？"维特追上了陆浩然，跟他咬起了耳朵。

陆浩然不怎么习惯和维特靠太近，但事关白龙，他还是把情况如实道来："基本可以认定是运动机能障碍，但属于哪种方面，还需当面诊断……总之，按原计划进行。"

维特苦着脸："还是要我把白龙骗过去啊？"

陆浩然同情地点了点头。

维特郁闷地回头看了一眼，发现白龙正盯着他俩看，似乎在猜测他们两人什么时候这么熟了，维特立刻撒开陆浩然跑了，陆浩然莫名其妙，回头一看才发现是白龙在看他，立刻心虚地加快了步子。

晨练完毕,大部队陆陆续续回到了跳水馆,维特、陆浩然和米楠这个"拯救白龙小分队"开始了新一轮会议。

结论就一句话——是时候行动了!

维特抱着头,感到泰山一般沉重的压力。

不远处,白龙不悦地发现偷懒的队伍壮大了!原本只有维特会偷懒,现在连陆浩然都被维特带跑了,躲在一旁和他闲聊,米楠也是,她明着答应他会监督维特,结果也加入了偷懒小分队。白龙正要上前去阻止,于枫教练却拉住了他,跟他聊起了训练问题,等到白龙抽身出来的时候,"偷懒小分队"已经散了。

白龙冷冷地看了毫无疑问是"偷懒小分队队长"的维特一眼,维特瑟缩了一下,一溜烟地跑去训练了,从他卖力的样子来看,这里面显然有什么阴谋。

白龙微妙地有了种不祥的预感,而下午的时候,这份预感成了真。

"啊——!"跳台上传来一声惨叫声,维特手滑从10米跳台上栽了下来,重重地落进了水里。

"维特!"白龙脑中嗡了一声,不假思索地跳进水池将他捞了上来。

维特紧紧闭着眼昏迷了过去,连呼吸都静止了,白龙将人平放在水池边,对聚拢过来的队员大声说道:"让开一点,他呼吸骤停,我给他做人工呼吸!"

一旁的米楠捂住了嘴:"维特,你演过头了吧!"

下一秒,维特一口水就吐了出来,挣扎着起身,一边咳嗽一边说:"我没事……咳咳……就是疼……哎哟,我的脊椎是不是断了?"

陆浩然捂住了脸:脊椎断了你还想爬起来?这演技也太浮夸了!

白龙关心则乱,根本没意识到问题,帮维特稍做检查后他松了口气:"没事,没有断,还有哪里疼?"

"哪里都疼。"维特可怜兮兮地说,"我得去医院看看,我就要死了。"

于枫适时地插了进来:"白龙,你带维特去一下医院。"说着,她给陆浩然使起了眼色。

陆浩然立刻开始背台词:"白龙学长,我爸就是医生,就在附近上班,我带你们去找我爸看一看吧，保证比校医强多了！"

白龙扶起维特，不假思索地答应了下来："好。维特，你还能走吗？"

维特作为一个挨打经验丰富的曼谷街头少年，最擅长这种演技了，他掉下来看似摔得很重，其实仔细调整过入水姿势，根本什么事儿都没有，但是为了把白龙骗过去，他还是一脸虚弱地靠在白龙身上："可以是可以，但你得扶着我。"

白龙扶着维特，对陆浩然说道："麻烦你带路。"

陆浩然忍住计划成功的雀跃，迫不及待地说道："好，我们走！"

看着 3 人离去的背影，米楠在心里给他们使劲鼓掌，又不由有些心虚：白龙学长现在关心则乱，等他冷静下来说不定就会发现端倪。哎，只能祈祷维特和陆浩然的演技过硬了。

第 七 章

对于一个运动员来说，医院永远不会是一个陌生的地方。

但是白龙感觉到了古怪。

自从来到陆浩然父亲陆医生的办公室，维特就形迹可疑了起来，一会儿东摸西看，一会儿顾左右而言他，白龙明显感觉到他的不对劲。

陆医生给维特检查了一番后说道："没什么大问题，你感到疼可能是因为水面冲击了背部，我给你开点止痛药，一次一片，一天不要超过三片。"

维特连连应声，从床上坐了起来，对白龙说："来都来了，你要不要也检查一下？"

"不需要。"白龙说道。

"来吧，就当做个体检，我经常给浩然做体检，你们运动员就是很容易有病痛，需要特别注意身体。"陆医生和蔼地说道。

白龙不想驳了他的好意，在诊疗椅上坐了下来。坐在这个位置，一眼就能看到陆医生摆在桌上的家庭合影，穿着高中校服的陆浩然站在父母中间，脖子上挂着奖牌，笑得青春灿烂。

"衣服撩起来。"陆医生拿出听诊器。

陆医生是个很健谈的人，一边给白龙检查身体，一边和他闲聊，白龙一直在注意维特，他好像有些坐立不安，从床上爬起来后就一直绕着他俩团团转，最后被陆浩然拉住一起坐了下来。

注意到白龙的视线，陆医生对两人说道："浩然，你陪维特去拿药。"

陆浩然立刻站起身："好的，走吧。"

维特有些迟疑，但是他没道理拒绝，只得乖乖跟着陆浩然走了。

白龙看着他行动如常的背影，不由皱了皱眉。

陆浩然对父亲就职的医院熟门熟路，很快带着维特取完了药，但是两人没有立刻回去，而是在附近转悠，准备给陆医生和白龙留出交谈的空间。

陆浩然见维特活像屁股下有针似的，就是坐不住，忍不住说道："你现在可是伤患，演戏也得演得认真一点，我看白龙学长好像都怀疑起来了。"

维特紧张了起来："真的？不会吧，那我死定了。"

陆浩然瞥了他一眼："你快想想接下来怎么演吧。"

维特叹了口气，苦思冥想了起来："总之，我就休息两天呗，看在我'受伤'的份上，白龙肯定不会逼我训练了，哎哟，这可能是这次计划最让人高兴的地方了。"

陆浩然气不打一处来："资格赛都快开始了，大家都在拼命训练，你还想偷懒！"

维特做了个鬼脸："就是偷懒，怎么样，打我呀？"

说完，竟然还真的跑了两步。

看到他这副贱贱的样子，陆浩然顿时跳了起来："你站住，医院里不许乱跑！"

见陆浩然受激，维特发出了猖狂的笑声，跑得更欢快了。

俗话说，乐极生悲，正因为可以"合理翘训"而志得意满的维特，冷不防地就看到了站在走廊前方满身杀气的白龙。

维特吓得魂飞魄散，当场一个急刹车稳住了："白……白……白……白……白龙，你没……没……没……没……没事吧？"

一路拔腿狂追的陆浩然没刹住，一头撞在了维特的背上，两人双双扑倒在白龙面前，摔了个"五体投地"。

白龙抱着手臂，居高临下地看着维特和陆浩然。

"受伤？背疼？需要人扶？我看你精神得很。"白龙语气森然地说道。

维特死不认账——这种时候，当然不能认："我真的疼！可疼可疼了！哎哟，陆浩然你刚才还撞我，这下我真的要断脊椎了！"

陆浩然无辜背锅，恶狠狠地瞪了维特一眼。

白龙冷笑了一声："你为了偷懒，还真是无所不用其极。"

维特在心里大喊冤枉，要不是为了把白龙骗来看心理医生，他至于吗？这惊天一锅背在身上，太沉重了吧！

可是维特又百口莫辩，他假装受伤是事实，要么承认是他想偷懒故意装伤，要么就只能把事实说出来了。

维特偷觑了陆浩然一眼，陆浩然拼命给他使眼色。

维特委委屈屈地认错："我错了。"

白龙："错哪了？"

维特："不该偷懒。我再也不敢了，你就原谅我这一次吧。"

白龙审视地看着他，似乎在用眼神估量是不是应该给他这一次机会。

陆浩然在一旁插话："学长，其实维特确实有受伤的，只是没那么严重，想趁机偷个懒……你就别生气了，我们可以严格监督他！"

维特气愤地瞪着陆浩然：好你个陆浩然，在白龙面前，我们的战友情就变成塑料的了！

白龙似乎也有些心神不宁，勉强点了点头："最后一次机会。再让我发现你逃训……呵。"

维特连连承诺："不敢了，绝对没有下一次！"

白龙没再理会他，头也不回地回鹭岛去了。

见白龙离开，维特和陆浩然齐齐松了口气。

训练结束，"拯救白龙小分队"再次集结，于枫将陆医生的结论告诉了3人："白龙的情况是 Panic Disorder 惊恐性障碍症候群，是焦虑症的急性表现，发病时病人非常痛苦。"

维特感到心脏被揪了一下。

"平时看起来没有任何问题，但患者会在某些情况下突然感到惊恐，同时伴有严重的自主功能失调，也就是身体不能自控。这种惊恐症起病快，终止也快。所以不太容易在开始就得到重视。"

维特想到了白龙出事的几次情景，难怪他说自己不能跳水，难怪他在落下水后控制不住情绪朝陆浩然和他发火。

不过他患有这么严重的病，身为队友和室友的自己却现在才发现……维特心中忍不住愧疚了起来。

陆浩然更是心情复杂，他只以为那天白龙是因为自己强行跟他双人跳差点出事才失态发火，没想到是白龙的心理状况出了问题，这件事竟然还是维特先发现的，枉他自以为很了解学长，实际上却总是在做蠢事。

于枫继续说道："陆医生说，其实焦虑是一种思维的习惯，这个习惯让你不断去想，不断去纠结，就像自带照明的自行车一样，骑得越快，灯就越亮，如果你不去蹬踏板，那么车轮就不会转，灯也就慢慢不亮了。"

"那应该怎么做？"米楠问道。

"陆医生说不要太担心，只要给白龙营造一个压力小一些的环境，让他能放松下来，情况就会得到缓解。最关键的是，一定要找到白龙焦虑症结的源头，直面它，化解它，这样他的病症自然就可以痊愈。"

陆浩然喃喃道："学长的症结……"

几人你看看我，我看看你，心中都有了一个想法。

维特率先说出了那个名字："李淼。白龙的症结，在李淼身上！"

陆浩然犹豫地说道："可是李淼已经不知去向了。"

"小姨，你知道吗？"米楠问道。

于枫摇了摇头："自从那件事之后，他就再也没有联系过跳水队的任何人。"

维特挑了挑眉："这个难不倒我，教练，麻烦给我一张李淼高清的照片，其他的我来搞定！"

几人诧异地看着他，看得维特发毛："干吗？我好歹是曼谷街头小王子，找人这种事情难不倒我的！"

维特说干就干，当晚就跑去网吧，拿着李淼的照片传到了电脑上，用图片识别在互联网上调取了更多李淼的信息，屏幕上出现几年前的剪报：

《天才型选手横空出世》

《神奇跳水少年，征战全高赛》

《跳水少年李淼遭意外，恐结束竞技生涯》

新闻中放出的是李淼和白龙在空中撞在一起的照片，维特又按照信息查看李淼的微博、校内网、QQ空间，发现全部注销关闭。

他再次输入关键词搜索"李淼""事故"，页面弹出一样的新闻。

维特将照片与新闻中的照片用 PS 处理，形成了一张像素画质更高的正面照，并用图像相似的方法搜出了页面。

出乎他的意料，这个页面来自一个保险网页，在客户问答中，保险经纪人的头像中有一张神似合成照，不过经纪人的名字叫做"李焱"。

维特皱着眉看了看两人的对比照，觉得有几分相似，但又有点不像。

到底是不是，试一下就知道。

维特立刻拨通了屏幕上的手机号码，电话"嘟嘟嘟"地响了几声之后，被接通了。

"喂，你好，是李淼吗？"维特问道。

电话那头沉默了几秒，然后传来一个男人阴沉的声音："你打错了。"

电话被挂断了，维特丈二和尚摸不着头脑，这网页也太不靠谱了吧，连电话都会登记错误。

一个电话打了进来，是白龙，维特一看时间：糟糕，已经9点45分了，白龙肯定过来逼问他跑哪里去了。

维特只得赶紧记下页面上的地址，迅速撤回寝室。

第二天一早，维特被白龙拉去晨跑，跑着跑着他突然捂住了肚子："哎哟，我肚子疼，我去一下医务室！"

白龙狐疑地看着他，见他一脸痛苦的样子不似作伪，于是点了头："我陪你去。"

"学长，你还要训练呢，我陪他去吧！"米楠说道。

白龙应允了，米楠扶着维特走向操场外，小声问道："喂，你确定这能行？待会儿学长问起来了，我可怎么回答啊？"

"你就说我肠胃炎犯了去医院挂水了呗。"维特嬉皮笑脸地说道。

米楠心慌慌："万一被他发现了怎么办？"

维特语重心长地对她说道："我现在可是为了拯救白龙而翘训啊！多

么伟大庄严的任务，你可要好好顶住压力哦！"

说完，维特一溜烟地跑了，米楠留在原地，气得直跳脚。

离开了学校，维特来到保险公司的大楼外，整理了一下衣服，光明正大地走了进去。保险公司的一楼宽敞明亮，装潢气派，不少西装革履的人来来往往。维特四处看了看，来到前台处。前台是一个长相甜美的小姑娘，她看到维特后，礼貌地问道："您好先生，有什么需要帮您的吗？"

"我想找个人。"维特镇定地说道。

"请问您有预约吗？"

"没有。"

"那请问您要找谁，我们帮您查下。"

"李淼，3个水的那个淼。"

前台问道："请问您找的李淼是哪个部门的呢？"

维特一愣："啊，还分部门啊？"

"是的，请把部门告诉我。"前台仍维持着得体的微笑。

维特掏出手机，翻开杰夫合成的李淼的照片："我要找这个李淼。"

前台眉头轻微一皱，狐疑地看了维特一眼："这是……"

"哦哦，照片不清楚，是以前拍的了。"

"对不起先生，光凭照片我确实没法确定是哪个人。您没有预约，也不知道他是哪个部门的，我帮不了您。"前台的态度突然变得冷淡起来，并不再看维特。

维特好说歹说，前台就是不答应，一脸怀疑他是骗子的表情。维特不得不离开前台，守在进入大楼的闸机面前，伺机混进去。

结果他的小聪明刚刚实施成功，就被两个保安当场抓获，架着他往外走，维特哀叫连连："我真的是来找人的啊，放开我！"

保安不为所动，将他丢出了保险公司的大楼，并在门口密切监视他的一举一动。

维特扁扁嘴，准备一计不成再施一计。

手机响了，维特紧张地掏出来，看到来电的人是白龙，当场就想摁掉电话，可是他知道，要是他现在不接电话，白龙有一万种方法事后给他好看。

120

维特只好清了清嗓子，接起了电话。

"你在哪里？"电话那头传来白龙清冷的声音。

"啊，白龙啊……我现在不太舒服……在医院挂水呢！医生说是肠胃炎，我肯定是昨晚吃烧烤吃坏了肚子。"维特一副虚弱的口吻。

"哪个医院？"白龙冷静地问道。

"啊……你就别来看我了，训练要紧，我挂完了水就回来。哎呀，手机没电了，我先挂了，拜拜拜拜。"维特说完，迅速挂了电话，长长出了口气。

不管白龙信不信，先忽悠过去再说！

被挂了电话，白龙面沉如水，米楠在他面前战战兢兢。

白龙扫了她一眼："到底怎么回事？"

米楠哪里敢说实话，用训练册挡着半张脸瑟瑟发抖道："就是……这样呗……肠胃炎嘛，哈哈哈，我先去看大家训练状况了！"说完，撒腿就跑。

一旁的陆浩然同情地看了米楠一眼，见白龙看向他，也忙不迭地走开了。

白龙皱了皱眉，感到胸口那股火气又要涌上来了。装伤、装病、逃训，维特这几天真是越来越不像话了。

此时此刻，"不像话"的维特正在实施自己的 B 计划。

他举了个"李淼/李焱你在哪"的牌子，在保险大楼的附近走来走去，不少路人对他投来好奇的目光，却没有人上前回答他的疑问。

维特又印了一批传单，上面印着"李淼/李焱，你在哪里？133****7384，必有重谢！"挨个儿地往自行车、电瓶车车兜里塞。

米楠偷偷给他发信息，问他什么时候回来，她快顶不住了，再不回来白龙要发飙了。

维特赶紧回道："快了，我已经和李淼产生了某种化学反应，预感今天就能找到他！"

米楠回了他一串省略号。

下午，维特又生一计，开始实行 C 计划。他把自己好好拾掇了一番，拿着一朵玫瑰花出现在了保险公司的前台——他要实行美男计了！

"您好先生，有什么需要帮您的吗？"前台看了他一眼，一点多余的反应都没有。

"我想找个人。"维特身子也往前面倾了倾，刻意露出自以为迷人的微笑。

前台对他的表演视而不见，加快速度说道："请问您有预约吗？"

"没有。"维特捋了一下头发，自信地冲对方扬扬眉。

前台的语速更快了："那请问您要找的人是谁，我们帮您查下。"

维特朝她抛了一个媚眼："我找你。"说着他故作深情地看着前台，将玫瑰花递了过去。

前台接过玫瑰花，对他意味深长地笑了笑，抬手一挥。

维特眼前一亮，正要说出来意，两个魁梧的保安已经拍上了他的肩膀："怎么又是你！"

维特气愤地对前台说道："你收我花了，不能这么快翻脸啊！"

"对不起，先生，请您不要扰乱我的工作。"前台毫无感情地说道。

"我确实是来找人的。"维特重复道。

前台没有理他，维特急中生智，发动 D 计划，张口就喊了起来："我是来找李淼的，他可能改名叫李焱了，焱是 3 个火的焱。之前他给我推荐了一款保险，我是来找他了解的！"

前台皱了皱眉，似乎对他的话语存疑。

维特抓住机会赶紧说："他卖了保险给我，不能卖完就不管售后了啊！我现在有问题要问他，你们就是这么对待客户的吗？我要投诉你们了！"

面对维特的质问，前台急忙安抚道："这位客户，请您稍等片刻，我帮您问一问……"

维特露出了一个得意的笑容，成了！

会客区，维特终于等来了他找寻已久的李淼。

和维特想象中意气风发的跳水天才截然不同，李淼把头发染回了黑色，理了个上班族最平常的发型，穿着一身不怎么合身的量产西装，微微佝偻着身躯，像极了一头被拔了牙困在动物园中的狮子，让维特猛地生出一种酸楚之感。

他不禁想到，如果没有3年前的那场意外，如今的李淼应该站在领奖台上享受万人欢呼。

李淼看到他审视的目光，有些窘迫地解开西服的衣扣坐了下来。随后，他从西服内兜中掏出一张名片，名片已经被汗水弄潮了，他有些羞赧地用手把名片抒平，然后双手递给维特："这位先生，您好，我是安平保险的客户经理，我叫李淼。"

"啊，哦，你好。"维特接过名片，上面的名字果然是李淼。

李淼露出特别职业的笑容："听前台说，您在我这里购买了一款保险，请问是哪一款呢？"

这时，李淼的手机突然响了。

"不好意思，您稍等下，我接个电话。"李淼说着，转身接通电话，用手遮着话筒，"欸，刘姐。您说您说……对，您这么想就对了。为什么欧美人越来越有钱，因为有寿险，而咱们只存钱，存1000万分给4个小孩，一个人只能分到250万，250万再分给两个孙儿，每人只能拿到125万……越分越少，钱不值钱，而保险只需付少许的代价就可以买到1000万呢！"

维特听着他熟练的话语，不禁掏出手机看了一眼李淼的照片，是本人没错啊！

那边李淼还在说："就像我和您说的，保险不是消费，保险是投资……好的，那刘姐您再想想，您有什么想法随时和我联系……哎，哎，不麻烦不麻烦，都是应该的……"

李淼挂了电话，又朝维特露出特别职业的笑容："不好意思，刚才说到哪了。"

维特决定直入主题了："你还记得江白龙吗？"

李淼满脸堆笑的表情凝固了，他的表情迅速冷了下来，起身二话不说就要离开。

"你等等，我们谈谈！"维特追了上去，拉住李淼不让他走。

"你不是来谈业务的，我们没什么可聊的。"李淼面无表情地说道。

"你不想知道我为什么来找你吗？"

"一点都不想。"

"是关于白龙的。"

李淼脸色更冷了："那就更不想了。"

维特急得想跺脚，恨不得把李淼拉到白龙面前去："白龙他现在过得很不好，医生说是惊恐性障碍症候群，再这样下去他就不能回来跳水了！"

李淼停下了脚步，恶狠狠地瞪了维特一眼："那也是他罪有应得！"说完，他加快了脚步。

维特还想追，保安已经走了过来，再次把他架到了大楼外，这下他可是真的进不去了。

维特在大楼外长吁短叹，他没想到李淼这么恨白龙，一点队友情也不顾了。看来要化解他和白龙之间的心结绝非易事。

折腾了一天，维特沮丧地回了寝室，进门前先看了一眼门上的窗户，发现寝室的灯是关着的，看来白龙还没有回来。

他松了口气，大大方方地打开了门，"啪"的一下打开了灯。

亮如白昼的灯光下，白龙抱着手臂坐在寝室正中央的椅子上，一脸冷漠地看着他："去哪了？"

"我靠，你在寝室为什么不开灯？可吓死我了！"维特被吓得魂飞魄散，差点拔腿就跑。

"去哪了？"白龙重复了一遍问题，语气森然。

维特这下是真的想跑了："我……我临时想到杰夫找我有点事，我出去一趟哈！"

白龙一把拽住维特将他丢回房间，反手关门上锁，动作一气呵成。

维特懵头懵脑地被甩在椅子上，这下是想跑也跑不成了。

"手伸出来。"白龙说道。

维特老老实实地伸出手，猛然想到白龙这是想做什么，立刻缩了回去——为时已晚。

白龙冷冷地笑了："肠胃炎？打点滴？针孔呢？"

维特一本正经地说："其实医生给我打的是屁股针。"

白龙连话都不想说了，看着维特的眼神里透着浓浓的失望："我给过你一次机会了，你跟我怎么保证的？一而再，再而三，维特·颂恩，你不想跳水就直接退队！"

维特气结，这死木头以为他是为什么翘训啊？还不是为了给他治病！他倒好，劈头盖脸就是一顿臭骂，还让他退队！

"你你你……我……我……我也是有原因的！"维特又气又急，还解释不了，干脆大喊了一声。

白龙愣了一下，他以为维特至少应该有点羞愧之意，惊愕之情过后，那股怒火越烧越旺。

"原因？好啊，你说，我听着。"白龙再次抱起了手臂，眼神睥睨，就等维特解释。

维特哪里解释得了？他要是把李淼的事情说出来，谁知道白龙会不会犯病啊？

维特急促地喘了几口气，气愤之后，那股委屈之情涌了上来——这个死木头知不知道他这一天都做了什么啊！他又不是为了偷懒逃训的，他辛辛苦苦去找李淼，顶着大太阳发传单举牌子，还几次被人丢出去，好不容易见到李淼了又被怼回来！

一整天的辛苦化为了不被理解的委屈，维特一句话也说不出来了，他也什么都不想说了。

"我还有什么好解释的，反正在你眼里，我就是那种人！"维特说着，打开门锁大步走出了寝室。

临走前他回头看了一眼，白龙的嘴唇紧紧地抿着，看着他的眼神依旧那么冷，仿佛在说：你敢走，就不要回来了。

维特不想再看到他了，他忍住了喉咙里不断往上冒的酸涩感，重重甩上了门。

随着"砰"的一声巨响，一道门隔绝了视线，也隔开了白龙身上那股强烈的压迫感，维特用手背搓了搓鼻子，止住了自己越来越急促的吸气声。

他不想哭，因为这种事情哭太丢脸了，可是被人误解的滋味又是那么难受。

维特用力揉了揉眼睛，硬生生地把眼眶里的潮湿揉了回去。

手机响了，维特看到来电显示的名字，接起了电话："喂，怎么了？"

"怎么样？怎么样？找到李淼了吗？"米楠在电话那头关切地问道。

维特一边打电话一边朝外走："找什么找啊，我买点酒，我们来喝酒！"

"啊，喝酒？"米楠不知道维特又是抽了什么风。

半小时后，提着一打啤酒的维特敲开了米楠家的门。

于枫教练也在家，看到维特黑着脸地冲了进来，二话不说打开一罐啤酒一口气喝了个底朝天。饶是喝酒达人于枫都惊了："你这是怎么了？"

"白龙是个混蛋！"维特一声咆哮。

米楠和于枫面面相觑。

于枫开了听啤酒，和维特碰了个杯："来，一起喝。"

米楠瞅着自家小姨，一脸茫然，维特发疯也就算了，她也跟着一起？

于枫一脸淡定：这种时候就要一起喝酒，喝多了什么话都说得出来了。

果然，于枫加入喝酒行列之后，维特的情绪迅速稳定了下来，开始絮絮叨叨地说起了今天的事情，说到气愤之处，他还拍起了桌子。

"他是不是个混蛋？"维特逼问道。

"是是是。"经验丰富的于枫一脸"你喝多了你说得都对"的表情。

"学长有时候是有点不近人情，但也不能全怪他，白龙也不知道你是为了他啊！"米楠客观地说了一句。

"我不管了，白龙就是个混蛋！"维特开始尖叫。

于枫瞥了米楠一眼，小声道："不要和生气的醉鬼讲道理。"

米楠苦笑了一声，也加入了"是是是白龙是混蛋"的行列中。

就这样骂了白龙一个小时，维特打了个酒嗝，终于冷静了一点，于枫给他腾出了个房间让他留宿，米楠给白龙发了条信息，白龙没有回。

看来还在气头上呢，米楠在心里叹了口气，听维特的口气，李淼是不会答应帮忙的了，现在也不知道如何是好。而且看这个样子，维特也得生几天气才能好，哎……

就在米楠纠结之际，维特洗完澡从浴室里出来了，见他板着一张脸，米楠纠结了一下，礼貌地说了句"晚安"。

"喏，这个给你。"酒醒了些的维特面无表情地从兜里掏出了一张名片，扔到了桌上。

米楠疑惑地拿了起来，名片的主人叫李焱，上面还有他的职位和手机号码。

"这是……李淼？他改名了？"米楠问道。

维特哼了一声："就是他。"

"你想让我去劝劝他？"米楠猜测道。

"算了吧，他这个人，劝不动的，关键时刻还得靠骗。"维特一脸牙疼还要吃糖的扭曲表情，"今天都受了这么多委屈了，事情要还是办不成，我还要不要面子啦？我要赶紧把事情搞定，让白龙跪下来谢我！"

米楠捂着嘴笑了起来："你想得美。还有啊，白龙学长那边，你怎么交代？"

维特咬牙切齿："反正你听我安排。我就不信了，我堂堂曼谷街头小王子还搞不定这两个家伙！"

第二天训练，"拯救白龙小分队"唯一在场成员陆浩然感到压力山大。

继维特翘训之后，米楠也请假了，白龙的脸色阴沉沉的，从来不在训练时看手机的他一个上午已经看了无数次手机了。

这一切陆浩然都看在眼里，又是心虚又是愧疚，就差对白龙主动坦白了。但是昨晚这两人对他千叮咛万嘱咐，说是事关白龙能不能治好心理问题，让他务必盯住白龙，今天一整天都要让白龙留在训练馆里，其他的事情就交给他们了。

陆浩然不清楚他们两人到底想做什么，但是这不妨碍他知道自己摊上大事了！

因为，白龙发现他了！

"浩然，你们有什么事情瞒着我？"上午训练一结束，白龙就把陆浩然叫到了自己面前。

陆浩然咽了咽口水："没……没……没……没有！"

白龙看着他的眼神严厉了起来，厉声问道："事到如今你还想帮他隐瞒吗？"

陆浩然被偶像严厉训斥，心理防线当场崩溃："我错了！学长，可是大家都是为了你好！"

白龙皱了皱眉："说吧，从头到尾说一遍。"

陆浩然立刻当了"叛徒"，颠三倒四地把事情说了一通："……总之，事情就是这样。我是帮维特撒了谎，把你骗去我爸那里做了心理检查，对不起。"

白龙终于意识到那天陆医生的语言为什么让他觉得那么奇怪，原来他还是个心理医生，那次是在了解他的精神状况。

他不悦地皱了皱眉，知道队友们都是为了他好，可是他并不喜欢这种被蒙在鼓里的感觉，他问道："米楠和维特去哪了？他们现在在做什么？"

"我不知道啊，他们没告诉我。"陆浩然眼泪汪汪地说道。

白龙二话不说，拨通了米楠的电话号码。

此时一身打扮时尚又夸张，还涂了烈焰红唇戴着蛤蟆镜的米楠正在和李淼"谈生意"："保险什么的，我也不太懂啦，我们学校的运动社团都不参保，上次出了事情之后，我们领导就说，都得上保险。你们这保险怎么样，给我介绍一下呗。"

李淼满脸殷勤的笑容："应该的应该的。运动保险方面，我们公司有几款很实惠的保险……"

手机响了，米楠一看到来电人是白龙学长，吓得当即按掉了电话，给维特发微信："白龙学长给我打电话了，怎么办啊？"

维特回道："我已经在跳水馆外了，你现在就把李淼带过来。"

米楠紧张地抬头看了李淼一眼，还好巨大的墨镜挡住了她慌张的神色，她干咳了两声："这样吧，李经理，你跟我去一趟我们学校，具体的事情，还要我领导拍板呢！"

"可以，没问题啊！"李淼笑容满面地说道。

很好，李淼上钩了，计划第一步，成功！

跳水馆中，队员们都已经陆续去食堂吃午饭了，刚刚被米楠挂断了电话的白龙面色凝重地看着手机，不知道她在搞什么鬼。

"哟，你们俩还没走啊？"维特见白龙好好地待在跳水馆里，立刻赞许地看了陆浩然一眼，留住白龙的任务干得不错嘛！

刚刚出卖了队友的陆浩然心虚地低下了头。

"你去哪了？"白龙冷冷地问道。

维特深吸了一口气，又到了他发挥演技的时候，挑衅白龙这种事情一回生二回熟，他现在根本没在怕的！心跳加速那完全是因为兴奋，没错，才不是因为紧张呢！

"哼，要你管？我就是自由散漫，没有运动员的觉悟，你又不是第一天知道了！"维特鼻孔朝天地看着白龙，一脸不服管教的样子，"怎么，又要给我讲大道理？可拉倒了吧，你先管好你自己再来教训我！"

白龙诡异地沉默了一会儿，看着他的眼神让维特心里发毛。

该生气了吧？白龙该骂他了吧？然后他就可以趁机嘲讽白龙，激他上跳台和他来一次双人跳，计划第二步圆满达成！

不料，白龙的神色突然柔和了下来。

"上一次你为了让我回来跳水，也是这么说的。"白龙平静地说道，"这一次，你是想让我做什么？"

维特懵了。

江白龙这家伙怎么不按套路出牌了？！

维特猛地想到了什么，看向陆浩然，他心虚地看着脚尖，假装无事发生。

"陆浩然你这个叛徒！"维特什么都明白了，敢情是这小子出卖了组织！

"对不起！白龙学长一拷问，我真的瞒不住啊！"陆浩然欲哭无泪。

"浩然，你先出去吧，让我和维特单独谈谈。"白龙说着，上前一步，直逼维特面前，维特也心虚了起来，完全不知道现在这个已经出岔子的计划要怎么进行下去。

陆浩然松了口气，小声说了句"对不起，我给你们去打饭"，飞快地跑了，又因为担心治疗白龙学长的计划有变，他绕进了跳水馆里的监控室，万一情况不妙，他还来得及帮上忙。

"现在你可以说了吧，你这两天到底在做什么？"白龙认真地问道。

不能说，要是告诉了白龙，他绝对不肯在李淼面前跳水。维特咬了咬牙，说道："你跟我双人跳一次，我就告诉你！"

"陆医生应该把我的心理问题告诉过你们了，双人跳的时候我是控制不住我自己的。"白龙这话说得很轻，语气里有淡淡的惆怅。

"我会保护好我自己，请你相信我啊！"维特双手合十地恳求道。

白龙静静地看着他："我不能害了你。"

"不会的，我们第一次双人跳就很成功！"维特说道。

"你不能把偶然当作必然。"白龙说道。

微信震动了一下，一定是米楠发来的，约定的时间已经快到了，万一时间没有凑好，那一切都完了！

维特急切了起来："你说得没错，不能把偶然当作必然，当年的事情只是一个偶然，是一个意外！"

看到白龙眼中一闪而过的震惊，维特咬咬牙说道："白龙，我不是李淼！我是维特·颂恩！跟我重新跳一次吧，我来证明，当年的悲剧不会再重演！"

白龙脸上的血色一下子褪去了，他的嘴唇颤抖了几下："你知道了。"

"是，我都知道。"维特拉住白龙的胳膊，一字一顿地对他说道，"我还知道，你必须走出来了！"

白龙闭上了眼，无数回忆的碎片在他的脑海中跳动，他用沙哑的声音问道："你还知道些什么？"

"我还知道，我一定可以治好你。"维特大声说道。

白龙倏然睁开了眼，深邃的眼眸里满是悲伤："你做不到。"

"做不做得到，试过了再说！"

"你会受伤，也许会死。"

"不会，你不会伤害我，我相信你！"

维特的眼神是那样热切，充满了希冀的光芒："白龙，难道你不想好起来吗？一个被过去困住的你，是不可能带领鹭岛拿到全高赛的冠军的！"

——白龙，我们一定要拿到全高赛的冠军！

3年了，已经整整3年了，他还有多少时间去实现当初的梦想？

"来吧，我们上跳台！"维特看出了他眼中的动摇。

白龙将手轻轻地放在了自己的胸口，感受着这一刻心脏的跳动，然后给出了他的回答。

"好，一起。"

跳水馆外，李淼皱了皱眉，觉得情况有点不对劲："为什么带我来跳水馆？"

米楠打了个哈哈："我们领导正在视察跳水馆……"

李淼的脸色不太好，他紧了紧领带："那我去贵方领导的办公室等他吧。"

"不行！"米楠激动地叫道，意识到李淼的神情越来越微妙，她立刻发挥出十万分的演技，"我们领导正忙着跳水馆要拆的事情呢，一时半会儿不会回办公室。"

"跳水馆要拆了？"李淼惊呆了。

"是啊，跳水队成绩又不好，学校早就打算要拆了，要是今年的全高赛不能出线，以后就没有鹭岛跳水队了。"米楠试探着说道。

李淼的嘴唇哆嗦了起来，满脸难以置信。

米楠心里有了谱，李淼他果然还是在意鹭岛跳水队的。

"走吧，我带你去见我们领导。"米楠看了一下维特给她发来的催促微信，领着李淼推开了跳水馆的门。

白龙站在 10 米跳台上朝下看去，一池碧水逐渐被染成暗红色，他的身上立刻出了一层冷汗，连忙用力摇头，甩开这层可怖的幻觉。

"来吧，准备——"维特看到两个人影走进了跳水馆，赶忙催促道。

白龙试着做了一个跳水动作，突然间脸上血色尽褪，脚下的碧波再一次化为暗红色的血水，在这片血水之中，金发飘动，血水疯狂转成漩涡，朝着他步步逼近。

"不——"白龙惊恐地后退两步，脸色煞白。

"没事的。"维特抓住他的手，发现他手心全是薄汗，不禁加大手劲捏了捏，"白龙，没事的。"

"不，我不能跳。"白龙不肯再靠近跳台，他不能让身边的金发少年变成水中的那人。

绝对不行！

"你可以的。"维特感到心脏抽痛，但为了白龙重新回到跳台上，他狠下心，"你是这个跳台上的王者，你不行还有谁行？！"

"我不能让你受伤，我不能害死你！"白龙激动地喊道。

"不会的。"维特的双手扶住白龙的肩膀，逼视着白龙的双眼一字一句地郑重说道，"江白龙，你听好了，你不会让我受伤，绝对不会。你会和我一起跳下去，因为我们是最好的搭档！"

白龙愣愣地看着维特，眼神逐渐变得清明。

很多时候，白龙见到的都是维特嬉笑打闹的模样，或是轻浮浪荡的模样，像这样坚决认真的样子，还是第一次。而这份认真，这份执着，是因为他。维特相信他能治好，相信他能回到赛场！

白龙垂下了眼帘，胸口一阵温暖。他不能辜负维特的心意，他也应该相信维特。

他不再去看池水，而是凝视着维特的双眼："来吧。"

两人重新回到跳台上，白龙的情况并未好转，他眼中的池水仍是让人心惊胆战的一片血水。但这一次，他忍住恐惧，坚定地倒立起来。

池水依旧如暗色的血水疯狂旋转，并朝着他步步逼近。白龙紧咬牙关控制自己不被恐惧打败，但是当血水猛地扑上来时，他突然眼前一黑失去了知觉。

"3——2——"维特一边喊着口号，一边用余光瞥着白龙，他最后一声还未喊出口，白龙突然身子往外一倒，直直落了下去。

"白龙——"维特想也不想，跟着跳了下去，在半空中抱住了失去意识的白龙。

一片黑暗之中，白龙感觉自己被人紧紧抱住，那人的心跳声是如此清晰而剧烈，却又让他无比安心，哪怕是在失控坠落之中，他也没有那么害怕了。

"砰"的一声，他们双双落入了水中。

维特将白龙半抱半拖地送上了岸，急得满头大汗："白龙，你醒醒，白龙！都是我不好，我不该硬拉你跳水的。"

白龙咳嗽了几声，睁开了眼，看到维特慌张的样子，他迅速从发作的情形中挣脱了出来，柔声说道："没事的，只是跳不了双人跳，我还可以跳单人。"

"为什么，为什么会这样？！"

陌生又熟悉的声音在不远处骤然炸开，触动白龙久远前的回忆，白龙猛地回过头去，看向来人。

3年不见，曾经熟悉的青年脸上已经有了沧桑，他神情愤慨又悲伤："你为什么会跳成这副鬼样子？！"

"李淼……"白龙艰难地从喉咙底里挤出了这个名字。

"上次来找你的时候，我就告诉过你，白龙患了惊恐性障碍症候群，因为这个病，他已经整整3年没有跳水了！"维特站了起来，眼神悲愤，"现在你亲眼看到了，你满意了吗？"

李淼后退了半步，不敢去看白龙。

听说白龙患病的时候，他非但没有难过，甚至觉得快意。这个害他断送了职业生涯的人终于遭了报应，这一切都是他活该。

可是，当李淼亲眼看到昔日的天才搭档江白龙从他最骄傲的地方跌落的时候，他却一丝一毫的痛快都感受不到了。

他只感到愤怒、悲伤和深深的痛心。

不应该是这样，不应该是这样的！

在毁了他李淼的跳水生涯之后，江白龙过得竟如此狼狈，这还让他怎么继续痛恨下去？！

"当年的意外之后，白龙一直很自责，这3年来他没有一天不在痛苦之中，他不能原谅自己。就像你看到的这样，他一站到跳台上就会失控，他过得一点也不好！"维特的手轻轻地搭在白龙肩上，想要给他安慰。

"既然愧疚，为什么我在医院里抢救的时候，你看都不来看我一眼？！"李淼质问道。

他在医院里整整住了一个月，每天一睁开眼就在等白龙来，哪怕只说一句道歉也好，可是白龙没有来。他逐渐开始怨恨，怨恨白龙毁了他的竞技生涯，这一恨就是 3 年。

"因为他得了肺炎，昏迷了很久。"维特发现白龙的身体又开始颤抖，他轻拍着他的背安抚他，"等白龙醒来的时候，你已经没有了消息。"

李淼震惊："他不是普通的感冒吗？"

蒙在记忆深处的灰尘被吹散，李淼清晰回忆起当时的情景，白龙的身体确实不太舒服，但他怎么也没有想到会是那么严重。

"是肺炎！只有这个呆木头才以为是普通感冒，为了跳水差点没了命！"维特有些激动，"不过是一个冠军，他连命都要搭上，这个傻子！"

"冠军……"

李淼想起来了——

"我说，我们一定要拿到全高赛的冠军！"他这样对带病上场的白龙说道。

那一刻，白龙苍白的脸上，神色是那么勉强，却还要迎合他的话。

原来是他，是他导致今天的结局。

"当年你卧病在床上，他更是差点没命。你离开赛场的这 3 年，他也一样没有回来，现在跳水馆要被拆除了，鹭岛队要解散了，他为了当年和你一起拼搏过的回忆，你们共同的梦想才答应回来！"说着说着，维特的眼泪不争气地掉了下来，"他这么一个把跳水当生命一样去爱的人，如今都没法回到跳台上去，他心里又有多痛苦？"

"别说了，当年的事情，都是我的错。"白龙用沙哑的声音说道，他缓缓站了起来，双腿还在轻微地颤抖，"李淼，对不起。当年是我导致了你受伤，我一直欠你一个道歉，请你原谅我。只要你能够原谅我，让我做什么都可以。"

"如果是放弃跳水呢？"李淼问。

维特面色一变："李淼，你还是人吗？"

"他害得我不能跳水，我让他不跳水，这不是很公平吗？"李淼神色冷漠，"白龙，你觉得怎样？"

"是很公平。"白龙抬头看着他，目光异常坚定，"但是我做不到！"

维特暗自松了一口气。

"这就是你的诚意？"李淼讥讽。

"我曾经也想过为了赎罪放弃跳水，但有个人告诉我，跳水就像我的生命，我没办法放弃生命，也没办法放弃跳水。"白龙想起母亲，眼中满是决心。

"就凭你现在这副站都站不稳的鬼样子？"李淼冷笑。

"要我帮你揍他吗？"忍无可忍的维特撸着袖子往前一步，"我很会打架的。"

白龙将维特护在身后，直直地看着李淼："不管跳得如何，我会一直跳下去的，我要带领鹭岛走下去！"

李淼久久地凝视着白龙的双眼，从这双漆黑的眼睛中，他看到了白龙熊熊燃烧的信念，一如当年。

"我就知道。"他的表情似乎想要笑，可是眼眶却红了，"这才是你啊，白龙。"

白龙惊讶地看着他："学长你……"

"我只是想知道，现在的你还是不是当年的那个江白龙，你还值不值得我托付梦想。"李淼的眼中有了水光，"我已经不能再跳水了，所以我们的梦想，只能交给你来完成了。答应我，守护鹭岛队，不要让它解散。"

白龙的神情复杂："我无法给你承诺，我现在连双人跳都做不到。"

"谁说你做不到！"李淼将身上的西装一脱，小心地递给了米楠，又看了维特一眼，"你现在有这么好的朋友们，你却自暴自弃说做不到，岂不是白费了他们这番苦心。"

说着，他意气风发地对白龙说道："走，让学长给你上最后一课！"

当年复健的时候，他也了解过各种运动病例，白龙的这种病，只要直面当年的阴影就有可能化解。

他现在做的，就是帮白龙直面过去。

白龙一天之内，第二次重新站在双人跳台上，他看着那张熟悉的脸，又望望一池碧水，突然，熟悉的恐怖感又来了。

"不行——"白龙摇摇头，愧疚地看着李淼，"我办不到。"

一直盯着他的维特看到这一幕，突然大声喊道："木头，加油！相信你自己！"

"你看，"李淼朝他微微笑道，"你的新搭档正在等你。只要结束这一跳，你将开始新的跳水生涯。为了鹭岛，为了冠军，你不能输给自己。"

白龙愣愣地看着在下面挥舞着双手，激动不已的维特，不禁想起了他刚刚说的话："江白龙，你听好了，你不会让我受伤，绝对不会。你会和我一起跳下去，因为我们是最好的搭档！"

白龙冰硬的脸庞慢慢变得温柔起来，眼中也有了笑意。

是啊，他的搭档还在等他。

李淼将他的变化看在眼里，放下心来："来吧，让我们完成这一跳。"

白龙点点头，他心中的恐惧被一种莫名的期待占据，让他充满了勇气——拥有面对一切的勇气。

这一次，两人同时倒立在跳台边，李淼如从前那般喊着口号："3——2——1——跳！"

两人同时翻转，在空中做着整齐的动作，最后一致落入水中。虽然李淼的落水动作没那么完美，但他们成功了！

白龙能够跳水了！

米楠喜极而泣。

维特激动地一跃到水池中："太好了！"

白龙刚冒出头，就看到一个身影猛地朝他扑过来，一路高喊着："太好了，成功了！终于成功了！白龙回来了！"

白龙被维特撞了个满怀，下意识地将他抱住："是的，我成功了！我们成功了！"

他终于重新回到这个舞台上了！

泪水从他的眼角滑落，白龙在维特耳边轻声说道："谢谢你！"

回过头，白龙看着衬衫湿透但是笑得一如往昔的李淼，他也正看着白龙，眼神温柔又释然。

谢谢你！

第 八 章

全高赛的倒计时开始了。

于枫根据每个队员的个人情况，制定了训练计划，开始例行训话。

集合听讲的时候，维特偷偷打量着白龙，今天一起来他好像已经完全回复了平时的状态，但是维特敏锐地从他的神情中看出了一点不一样的东西。

"教练，有件事情需要跟您汇报，"白龙郑重地说道，"我想加练双人跳。"

所有人都愣住了，维特眼前一亮，兴奋地勾住白龙的脖子："你终于答应了？"

"拿开，别闹。"白龙呵斥了一声，脸上的神色却没有斥责的意思。

"这就是你对小伙伴的态度？我这两天为了你东奔西走，你不感激也就算了，连搭个肩都不乐意？"维特嬉皮笑脸地问道。

虽然已经从米楠那里得知了事情的经过，于枫还是笑道："那天看你在我家灌酒的样子，还以为你不想管这事儿了呢！"

维特一秒否认："我就说说，我哪能真不管这根呆木头啊！"

于枫微笑着点了点头，赞许地看着维特，这小子总算做了件好事。

一旁的陆浩然也在笑，可是笑容里却多了一丝复杂。那天他在监控室里看完了全程，虽然维特没有成功让白龙克服对跳水的阴影，但是他带来了李淼，最后治好了白龙。

对于这个结果，他深感欣慰，无论如何，白龙能回来双人跳都是一件大好事，这意味着他有机会成为白龙的搭档了，可是……

于枫的话打断了陆浩然的思考："既然白龙回来双人跳了，我顺便说一下全高赛的安排吧。全高赛的资格赛是以团队为单位，单人、双人的全部项目总成绩达到2000分并且进入前12名才拥有参赛资格。但以往资格赛上超过2000分的不超过8个队伍，所以只要进入前8名就可以。鹭岛队之前之所以一直没有出线，就是因为我们没有发挥稳定的队员。所以，今年我们的首战必须保证稳定发挥，确保全员优势最大化。"

见大家都点点头，于枫又说："首先是浩然。浩然你与田林继续搭档男双。这周你的单人训练我有所减少，主要放在双人的练习上。田林也是一样。"

陆浩然皱了皱眉，当即说道："教练，既然白龙学长回来了，我想试试和他搭档男双。"

田林闻言，尴尬地低下了头。

于枫解释道："白龙和维特暂定跳单人。我刚才也说了，我们首战必须保证稳定发挥，让优势最大化。你和田林有很好的配合基础，能保证我们在双人项目上拿到优秀的成绩，再加上白龙和维特的单人发挥，这样我们就有最大的把握进入前8。我们现在不能冒险让你和白龙尝试双人跳，这不是优秀不优秀的问题，是稳定不稳定的问题。"

陆浩然还想争辩什么，于枫已经岔开了话题："维特，你和白龙的基础在，在这周的训练中，要找到竞技状态。当然，现在是最后的冲刺阶段，男单的名单还会调整，每个人都有机会去争取男单的参赛资格，我也会在比赛项目报名截止前再次公布最终的人员安排。"

大家默默地点了点头。

于枫拍拍手："好，大家打起精神来，开始训练吧。"

陆浩然站在原地，看着白龙和维特一同离去的背影，陷入了深深的纠结之中。

"浩然，该去训练了。"田林小声叫了他一声。

陆浩然深吸了一口气："你先去吧，我还有事。"

说完，陆浩然心一横，头也不回地朝着白龙走去。一旁的田林默默看着他的背影，止不住地沮丧。他知道自己从来不是陆浩然想选择的那个队友，他只是一个平庸的备选项，无论是谁，都会更想要白龙这样优秀的搭档。

　　他从来不嫉恨白龙，就像萤火虫从来不会嫉恨天空上的月亮一样。

　　可就算只有微弱的光芒，他也不想放弃。田林握了握拳，坚定地朝着训练区走去。他必须变得更优秀，总有一天，他会变得更优秀！

　　"学长，我有事跟你说。"陆浩然在更衣室门口堵到了白龙。

　　白龙似乎一眼就看穿了他的来由："如果是双人跳的事情，我尊重教练的安排。"

　　陆浩然立刻被噎住了，半晌说不出话来。

　　"另外，浩然，上次是我没控制好脾气，无缘无故地骂了你，我向你道歉。"白龙说道。

　　陆浩然抿着嘴："我知道你的问题，我不会因为这个怪你。我想要的，也不是你的道歉。我本来以为，你不会回来练双人跳了……"

　　白龙淡淡地说道："从哪里倒下，就从哪里站起来。我不能再逃避下去了。"

　　陆浩然的眼底亮起了光彩："我就知道，学长，你从来不会让我失望。当初在游泳队，我第一次看到你从高台上跳下来，我就知道，游泳再也吸引不了我了，我想和你一起跳水，这个信念一直都没有变过。"

　　白龙深深地看了他一眼："跳水，应该是纯粹的。你的愿望是跳水，而不该是和我一起跳水。"

　　陆浩然急了："可我就是想和你一起跳水！"

　　"鹭岛能否出线关乎跳水队的生死，浩然，不要为了个人的好恶质疑教练的安排，明白吗？"白龙肃然问道。

　　陆浩然的嘴唇哆嗦了一下，他想辩解，可是看着白龙漆黑的双眸，他又一句话都说不出来，只剩下满腹的委屈和怨言。他只是想和白龙跳水而已，为什么就是一次又一次被拒绝？哪怕白龙安抚地说一句"以后有机会的话"也好啊，他又不是不讲道理。

可是到最后，陆浩然也只能沉默地点了点头，眼睁睁地看着白龙离去。

更衣室的门开了，维特大大咧咧地从里面走了出来，见陆浩然杵在门口。想到昨天被陆浩然"卖队友"的事情，维特一把勾住他坏笑："昨天出卖我的事还没跟你算账呢，说吧，怎么补偿我？"

陆浩然脸色一变，一面有些心虚，一面又有些恼怒："我还要跟你们算账呢！你们去找李淼的事情，为什么不告诉我，让我像个傻子一样被学长盘问？"

"还好没告诉你，要是告诉你了，你这个二五仔还不全都泄露给白龙了。"维特满不在乎地说道，"好啦，反正他现在答应回来双人跳了，不枉我这几天忙里忙外东奔西跑，现在我们小分队的任务也算圆满完成了，解散解散！"

陆浩然急喘了几口气，回想起自己想要和白龙双人跳却被拒绝的委屈，一种莫名的危机感让他低声说道："不要以为是你让学长回来，他就一定会跟你双人跳了。"

维特莫名其妙："谁要和那个死木头双人跳啊！"

陆浩然更生气了："你竟然不想和他双人跳？！"

维特提醒他："这次比赛我可是跳单人的！"

陆浩然立刻道："跳单人我也不会输给你！"

维特气不打一处来："你就是跟我杠上了是吧？！"

陆浩然竟然还真点头了："你现在的实力连我也不如，别说和白龙学长比了！"

陆浩然张口闭口都是白龙，维特觉得无法和这个白龙的脑残粉继续沟通下去了，一说到白龙的事情，陆浩然的智商就基本归零，他转身就要走。

陆浩然却不依不饶，冲着维特的背影喊道："我绝对不会输给你的，有本事你就和我比一场，我会证明，我才是白龙学长最好的搭档！"

维特气不打一处来，回头对陆浩然比了个中指，气势汹汹地离开了。

陆浩然被街头少年的操作惊得愣在原地，半晌都没回过神来。

田林正要去更衣室换一下训练服，却见维特怒气冲冲地走了出来，见

140

到田林发愣，一把就将他拖了过来："走走走，训练去！"

田林一脸茫然："啊？"

维特恨铁不成钢地骂道："田林，你出息一点！真亏你受得了陆浩然那个大少爷，当面打你脸你都忍了，我要是你，早就一脚踢在他屁股上，让他有多远滚多远了！"

田林终于明白维特在说什么，低下头弱弱地说道："其实，我能理解他。"

维特抓狂："你有没有搞错，你简直……哎，你简直是老婆出轨还要帮她跟奸夫守门的老实人。"

听到这个比喻，田林的脸都绿了。

"你现在就两个办法，要么自己变强，狠狠地打陆浩然的脸。要么你就直接滚蛋，让陆浩然一个人玩去吧！"维特语重心长地劝起了田林，让他不要执迷不悟，"总之，你不能任由陆浩然这么乱来啊，你看他那副脑残粉的样子，他恨不得给白龙洗内裤！"

田林的脸色更绿了。

"走，训练去！今天我要加训！"维特拖着田林就走。

"等等，我去换衣服！"

说训练就训练，这一天，维特和田林表现得格外认真，特别是维特。白龙在训练的间隙寻找他偷懒的身影，结果每一次都看到他在认真训练，倒是让他大感意外。

夜幕降临，跳水馆熄了灯，唯有健身房器材区的灯光还亮着，照亮了两个拼命锻炼的身影，正是主动留下来加训的维特和田林。

两人正举着哑铃，吃力地做着负重深蹲。

"维特，这样是不是太激进了？"田林觉得双腿开始发抖了。

"那你告诉我一个不激进的方式。"维特气喘吁吁，但是动作不停。

"我不知道。"

"我也不知道，所以……"维特蹲得越发吃力，一下子脑袋短路，"刚才是多少来着？"

"228，229……"田林咬牙数着。

"230，231……"维特跟着一起数了起来，直到两人都筋疲力尽。

加练完后，维特回到宿舍时，整个人都虚脱，连洗澡的力气都没了，瘫在床上就昏睡了过去。这一觉睡得死沉死沉，维特做梦都梦见自己在负重深蹲，练到最后，哑铃变得越来越沉，他被压在了哑铃底下爬都爬不出来。

等第二天被白龙的闹钟叫醒时，维特惊觉自己浑身酸疼，根本没有办法动弹！

"维特，起来了！"白龙瞧他将自己裹得严严实实的，觉得有些奇怪。

"你先去，我马上赶上。"维特在床上和自己不听使唤的肌肉较劲，心里慌得不行。

"又想偷懒？"白龙不悦地皱了皱眉。

"哎哟，我这不是昨天太努力练到肚子空空，现在饿死了，都不会动了，你让我缓缓。"维特开始装病，生怕让白龙看出来他的不对劲。

白龙怀疑地看了他一眼。

"放心，我很快就起来！"维特赶紧说道。

白龙点了点头，给他泡了杯蜂蜜水恢复血糖，自己先去晨练了。门一关，维特立刻掀开被子，看向自己的右腿，大腿上鼓出了一块，显然是受伤了，他不禁沮丧了起来，心情坏到了极点。

为了抢救伤腿，维特活像一个被截肢的残疾人一样艰难地下了床，翻出从泰国带来的止痛药膏往腿上挤，一边揉一边龇牙咧嘴，疼得直抽气。

"完了完了，这下练过头了……哎哟，疼疼疼！"维特一边给自己抹药，一边疼得哀叫连连。心里凄凄惨惨地想着，要是白龙知道他在比赛前弄伤了自己，还不知道得多生气呢！

一通按摩下来，维特已经出了一身汗，根本动弹不得了，瘫在椅子上直喘气。

寝室门锁突然转动了一下，维特吓得立刻要翻身回床，然而受伤的右腿却不配合，他一个趔趄扑倒在了地上，对着大门摔了个五体投地，发出了杀猪般的惨叫声。

回来给他送早餐的白龙被惊退了半步，和他对上了视线。

冷汗涔涔的维特艰难地挤出了一个笑容："嗨！"

白龙闻到了空气中药膏的味道，视线在桌上的止痛药上停住了。

"你受伤了？"白龙寒声问道，"怎么回事？"

眼看着事情瞒不住，维特在地上翻了个身，可怜巴巴地说道："拉我一把，我动不了了。"

白龙放下早饭，将维特从地上扶了起来，维特的腿稍一用劲，疼得就像粉碎性骨折一样，他立刻嗷嗷大叫，七分是真的疼，还有三分就是夸张的演技，他企图用自己的惨状削减白龙此时的怒气值。

白龙把从食堂带来的早饭放到他面前，冷静道："你不是肚子饿吗？先吃早饭，吃完我带你去医务室。"

维特小心翼翼地打量着他的神情，白龙素来冷冰冰的脸上看不出多少情绪，但维特还是心虚极了："你要是生气，就骂我呗。"

白龙抬了抬眉："我为什么要生气？"

维特食不知味地喝了一口皮蛋瘦肉粥，嘟囔道："这种时候我受伤，你肯定很生气。"

白龙既没有说是，也没有说不是，漫长的沉默增加了维特的心虚气短，他越发忐忑不安了起来。

白龙看了一眼维特的伤腿："说吧，怎么回事？"

维特老实交代："昨天晚上和田林加训，结果练过头了。"

白龙的脸色一变："田林也加训了？"

维特心中一突，沉重地点了点头。

正在此时，白龙的手机响了，他接起电话，电话那头传来米楠慌张的声音："白龙学长，不好啦，田林的肌肉拉伤了，医生说要休息两周，可是我们下周就要比赛了！"

维特听得分明，头垂得更低了。

白龙瞥了他一眼，寒声地回道："还有一个坏消息，维特的肌肉也拉伤了。"

维特简直恨不得把头藏到桌子下面去了。

电话那头的米楠发出了惨叫声。

"把这件事通知于枫教练，稍后我带维特来医务室，见面聊。"白龙冷静地说完，挂断了电话。

维特垂头丧气，早餐都吃不下去，只等白龙劈头盖脸地把他骂上一顿。

然而白龙什么也没说。

这份沉默一直持续到他被送到医务室，医生确诊他需要两周的休息，维特已经准备好接受白龙严厉的训斥了，然而白龙还是什么都没有说。一旁的田林被搭档陆浩然一顿臭骂，维特听着，竟然有一丝羡慕，陆浩然和田林的关系其实比他以为的好很多，责骂里的关心是骗不了人的。

现在，他宁可白龙骂他一顿，也不想他这么沉默。

这场乌龙事故，于枫头疼极了，但田林和维特是因为训练而受伤，她也不好打击了他们的积极性，只得说道："田林，维特，近期的训练你们两人就不要参加了，好好静养。这件事情，大家都引以为戒吧，训练要适度，千万不要盲目加训。"

"是……"田林和维特都低下了头。

"另外，比赛人员方面。浩然，你来代替维特参加男单跳水比赛吧。"于枫说道。

陆浩然看了白龙一眼，预感到了什么，一下子激动了起来。

果不其然，于枫教练下一句话就说："另外，你和白龙一起准备男双。"

这个意外的惊喜让陆浩然绽开了一个大大的笑容，随即又控制住了表情，满脸严肃地点头道："我会全力以赴，不会让大家失望的！"

"白龙，你这边有问题吗？"于枫问道。

维特一直在注意白龙的表情，白龙却没有看他，淡淡道："我没有问题。我只是担心，现在我们的劣势很明显。"

于枫安慰道："我对参加比赛的队伍做过分析，除开老牌强队，并不是所有的队伍都能报满所有项目，有些队伍也和我们一样缺少可以达到参赛水平的队员。所以，这次比赛我们要跳好每一跳，在有限的参赛人次内挣得最多的分数，争取出线。"

白龙点了点头。

全高赛资格赛的最后参赛名单就此确定了下来，白龙和陆浩然开始练习双人跳水。维特和田林则戴上了护具，成了一对冷板凳上的难兄难弟。

"哎……"维特大大地叹了口气。

"你叹什么气啊？"田林问道。

"哎……你不懂，我觉得白龙已经对我死心了。"维特一脸忧愁。

"白龙学长不是挺关心你的吗？最近你腿脚不方便，还帮你带三餐。"田林说道。

维特摇头道："你不懂，他已经懒得骂我了。"

"不骂你不是好事吗？"田林纳闷。

维特幽怨地看了他一眼，又是一声长叹："哎……"

田林莫名其妙，维特愁容满面。

发愁的人不止维特，此时，陆浩然也很犯愁，但是这份烦恼对他来说却是甜蜜的烦恼。

"陆浩然，你别看白龙，白龙会找到你的节奏！再来一遍！"于枫喊道。

陆浩然懊恼地拍了下水面，他一心想要跟上白龙的步伐，可是每一次都因为太过在意白龙的动作，导致自己的步伐迟疑，两人的动作迟迟无法达到一致。

"学长，对不起，我们再来！"陆浩然振作道。

白龙点了点头，提醒道："你的力量很有优势，不要刻意去控制，我可以跟上你的力量，按照你自己的节奏跳。"

陆浩然捋了捋头发，有点不好意思地笑了笑："以前和田林跳多了，我习惯配合他了，再给我一点时间，我来调整一下。学长你放心吧，我可以跟上你的节奏的！"

白龙皱了皱眉，决定再尝试一下。

这一次，陆浩然跳得更高，在空中做动作的时间更长，两人的动作完全不一致。

于枫大声道："陆浩然，放开身体，不要去跟白龙，让白龙来配合你！"

陆浩然心中也很着急，他总是控制不住自己的力度，不是轻了就是重了，怎么也无法和白龙达到同步。

一连几天下来，两人的训练毫无进展，反而配合得越来越混乱，眼见资格赛就要开始了，陆浩然越发着急。白龙也发现陆浩然的问题，对他说道：

"浩然，按照你的节奏来，不要顾及我。"

陆浩然清楚这个道理，但是多年的本能早已在一次又一次研究白龙跳水视频的时候种下了，他没办法调整过来。

一旁坐冷板凳的维特对田林嘀咕道："他到底行不行啊！"

田林苦笑道："浩然只是太激动了，没法放松自己，和白龙学长一起跳双人是他这么多年的梦想……"

维特摸了摸下巴："他只是缺少一顿毒打。"

田林："啊？"

维特拄着双拐，严肃地对田林说道："我现在要去毒打你的搭档，你支持不支持呀？"

田林尴尬地回道："你……哎，算了，你去吧。"

维特"嘿嘿"怪笑了起来，拄拐杖来到水池边，对着跳台上的陆浩然大声喊道："陆浩然，你行不行啊！"

正准备下一跳的陆浩然脸色一黑。

"不会我来教你！你知不知道，我和白龙为了抢手表双人跳的那一次，是怎么做到完美同步的？"维特问道。

陆浩然看向身边的白龙，白龙没说话，直直地看着下面的维特。

维特夹着双拐，把手放在嘴边做喇叭状："我想的是：我不知道旁边那个混蛋是谁，反正我要跳得比他好！然后，他刚好跳得和我一样好！完美！我告诉你，跳水的时候不要想着江白龙，你非要想，那就想想怎么打败我！"

白龙的嘴角浮现一个温柔的弧度，又立刻被他压了下去。

陆浩然轻哼了一声："你现在连跳台都上不来，还敢跟我比？"

维特丝毫不羞愧地说道："放狠话没用，用你的跳水动作来羞辱我啊！"

陆浩然恼怒地瞪着维特，对白龙说道："学长，我们再来一次！"

这一次，陆浩然没有刻意不让自己关注白龙，他满脑子都是维特在水池边嚣张放话的样子，一切动作都按照训练本能来进行，他忘了白龙，也忘了自己在双人跳，只是尽全力做好自己的动作。

他没有去跟白龙，白龙却主动跟上了他的节奏，两人动作一致地入水，只溅起了微小的水花。

米楠惊喜地叫道："成功了！"

入水的一瞬间，陆浩然就知道自己这一跳是成功的，他欣喜地浮出水面，对白龙说道："学长，我们做到了！"

白龙对他点了点头，神情也轻松了起来，他看向岸上的维特。维特双手给他比了两个大拇指，笑嘻嘻地拄着拐杖回到了板凳上。

"你看，我还是有点用的吧？"维特问田林。

田林给他竖了大拇指。

"哎，这下那根木头总该消消气了吧。这些天，我看他每天都心事重重的样子。"维特嘀咕道。

"是吗？看不出来，白龙学长不一直都是这样吗？"

维特斜睨了他一眼："所以说你傻。比赛就在眼前了，他和陆浩然的配合却一直没有进展，怎么可能没压力？他这个人责任心多重你又不是不知道。"

田林不好意思地挠了挠头。

维特又看向白龙，他上了岸，在池子边转了转脚腕，又原地跳了几下。维特纳闷地多看了他两眼，不知道他在做什么。不等他想明白，陆浩然也上岸了，兴奋地拉着白龙再来一次，白龙似乎婉拒了。

于枫见到两人有了突破性的进展，欣慰地把大家都召集了起来："明天就是全高赛了。今天的训练就到此，现在需要你们去放松，今天晚上休息好。明白了吗？"

"明白。"众人回道。

"资格赛，2000分是我们的目标。即使有再多困难，大家也要克服。加油！"

"加油！"众人齐声喊道。

"全高赛现场，你就不要去了，待在宿舍里看直播吧。"全高赛当天早上，白龙一边给维特上药，一边对他说道。

维特愣了一下："大家都去，我怎么能不去？"

白龙的视线落在维特放在桌边的双拐上："……你伤还没好，现场人多，万一碰到了就麻烦了。"

维特闷闷不乐道："我又不是三岁了，我能照顾好自己。"

白龙无视了他的抗议，一锤定音："就这么说定了。"

维特满脸不高兴，一声不吭地看着白龙收拾东西准备出发。

临出门前，维特忍不住叫住了他："喂，木头。"

白龙停下了脚步，从门边回过头。

一句"你还生我的气吗"在嘴里转了三圈，却已经错过了最好的时机，这几天白龙的辛苦和压力他都看在眼里，所以他才越加懊悔——要是他没有盲目加训就好了。

可是现在说什么都晚了，维特沮丧地心想。

"什么事？"白龙见他脸色一阵红一阵白，奇怪地问道。

"没什么，你……加油，为了鹭岛，旗开得胜！"维特咧开嘴，露出了一个开朗灿烂的笑容。

不知道是不是他的错觉，这一刻白龙的神情温柔了下来，他对他轻点了一下头，轻轻地关上了门。

维特在寝室里挪动，费力地够到了遥控器打开了电视，手机突然响了，维特又蠕动着去拿手机，看到来电显示的名字，他愣住了。

"阿坤？你怎么会给我打电话？"维特意外地问道。

远在泰国的阿坤沉默了片刻："维特，你爸爸的行踪，有消息了。"

维特猛地瞪大了眼，忘了腿疼站了起来，又哆嗦着坐了回去："你说什么？他在哪里？我现在就回来！"

"你别激动，现在只是有一点眉目，等有确切的消息了，我再通知你……这件事可能和黑帮有点关系，你最好还是别掺和。"阿坤说道。

电话挂断了，维特拿着手机，呆呆地坐在椅子上。

不知道坐了多久，电视里已经开始直播起了全高赛资格赛的现场画面，维特这才回过神来，白龙在镜头里一闪而过，正对即将上场的男单陆浩然叮嘱着什么。

维特就这样静静地坐在椅子上，右手下意识地摸上了腿伤处。

他很久没有这么渴望站在那片跳台上了，自从父亲离开之后，关于跳水的梦想，关于冠军的信念，在突遭变故的家庭面前被敲得粉碎。母亲离开了，有了一个新的家庭，他退出了青年跳水队，在曼谷街头和一群同样没有家庭的人厮混，再没有人要求他回到跳台上，所以他也干脆自甘堕落。

直到那个人出现。

——江白龙。

维特下定了决心，拿起手机，拨通了一个电话："喂，要不要跟我去个地方？"

现在，他迫切地想要去往比赛现场，为他加油喝彩，他要亲眼看到重获新生的白龙再次驰骋在那片属于他的跳台上。

全高赛资格赛现场。

王盛正气急败坏地对顾云飞说道："江白龙这个骗子！友谊赛里说好当助教，一到资格赛就变成选手了！还要和陆浩然组队跳双人，他也不怕再弄废一个搭档啊！"

顾云飞随手摘下隐形眼镜，语气淡漠地说道："你吵得我耳朵疼。"

王盛心中一怵，冷不防地看到白龙和陆浩然从前方走来："欸，他们过来了！"

顾云飞的双眼没有焦点地看着前方模糊的人影："没想到还能在这个赛场上看到你。"

白龙礼貌地点了点头："我也没想到。"

顾云飞偏过头，似笑非笑地说："这次换了个新搭档？不错，小跟班终于转正了。"

陆浩然心中"咯噔"了一下，不久前被顾云飞全方位碾压打击到体无完肤的回忆还历历在目，他根本不想见到顾云飞。

"比赛马上要开始了，赛场上见。"白龙感觉到了陆浩然的异样，不动声色地带着他离开。

"陆浩然。"顾云飞突然叫住了他的名字，陆浩然猛地回过头，只见这个男人对他粲然一笑，意味深长道，"白龙是我尊敬的对手，你可不要拖累他。"

这诛心之语让陆浩然的眉心被狠狠蜇了一下，不等他开口，白龙已经说了出来："没有什么拖累不拖累的，浩然是一个很优秀的搭档……比你旁边那位强多了。"

王盛瞬间暴怒："江白龙你说什么？你有种再说一句！"

白龙没有搭理他，拉起陆浩然就走。

顾云飞抽出挂在脖子上的毛巾甩手一丢，正好蒙在了王盛脸上，笑眯眯地说道："哎呀，丢偏了，本来想塞进你嘴里。瞎子就是这点不好，做事没什么准头。"

王盛原本余怒未消，但顾云飞的笑容让他好似被骤然泼了一桶冰水，嚅嚅了两声才道："对……对不起！"

他知道自己犯了一个大错误，不但轻易被对手挑动了火气，还破坏了顾云飞的游戏。

顾云飞这才收回了笑容，冷冷地看了王盛一眼："你的聊天水平，太低俗了。"说着，他头也不回地回到港城队里去了。

王盛捧着毛巾，不知所措地站在原地，即将上场的孙宇拍了拍他的肩膀："你就不能管管你这张嘴？下次再乱说话，当心把这条毛巾吃下去。"

王盛咬牙切齿道："江白龙这个骗子！陆浩然那个贱人！鹭岛队没一个好东西！"

孙宇拍了拍他的肩膀："顾云飞说得不错，你这聊天水平，确实低俗。不要求你达到顾云飞的水准，起码不要拉低我们港城队的水平啊！"

王盛气愤地怒视他，这时，现场播报响起："即将进行的是男子单人3米跳板比赛，共进行6组动作，请各位选手开始准备。"

大屏幕显示比赛次序：第一位是港城队，第二位是鹭岛队……最后一位是申川队。

孙宇冲王盛摆摆手，自信地走向了跳台，在提示音响了之后走板起跳，以优美的姿态落入水中，最终大屏幕显示得分：63.6。

观众爆发雷霆般的掌声。

听着对手孙宇的高分播报，陆浩然有些紧张了。

"别有压力，这场我们确保出线就可以了。"白龙拍了拍他的肩膀。

陆浩然的心里"咯噔"了一下，顾云飞意味深长的那句"你可不要拖累他"再次浮上了他的心头，他忍不住多想，白龙学长是对他没有信心吗？

播音员说道："下一组选手，鹭岛队陆浩然。"

陆浩然迟疑片刻，走向3米板。

站在跳板上，陆浩然深深地吸了一口气，张开双臂做好起跳准备，可是脑中却始终无法挥除杂念。他真的可以吗？作为白龙学长的搭档，他够资格了吗？他一直没有交出一份令人满意的答卷，可至少，白龙学长是对他抱有期待的吧？

不，他们会成为搭档，是因为……是因为田林和维特出了意外。

起跳音响起。

陆浩然开始起跳，但因起跳时发力不够，展开身体的时机稍晚，落入水中的姿态并不完美，溅起了很大的水花。

坐在教练区的于枫看着陆浩然入水，从座位猛地站起，皱起了眉头看向大屏幕：第一轮，动作编号205B，难度系数3.0，分数：6.5，7.0，6.5，7.0，6.5，最后得分：60。

目前港城队位居榜首，鹭岛队分数不高，排在第10名，距离入选的第8名还有些距离。

陆浩然看着分数牌，面色凝重地回到了赛场。

一次失误，没有关系，下一次发挥好就行。

陆浩然定了定神，深吸一口气，示意开始。

但当起跳音响起时，陆浩然走板的脚步却犹豫了起来，在进入起跳前，他突然停住了。

坏了，这种时候最忌讳犹豫。于枫激动地从教练的座椅上站了起来，十分紧张，白龙也是神情凝重，露出了担忧之色：陆浩然到底是怎么回事？

陆浩然重新退回后面，再次开始走板。他的步子倒了几次，脸上露出了艰难的表情。他越是想要调整好心态，却越是紧张，根本没有办法正常发挥。

这样不行。

陆浩然咬紧牙关，突然起跳，跃入了空中。

鹭岛队的众人紧张地看着下落的陆浩然，他已经快要接近水面了，但身子却迟迟不打开。等他打开身子时，为时已晚。

播音员播报出陆浩然的成绩："第二轮，动作编号307B，难度系数3.8，分数：2.0，3.5，3.5，3.0，2.5，最后得分：34.2分。"

与播报声一同响起的，是顾云飞的声音："一旦被抓住了痛点，越逼迫自己不去想，就越是走向深渊。"

大屏幕上的排名跳动，鹭岛队跌至第11名。

王盛似懂非懂，想问又不敢提问，最后还是明克教练帮他问出了他的困惑："陆浩然的痛点，是江白龙？"

"没错了，他就是想做江白龙的搭档。"王盛笃定了。

"不。"顾云飞平静的声音里有一丝阴冷的嘲讽，"他的痛点是他自己。他真正害怕的，是自己不够资格成为江白龙的搭档。"

明克教练恍然大悟："原来如此。"

王盛撇了撇嘴，越发瞧不起陆浩然这个懦夫。真该让陆浩然来港城队体验一下，双人跳搭档是顾云飞会是一种什么样的感受，保准刷新他的三观，他不无恶意地心想。

3米跳板结束，于枫马上来到了休息室，陆浩然正颓废地坐在椅子上。

"对不起，教练，我搞砸了。"陆浩然满脸愧疚，声音也有些颤抖。

"我们的比赛还没有结束。"于枫安慰道。

"如果上午的总分不能达到1000分，下午我们完全没有晋级出线的可能。"陆浩然沮丧地低下头。

而他们现在的总分，只有412分。

"站在跳台上的时候，你在想什么？"白龙突然冷声问道。

陆浩然哆嗦了一下。

"你应该去想什么？"白龙再次逼问。

陆浩然的嘴唇翕动了一下："我……我不知道。"

白龙居高临下地看着他："那就现在想。1000分的事情，交给我，我会在10米跳台把分数挣回来。但是等我回来的时候，希望你能给我一个满意的回答。"

于枫转头看向白龙："白龙，现在只能仰仗你了！"

白龙郑重地点点头，转身走向热身区。

于枫看着白龙的背影，既担忧，又欣慰。现在鹭岛面临背水一战，白龙是他们唯一的希望了，她知道把一切寄托在白龙身上，对他而言不公平，可是白龙坚定的背影，又回应了她的期待：他可以做到，他一定会做到，因为他是江白龙。

曾经重重摔倒，浑身伤痕，却重新站起来，回到跳台上的天才江白龙！

陆浩然同样看着白龙的背影，双手紧紧地攥在了一起。

比赛现场观众区。拄着拐杖的维特朝着从通道进来的李淼挥了挥手："这里！"

李淼还是那一身西装，看起来刚刚从公司赶过来，见到维特惊异道："你的腿怎么了？"

维特苦着脸："训练过头，拉伤了。不然我早就上场去了，还能约你坐观众席？"

李淼又问："那你怎么不去和鹭岛队的人一起坐着？"

维特的表情更苦了："白龙不让我来，我偷偷来的。"

李淼恍然，脸上流露一丝怀念的神色："他是怕你磕碰到了，他这个人，就是刀子嘴豆腐心。"

维特嘿嘿一笑："我知道，我当然知道。走，我们找个空位子坐下，给鹭岛加个油。"

他们赶到的时间刚好是 10 米跳台比赛开始的时候，即将上场的运动员都在热身区热身，维特一下子就从那里找到了白龙的身影，他暗暗给白龙加起了油。

播音员的声音响起："第一位选手，港城队顾云飞。"

大屏幕显示，顾云飞第一轮动作是 6245D，难度系数 3.6。

顾云飞站到了跳台上，镇定自若地将麂皮革扔下跳台，张开双臂做好起跳动作。起跳提示音响起，他没有丝毫犹豫地从高台上腾空跳起。在空中完成团身翻滚动作，姿态凌厉，落入水中时基本没有激起水花，现场一片欢呼掌声。

所有10米跳台的参赛选手都忍不住内心一凛，他这一跳给他们太大的压迫感了。

大屏幕滚动显示着分数："第一轮，动作编号6245D，难度系数3.6，分数：9.0，8.5，9.0，9.0，8.5，最后得分：95.4分。"

李淼显然还记得这位曾经的新秀："顾云飞，比3年前更强了。鹭岛队现在很危险啊！"

维特抿抿嘴："咱们可是来给白龙加油的。"

李淼笑了笑："轮到白龙了。"

维特微微眯着眼，盯着跳台，白龙出现在了跳台上，他的心跳加快了，情不自禁地站了起来。

跳台上，白龙摈弃所有杂念，闭上眼。

这一战，只能胜，不能败，他必须近乎完美地完成每一跳，这样鹭岛才有出线的希望。现在站在跳台上的人，已经不仅仅是他自己了，他背负着多年来对鹭岛的思念，更寄托着教练和队友们共同拼搏过的回忆。

为了鹭岛，他绝不认输！

白龙深深地吸了一口气，张开双臂，做好起跳准备。起跳提示音响起，他开始跑台，每一步都轻盈且富有律动，只见他以有力的左脚踏出高台，在空中翻腾了三周半，并以完美的姿态落入水中。整个动作一气呵成，非常流畅，观众席爆发热烈的掌声。

大屏幕滚动着他的分数："第一轮，动作编号107B，难度系数3.0，分数：9，9.5，9.5，9.5，9.5，最后得分：85.5分。"

"啊啊啊，白龙好样的——！"观众席上的维特忍不住高声喊道，浑然忘记了被白龙注意到的可能性。也幸好，全场观众经久不息的掌声掩盖了他这一刻的过分激动。

"看到了吗？白龙他回来了！他跳得那么好！他真的跳得那么好！"维特拽着李淼的手臂，控制不住地呐喊。

这一刻，李淼的心中五味杂陈，他还没说出话来，视线就已经模糊了。

曾经的那个江白龙，他真的回来了。

白龙擦了一把脸上的水珠，从容上岸，脚踝隐约传来不适的感觉，他丝毫没有表露在脸上，对着鹭岛队的方向轻轻点了点头。

看着他镇定如常的样子，所有人都松了口气，继而内心生出了强烈的期盼：这一次，鹭岛真的还有希望！

于枫拍了拍陆浩然的肩膀："浩然，你知道站在台上的时候，白龙在想什么吗？"

陆浩然回想着白龙对他提出的问题，心中隐约有了一些感悟，却还是迟疑着摇了摇头。

于枫没有回答，只是对他微微一笑："你可以继续想，白龙的比赛还没有结束，你仔细看，他的每一跳，都是在回答。"

陆浩然目不转睛地看向跳台。

接下来的每一跳，白龙都获得了90分以上的高分，现场的掌声如同雷霆一般响起，一次又一次，其中两轮难度系数超过了3.8的动作，更是得到了108.5以上的高分，接连为比赛带来了几波高潮。

因为白龙的卓越表现，鹭岛队的排名开始缓慢上升，现在已经是第9名，总分904.5分。

观众席上，李淼一脸欣慰，维特却皱起了眉。

"那根木头，太拼了吧。"维特轻声说道。

下午就是男双比赛，如果他在这里就透支了身体，下午的比赛还怎么打？大部分排名在前的队伍，此时都还收着劲，包括顾云飞，他只在第一跳的时候发挥了全力。

他说得很轻，但是李淼却听见了："白龙没有别的选择。如果在这里就落后，鹭岛队的路会更难走。"

"我知道，可是……"维特看着靠在跳水台下的白龙，心中难免担忧。

"他总是把责任背在自己的肩上，从前就是这样。"李淼轻叹道，"如果他不这么拼，他就不是白龙了。"

维特沉默地点了点头，他很明白白龙的性格，他就是这样一个人。

比赛现场，在鹭岛队欢呼雀跃的气氛中，于枫教练紧紧皱起了眉。

白龙的上一跳已经开始出现问题了，也许别人看不出来，但是身为教练，她很容易就联想到白龙这两天的脚踝问题。

"白龙！"于枫来到跳台下，关切地看着他微微颤抖的双腿，问道，"你怎么样？如果你不舒服……"

"我没事！"白龙果断说道。

于枫担忧地看着他，不等她开口，白龙已经断然道："教练，3年前的资格赛，我失败过一次，时隔3年，我终于重新回到这个赛场。我对胜利的渴望和信念，不会输给任何人。我不允许再失败一次。"

播报员播道："下一位选手，鹭岛队白龙，请运动员做好准备。"

"教练，请相信我，我会把胜利带回来。"白龙坚定地说道。

于枫看着他这张和何婉相似的面容，以及母子两人一模一样的坚毅神情，眼眶酸涩了起来，她上前一步，给了白龙一个轻轻的拥抱。

"我相信你，白龙，加油啊！"于枫轻声说道。

白龙用力点了点头。

他再一次走向跳台，他要跳的是6243D——一个曾经让他一败涂地、万劫不复的动作。

这是他的最后一跳，他不能有任何失误。

不会允许自己再失败，他也不能再失败！

从哪里倒下，就从哪里站起来！

"他要跳6243D！"观众席上，李淼看着白龙摆出的熟悉姿势，惊呼了一声，站了起来。

维特也惊呆了，这个动作给白龙造成了多少心理阴影，他现在竟然要跳6243D？

你怎么敢，江白龙，你简直疯了！情急之下，维特不顾腿伤站了起来，甚至开始朝前走，李淼也跟了上去，两人冲到了观众席的前排，目不转睛地看向站在跳台上的白龙，下意识地屏住了呼吸。

他转身背对着观众，倒立了起来。

一切杂念都自然而然地离开了他的脑海，从前当他站在跳台上的那些杂音更是不再响起，他不再是被曾经的失败困在原地的失败者，而是浴火重生的江白龙！

起跳提示音响起，白龙的双手用力推开跳台，腾空而起！

这一刻，白龙的身躯仿佛化身一条巨龙，高高腾飞，目睹这一幕的人都情不自禁地被他此刻优美的身姿震撼，惊愕和赞叹地凝视着他这一跳。

于枫目不转睛地凝望着江白龙，米楠紧握着双手放在胸前祈祷，鹭岛的队员们都屏住了呼吸，陆浩然的脑中一片空白，这一刻，他被深深震撼，如同第一次见到白龙跳水被颠覆信念的那一刻。

观众席上，李淼在心中呐喊：白龙，飞吧——！

鹭岛上下，所有人的心中就这一句同样的话：白龙，飞吧——！

维特已经忘了要隐藏自己，他趴在栏杆上，对着白龙高声喊道："白龙，飞吧——！"

那个矫健的身影没有辜负所有人的期待，完美入水！

成了！

维特欣喜若狂，拼命鼓掌。在他的带动下，全场的观众终于回过神来，周围稀稀拉拉地响起了掌声，然后是欢呼声，声音越来越大，响彻全场！

大屏幕上开始滚动白龙的分数："第6轮，动作编号6243D，难度系数3.2，分数：10，10，10，10，9.5，最后得分：96分。"

"他做到了！白龙学长，他做到了！"米楠从椅子上跳了起来，高声叫道，激动地抱住了于枫。

于枫搂着她，激动中，见过大风大浪的她在这一刻也控制不住自己，眼眶潮湿。

鹭岛队的所有人都欢呼了起来。在这个绝境之中，白龙凭借一己之力逆转了局势，给鹭岛队带来了出线的希望！

白龙浮出水面，看向人群中的某个方位。

刚才他恍惚间听到了维特的声音，可是当他真的看过去的时候，却发现观众席上没有他。

也是，维特应该在宿舍里看电视，不可能出现在这里。

"白龙，赶紧上来！抓紧时间休息，下午还有双人跳。"于枫对他说道。

白龙点了点头，双手一撑上了岸。

"你的脚踝怎么样？"于枫关心道。

白龙转动了一下脚踝，冷静道："休息一下，敷一下药，没问题的。还有，这件事不要告诉浩然。"

于枫微微蹙着眉，看向朝着这里跑来的陆浩然："……好吧。"

观众席上，被强行按下头的李淼狼狈地从椅子后站了起来，略带愠怒地质问维特："你躲什么躲？"

"哎呀，白龙不让我来的啊！万一被他看见了，又要训我了。"维特也从椅子后探出了头，见白龙已经跟于枫离开了，这才松了口气。

李淼看着屏幕上的排名，大屏幕显示，鹭岛队总分 1000.5 分，排在第 8 名，港城队 1525 分名列第 1，申川队 1521 分名列第 2。

"下午还有一场硬仗要打呢！"李淼喃喃地说道。

维特撇撇嘴："现在只能指望陆浩然这小子靠谱一点了。"

资格赛的赛事安排很紧凑，白龙没有得到多少休息时间，下午的比赛就已经开始了。

于枫在休息室里给他们做动员："上午我们的表现很好，接下来的比赛，是一场硬仗，你们准备好了吗？"

白龙转而问陆浩然："浩然，我上午问你的问题，你找到答案了吗？"

陆浩然迟疑着摇了摇头，随即紧张地道："但是，白龙学长，请相信我，我……我会找到正确的节奏的！我一定不会拖你的后腿的！"

白龙深深地看了他一眼："浩然，你太紧张了。"

陆浩然愣了一下，他感觉到了，随着双人跳即将开始，他明显感到了那种紧张感。

因为他的失误，鹭岛队差点上午就宣告失败，是白龙拼尽全力才给鹭岛挣回了机会，如果接下来的双人跳再出什么纰漏，他怎么对得起鹭岛？

也许，顾云飞说得对，他真的不配当白龙的搭档，他只会拖累他。陆浩然沮丧地心想。

"走吧，该去准备热身试跳了。"白龙说道。

陆浩然跟在白龙身后，朝着10米跳台走去。

"浩然，对一个运动员来说，每一次比赛，都要像训练时那样放松应对，而每一次训练，却都要像比赛时那样全力以赴。后者你已经做到了，现在是时候做到前者了。"白龙说。

陆浩然闷闷地点头。

"哟，这不是江白龙和他的小跟班吗？"前面传来了王盛的声音，他和顾云飞刚结束了试跳，迎面朝着他俩走来，"陆浩然你心态不错啊，上午跳成那副样子，要是我，早就羞愧地当场退队了，你还有脸来跳双人？呵呵，小瞧你了啊！"

"王盛。"顾云飞冷冷地叫了一声他的名字。

王盛的表情僵硬了一下，随即恶狠狠地瞪了两人一眼，转身回港城队的区域去了。

顾云飞还是那副目中无人的样子，语气却意外地有礼貌："江白龙，你上午的发挥很出色。"

"谢谢！"白龙冷淡地说道。

陆浩然的神经绷紧了，像只刺猬似的把全身的刺都竖了起来，生怕顾云飞再刺他一句。

然而，出乎他的意料，顾云飞什么都没有对他说，他甚至没有看他一眼，而是专心和白龙说话："下午的比赛，预祝你们出线顺利。"

白龙微不可察地皱了皱眉："也祝你们比赛顺利。"

顾云飞微微一笑，对他说道："刚才实在抱歉，我的搭档说话比较直，失礼了。"

说完，他头也不回地离开了，他甚至没有看陆浩然一眼。

陆浩然这才从那股压迫感中走出来，他嗫嚅了一下，忍不住问道："学长，你和顾云飞很熟吗？"

白龙淡淡道："算不上，不过关于他这个人，这些年我听说了一些……无论他对你说什么，都只是对手之间的精神施压，不要被他影响。"

陆浩然点了点头，跟着白龙走向跳台。一路上，他忍不住看了一眼顾云飞的背影，这一次顾云飞什么都没有对他说，他的眼里根本没有他。是他表现得太差劲了，连对他精神施压的必要都没有了吗？

想到这里，陆浩然用力握了握拳，心中的不安逐渐扩大。

不多时，裁判开始入场，现场播报道："男子双人 10 米跳台比赛即将开始，共 6 组动作，请运动员做好准备。"

大屏幕显示第一个上场的队伍：申川队，第 1 组动作 201B，难度系数是 1.8.

走上去的是柯家的双胞胎兄弟，他们同步走向台边，背转过身，全程没有发出一句口令。当起跳提示音响起后，不需要任何提示，两人心有灵犀地同时起跳，他们在空中仿佛合体为一人，脚尖、膝盖打得笔直，最后同时展开身体，竖直钻入水中，他们入水动作控制得非常好，只激起了两块涟漪。

紧盯着他们的白龙不禁感叹："同步完成得真好，这种天生的默契太难得了。"

陆浩然的脸色更难看了，他将目光移到大屏幕上，大屏幕显示：申川队第一轮，动作编号 201B，难度系数 1.8，技术分：9.0，8.5，9.0，9.0，同步分：9，9，9，9.5，9.5，最后得分：48.9 分。

现场播报："下一组选手，鹭岛队白龙、陆浩然。"

"轮到我们了，浩然，走吧。"白龙说道。

二人走上跳台，白龙精神集中注视着前方，浩然的目光却一直落在台下柯家兄弟身上，他们正互相帮对方擦拭身上的水，兄弟间的亲昵显而易见，这份搭档的感情让他羡慕不已。

白龙发现他走神："浩然，专心，到我们了。"

陆浩然回过神来应了一声。

两人走到台边，看了看台下的泳池，白龙说："集中精力，记住我们之间训练的节奏，让我来跟你。"

陆浩然嘴上应了一声，心思却逐渐飘远了。

二人重新走回跳台上，做好起跳准备，陆浩然闭上眼睛深吸了一口气："我准备好了。"

白龙看着他点了点头，然后伸手示意可以开始。

起跳提示音响，陆浩然喊道："准备，3……2……"

白龙同他一起喊道："……1！"

陆浩然开始全力起跑，白龙看到他起式，用尽全力紧跟，努力达到和他一样的速度和节奏。就在二人将要起跳的一瞬，白龙看到陆浩然也在瞥自己的步伐，他心中一个激灵，立刻再次调整自己的节奏。

等到他回过神，陆浩然的起跳力量已经减小了许多，白龙凛然一惊，右脚猛然一挫，瞬间减少起跳发力，可是脚踝却传来了一阵钻心的剧痛！

二人前后相继起跳，白龙比陆浩然起跳稍晚，两人屈体时一前一后，陆浩然在空中完整地做完动作，白龙却露出痛苦的表情，只能勉强做完动作。他身体打开时稍晚，落入水中的水花也比较大。

于枫看到这一幕惊得站了起来，赶紧朝着泳池边跑去。

大屏幕显示两人的分数：鹭岛队第一轮，动作编号103B，难度系数1.6，技术分：7，7.5，7，7.5，同步分：5，4.5，5，5，4.5，最后得分：30.93分。

两人从水中出来后，陆浩然发现白龙一直揉着脚腕，赶紧过去扶他："学长，你的脚踝怎么了？"

"没事。"白龙忍着疼，摆了摆手，一瘸一拐地向淋浴区走去。

这时，于枫跑过来将白龙扶住，看了一眼他的脚腕，又瞪着陆浩然，有些生气："刚才是怎么回事？"

陆浩然心虚又羞愧地低下了头："对不起，我太紧张了，下意识地，又去看学长的动作。"

于枫懒得和他计较了，赶紧扶着白龙在楼道里坐下，打开医药箱要给他喷雾治疗。

白龙疼得额头上满是汗珠，却摇头拒绝了："不要喷，喷了这个脚麻，还不如让它疼着。"

陆浩然更紧张了："学长，你的脚踝……"

于枫一边给白龙处理伤处，一边没好气地说道："白龙的脚踝上午就出问题了。他怕你紧张，不让我告诉你。浩然啊，你真的该想想，接下来的几跳你应该怎么做了。"

陆浩然哆嗦着嘴唇，心中的懊悔有如潮水一涌来，他一句话都说不出来了。

观众席上，维特抱着头一脸郁闷，李淼疑惑地问道："他们两个没练习过双人跳吗？"

维特闷闷道："临时队友，默契极差，还两人都想配合对方，反而同步不了。"

李淼的神情凝重了起来："那这一仗不好打啊！咦，白龙怎么了？"

维特立刻直起身，正看到于枫拿着医药箱跑到白龙身边，脸色顿时一变："好像不对劲，木头不会受伤了吧？！"

"你去哪？"李淼震惊地看着维特冲了出去，挂着拐杖都跑得飞快。

"去去就来，你别跟来了！"维特大声喊道。

港城队休息区，王盛兴奋地对孙宇播报了起来："好消息，好消息，江白龙的脚踝受伤了！"

孙宇也兴奋了起来："真的？那可太好了。"

顾云飞闭着眼睛在拧魔方，闻言手上的动作停了一拍，随即又如常地拧了下来，直到盲拧完成，他才睁开眼睛，寒声道："听你们的话，我还以为现在排在第 1 的是鹭岛队呢！"

明克教练也是摇头叹气："你们啊，就这点出息。"

王盛和孙宇被队内两位大佬一前一后地怼了，灰溜溜地缩到一边去了。

"这个江白龙，还真是命途多舛。"明克说道。

顾云飞淡淡道："可惜了。"

明克教练好奇地问了一句："你好像还挺喜欢他的，怎么不见你和他'多聊几句'？"

顾云飞看着手中的魔方，在他的眼里，这块三阶魔方只有一团模糊的色彩。先天的高度近视注定他无法睁眼入水判定自己的动作是否标准，也无法依靠视力判断搭档的同步情况，甚至于，任何一次失误的跳水都可能让他的视网膜脱落，变成一个真正的瞎子。

不过，那又怎么样呢？他依旧走到了今天，成了不折不扣的港城王牌！

顾云飞轻笑了一声："弱者，需要你让他变得有趣，但是强者，天生

162

就足够有趣。大部分人是前者，而江白龙是后者。"

"没事，一点小问题，我能坚持。"白龙一脸镇定地对慌张的鹭岛众人说道。

"你能坚持个屁！"一道声音在头顶炸开，白龙抬起头，观众席上的维特气势汹汹地拄着拐杖走了下来。

"你怎么过来了？"白龙看到维特一瘸一拐的样子，眉头紧皱。

"亏得我来了，不然在寝室里还不知道急成什么样儿呢！"维特愤愤道，盯着白龙的脚踝看个不停，"还好我带了这个药膏，喏，借你用用，从泰国带来的，紧急镇痛，不会脚麻。"

白龙接过维特递来的药膏，神情缓和了一些："谢谢！"

维特回头，狠狠地瞪了陆浩然一眼，陆浩然本能地瑟缩了一下，心虚得要命。

"还有你！跟你说过了，跳水的时候脑子撇干净，非要想点事，就想想怎么打败我啊！"维特没好气地对陆浩然骂道。

陆浩然自知理亏，垂头不语。

"好了，浩然知道错了，你们现在不要给他压力。"于枫说道。

涂好了药膏，白龙看着陆浩然可怜巴巴的样子，肃然问道："浩然，之前我问你的那个问题，不论你有没有想清楚，回答我：站在跳台上的时候，你应该去想什么？"

陆浩然小声报了一串答案："是……集中精力？全神贯注？不留余力？全力以赴？"

这些他都想过，但是又觉得没有一个词语是完全准确的。

白龙摇了摇头，看向高高的跳台，发白的嘴唇轻启："胜利，仅此而已。"

陆浩然猛地睁大了眼睛，白龙轻描淡写的一个词语，让他的心脏剧烈跳动了起来，一瞬间，在一次次失败中被他遗忘的信念和热血突然间沸腾。

无数个日夜里，他站在跳台上，一遍又一遍练习，一次又一次跳下的信念，除了变强，强到足够成为白龙的搭档，更是因为……

他渴望着胜利啊！

白龙看着陆浩然恍悟的神情，对他说："走吧，我们的集中精力、全神贯注、不留余力、全力以赴，都是为了胜利，明白了吗？"

"嗯嗯！"

维特目送白龙和陆浩然走上跳台，眼中抹不去的是担忧。于枫安慰道："他们会没事的，相信他们。"

维特点了点头，朝着观众席走去。

于枫问道："维特，你去哪？"

维特右手挥了挥拐杖，留给她一个潇洒的背影："找个高一点的位置，看白龙怎么飞！"

"下一组选手，鹭岛队白龙、陆浩然。"

站在跳台上，白龙问道："准备好了吗？"

陆浩然郑重地点了点头："准备好了！"

两人对视了一眼，不约而同地说出那两个字："胜利！"

起跳提示音响起，两人整齐划一地起跳——两个相似的身影在空中完成动作，干脆利落地入水，现场掌声雷动！

于枫猛地从椅子上站起来："完美！"

鹭岛队的众人一起跳了起来："白龙，陆浩然，好样的！"

李淼激动地抓住维特的手臂："同步了！"

维特激动地握紧了拐杖，他们做到了！

他们对视了一眼，在彼此的眼中看到了希望的光彩，这一次，鹭岛队真的还有希望！

果不其然，接下来的几跳，白龙和陆浩然的状态越来越好，配合越发默契，颇有些脱胎换骨的意味。

5 跳结束，大屏幕上显示了鹭岛队目前的总分——1915 分！

赛场上形势一片大好，但是赛场下，白龙的情况却危险了起来。

淋浴区内，满脸苍白的白龙靠着墙坐了下来，一双长腿颤抖个不停，于枫紧张地查看他的伤势，发现情况越来越糟糕，白龙的脚踝已经完全肿了起来，稍一碰触就疼得冷汗直流。

"没事，我撑得住。"白龙扶着墙想要站起来，但是双脚踩在地上的时候就趔趄了一下，一旁的陆浩然急忙扶住了他。

身为白龙的搭档，他比谁都清楚白龙现在的状况，每一次走上跳台，对他而言都是一种酷刑，更别提要在这种疼痛下他还要配合陆浩然的节奏，控制住自己的动作，逼迫自己拿出最好的状态。

陆浩然自问做不到，他甚至想象不到白龙是用什么样的意志力做到的。

而他呢？他总是被顾云飞的三言两语打击得魂不守舍，他太弱了，简直不堪一击。

懊悔和羞愧之情让陆浩然红了眼眶："对不起，学长，如果一开始我能跳得好一点，如果现在我能和你更默契一点……"

"不怪你，任何一次比赛都有可能失误，同步更是靠时间堆出来的，天生默契的搭档可遇不可求。更何况，现在我们已经配合得很好了。"白龙罕见地露出了笑意，温言鼓励陆浩然。

陆浩然宁可被他劈头盖脸地骂上一顿，也好过现在这样愧疚难当。

他决定了，以后无论顾云飞说什么，他绝对不再多听一句！

他用胳膊一抹脸，哽咽地说道："最后一跳，我们一起加油，为了鹭岛，为了胜利！"

白龙拍了拍他的肩膀："为了鹭岛，为了胜利！"

于枫欣慰地看着这对临时搭档，眼神温柔。

她有预感，这一次，鹭岛队会胜利的。

"下一组选手，鹭岛队白龙、陆浩然。"

广播声响起，刚刚结束了最后一跳的顾云飞停下了脚步，一旁的王盛也不得不停下。

港城队的分数遥遥领先，已经毫无悬念地提前拿下了资格赛第一，王盛自觉发挥得不错，也就最后一跳略有失误，但是顾云飞一句表扬的话都没有说，非要从他表情上寻找评价的话，他恐怕并不满意王盛的表现。

王盛有些愤愤然，又不敢质疑，在竞技项目中，菜就是原罪。而他们双人跳的时候，完全是顾云飞在压抑自己的力量和爆发力，配合他同步跳水，所以他注定不可能在顾云飞面前抬起头来。

"你想看吗？我帮你去拿一下隐形眼镜？"王盛殷勤地问道。身为搭档，他太清楚顾云飞的近视有多严重了，3米以外爹妈不认，10米以外人畜不分。

"不用。"顾云飞平静道，"看东西不一定要用眼睛，就像你跳水从来不用脑子。"

王盛被噎了一下，强忍着火气陪他站在原地，他倒要看看瞎子到底怎么看跳水！

"我现在有点紧张。"看着白龙和陆浩然走上跳台，李淼感到自己心跳加速。

"我也是。"维特说道，"比自己跳还紧张。"

两个观众席上的人已经不约而同来到了前排，观望鹭岛队的最后一跳。

"白龙还不知道我来了吧？"李淼问道。

维特点了点头。

李淼问道："那我现在给他加油，他万一看到我，会不会更紧张？"

维特笑了起来："那你可缓着点，别喊得太激动，等庆功宴的时候再闪亮登场，给他一个惊喜。"

李淼笑着点头，再一次看向那块跳台，眼神里既有缅怀，又有欣然。人的一生充满了意外和不确定，又有太多的遗憾，这3年里，他因为那场意外耿耿于怀，将自己一切的不如意归咎于白龙。

幸好，他们都走出来了。

李淼看着那个熟悉的身影，在心中默默祈祷：新的人生，新的开始，白龙，不要辜负大家的期待啊！

"我不能呼吸了，我……我真的不能呼吸了。"米楠捂住了眼睛，"我连看都不敢看了！"

胖哥也捂住了眼睛："那我也不看了。"

回到休息区的于枫没好气地把两人的手扯了下来："出息一点，看清楚白龙和陆浩然是怎么完成这一跳的！"

鹭岛七侠们参差不齐地应和了一声，但是脸上的表情可不是那么回事——事关鹭岛生死存亡，他们现在都紧张得不行了。

米楠从指缝里看着跳台上的两人，全身心地在为他们祈祷，白龙学长的脚踝要撑住，陆浩然千万不要崩盘，一定要成功，鹭岛的未来就寄托在这一跳里了！

站在跳台上，深吸了一口气，陆浩然调整着自己的呼吸，脑中纷乱的杂念被他一一赶出脑海，包括顾云飞那张可恶的脸，现在的他只有一个信念，那就是胜利！

白龙正在和脚踝上的疼痛对抗，冷汗从他的额头上流了下来，他感到晕眩，这种感觉太像是 3 年前的那一幕了。

一模一样的资格赛现场，一模一样的伤病加身，只是这一次，他不允许自己再失败！

"学长，你的脚踝还能撑住吗？"陆浩然注意到了白龙异常苍白的脸色，担忧地问道。

"集中注意力。"白龙说道。

陆浩然用力点了点头，他要信任学长，信任他的搭档！

"学长，我准备好了！"陆浩然说道。

白龙忍着剧痛，深深地看了他一眼："好。准备，3，2，1……"

白龙的声音在陆浩然的耳边变得邈远了起来，他恍惚地进入了一个全新的境界——整个场馆都好像不见了，世界只剩下一块跳台，还有站在他身边的白龙。

不，就连白龙也消失了，他的世界里只剩下他自己。

陆浩然豁出了所有的力气，在一片空白中起跳——

为了出线！

为了胜利！

为了鹭岛！

"白龙，加油啊！"维特早已控制不住自己，对着跳台声嘶力竭地呐喊了起来。

李淼更是激动得踩上了椅子，双手放在嘴边喊道："白龙，不把鹭岛带进全高赛，我不会原谅你的！"

"没错，带鹭岛冲进决赛！"维特也在一边喊着，还高高举起拐杖为他助威。

"学长，加油啊！"米楠带头加油了起来。

鹭岛队的众人也被这生死一刻的气氛感染，大声为两人加油助威："加油，鹭岛！加油，鹭岛！"

在这一阵一阵的助威声中，白龙飞了起来。

这一刹那，他忘记了身体的痛苦，全部的意念都集中在了跟随陆浩然的动作上。一切画面好像在慢镜头之中，他从来没有像这一刻一样完美地控制着自己的身体动作，从起跳到入水，他们在半空中整齐划一地完成了全部的翻腾同步！

伴随着合二为一的入水声，鹭岛队的最后一跳完成了！

白龙浸没在了水中，刚才那一跳让他用尽了最后的力气，他筋疲力尽，甚至想要昏昏沉沉地睡在这里。

他好像在3年前的资格赛现场，又好像刚刚和维特因为一块手表双双跳入水中，不，不对，他在资格赛现场，刚刚完成了男双的最后一跳！

手臂上传来一阵拉力，白龙在这股力道下浮出了水面，用力吸了一口气。

"学长，我们成功了！"陆浩然激动的声音响起。

白龙这才回过神来，看向同步分裁判们亮起的牌子——

两人刚一入水，一直闭着眼睛侧耳倾听的顾云飞突然睁开眼，微微一笑，转头就走。

"你不看了吗？我给你报分数啊！"王盛追了上去，一边走一边还回头看分数。

"我看完了。"顾云飞淡淡道。

"啊？"王盛盯着顾云飞的眼睛，他刚才看得分明，顾云飞压根儿就没睁眼！

"回去准备一下吧，今年的全高赛终于能有个有趣的对手了。"顾云飞语气轻快地说道。

王盛不服气："就凭他们？"

顾云飞轻笑了一声："你有什么资格看不起他们，别说白龙，那个陆浩然，他的力量和爆发力就不比你差。"

王盛愕然，回想着刚才那一跳时全力以赴的陆浩然，确实比之前强上不少。

"更何况，他还算有点脑子，心态也不错，倒是让我刮目相看了。"顾云飞难得用赞赏的语气说道。

王盛回头看了一眼水池中抱着白龙激动得不行的陆浩然，不屑地"喊"了一声。

算他们运气好！

大屏幕上的内容刷新了：鹭岛队第6轮，动作编号5253B，难度系数3.2，技术分：8，8，8，8，同步分：8，8，7.5，7.5，8，最后得分：76.27分。

紧接着，大屏幕闪出，鹭岛队总分2001分，位列第8名！

"啊啊啊，成功了！我们出线了，出线了！"米楠惊叫了起来，恨不得现在就跳进水池里拥抱两人。

于枫的脸上也露出了欣慰的笑容，不着痕迹地擦拭了一下眼角。鹭岛队保住了，接下来他们可以打全高赛了！

鹭岛队的场地变成了欢乐的海洋，所有人都冲向水池。刚上岸的白龙趔趄了一下，吓得陆浩然立刻扶住了他："你没事吧！"

白龙看着计分屏幕，苍白的脸上露出了一个释然的笑容。

"白龙，陆浩然，跳得漂亮！"掌声雷动的观众席上，传来了熟悉的声音。

白龙朝着那里看去，李淼和维特使劲冲他挥手，特别是李淼，他已经不顾形象地站到椅子上去了。

——加油，带着我的梦想，走下去！

白龙用力地点了点头，任由喜悦的泪水从眼角滑落。

这一刻，他终于真正从那段过去里走了出来。

全新的、璀璨的未来，在等待着他。

还有他的同伴。

第九章

　　为了庆祝拿到全高赛的资格，跳水队的众人再一次在居酒屋聚会，大家纷纷举起手中的果汁，发出胜利的欢呼声。

　　于枫抬手示意大家安静下来，按捺住心中的激动之情说道："这次拿到全国赛资格可以说是历史性的。之前我没有跟大家说，学校本来已经打算撤掉跳水部拆除跳水馆了，但是因为大家的齐心协力，现在我们暂时保下了跳水部，我为你们感到骄傲。但是，我们的目标不止于此，如果接下来的比赛，我们第一轮就被淘汰，那么我们仍然会失去我们的跳水部，为了鹭岛的跳水部能够延续下去，我们必须在全高赛中获得一个好成绩！所以我们的目标是——"

　　众人纷纷点头，高声附和："冠军，冠军，冠军！"

　　于枫又说："不幸的是，我们现在处在一个伤病潮中，队内有 3 名成员需要至少两周的恢复时间。幸运的是，医生检查后确定白龙的脚踝伤情比预计的好很多，大约两周就可以恢复行走。所以近段时间，白龙、维特和田林 3 个人都不宜参加训练，以静养为主。特别是你，白龙，你的脚踝现在不能磕碰，你回家休息半个月吧，等能正常行走了再回来。"

　　白龙摇了摇头："我可以履行助教的职责。"

　　于枫笑道："维特和田林伤还没好，剩下几个人我和米楠来带就可以了，你现在最重要的任务是养好脚伤。"

　　白龙只好答应了下来，低头喝起了饮料。

维特调侃道："好啦，你就回家住几天吧。哎，只可怜我，没人给我带饭咯。"

"你也可以回家住。"白龙说道。

"已经被唠叨一顿了，我才不要回去接着听呢，多不自在。"维特说着，见服务员端了跳水队特供牛肉，立刻兴奋地说道，"嘿，这次我一定要抢到！"

维特早已不是刚来跳水队一块牛肉都抢不到的维特，现在他不但能自己抢到牛肉，甚至还能帮脚腕扭伤不方便站起来抢肉的白龙也抢上一块。

白龙皱了皱眉："你的腿还没好，小心点。"

"我都养了一周了，稍微走两步没问题。哎，没想到比赛还没进行几场，咱俩都离不开拐杖了。"维特说着，指着白龙和自己的拐杖摇头叹气。

说着无心，听者有意，陆浩然心里"咯噔"了一下，又一次道歉了起来："学长，对不起。如果不是因为我……"

白龙平静道："道歉的话就不要多说了，我们是队友，本来就应该分担压力互相支持。况且，你最后那一跳，跳得很好。"

白龙越是不计较，陆浩然就越是羞愧："谢谢学长，我一定会加倍努力训练，成为你最好的搭档的！"

跑来跑去给几个伤患添饮料的米楠突然凑了过来，好奇问道："搭档？什么搭档？"

"双人跳水的搭档呗。"维特撇了撇嘴，用胳膊肘碰了白龙一下，"我觉得我俩难兄难弟一对，也挺合适的，等伤好了一起试试看呗？"

白龙瞥了他一眼，淡淡道："这次的意外也给了我们一个教训，我们不能只和指定的搭档练习，至少得有一组备选的搭档。一来，万一有什么意外，我们还有备选项，不至于太被动；二来，说不定意想不到的搭配，反而有很好的同步效果，我们得多尝试。"

白龙的话完全是为了跳水队在考虑，陆浩然一时间都不知道怎么反驳。

米楠眼珠一转："选搭档讲究一个心意相通。这个容易，交给我啦！"说着，她饮料也不倒了，撒腿就跑出了居酒屋。

她又有什么鬼主意了？在场的几人脑中都是这个问题。

维特的手机响了，他看了一眼来电显示，神情突然变了。

"我出去接个电话。"维特二话不说，拄起拐杖就往外走去。

看着维特的背影，白龙隐约感觉到不对劲：是谁的电话，为什么不在这里接，而是非要出去接？

"喂？阿坤，有消息了吗？"维特一边接电话，一边急切地问道。

电话那头的阿坤叹了口气："早上才给你打的电话，哪有这么快？只是刚才你妈妈跟我说起你最近正在参加跳水比赛，还为了训练伤到了腿，现在情况怎么样？"

维特一时间说不上来是失望还是松了口气："我没事，很快就能好。"

阿坤闻言，连连说好："你能回去跳水，我很高兴。但是维特，你得好好想想，如果真的有你爸的消息了，你要怎么办？"

维特立刻道："我当然要回来，我总不能不管他吧！"

"那比赛呢，比赛怎么办？"阿坤问道。

维特沉默了。

阿坤又说："你爸爸的事情，也不是非要你回来才行，你再好好想一想吧。"

电话挂断了，维特靠在狭窄过道的墙边，一动不动。

他一直都记得父亲失踪的那一天。

那天，他意气风发地去参加泰国青年跳水大赛。离家前，家里的气氛空前和睦，父亲送了他一把刻了自己名字的小刀，鼓励他好好比赛，争夺冠军。母亲急匆匆地从厨房跑出来，又给他塞了一块面包，还说会做好炸鸡等他回来吃。

他们的每一句话，每一个神情，他都历历在目。

他很顺利地拿到了冠军，可是下了领奖台当他想给父母打电话报喜的时候，他们谁也没有接他的电话。

不祥的预感涌上他的心头，他没空理会记者的采访，拿着金牌就坐上了回家的车。

等待他的，只有一个一片狼藉、支离破碎的家。

"他走了，你爸爸，他不要我们了！"母亲歇斯底里地哭喊着，将桌上的家庭合影相框重重地扔在了地上，玻璃碎片溅了一地。

金牌无力地从他手里掉了下来，重重地落在了合影相片中，盖住了父亲的脸。

从此，这个男人从他的生命里突兀地消失了。

母亲整日以泪洗面，最后让她走出来的，是另一个男人——她终于放弃了这段失败的婚姻，也放弃了他，她选择重新组建一个幸福的家庭。

一开始，他努力跳水不仅仅是因为喜欢，更是为了让家人骄傲，现在他终于明白，冠军和金牌依旧留不住他最重要的人。

那再跳下去又有什么意义？他开始自暴自弃，浪迹在曼谷的街头，和同龄人厮混，嘻哈打闹胡作非为，再也不去回想曾经努力过的那片跳台。

父亲的老同事阿坤偶尔会看顾他，但是他毕竟是个警察，有太多忙不完的事情，直到他被阿坤强行送上了去往中国的飞机。

阴差阳错地遇到了白龙，又被半哄半骗地加入了跳水队，他本以为可以插科打诨地度过这段时光，没想到却被身边的人委以重任，他好像逐渐找回了当年的自己，甚至愿意回到那片跳台上，可是……

梦总是要醒的。

"维特，你站在这里做什么？"提着一袋东西鬼鬼祟祟回到居酒屋的米楠，见到靠在墙边一脸落寞的维特，纳闷地问道。

维特扫了她一眼，冷冷道："没什么。"

米楠古怪地看了他一眼："喏，东西拿好。"

维特下意识地接过，原来是一个信封，上面写着"男双选择意向调查——维特"。

"刚在隔壁文印店打出来的，把你的搭档写在纸上，然后放进信封里给我。"米楠一脸得意又憧憬地说，"只有互相选择的人，才算是心意相通，才可以做搭档，这就是默契和羁绊啊！"

维特面无表情地看着信封："无聊。"

"这哪里无聊了！"米楠气愤道，"必须填，等你回来训练了，记得交给我！"

说完，米楠气鼓鼓地回居酒屋给跳水队的众人发信封去了。

维特拿着信封拄着拐杖想找个垃圾桶扔进去，可是站到垃圾桶边上的时候，他又犹豫了。

看着信封上"男双选择意向调查——维特"的字眼，他一阵心烦，胡乱把信封一折塞进了裤兜里。

居酒屋内，米楠正在挨个儿分发搭档意向调查的信封，边发边解说，于枫笑眯眯地看着，看起来也没什么意见。

陆浩然当即在信纸上写上了"江白龙"3个字，见白龙正在看他，腼腆地笑了笑，把信封交给了米楠："我先交了吧。"

"你记得把田林的那封带给他哦！"米楠提醒道。

陆浩然点了点头，继续用期待的眼神看着白龙。

"你回来的时候，看到维特了吗？"白龙问米楠。

"看到了，他就在门口杵着呢，不知道在想什么，我把信封给他，他还爱搭不理的。"米楠不悦地撇了撇嘴，"别管他啦，学长你也赶紧填吧。"

"学长，笔借你。"陆浩然把刚才用过的笔放在了白龙手边。

"不急，我去喊一下维特。"白龙说着，站了起来，脚腕上传来一阵疼痛，他不禁皱了皱眉。

"学长，你脚还伤着呢，别乱动了，我帮你去看看吧。"陆浩然立刻站了起来，主动去居酒屋门口找维特去了。

刚一走到居酒屋门口，陆浩然就看到了在垃圾桶边发呆的维特："维特，学长找你。"

维特闷闷地应了一声，刚才的那通电话让他心烦意乱，不知道该如何面对白龙。

如果他真的走了，白龙会不会恨他？白龙在他身上花费了那么多时间精力，为的是让他能在赛场上发光发热，现在鹭岛队还在困境之中，他却想要一走了之……维特觉得没法面对白龙。

"你……"陆浩然刚想问他是不是不舒服，猛地看到他口袋里露出一半的信封，心头一跳，紧张地问道，"你填了谁做你的搭档？白龙学长吗？"

"我才不填呢，幼稚！"维特撇了撇嘴。

陆浩然半信半疑，毕竟刚才维特还说自己和白龙很合适，想等两人腿好了一起试试双人跳呢！

"我不太舒服，先回学校了，你们慢慢吃吧。"维特说完，挂着拐杖自顾自地离开了。

陆浩然看着他的背影，陷入了迷茫和困惑之中。

两周时间转眼就过去了。

等到白龙伤愈归队，米楠第一个冲上来兴冲冲地问道："学长，调查表带了吗？你可没忘了吧？我昨晚还发微信提醒过你呢！"

白龙从包里掏出信封："放心吧，我没忘。"

米楠松了口气，拆开来看了一眼，脸上立刻露出了愉快的笑容："我就知道学长你会选维特！"

白龙的眼中划过一丝笑意："维特交了吗？"

米楠顿时噘着嘴，不悦地告起了状："没有！学长你不知道，他伤好之后回来训练都心不在焉的，让他交调查表也推三阻四，至今都没交！你不在他就这副吊儿郎当的样子。"

白龙皱了皱眉："是吗？"

米楠继续告状："可不是吗？你看，他现在这个点还没来呢！"

白龙立刻给维特打了个电话，没人接，直到规定的训练时间过去了10分钟，他才打着哈欠姗姗来迟。

维特还没睡醒。昨晚他跟阿坤打完电话就去居酒屋喝酒，反正现在白龙回家休养，没人管他，他就干脆喝到半夜才回寝室，结果睡过头了，揉着眼睛走进跳水馆，冷不防的就被站在门口的人影吓醒了。

"白龙，你怎么回来了？"维特吓了一跳，视线落在白龙的脚上，"你脚好了？"

白龙一双锐利的眼睛在他身上扫射了半天："喝酒了？"

维特没回答，算是默认。

白龙深吸了一口气，冷冷道："我不在的时候你怎么训练的，我会去了解清楚。既然我回来了，你落下的那些训练，全都给我补回来！"

出乎白龙的意料，维特既没有嬉皮笑脸讨价还价，也没有岔开话题顾左右而言他，而是一声不吭地点了点头，朝着更衣室走去。

白龙的眉宇深深地蹙了起来，他问米楠："他最近怎么了？"

米楠也很茫然："我也不知道，但是……他最近就是这副样子。"

不论维特的表现有多么不对劲，跳水队的其他成员还是为白龙的伤愈归来兴奋不已，于枫叮嘱完了白龙注意脚伤的问题，又当场公布了双人跳的人选名单。

"这次我们要练习两组双人跳，分别是田林和浩然，维特和白龙。"说着，于枫对米楠点了点头。

米楠干笑了一声，补充道："这个一方面是大家的搭档意愿，另一方面也是教练综合了大家平日表现之后，给出的意见……"

维特怔怔了一下，回头看白龙，白龙冷冷地看着他，他不禁瑟缩了一下：完了，这下白龙更要把他往死里整！

同样惊讶的还有陆浩然，他本以为自己会有机会和白龙搭档，没想到白龙的搭档却是维特！他看向维特的眼神顿时怀疑了起来：他是不是填了白龙当搭档？

唯一面露喜色的人只有田林，可是他脸上的笑容在看到陆浩然的神情之后也僵住了。

见被指定的 4 人表情都很古怪，于枫叹了口气，语重心长地说道："距离下一场比赛的时间已经不多了，我们的形势依旧很严峻。浩然，你和田林搭档时间最久，是发挥最稳定的一对。维特，你和白龙有着非比寻常的默契，我相信你们两个经过一段时间的训练，可以达到很高的同步率。你们 4 个人，是鹭岛接下来比赛的希望，我要求你们全力以赴，可以做到吗？"

看着教练严肃认真的表情，陆浩然只得忍着内心的酸涩，和大家一起齐声喊"是"。

在搭档队伍确定下来之后，白龙立刻开始做起了双人跳的计划，他设计的参赛动作和转体有关，而转体正是维特最大的弱点，迫切需要在这方面加强训练。

维特的地狱生活又开始了。

这一次，白龙更狠了，直接把维特打回去从头练转体。

"回垫子上，身体站直，打开双臂，起跳后扭动肩膀转体，身体收紧，放松臀部，腿绷直，眼睛看着前方！"白龙流畅地下指令。

维特郁闷道："这个也太基础了，如果从头开始练，什么时候才能练好啊？"

白龙冷冷道："你缺的就是基础，别想着走捷径了，练吧！"

于是接下来的几天，维特每天都在和转体较劲，翻来覆去地重复做翻腾转体动作练习，白龙有时候帮他拉着保护绳，有时候和他一起上跳台实战，反复帮他纠正转体上的不足。

维特被每天累得死去活来叫苦不迭，却还是咬牙苦撑了下来。

每一次想要放弃的时候，他总是会忍不住想，万一明天他就要离开了呢？

在鹭岛队的每一分每一秒，都可能已经在倒计时，他甚至不知道他还有多少时间。

白龙对维特的表现略感讶异，他深知维特的性格，也知道他是个多喜欢偷懒的人，但是这几天训练下来，维特虽然还会嘴上抱怨，却不折不扣地完成了他安排的任务，这让白龙有些意外，但又乐见其成。

这天一早，陆浩然和田林一起来到跳水馆，一进门发现白龙和维特已经在练弹网了。

看着两人整齐一致的动作，田林不禁感叹道："他们配合得真好，完全看不出来是新搭档呢！"

陆浩然脸色一变，这几天维特和白龙的配合突飞猛进，让他产生了强烈的危机感，难道维特真的比他更适合白龙？不可能，他这么多年一直都在研究白龙，没有人比他更了解白龙的每一个动作。

这种危机感让陆浩然没法集中注意力，频频去看白龙和维特的练习情况，看到两人在跳板上练习5253B的走板起跳同步，他不禁握紧了拳头。他曾经下过一番工夫苦练过这个动作，因为这是白龙和李淼的招牌动作，难度系数有3.2，一开始他根本做不好，但是一想到要成为白龙的搭档，他不能做不好招牌动作，这才咬牙苦练，直到熟练掌握。

再看维特，他和白龙一起跳了一次5253B，两人同步起跑，动作一致，双双腾空，同时打开身体，节奏完全一样。

陆浩然觉得有些不对劲，纳闷为什么白龙的转体平衡感突然下降了。

一旁的米楠也疑惑地询问于枫："维特的转体平衡感还是做不好，但是很奇怪，白龙也开始出现这个问题了。"

于枫微微一笑："因为他们是搭档，搭档是互相影响的。你放心吧，动作纠正起来不难，难的是形成彼此的默契，这种互相影响的状态持续下去，对他们只有好处没有坏处。"

陆浩然的脸色瞬间白了，他回想着自己和田林这么久的搭档生涯，从来都是他在配合田林控制自己的力量和爆发力，这种天然的默契和影响，竟然从来没有过。

看着水池中两人并肩游上岸的身影，陆浩然下定了决心。

他要为自己争取一次，这一次，他要和维特谈谈。

入夜了，跳水队的成员陆续离开了跳水馆，白龙被于枫教练叫去讨论接下来的训练安排，维特也准备回寝室了，结果刚一出门就被陆浩然叫住。

"晚上有空吗？请你吃饭。"陆浩然紧张地说道。

维特怀疑地看着他："你为什么突然要请我吃饭？"

"有些事情，想跟你说……我请你吃大排档，啤酒随便喝！"陆浩然生怕维特拒绝，还加上了喝酒这个筹码。

维特果然中招："好啊，一起喝一杯！不过你可不许再跟白龙告状了！"

陆浩然点点头："不会的，我也要喝的。"

维特这才放下心来，跟着陆浩然来到学校后面的大排档一条街上。

这是附近几个学校学生最喜欢来的地方，量多价格还便宜，维特也来过好几次。

陆浩然一边问维特喜欢吃什么，一边给他点烤串，还贴心地要了一打啤酒，维特看着他的眼神都不对劲了起来：陆浩然这是抽什么风？无事献殷勤，非奸即盗啊！

"说吧，请我吃饭什么事儿？"维特大口咬着肉串，心满意足地问道。

还不等陆浩然开口，维特的手机突然响了，他一看来电显示，顿时脸色一变："你等等，我去接个电话。"说着起身就往外走。

来电的人正是阿坤，电话一接通他就迫不及待地说道："维特，我知道你爸爸的下落了！"

维特的手一抖，烤串掉在了地上。

终于，这个时候还是来了。

维特原本以为自己会很激动，会迫不及待，可是当消息真的来了的时候，他却感到茫然。明明早已做好了决定，可是当他真的要走的时候，他却发现自己没法轻易说出口那句再见。

阿坤在电话那头喋喋不休地说着什么，维特一个字也没有听进去，他机械地张开嘴，说出了那句早已准备好的话："我马上就回来。"

挂了电话，维特失魂落魄地回到座位上，一口气喝完了一罐啤酒。

陆浩然发现他神情不对，犹豫着问道："你怎么啦？"

"没事，"维特又打开了一罐啤酒，"你有什么事，赶紧说吧。"

陆浩然喝了一口啤酒，斟酌了一下语句，委婉道："我看了你和白龙的跳水，你的转体动作还有点生疏，跳5253B其实有点勉强，这可是白龙学长和李淼学长的招牌动作。"

喝着啤酒的维特呛了一下，咳嗽了两声："是吗？"

"现在比赛快到了，留给你们练习的时间不多了，你这个情况和学长组合参赛，风险很大。"陆浩然一直在观察维特的脸色，发现他出乎意料地平静，这才鼓起勇气，把接下来的话说出口，"我想和你比一比，就比5253B，如果我赢了……"

"不用比了！"维特突然高声说道。

陆浩然被他的音量吓了一跳，惴惴不安地看着他。

维特也不解释，一口气又喝完了一罐啤酒，重重地放在桌子上："我同意，你和白龙搭档！"

陆浩然没想到维特这么干脆就同意了，顷刻间有些不知所措："不，维特，不用你让我，我只是希望我们公正地比赛一场，看看谁更合适。"

维特起身断然道："没那个必要。你……好好和白龙搭档吧，加油。"

说完，维特转身要走。

陆浩然赶紧拉住了他："你等等。我是很想和白龙学长搭档，但我要求堂堂正正地和你比一场！如果我输了，这件事我绝口不提！"

就在这时，旁边传来一个熟悉而讨厌的声音："哟，这不是白龙的小跟班吗？听说最近白龙有了新搭档，不要你了啊，怎么，还请人家新搭档吃鸿门宴啊？"

来人正是港城队的王盛和孙宇。

陆浩然回头看了他一眼，紧紧皱起了眉。

王盛嘲笑道："怎么，蔫了？哦，想起来了，上次资格赛的时候，你那表现……哎，难怪白龙不要你搭档，要是我，我也不敢要啊！"

一旁的孙宇也配合地笑了两声，一副看不起陆浩然的样子。

维特眯了眯眼，冷冷道："我们鹭岛的事情，轮不到你们说话！"

王盛一脸惊奇："你这板凳选手话还挺多。"

孙宇和他一唱一和："所以鹭岛才倒数第一啊，估计下一轮就该被淘汰了。"

王盛继续嘲笑起了陆浩然："至于你，就你那两下子，白龙宁可选个板凳选手，也不会要你。"

陆浩然脸色一红，冲上前抓住王盛的衣领："你说什么！"

王盛有恃无恐地轻笑了一声："怎么，想打架啊？没事，我不还手，反正你想被禁赛，我配合啊！"

禁赛这个词重重地敲在了陆浩然的心上，他咬紧牙关，慢慢松开了王盛的衣领。

王盛见他服软，笑得越发猖狂："你们鹭岛就是废物，你陆浩然废物，白龙也是废物……"

话音未落，维特突然把啤酒一扔，一把推开陆浩然，一记直拳重重地砸在了王盛的脸上。

陆浩然脸色一变："住手——！"

来不及了，维特已经将王盛打倒在了地上，现场一片混乱。

这个夜晚，维特仿佛回到了曼谷街头，先是和人打架，然后找地方落脚，给自己处理伤口。

他在 24 小时营业的便利店里买到了需要的应急药膏，在店员惊恐怀疑的目光下给自己处理了伤口，还和他调侃了几句。

白龙的电话一个接一个地打过来，维特索性发了条"没事，出去玩了"的消息，然后关了手机。

等一切处理完毕之后，时间已经是凌晨 1 点钟了。维特压根儿没打算回寝室去，现在回去就是找死，他干脆有一句没一句地和店员聊着天，实在困了就在桌子上趴一会儿，想挨到天亮再做打算。

半梦半醒中，裤袋里一直有什么东西硌着他，维特摸出来一看，原来是那封米楠给他的搭档调查信，一直被他放在这条裤子的兜里，今天刚好穿了出来。

维特将这封信放在桌上，一点点展平。

"能借支笔吗？"维特问店员。

店员已经不怕他了，递了一支笔给他，好奇地念出了信封上的字："'男双选择意向调查——维特'，这是什么？"

维特打开信封，在信纸里写上了 3 个字，然后重新封了回去。

"是一个秘密。"维特笑着说道，"一个，关于搭档的秘密。"

店员不解。

"我再买一个信封和一张邮票，多少钱？"维特问道。

店员帮他拿了东西，给他结账，维特重新打开手机，对着上面几十个重复的来电提醒出神。

"门口就有邮箱，本市的信件很快就能寄到的。"店员说道。

维特付了钱，沉默地写好了地址和收件人，将信投进了邮箱。做完这一切之后，他终于点开了购票软件，买下了一张回曼谷的机票——时间是明天凌晨 1 点。

天已经蒙蒙亮了，收到机票确认短信的维特站在便利店门口，看着远方的曦光，突然间惆怅了起来。

第二天一早，白龙面无表情脚步飞快地走进了训练馆，一进门就环视全场："你们谁看到维特了？"

大家面面相觑："没有啊！"

白龙握着手机的手紧了紧，昨晚维特没有回寝室，给他打电话也不接，就发了条"没事，出去玩了"的消息，不知道跑哪里去了，一想到这家伙多半又故态复萌去哪里喝酒打电动了，他就气不打一处来。

跳水馆的大门开了，于枫步履匆匆地走了进来，陆浩然蔫头耷脑地跟在她身后，见到白龙还心虚地低下了头。

"维特来了吗？"于枫问道，她的脸色看起来也很糟糕。

"没有，我也在找他。"白龙说道。

"你和浩然，跟我来。"她说，又对米楠说道，"要是看到维特了，叫他来一趟我的办公室。"

米楠点了点头，给维特发起了短信。

白龙和陆浩然来到于枫的办公室，门一关，她就怒气冲冲地一拍桌子："陆浩然，你和维特到底在搞什么？！港城队那边已经告到体育局去了，大赛当前，你们一个两个都这么冲动，怎么回事？！"

白龙愣了一下："怎么了？"

"还能怎么了？出息了，昨晚在大排档上把人家港城队的王盛给打了！维特动的手，现在好了，人家要求他去港城队公开道歉，不然就禁赛！"于枫气愤道。

陆浩然低垂着脑袋，小声辩解了一句："不能怪维特，是他们先侮辱白龙学长的，维特气不过，才动了手。"

白龙冷冷道："这不是动手的理由。运动员应该在赛场上用成绩说话，在场下用拳头逞英雄有什么意义？"

陆浩然垂头不语。

办公室的门突然开了，脸上带伤的维特面无表情地走了进来："是没什么意义，人是我打的，我打得高兴。早知道昨晚就该多赏他几拳，免得他今天还能爬起来告状。"

这话一出，办公室里的3人都惊住了，陆浩然难以置信地看着他，于枫气得嘴唇直哆嗦，白龙更是怒火中烧，一把将人抵在了墙上："维特·颂恩，你有没有一点底线？！"

"怎么，你也想打架啊？"维特冷笑着反问。

白龙怎么也没想到，维特非但没有对昨晚的打人事件有半分愧疚之情，甚至还理直气壮地挑衅了起来，强烈的愤怒和失望让他浑身颤抖。

"去道歉。"白龙咬牙切齿地说道。

"我不去！"

"我陪你去！"白龙大声道。

白龙的话让维特愣住了。

"我陪你去道歉，再不道歉你就要禁赛了！"白龙一字一顿地说道。

"那我就不比了，爱禁赛就禁赛吧！"维特一把推开白龙，头也不回地冲出了于枫的办公室。

离开了鹭岛，维特在街头徘徊，浑浑噩噩不知道要去哪里。

回曼谷的飞机是凌晨 1 点的，现在去机场还太早，他也不打算回宿舍收拾行李，随身的一个手机，一本护照，一个钱包就足够了。

满大街都是来来往往的陌生人，不会关心他的满腹悲伤。他不想为自己辩解，甚至自暴自弃地觉得，被误会也没什么不好。

反正他要走了，以后的事情，再和他无关了。

维特看着鹭岛附近的这条街，从刚来时的陌生，到现在的熟悉，也不过是过去了几个月的时间。

他沿着街一路走，路过了第一次见到白龙的华龙小区停车场。

维特下意识地停下了脚步，看向停车场的收费亭——坐在那里的人已经不是白龙了。

恍惚间，他的耳边响起了白龙的声音："小偷！"

维特不觉笑了起来，当初打打闹闹的误会，如今想来都觉得那么有趣。

这些日子的相处，他深知白龙是一个多么认真负责、热爱跳水的人，他们阴差阳错地成了室友，又阴差阳错地成了助教和队员，最后还成了搭档……虽然搭档的时间是那么短，他们甚至没有一起参加过一场正式比赛，可是维特确信，他们是最好的搭档。

最好的搭档。

回想着离开于枫办公室前，白龙愤怒又震惊的神情，维特感到一阵愧疚。白龙对他尽心尽力，而他呢？他总是惹白龙生气，还让他操心。

至少在他走之前，他要把白龙让他做的事情做好。

想到这里，维特掏出了手机，在地图里搜索了"港城大学"，打开了导航。

虽然禁不禁赛对一个已经确定要离开的人来说没有意义，可是，维特还是想做完这件事，他不能让鹭岛背着"队员打人不道歉被禁赛"的名声，也不想让白龙失望。

维特第一次来到港城大学的跳水馆，和鹭岛那个年代久远的跳水馆不同，港城大学的跳水馆看起来豪华又大气，站在门口都觉得气势逼人。

维特大大方方地走了进去，丝毫不慌，还有闲情观察港城队队员的训练方式。

孙宇第一个发现维特的到来，兴奋地用胳膊肘戳了戳王盛："王盛，你看，那不是昨天揍了你的那谁吗？"

右眼挂了个淤青的王盛一听，顿时气不打一处来："他敢来老子的地盘找死？！妈的，我非给他一点教训不可！"

"坐下！"顾云飞冷冷道。

王盛一个激灵，看向正抱着手臂坐在一旁的顾云飞，心中略有不甘，弱弱说道："可是……"

顾云飞抬头，淡淡地扫了他一眼，平静却锋利如刀。

王盛抿了抿嘴，咬牙坐了下来。

明克教练叹了口气："王盛啊王盛，你昨天才打了架，今天至少得老实一点吧？不然接着写检讨去吧。"

王盛满腹委屈，昨晚先动手的人又不是他，再说呢，维特那混蛋下手巨阴险，专挑看不出的地方下狠手，他疼得半死医生还检查不出来，可算吃够了苦头。

孙宇在他耳边小声说："你最好老实点，昨天的事情，顾云飞可生气了，都听笑了呢！"

王盛哆嗦了一下："这么严重的？不就是打架……"

"嘘，他听见了！"孙宇压低了声音。

王盛用视线的余光瞥了一眼，见到顾云飞转过头看着他，顿时挺直了脊背一声不吭。

维特走了过来，二话不说深深地来了个九十度鞠躬："鹭岛队队员维特·颂恩向港城队道歉，对不起王盛同学！对不起明克教练！"

跳水馆里一片安静，只有没有关掉的水龙头传来哗哗的声音。

明克教练板着脸，皮笑肉不笑地说道："你胆子倒是挺大的，一个人也敢来道歉。"

"又不是来打架的，一个人为什么不敢来？"维特看着明克教练，再次道歉，"教练，之前的事是我错了，对不起了。"

明克教练也不想将事情闹大，朝他摆了摆手："好了，道歉我们收到了，你回去吧，下次注意文明。"

"谢谢明克教练，谢谢王盛同学！"维特见目的达成，转身就要走。

"听说，白龙最近和你组了搭档？"一直闭口不言的顾云飞突然问道。

维特停下了脚步，回过头，这个看起来斯文俊秀的年轻人正专注地看着他，似乎很想知道这个问题的答案。

"不，"维特的表情落寞了下来，"我做不了他的搭档了。"

顾云飞若有所思地看着维特大步走出了跳水馆。王盛终于可以开口了，他大声说道："这小子说谎，我亲耳听到的！妈的，这小子就他妈不老实，我……"说着，就是一串污言秽语。

顾云飞轻叹了口气，看向王盛，缓缓开口道："王盛，你被打这件事情，基本上可以概括为两个字。"

王盛傻愣愣地问道："什么？"

"活该。"顾云飞话音刚落，港城队的队员们爆发了一阵惊天动地的笑声，王盛涨红了脸，抄起毛巾大步冲进了更衣室。

夜幕降临了，在鹭岛附近徘徊了一天的维特回到了母亲的家中。

曾苓和宋达明对他的突然到来很惊讶，高高兴兴地下厨给他加几个菜，磊磊邀请他一起玩游戏，大家一起吃了一顿温馨的晚餐。

维特含笑看着他们 3 人和睦的样子，心中的那股酸楚感挥之不去。

他很想告诉曾苓，他要回去找他的父亲了，可是话到了嘴边却又说不出口。

晚餐过后，曾苓热情地要给维特整理房间，让他住一晚再走，但是维特拒绝了，他回到房间打开自己的行李箱，从里面拿出了一把小刀。

这是唯一一件父亲留给他的东西。

他小心地把刀包好，又拿了纸笔想要写点什么，可是写了半天也只写出一句话。

手机嗡嗡地振动了起来，是白龙给他发来了消息。

维特迟疑了一会儿，最终还是点开了。

白龙："你在哪儿？"

白龙："打架的事情，我知道你是为了维护我，你的做法我理解，很感动，但不认同。"

白龙："这件事必须解决，明天我陪你一起去道歉。就算你再不情愿，我也会带你去，因为我们是要一起上跳台的搭档。"

维特看着白龙发来的消息，他想象得出白龙严肃地盯着手机一个字一个字斟酌着打出来的样子，也想象得到他此时此刻的心情。他已经没有那么生气了，也许还有一些，但更多的是对维特要被禁赛的担忧。

维特对着手机，又想哭又想笑，这就是他的搭档啊，全世界最好的搭档。

现在他要离开他的搭档了。维特拿起包好的小刀和只写了一句话的纸，走出房间对曾苓说道："妈，我回学校了。"

曾苓正在厨房和宋达明一起洗碗，闻言探出头来，笑着说道："这么早就要走啊，好吧。对了，周末再来一起吃饭吧？"

厨房里的宋达明也说："今天太匆忙了，你妈妈来不及给你做炸鸡，周末一定给你准备好！"

曾苓笑了起来，回头对厨房里的宋达明嗔怪了一句，又对维特说道："路上小心。"

昏黄的厨房灯光照在她那张不再年轻的脸上，她的神情是那么温柔，又是那么幸福。

维特突然间热泪盈眶。

他胡乱点了点头，打开了家门，任由迎面而来的晚风带走了他眼底的潮湿。

抬起头，看着3楼那扇窗口里透出的温馨灯光，维特心中那股愤愤不平突然间熄灭了。他甚至觉得，她现在这样就很好。

维特朝着公交站牌走去，等待去往鹭岛大学的公交车的到来。

夜晚的公交车班次之间的间隔变长，他等了很久才等到一辆，坐在公交车后排靠窗的位子上，维特看着窗外的万家灯火，全世界孤独得好像只有他一个人。

"前方到站，鹭岛大学。下车的乘客请带齐您的行李物品，从后门下车。"公交车的广播响起。

这时，手机突然振动了一下，维特打开来一看，不由呆住了。

白龙："我在你家，阿姨说你回学校了，你现在在哪里？我有话要跟你说。"

维特没有回答，他飞奔着冲下了公交车，奔向无人的宿舍。

打开宿舍的大门，按下电灯的开关，维特的视线被堆在桌子上的东西吸引了。

那是他喜欢的零食，甚至还有啤酒，一看就不是白龙自己会吃的东西。桌子的角落里，放了一封道歉信，维特打开来一看，是白龙用他的口吻写的。

和港城队的人打架的时候他没有哭；一个人深夜躲在便利店里处理伤口的时候他没有哭；被白龙按在墙上逼他道歉的时候他没有哭……但是这一刻，看着白龙为他准备的一切，他红了眼眶。

再见了，我最好的朋友。

再见了，我最好的搭档。

"他也没有联系你吗？好，我知道了，有消息了再联系，再见。"白龙挂断了和米楠的电话，疲惫地回到了宿舍里。

打开宿舍的大门，白龙突然感觉到了不对劲。

桌子上有一张字条，还有一把小刀，白龙大步冲上前拿起来一看，不禁怔住了——

"谢谢你，白龙，这把刀是我的父亲留给我的唯一一件礼物，它曾经为我带来过冠军，现在我把它送给你。我要走了，不要来找我。"

第 十 章

3个多小时后，飞机在曼谷落地，天才蒙蒙亮。

维特换了泰国的手机卡，小心地将原来的那张SIM卡藏进了自己的皮夹里，大步朝着前方走去。

"维特，这里！"阿坤穿着一身便装，对走出通道的维特挥手。

一夜未眠的维特振作了精神，大步走向他。

"你的行李呢？"阿坤纳闷地问道。

"没带。"维特说完，又解释了一句，"没什么重要的东西，就几件衣服而已，不带就不带吧。"

阿坤若有所思地看着他："你还打算回去？"

"不，不是。我……也没想那么多，就是没时间收拾而已。"维特说道，转移了话题，"我爸现在在哪里？"

阿坤没有立刻回答，而是领着维特往外走，上了车之后，阿坤开车，维特坐副驾，两人沉默了许久，最后还是维特先开口打破沉默："他是不是出事了？"

"没有，人没事……维特，你爸爸的事情，你都是怎么想的？"阿坤问道。

维特断然道："他不是那种人！新闻里说他贪污受贿事发逃亡，我一个字都不信！"

阿坤苦笑了一声："一开始，我也不信。我们是多年的同事，他是个什么样的警察，我很清楚，正直、善良、会变通，但有底线，他是个有正义感的人，我不相信他会收受黑帮的贿赂，充当他们的保护伞。但是……维特，最近我收到消息，你爸爸他……现在真的在帮黑帮做事。"

维特厉声说道："我不相信！让我见他，我会亲自跟他问清楚！"

"我其实很后悔告诉你这个消息，在你妈妈告诉我，你最近在参加跳水比赛之后……"阿坤轻声说道。

"没什么后悔不后悔的，我只是要他给我一个回答。"维特沉沉地说道。

这个回答，他等待了整整 4 年，他无论如何也要弄明白！

"白龙？白龙！"于枫的声音唤回了白龙的神志，他怔忪了几秒，终于意识到现在不是发呆的时候。

"抱歉，您继续说。"白龙对于枫说道。

于枫看着恍神的白龙，在心里叹了口气，语重心长地说道："维特的事情，作为教练，我很遗憾，但还是尊重他的选择，毕竟，事关他的亲人，他放心不下也是正常的。"

白龙低着头，没有说话。

维特留书离开后，白龙立刻找到了他的母亲曾苓了解情况，曾苓一开始也搞不明白这是怎么一回事，后来和泰国那边的朋友联系了之后，终于弄清楚发生了什么——维特失踪了 4 年的父亲有消息了。

"我和我的前夫，感情不算很好。他是个警察，忙于工作，没时间照顾家庭，维特几乎是我一个人带大的，但是他很崇拜他的父亲。"曾苓将维特年少时的故事娓娓道来，一边说一边默默流眼泪，"他爸爸年轻时喜欢跳水，他就加入了泰国青年跳水队，从小到大嚷嚷着要拿冠军，我们就说，哪天他真的拿到了冠军，我们一家人就一起去旅行。但就在他拿了冠军的那一天，他爸爸走了……"

这一番话反反复复地在白龙的脑海中翻腾，这些关于维特的过往，被他深深掩藏在了吊儿郎当的外表之下，旁人竟半点也窥探不到。

白龙忍不住心想，如果他能多关心维特一点，维特会不会把一切都告诉他，而不是选择自己承担一切、不告而别？

维特还会回来吗？如果他真的找到了他的父亲，那他就没有回来的理由了，他可以在泰国过上幸福的生活，也许他们这一生都不会再相见。

　　想到这里，白龙的内心就空落落的一片。

　　于枫见他还是一副魂不守舍的样子，只得拍了拍他的肩膀，自己将大家召集到了一起，公布新的训练计划。

　　"大家知道，维特因为个人原因退出全高赛的下一轮比赛。现在全高赛的阵容改为：男单白龙、田林参赛。男双确定为白龙、陆浩然搭档参赛。"于枫说着，又看了白龙一眼，他还是那副心不在焉的样子。

　　陆浩然激动地攥紧了拳，他一定要加油训练，和白龙学长培养出默契来！他一定能做得比维特好！

　　然而当天下午，陆浩然的信心就受到了严重的打击。

　　结束了一天的训练，于枫把参赛队员叫到了一起，观看白龙和陆浩然今天双人跳的录像视频，两人的动作依旧不太一致，陆浩然看起来很沮丧，白龙也神色凝重，可却又时不时恍神。

　　"学长，这里起跳的时候还可以再调整一下。"米楠指着定格的一幕画面说道。

　　白龙回过神来："米楠，麻烦再回放一下，我和维特再看一遍。"

　　这一声"维特"让米楠愣住了，陆浩然更是神情尴尬脸色难看，却一声也没吭。

　　田林张了张嘴，想要提醒白龙，可是白龙却浑然没有觉察到自己叫错了人，而是顺着米楠录像重放的画面，用手指着屏幕头也不回地说道："维特，你看，我们的起始节奏还是没有踩上。"

　　陆浩然的嘴唇颤抖了起来，脸色一片惨白："学长，维特已经走了。"

　　白龙浑身一震，这才如梦初醒："抱歉，我……"

　　陆浩然猛地站了起来，椅子在地面上拖出了刺耳的"刺啦"声："不用再说了！"

　　"浩然……"田林担忧地看着他，他知道和白龙搭档是陆浩然一直以来的梦想，当然也知道被崇拜的人刺伤的时候又会有多难过。

　　"你知道那天我和维特为什么会单独出去吃宵夜吗？因为我想求他给

192

我一个机会，我们堂堂正正地比一次你最擅长的5253B，如果我输了，做你搭档的这件事我再也不提。结果呢？维特二话不说，告诉我他退出，他以为我会很高兴吗？我一点也不！"陆浩然的声音哽咽了一下，呼吸急促了起来，"你是我的榜样，是我踏入跳水的初衷，我当然想做你的搭档。我也相信我是最适合做你搭档的那个人！可是如果不能堂堂正正地赢，如果不能得到你的承认，那这一切又有什么意义呢？"

说完，陆浩然夺门而出，一旁的田林呆了一呆，立刻追了上去。

白龙静静地坐在椅子上，看着被陆浩然推开的门，心情复杂又沉重。

米楠低声说："我也去看看。"说完，她轻轻地掩上了门。

屋子里就只剩下于枫和白龙两人，对着定格了画面的电视屏幕久久无言。

许久，于枫轻叹了一声："白龙，你的状态很不对劲，如果再继续下去，下一场比赛，我们很可能无法成功晋级。学校方面已经明确给了我答复，如果鹭岛队下一轮就被淘汰，跳水馆还是要被拆除。"

"……我，我明白了。对不起，我会尽快调整过来的。"白龙低声道。

于枫深深地叹了口气，看着白龙如今落寞的样子，她也于心不忍："我知道维特的离开，给了你很大的打击。你其实，已经认可他作为你的搭档了吧？"

白龙抬起头，直视着枫的双眼："是，我想和他一起跳水。"

于枫微笑了起来："维特也是一样的。有一件事情你大概还不知道，那天维特在我办公室里和你吵完架，说着打死也不道歉的话，结果当天就去港城队道了歉，明克教练都没想到他这么干脆地就去了，还是一个人去的。"

白龙怔住了，他没想到维特竟然真的去道歉了。

"那时候维特已经决定要走了，禁赛不禁赛对他来说无所谓，可他还是去了。我想，他一定是不想让你对他失望。"于枫的语气缓和了下来，她柔声说道，"我相信，在他的心里，一定也认为你是他最好的搭档。"

"一定是的！"大门再一次被推开，去而复返的米楠走进了屋子，脸上有一种奇异的神采。

白龙和于枫不解地看着她，她将一封信放在了桌子上："刚刚从收发室拿到的，是维特寄给你的。"

　　白龙立刻站了起来，一把拿过信，拆开了外壳。

　　里面赫然是米楠当初分发的"男双选择意向调查信"。

　　"你拆开看看吧，也许看完，你就会有答案。"于枫说道。

　　这一刻，白龙突然发现，自己身为一个运动员稳定的手，竟然会因为拆一封信而颤抖。

　　他撕开信封，打开了里面的那张信纸。

　　薄薄的信纸上只有一个名字。

　　江白龙。

　　——你就是我最好的搭档，这就是维特没有说出口的回答。

　　白龙的眼前模糊了，信纸上的名字因为他这一刻的激动和伤感蒙上了一层薄薄的水雾，他突然间再也克制不住压抑在心底的各种情绪，也不想再克制。

　　"教练，我要把维特带回来。"白龙认真地看向枫，一字一句地说道，"我想请假，去一趟泰国，请您批准。"

　　于枫欣慰地笑了："好啊，我批准了。"

　　米楠吸了吸鼻子，忍住了眼眶里的泪水，激动地说："我也要请假，我陪学长去。学长不会泰语，我会，我可以帮忙！"

　　于枫摸了摸她的头："我也批准了。"

　　白龙将信纸放回了信封中，折好放进了自己的口袋里。在做下了决定的那一刻，他的心终于安定了下来，一切如释重负。

　　无论这一趟他能不能将维特带回来，他都觉得自己必须去。

　　因为他们是最好的搭档。

　　次日一早，白龙和米楠就坐上了前往曼谷的飞机。米楠还在感慨，幸好泰国是落地签，不然哪能允许说走就走的"追人行动"。下了飞机之后，两人根据曾苓给出的地址寻找，但因为对泰国不熟悉，两人走了许多弯路。等找到维特在曼谷的住所时，已经接近晚上了。

"维特——"米楠急切地敲起了门。

白龙紧紧地盯着门，虽然脸上的神情还算镇定，但从他紧抿的嘴角能够看出他的不安。

敲了许久，没有人回应，米楠有些急了："学长，维特不在，我们该怎么办？"

"等着，他总是要回家的。"白龙冷静地说道。

米楠看着他略带倦容的脸庞，沉重地叹了口气："也不知道他跑哪里去了……"

此时的维特正在一个令人意想不到的地方。

他尾随着两个混混打扮的泰国男人悄悄潜入了一个废弃工厂，那两个人进入工厂之后突然间就没了踪迹，维特小心翼翼地跟了进去，发现四周空无一人。

维特：……

他从阿坤那里套出父亲曾经出现在这个工厂附近的消息，阿坤叮嘱他不要掺和，在家里等消息，但是维特哪里会听他的话，他没日没夜地蹲守在这里，想找到一些线索。

最近几天他总能看到两个陌生人来到这里，他想从这两人下手，试试看能否通过跟踪他们两人找到他的父亲。然而这两人却总是神出鬼没。

维特准备重回天台观察，肚子却咕噜噜叫了起来。他恍然想起，自己已经一天一夜没吃东西了。

想到这可能是个持久战，维特决定先回家里收拾些东西，再买点干粮和水过来。

回家的路上经过一所学校，青春洋溢的中学生们蜂拥而过，几个小男孩打打闹闹地冲了过去，其中一个不小心撞了维特一下。

"不好意思啊！"小男孩道完歉飞快地朝前跑去，"回去锻炼，不许偷懒！"

恍惚间，维特似乎看到白龙板着一张脸对自己说："不许偷懒，再加20组！"

维特的嘴角不自觉扬了起来，但很快他又清醒过来，笑容消散，神色落寞。

他已经不可能回去了，在鹭岛的美好生活，已经结束了。

然而刚一回到家门口，维特的幻觉再一次出现了。

他竟然看到白龙抱着手臂靠在他家门口，闭着眼睛似乎在打盹。

这个幻觉太逼真了，维特不禁停下脚步揉了揉眼睛，而那个幻觉中熟悉的身影似乎觉察到了他的存在，睁开眼看向他，快步朝他走来。

"白龙？"维特小心翼翼地喊道，生怕自己又是在做梦。

"不告而别？别来找你？这就是你对搭档的态度？"白龙在他面前站定，寒声问道。

这个神情，这个语气，不会错了，是白龙本人！

这一刹那，维特的心情激动了起来，随即又冷静了下来，小声道歉："……对不起。"

"维特，你可算回来了！你别听学长说得这么严肃，你走之后，他整个人都丢了魂似的。"坐在台阶上打盹的米楠也醒了，立刻给白龙拆台，"这不是跟教练请假，来接你回去了吗？"

维特心中感动，可是他很快清醒了过来，严词拒绝："我不回去，你们走吧，我是绝对不会跟你们回去的。"

"是因为你父亲的事情吗？"白龙问道。

维特没有说话，他现在做的事情太危险了，绝对不能把白龙牵扯进来。

"好了，我们进屋再说吧，别站在门口了。"米楠催促道。

维特不情不愿地打开了门，想给两人倒点水，这才想起回来之后他就没在家里待过，现在家里什么都没有。

"不用忙了。"白龙制止他，"先说说你的情况。"

"没什么好说的。"维特正好对上白龙关切的目光，心中一软，"现在有了父亲的一点消息，不过还在调查。"

"那你什么时候能回去？"米楠关切地问。

"我不会回去。"维特不知之后会发生什么，不敢给他们希望。

"找到父亲之后也不回去？"米楠惊讶。

"既然已经找到他，就没有回去的必要了。"维特垂下眼帘，睫毛在他帅气的脸上打下浓浓的阴影，让人看不清他的情绪。

"那我们的比赛呢？"白龙问。

"我——"维特想说句狠话，但一瞟到白龙清亮的眸子，什么话也说不出。

"我会陪你找到你父亲，之后你跟我回去比赛。"

"不用。"维特拒绝得快极了，看到白龙怀疑的目光，他马上解释，"虽说有了他的消息，但也不知道他再次出现会是什么时候。"

"所以你更需要我们。"白龙坚定道，"我们帮你，能更快找到你父亲。"

"不行！"

白龙见他几次果断拒绝，心中的怀疑更深："你有事情瞒着我们。"

维特躲开他的目光，他总不能告诉白龙，他父亲是个在逃通缉犯吧？他只能违心地说了句狠话："这是我的家事，与你无关，别多管闲事！"

白龙静静地看着他，平和的语气里甚至有一丝温柔："维特，你的所有事情都和我有关，因为我们是搭档。"

说着，白龙将一个折皱了的信封放到他面前："你的搭档意向表，我收到了，现在我把我的意向表交给你。"

米楠微微一笑，这还是来泰国之前白龙特地从她手里要回去的呢！

维特瞥了一眼，被上面"男双选择意向调查——江白龙"的字样刺了一下，飞快地移开了视线。

"反正我也不回去跳水了，现在再看这个还有什么意义。"维特低声说道。

白龙淡淡道："不管你看还是不看，既然你已经认定了我作为你的搭档，那我对你的事情就义不容辞。接下来无论你去哪里，我都会跟着你，直到你跟我回鹭岛。"

维特被白龙的话惊呆了，和他相处这么久，他从来不知道白龙还有这么死缠烂打的一面！

"……随便你，你能跟得住就跟吧。"维特嘟囔了一声，起身说道，"我给你们收拾一下房间，想明白了就早点回去，我是不会管你们的！"

白龙和米楠对视了一眼，俱是看出了维特语气里的动摇。

　　入夜了，因为家里只有一张床，就让唯一的女孩子米楠一个人睡了卧室，白龙睡在客厅的沙发上，维特则在沙发边上打了个地铺。

　　半夜，维特听到来自白龙均匀的呼吸声，知道他已经睡熟了，于是他悄无声息地起身，蹑手蹑脚地拿好东西，临走前在放了搭档意向表的桌边迟疑了一下，还是将这封信放进了自己的裤袋里，小心翼翼地带上了门。

　　曼谷夜晚的风带着一丝凉意，维特深吸了一口气，摸了摸裤袋里的搭档意向表，忍住了去看一眼的冲动——他知道里面的名字一定是他的，也知道自己只要看一眼，就会克制不住想要回到鹭岛的冲动。

　　可是现在，他还有更重要的事情要去完成。

　　维特熟门熟路地来到工厂的天台，观察四周情况，他找了一个适合观察的角落。等了许久，工厂那边一点动静都没有。

　　突然，之前他看到的两个人又出现了。维特心中一动，忙放下望远镜，跟着追进了工厂。他谨小慎微地四处查看，发现没人后悄悄进入楼梯间。

　　一个人影突然出现。

　　维特心中一惊，还未反应过来，身体已经被人按在了墙边。

　　他抬起头，对上一双熟悉而深邃的眼眸，只是一改平日冷静的风格，眼中带着焦急激动。两人隔得非常近，他似乎能听到白龙加快的心跳，一点都不淡定。

　　"你什么时候跟出来的？"维特压低了声音焦急地问道，"这里很危险，你快走！"

　　"我不能放着你不管。"白龙说道，"刚才你追得太急了，那两个人马上就要发现你了，跟我走！"

　　"走什么走，你知道这件事对我有多重要吗？"

　　"我知道，所以我陪你。"白龙郑重说道。

　　"你……"维特刚想说什么，猛然看到远处有一个人影，他急忙拉住白龙，"走，有人过来了！"就算再想见到父亲，他也不敢拿白龙的性命冒险。

　　两人刚准备下楼，不知何时从后面出来两个人，用毛巾将他们的嘴巴

198

捂住，两人很快失去了意识。

再次醒来时，维特惊慌地喊道："白龙！"

白龙好好地坐在他身边，一脸关切地看着他。

"这里是哪里？"维特左右环顾，发现这里是一个封闭的房间，只有一盏惨白的吊灯亮着，将周围破旧的陈设照得晃眼。

"我也不知道，我醒来的时候，就和你在这里了，门窗都锁住了，出不去。"白龙皱眉道。

"但是我们没有被绑起来。"维特觉得有些奇怪。如果他们真的落在了那帮犯罪团伙手里，现在怕是早就被沉海了，为什么会被好好地关在房间里呢？

就在这时，门开了，白龙和维特绷紧了身体，准备见势不妙就硬拼，没想到开门的人竟然是阿坤。

"维特·颂恩，我让你在家里待着等消息，你怎么跑到这里来了？"阿坤一脸怒容，"这是个非常大的犯罪团伙，要不是有内应帮忙，你们两个现在小命都丢了！"

白龙有些迷惑地看着维特，维特小声解释："阿坤是我爸爸以前的同事，是个警察……"

说完，维特对阿坤说道："事关我爸，我根本不可能放弃他！"

阿坤眼神复杂地看着他，许久，深深地叹了一口气："我就知道你会这么说……走吧，你爸爸在等你，但你们只有10分钟的时间。"

维特一愣，完全不敢相信，他终于能见到失踪多年的父亲了？

明明是期待已久的事情，但是当这一天真的到来的时候，他却又畏葸不前。

突然，一双温暖的手搭在他肩上。维特抬头，对上白龙鼓励的目光："去见他一面，把话都问清楚。"

维特用力点了点头："好，我去见他。"

阿坤将两人带出了封闭的房间，外面站了一群身穿防暴装备的警察，维特这才意识到情况很危险。

阿坤语重心长地说道："这伙罪犯在这里盘踞很久了，制毒运毒，手段恶劣，我们一直寻找线索。今天接到消息，终于收网了，你们两个真是命大！"

维特也有些后怕，他更怕的是如果白龙真的因为他出了什么事，他这辈子都无法原谅自己。

阿坤带着两人来到工厂附近的码头仓库边上，对维特说道："进去吧，你爸爸就在里面等你，长话短说。其实，我也是刚知道全部的事情……维特，你不要怪你爸爸。"

白龙对维特说道："去吧。"

维特对他用力点了点头，他将手按在了门把上，深呼吸了几次，鼓起勇气推开了这扇门。

一进门，维特就看到了坐在窗边的男人。他的肩背依旧是那样宽阔，那曾经是维特小时候最爱爬的地方，只是现在，那里微微伛偻着，不再是当年挺拔的模样。

维特的眼眶一下子湿润了起来，当那个男人回过头，那张无数次出现在他梦中的模糊脸庞终于再一次清晰了起来。

他不再年轻了，皱纹爬上了他的眼角，他已经两鬓斑白。

维特的眼泪一下子夺眶而出，哽咽着一句话都说不出来。

"几年不见，你长高了，和你母亲更像了。"父亲亚桑感慨地说道。

维特紧紧抿着嘴唇，积攒已久的怒火终于爆发了："你没有资格提她！是你抛弃了她，抛弃了我们！"

亚桑的脸上流露显而易见的愧疚和心疼，更多的，又是一种无奈："是我对不住你们。"

"我不想听道歉！你解释啊，为什么离开我们？"维特大声逼问道。

他不相信父亲真如新闻上所说收受黑帮贿赂，帮黑帮做事，哪怕他今天就出现在犯罪团伙的窝点里，他还是想要一个解释。

"对不起。"亚桑说着，红了眼眶。

"我不要听道歉！"维特哽咽着说道，"我一直记得你说过，男子汉就是要坚持。可是你对家的坚持，对我妈的坚持，你对我的坚持到底在哪里啊？！为什么抛弃我们，为什么？！"

一声声的质问中，亚桑眼中的悲伤更浓，他颤抖着说道："因为，我要保护你们。"

维特愣住了，这是他怎么也没有想到的答案。

"你们是我的软肋，现在我的工作很危险，不知道哪一天就会死，就连家人都可能被报复。我没办法保护你们，与其让你们置身危险，还不如，我离开……对不起，维特，我对不起你和你的妈妈。"亚桑终于忍不住老泪纵横，"我现在的身份，是一个卧底的缉毒警察，你明白了吗？"

维特如遭雷击，呆呆地站在原地。

他终于明白过来，贪腐革职是假的，抛弃家庭也是假的，他是一个无名的英雄。而他的抛妻弃子，是为了保护他爱的人。

"维特，对不起，可能今后很长时间我都还是没法守在你身边，这是我做父亲的失职。但你记住，我即使在远方也会一直关注着你，守护着你。儿子，你可以不原谅我，但是，别折磨你自己，你应该拥有自己的人生！"亚桑走到维特面前，将手搭在他肩上，"做你喜欢做的事情，答应我，好吗？"

"我喜欢的事情？"维特呆呆看着亚桑，还未从得知真相的震撼中清醒。

"我听阿坤说你重新跳水了。"亚桑深情地看着维特，他想要将儿子的样子深深地刻到脑海中，"不要再因为任何人任何事放弃它了。"

"好，我不放弃。"维特清醒过来，他望着亚桑，乞求道，"那你会留下来陪我吗？"

"我会在这里，"亚桑指着维特的胸口处，慈祥又温柔，"我一直都在这里陪着你，陪你重新站回跳水的舞台。"

维特的眼泪再也忍不住落下，他明白，他的父亲还是要走。

"这里的案子已经解决了，可总有余孽，我不能留在这里，你也不能，回中国去吧，你和你妈妈……好好过。"亚桑爱抚地摸了摸他的头，一把将他拥入怀中。

时隔4年，再一次被父亲拥抱在怀里，维特止不住地号啕大哭了起来，为这4年的天各一方，也为这4年的痛苦思念。

敲门声传来，阿坤打开了一道门缝："亚桑，船来了，你得走了。"

"不，你别走！"维特拉住父亲的手。

阿坤叹气道："你爸这一次得罪了太多人，现在多待一分钟就是多一分危险，说不定连你也会有危险。"

亚桑愧疚地对阿坤说道："阿坤，谢谢你照顾维特这么久。"

阿坤半是无奈半是感慨地说："没想到这个任务，你连我都瞒。"

"你知道得越多就会越危险，我什么人也没告诉。"亚桑苦笑，看着维特的眼神里充满了依依不舍，"我这辈子，亏欠你们母子俩太多了……"

接送亚桑的轮船靠岸了，到了亚桑离开的时候。

维特将他送上了船，汽笛声响起，轮船起航，看着逐渐远去的亚桑，强烈的不舍让维特沿着岸边一路追赶，大声喊道："爸，我答应你，回去跳水！我一定会拿到冠军，你就等着看我的奖杯吧！"

船上的人似乎听到了，朝他挥了挥手，又挥了挥手。

晨风习习，亚桑的轮船早已消失在了海平面上，维特和白龙站在岸边，一同眺望着远方的海岸。

"维特——"

"白龙——"

两人坐起来，看向对方同时开口，话语一出，都愣了一下。

维特勉强笑了起来："木头，让我先说。"

他没有马上开口，而是再次陷入沉默。

过了好一会儿，白龙才听到一句不轻不重的"对不起"，在宁静的海岸边，格外清晰。

"对不起，我不该不辞而别，不该让你担心。"这句早该说出口的道歉，维特终于说出口来。

"是我没能早些发现你的异常，让你一人承受这么多。"白龙在知道真相的那一刻，一直对此耿耿于怀，"你放心，我以后一定会当一个尽职的搭档。"

"你已经是了。"维特目光直直地看着白龙，"你已经是最好的搭档了。"

白龙心潮涌动，一直想说的话在舌尖打转。

"还有，谢谢你来找我！"维特声音有些哽咽，"谢谢你能来找我！"

"当然了，"白龙定定地看着维特，将舌尖的话说出，"我得把我最好的搭档带回去。"

维特激动地看着他，一双星眸闪闪发亮，似有千言万语，却一句都说不出来。

他突然想到了什么，伸手在口袋里一摸，掏出了那封白龙给他的搭档意向表，拆了开来，借着冉冉升起的朝阳散发的光芒，他看清了被白龙写在信纸上的名字。

——维特·颂恩。

一阵浪花打来，激起一声巨响，一直从维特的心中满溢到了眼眶里。

维特收起信纸，含泪对白龙粲然一笑，冲着大海喊道："江白龙，记住了，维特是你最好的搭档！"

"你们要一起拿冠军！"他自顾自地喊着，声音大过海浪，穿过黑暗和黎明，最终抵达白龙的心中。

这一刻，白龙也情不自禁地大声喊道："维特，记住了，你是白龙最好的搭档，以后不许离开，你们要一起拿冠军！"

"我们要一起拿冠军！"维特接着喊道。

"对，一起拿冠军！"

两个青春的少年，在消除了一切误会和芥蒂之后，在朝阳升起的海边，拼尽全力喊着自己的梦想，多年以后，白龙再想起这一幕，依然热血沸腾。

第十一章

维特回来了!

这个消息让鹭岛队原本压抑的气氛一下子活跃了起来,于枫逮着维特一顿训斥之后,立刻将所有人召集到了一起,为即将到来的比赛做总动员。

"八进五的预选赛马上就要开始了,这次的主场是天泽大学。根据所有参赛队伍往期的表现来看,除了港城、申川这两支强队之外,其他很少有队伍会依靠动作难度取胜。所以,这次预选赛,我们不需要在动作难度上找得分点,只需要做到稳定发挥。"于枫说道,"所以这次的比赛名单是,浩然和田林负责男双3米板,白龙和维特男双10米台,另外,白龙和浩然分别跳男单10米台和3米板。"

陆浩然失落地垂下头,在得知白龙和米楠去泰国找维特之后,他就隐约有了预感,等维特答应回来的消息传来,他就在想,这一次预选赛,他恐怕无缘和白龙组队了。

虽然有了心理准备,但是在真正听到教练宣布名单的时候,他还是止不住地感到沮丧。

于枫继续说:"我现在对你们唯一的要求,就是继续加强练习最擅长的一套动作,争取做到零失误,其他的一切都先放到一边。距离预选赛只有一周时间了,鹭岛队能不能进入总决赛,就在此一搏。有信心吗?"

众人大喊道:"有!"

"好!那就大声点,给我点信心!"

众人提高声音喊道："必胜！"

在鼓舞完士气后，于枫回到办公室，才坐下，就看到陆浩然敲门进来了。

"有事？"于枫问。

"我和白龙搭档10米台的事情……"陆浩然欲言又止。

于枫知道他又在钻牛角尖了，不觉轻叹了一口气："浩然，你和田林在3米板上磨炼了那么多年，鹭岛里挑不出第二对这样稳定的组合，这一点你很清楚。"

陆浩然沉重地点了点头。

"鹭岛能上场的队员不多，我手里能打的牌就只有这么几张。我们现在能做的，就是尽量让每一张牌都发挥最大的作用。预选赛和资格赛不一样，我们要面对的都是强队，稍有不慎就可能被淘汰，可是现在的鹭岛队承受不了失败带来的结果。"于枫看着窗外，语重心长地说道。

陆浩然顺着她的视线看去，不远处正是鹭岛队的跳水馆，它已经有些年头，看起来远不如其他学校新建的场馆那样豪华大气，可是对鹭岛的跳水队员来说，它就是他们的家。

"我知道，我就是……问问。"陆浩然思索再三，最终黯然地说道。

于枫拍了拍他的肩膀："好好训练，加油啊！"

陆浩然勉强地笑了笑，临走前，他踌躇了一下，又问于枫："教练，学校的意思是，只要我们能赢下预选赛，就不会撤掉跳水部了吧？"

于枫点了点头。

陆浩然的笑容真切了一些："好，我明白了，一切等预选赛之后再说吧。"

陆浩然离开了，于枫看着被他轻轻带上的门，又是一声叹息。

陆浩然这孩子，对和白龙搭档这件事情已经执着到魔怔了，这对他来说可未必是件好事，于枫摇了摇头，将这件事按了下来，打开笔记本开始计划预选赛的细节事宜。

时间已经不多了。

"亲爱的观众朋友们，这里是'跳水之都'鹭港市，欢迎大家来到全国高校跳水系列赛的预选赛现场，预选赛为期两天，由 8 支资格赛晋级的队伍参加，比赛顺序为鹭岛队、天泽队、申川队、天澜队、新明队、湘楠队、永源队、港城队，每项比赛共完成 6 轮规定动作，本次预选赛团体总分前 5 名的队伍将进入全高赛的总决赛，展开冠军的角逐！"主持人的声音响彻座无虚席的比赛场馆。

因为天泽大学提供的班车临时故障抛锚，鹭岛队此时才匆忙进场，刚一来到门牌上写着"鹭岛大学"4 个大字的房间，大家就惊呆了。

这里与其说是休息室，不如说是一间废旧仓库，不但沙发垫破了几个洞，连门闩都一副要脱落的样子。

"搞什么啊，天泽队也太欺负人了吧！"维特当即抱怨了起来。

于枫的表情也冷了下来，她没想到天泽队还会玩这种上不了台面的小手段，但是身为教练，她不能在这时候动摇军心："休息室是什么样的不重要，我们已经没时间了，大家迅速放下东西去熟悉场地。"

白龙对维特、田林和陆浩然说道："跟我走，抓紧时间。"

4 人以最快的速度来到跳台附近，却被几个穿着天泽大学 T 恤的工作人员拦了下来："抱歉，热身时间已经结束了。"

维特不服气地说道："这不是还有 3 分钟吗？"

工作人员面无表情："请你们回休息区准备比赛，鹭岛队马上就要上场了。"

"这是故意刁难我们鹭岛吗？"维特表情一变上前一步，一副要动手的样子。

"维特，别冲动。"白龙拉住了维特。

气氛一下子剑拔弩张了起来。

顾云飞和王盛刚完成了一次试跳，从水池里上来，王盛一看到鹭岛队的几人就激动地对顾云飞说："我没骗你，刚才我听教练说了，白龙这次会和那个叫维特的双人跳！他上次还敢骗我们！"

顾云飞目不斜视地朝前走，淡淡道："强者就应该和强者并肩，如果他够强，有何不可？"说着，他没搭理王盛，径直朝着鹭岛几人走去。

王盛愣了一下，急忙追了上去。

"你们迟到了。"顾云飞在白龙的面前站定，俊秀的脸上挂着斯文优雅的笑容，"怎么，路上堵车了？"

因为顾云飞的突然插话，正要和工作人员动手的维特愣了一下，白龙立刻瞅准时机将维特拉到了一边，低声说道："冷静，不要冲动，殴打工作人员会被禁赛的。"

陆浩然一见到顾云飞就皱紧了眉，别过脸不去看他，要不是怕丢人，他连耳朵都想捂上。

白龙对顾云飞点了点头："班车出了点问题。"

顾云飞轻笑了一声："那可真是运气不好，糟糕的早晨会让一整天都变得不顺利。听说你回来双人跳了，我很期待在跳台上和你一战，希望你的新搭档不是一个会让你退赛的……蠢货。"

跟在顾云飞身后的王盛嗤笑了一声，也跟着骂了一句："蠢货。"

顾云飞莫名似笑非笑地看了陆浩然一眼，又冷冷地看了王盛一眼，施施然地带人离开了。

陆浩然的心脏猛地一跳，顾云飞最后的那个眼神里流露的嘲讽意味，让他备感羞辱。他不禁握紧了拳头，对自己说：顾云飞他是故意的，他不能再一次中计了！

维特愣了一下才回过神来，顿时气得跳脚："我靠，这人什么意思啊？他骂我蠢货！"

就在这时，召集运动员的铃声响起，比赛即将开始。

工作人员催促道："跳台停止使用，你们该去集合了！"

维特不屑地"喊"了一声，倒是没再有动手的意思了。

白龙直觉顾云飞刚才的那句话里每个字都颇有深意，可现在也来不及细想了，他郑重地对几人说道："好了，大家都冷静一下，现在时间也到了，我们没法试跳，只能尽量在第一时间摸索适应。放平心态，抛弃顾虑，不要被对手的话影响，我们只需要像平常训练一样就行，明白了吗？"

"明白！"

首先开始的是男单3米板，鹭岛队排在第一个出场，陆浩然听到主持人播报了自己的名字，神情镇定地走上了跳板。

此时他的心情仍有些紧张，每一次比赛遇到顾云飞，他都会压力倍增。

但是，同样的错误他不会再犯第三次了。

陆浩然深吸了一口气，将脑中的一切杂念赶了出去，唯有白龙对他说过的话，在他的脑海中回荡着。

——站在跳台上的时候，你应该去想什么？

——胜利。仅此而已。

哨声响了，陆浩然动了，他踏板、起跳、入水，所有动作一气呵成，完美地发挥了他平时训练的水平。像是对他优异表现的回应，观众席上爆发了热烈的掌声。

陆浩然浮出水面，迫不及待地看向大屏幕上他的得分：8.0，8.5，8.0，8.0，8.5，总分82。

陆浩然笑了，这一刻，他如释重负，又如获新生。

上了岸，陆浩然大步朝着鹭岛队的方向走去，满心期待着白龙的表扬。不料还没走出几步，顾云飞朝着他迎面走来，他披着一条白色的长浴巾，走在场馆中有如巡视领土的国王，傲慢得目中无人。

两人擦肩而过的一瞬间，顾云飞停下了脚步，在他耳边说道："士别三日，当刮目相看。"

陆浩然也停下了脚步，头也不回地反问："你的心理攻势不会再对我有作用了，知道为什么吗？"

顾云飞回过头，语气轻快地问道："这倒是勾起我的好奇心了。"

陆浩然高高地抬起头，始终直视着前方，迈步离去："不告诉你，你自己想去吧！"

顾云飞的呼吸慢了一拍，视线里陆浩然模糊的背影越走越远，消失在了一片朦胧的迷雾中，他突然笑了。

一直到顾云飞回到港城队，他都面带愉快的笑容，孙宇惊恐地看向王盛，用嘴形问道：你又怎么惹到他了？

王盛大感冤枉：我没有！

明克教练原本在和天泽队的刘琛教练说话，回到港城队的时候发现队里一片死寂，大家都如丧考妣，唯有顾云飞面带微笑，漫不经心地转着一个不规则魔方。

明克教练纳闷地问道："鹭岛队这一跳也是不错，但你们也不用这么如临大敌吧？"

顾云飞将手中的不规则魔方复原，随手放在椅子上站起身来："轮到我了，我出发咯。"

听着顾云飞和平时不太一样的语气，明克教练越发疑惑："你……去吧，随意发挥就好。"

顾云飞走了，明克教练用审视的眼神打量着王盛，王盛立刻说道："我没惹他生气！"

孙宇也说："他可能就是今天心情好。"

"不应该啊……"明克教练摸了摸下巴，顾云飞早上来的时候还面无表情气压低沉，听到王盛和孙宇在讨论怎么帮天泽队的时候还冷笑了一声。

算了，只要他发挥正常就行，明克教练对协助天泽队的事情也不怎么上心，虽然刘琛教练是他的徒弟，但这个人……啧。

明克教练坐了下来，准备欣赏一下顾云飞的这一跳。

按照出场顺序，港城队是最后一个上场的队伍，前面已经有 7 名选手完成了这一轮规定难度系数 2.0 的跳水动作，轮到顾云飞了。

主持人说道："我们现在看到的这名选手是来自港城队的顾云飞，这一位就不用多加介绍了，让我们看看他的这一轮动作是……405B？"

"405B？"无论是观众席还是选手席上都发出了同样困惑的声音。

"这是个难度系数 3.0 的动作，可是这场比赛的规定难度系数是 2.0啊！"维特惊讶地说道。

米楠也很茫然："就算他跳了 3.0 难度，最后还是会按照 2.0 计分的，他为什么要做这么吃力不讨好的事情？"

就在大家困惑之际，跳台上的顾云飞已经在一声哨响之后完成了这一跳——毫无瑕疵的完美。港城队的拉拉队员们振臂高呼，和看台上震耳欲聋的掌声融合在了一起。

白龙皱着眉苦思冥想，于枫教练也是面色凝重："也许，这是来自港城队的威慑。他们是想告诉参赛选手，已经两连冠的港城才是全高赛当之无愧的王者。"

随着于枫的声音，大屏幕上的排名变动了，港城队空降到了第1位，而鹭岛队名列第4。

陆浩然盯着排名屏幕，那种源自顾云飞强大实力的压迫感再一次笼罩在了他的身上，他觉得，也许这就是顾云飞对他问题的回应。

——你的那点小伎俩，在绝对的实力面前毫无意义。

他几乎能听见顾云飞在他脑中说话的语气，还有他脸上似笑非笑的轻嘲神情。

陆浩然站了起来，白龙看了他一眼："浩然，不要跟着他的节奏走。"

"我知道。"陆浩然远远看着那个从水池中走上来的身影，坚定地说道，"我现在，脑中就只有胜利的念头而已。"

再一次擦肩而过，顾云飞微笑着问道："你知道我为什么跳405B吗？"

陆浩然面无表情地说道："不知道。"

顾云飞轻笑了一声："现在你有一个问题，我也有一个问题，我们来做个约定吧，如果你能跳出让我满意的一跳，我们就来交换答案。"

陆浩然冷冷地看了他一眼，一言不发地朝着跳台走去。

顾云飞没有回到港城队的休息区，而是站在一旁闭上了眼。

眼前的世界陷入一片黑暗，周围的声音却变得鲜明了起来，广播里的沙沙声响，人群中的窃窃私语，夹杂着几句满怀期盼的加油喝彩，复杂纷乱的世界变得清晰而分明。

哨声响起，脚步落在踏板上的声音，一切动作在他脑中构成了画面——起跳，向前翻腾两周半，半转体一周，屈体动作，压水花入水。

这是几近完美的一跳，一串动作连贯而流畅，既有爆发性的力量，又不失轻盈灵巧，他光是听着声音计算着时间和节拍，都觉得是一种享受。

播报分数的声音响起，顾云飞从黑暗的世界里睁开了双眼，看向从水池中上来的陆浩然。

"没想到我这么快就可以给你答案。"顾云飞说道。

陆浩然警觉地看着他："我可没答应和你交换答案。"

"没关系，我还是愿意告诉你，为什么我要在2.0的难度里跳3.0。"顾云飞说着，脸上浮现了一个轻松愉快的笑容。

陆浩然脸上不动声色，却还是提起了好奇心，认真地听他解答。

"因为我高兴。"顾云飞认真地说道。

陆浩然愣住了，随即怒火中烧："你耍我？！"

顾云飞笑得很文雅，但说出来的话却更像是挑衅："我要耍你，有一万种方法，但不包括说实话。"

陆浩然深吸了一口气，忍住了一拳揍在他脸上的冲动："我信你才有鬼！"

顾云飞轻叹道："实话总是不如谎话动听，因为它时常既不讲逻辑，又不合常理。而精心修饰的谎言就不一样了，它总是既完美又动听，直击人性的弱点，好得无懈可击。"

陆浩然一直觉得顾云飞这人有点奇怪，现在他终于确定了："神经病。"说完，转身就走。

被人鉴定有病的顾云飞笑得越发开心。

王盛远远地朝他走来，小心地观察了一下他的神色，忐忑开口道："教练找你。"

顾云飞收敛了笑容，不疾不徐地回到了港城队的休息区。明克教练立刻问道："云飞，刚才你为什么跳3.0难度的405B？"

顾云飞脸上挂起了礼貌的微笑，从容道："今天我们的计划是要分散大家在天泽队上的注意力，确保他们能成功晋级。那就有必要在一开场给所有参赛队员一个震慑，还有什么比我的405B更快捷更有效的做法吗？"

明克教练很满意地点了点头："你做得很好，接下来你可以继续随意发挥。"

顾云飞打了个哈欠，漫不经心地点了点头，再一次拿起了不规则魔方。

这个魔方开始变得无聊了，幸好，新的游戏已经出现了。

3 米跳板结束后，港城队以 547.10 分排名第 1，鹭岛队则以 525.90 分排在第 3。

于枫的心情很不错，表扬了一下陆浩然。

白龙抬起头，头顶的灯光亮得刺眼，让他眼前一阵晕眩，他不禁闭上了眼，缓了几秒钟之后复又睁开眼，一切又恢复了正常。

"木头，轮到你了。"维特用胳膊肘碰了碰白龙。

白龙对他轻点了一下头，从长椅上站起了身。

远处天泽队的休息区，教练刘琛第一时间注意到了白龙的动静，低头对身边的一名队员林昊说道："那个就是江白龙，当年可是个传奇人物。"

林昊抬起头，一张狡黠的娃娃脸上露出了一个恶意的笑容："那我倒是很想领教一下。"

刘琛教练叮嘱道："现在我们排在鹭岛后面，名次不够保险，这一轮一定要把鹭岛拉下来才行。"

林昊勾了勾嘴角："您不都安排好了吗？要不我再加把火？"

刘琛教练不轻不重地拍了一下他的脑袋："专心比赛，其他的事情都交给我。"

"知道啦！"林昊故意拖着长长的音调，目不转睛地看着已经走上了 10 米跳台的白龙，他的动作是 107B，"这个江白龙很谨慎啊，一上去就检查了地板、栏杆还有水迹，还试了一下摩擦力。"

刘琛教练冷笑："就是因为他谨慎，所以更要让鹭岛晚到，只要他没机会试跳，第一跳就好不到哪里去。"

仿佛应验了他的话，哨声响起之后，白龙以 107B 的空中翻腾动作入水，但是因为不太熟悉跳板，这一跳的水花稍多了些，最终得分不够理想。

林昊笑了起来："也不过如此。"

刘琛教练提醒道："不要轻敌。"

林昊耸了耸肩，大步朝着跳台走去。

他的动作和白龙的一样，走上跳台后还特意盯着白龙看了几眼，冲他摇了摇头，这才开始起跑并顺利起跳，动作干脆利落，水花甚微。

从水中冒出之后，林昊看向屏幕上的得分，发现比白龙要高，脸上的笑容越发得意，还冲白龙的方向挑了挑眉。

"白龙，这小子好像对你有兴趣啊！"维特拍了拍白龙的肩膀，"跟你跳了相同的动作，这是冲你来的啊！"

白龙淡淡地扫了林昊一眼，从他的眼中读出了清晰的挑衅意味。

"这个天泽队，有什么特别的来历吗？"白龙问道。

于枫皱了皱眉："天泽的刘琛教练从前是港城队明克教练的学生。"

白龙若有所思："怪不得，这个林昊给人的感觉，很像港城队的队员。"不论是动作还是嚣张的态度，都如出一辙，他心中大致有数了。

之后的几轮动作，适应了跳板的白龙都稳定发挥，鹭岛队一直牢牢占据着第3名的位置，甚至向第2名发起了冲击。

主持人大声说道："最后一轮动作，现在上台的是鹭岛队，江白龙——他的动作是，6243D！"

白龙再一次站到跳台上，臂立，开始准备动作。

然而，就在他准备起跳的一瞬间，一道炫目的闪光在空中划过，直直刺入了白龙的眼中，他顿时眼前一黑，起跳的动作完全被打乱！在这危急时刻，白龙竭力控制身体动作，却还是在入水前出现了失误，溅起了大片水花。

全场一片哗然，所有观众都为这一重大失误惊愕不已，就连主持人报分的声音都带了些许惋惜："3.5，4.0，4.0，3.5，3.5……"

水池中，白龙冒出了头，被水面正面冲击的双眼一阵剧烈的疼痛，他发现自己的眼前漆黑一片，巨大的恐慌之中，他下意识地揉了揉眼睛，手指的力道揉散了这片黑暗，他重新看到了光明，此时他才恍然回神：刚才有人用激光笔照射了他的眼睛。

"白龙，你没事吧？刚才这是怎么了？"维特第一个冲到了水池边，担忧地问道，生怕是白龙的病又犯了。

白龙顺着声音的方向看去，眼前的人影闪烁而模糊，他的心里立刻"咯噔"了一下，脸上却不动声色："刚才有一道光从我眼前闪了一下，可能是激光笔。"

于枫闻言，勃然大怒："从哪里发出来的？"

白龙转过头，眯着眼睛恢复视觉，半晌才指认了方向："好像是天泽队那边的看台。"

米楠忧心忡忡地问道："这种情况可以申请重跳吗？"

维特气愤难当，可是当他看到白龙恍惚的样子，他又担心了起来："木头，你没事吧？"

"我没事。"白龙用力眨了眨眼，眼前的画面终于恢复正常了，仿佛刚才的突然失明和视线模糊都只是他的错觉。

维特将信将疑，他直觉白龙有点不对劲，却又说不出是哪里不对劲。

"你们回去，我去交涉！"于枫怒气冲冲地冲向评委席，和评委们交涉了起来，之后比赛暂停，评委们聚在一起激烈地讨论了起来。

没多久，几个保安来到了天泽队的看台上，将一个男子带出了场馆。

然后，组委会副主席走了过来解释情况："于教练，那个拿激光笔的人只是一个普通观众，并不是天泽队的人，现在也已经被请出了赛场。不过……如果说是因为光线干扰才拿了低分，恐怕真的没办法服众，所以，组委会只能驳回鹭岛队重跳的申请。"

"怎么可能，那分明是天泽队搞的鬼！"于枫对这个结果不服。

"没有证据的话，于教练可不能乱说。"副主席板着脸说道，语气很不友好。

于枫还想再说些什么，却被白龙打断："教练，我们可以赛后申诉，现在重要的是比赛。"

于枫忍着火气，对副主席说道："赛后我们会提交申诉报告的！您请吧！"

比赛恢复进行，天泽队的林昊上场，以完美的动作完成了最后一跳。

大屏幕上，天泽队反超鹭岛队，白龙皱了皱眉，于枫气得一手捏扁了空的矿泉水瓶。

"于教练，刚才可真是可惜了。"刘琛笑眯眯地走了过来，"不过我可以保证，我们天泽绝对不会做出这种故意干扰比赛的事情的。"

"有人说是你做的了吗？"于枫怒气冲冲地反问。

刘琛一愣，又虚伪地假笑道："我只是怕你误会，这样有伤和气，我们要相信比赛是公平公正的，我们天泽绝对不可能针对你们。"

"无耻！"于枫暴脾气上来了，一脚踢在刘教练的两腿间，骂道，"你们还有没有竞技精神了？垃圾！"

刘琛顿时捂住了裤裆，惨叫连连，吓得周围一群男生纷纷后退了半步，脸上的表情感同身受。

于枫公然揍人这件事闹得有些大，当场被组委会宣布停赛一周，禁止她进入赛场。第一天的比赛就这样在闹剧中结束了，差不多缺了一跳的鹭岛队从第3名掉到了第6名，和第1名港城队的分差达到了60多分。

整个鹭岛队都沉浸在压抑的气氛之中，大家情绪低落地讨论着明天的比赛，只有白龙一个人坐在角落里，闭着眼小憩。

他一直在思考，关于顾云飞的那句话，"糟糕的早晨会让一整天都变得不顺利"。

白龙直觉，他的这句话似乎在暗示些什么。

"喂，木头，你睡着了吗？"维特越发觉得今天的白龙很古怪，小声问道。

白龙睁开了漆黑的双眸，眼中一丝睡意也没有："也许，我们从一开始就错了。"

"怎么了？"维特纳闷地问道，米楠等人也好奇地看了过来。

白龙环视了众人一眼，沉声道："港城队和天泽队一直在跟我们玩心理战，而我们，不幸中了他们的圈套。"

"啊？"屋内一片惊讶的声音。

白龙将今天一整天的事情在脑中梳理了一遍，从来接他们却又临时故障的班车，到特地给他们安排的破旧休息室，再到故意阻拦他们试跳的工作人员，还有湿滑陌生的跳板，以及针对他的激光笔，一切显然都不是巧合。

"天泽队毫无疑问是在针对我们，港城队则是帮凶。还记得吗，教练说过，天泽队的刘琛教练，是明克教练的学生，所以他们有这个可能性联手合作，甚至可能是盟友关系。港城队负责施压，让所有人的注意力都放在他们身上，而天泽队负责执行，用一些恶心人的手段，激怒我们。"白龙说道。

米楠沉思着问道："那他们的目的，就是为了淘汰我们鹭岛？"

白龙点了点头："越是愤怒，越是感到压力，我们就越容易出现失误。天泽队的水平和我们不相伯仲，哪怕一点点的失误，都可能会改变两队的命运。现在我们要明确一点，那就是，不要盯着港城队的分数了，他们比我们领先了 60 分还是 600 分，对我们通过预选赛都毫无意义。"

维特的眼睛亮了起来："因为预选赛取前 5 名，我们的对手应该是第5 名的天泽队！"

白龙赞许地点了点头："就是这样。明天我们只需要打败天泽队，而我们两队的分差，只有二十几分。怎么样，有没有松了一口气的感觉？"

众人齐齐松了口气："这么一说，感觉轻松多了。"

白龙严肃道："但也不能掉以轻心，明天还有一场硬仗要打。"

"那还说什么，干就完了！"维特伸出手背，"让我们明天干翻他们。"

白龙把手伸了过去："鹭岛队必胜。"

"必胜！"陆浩然和田林也伸手一起喊道。

米楠看着他们能够这么冷静地看穿其他队的阴谋，并重新振作，也跟着振奋起来。

"让我们明天一起加油，给教练带去好消息！"米楠大声说道。

"这里是全国高校跳水系列赛的预选赛现场，即将为您直播的是男双

3米板……现在各参赛队伍都已经在做赛前热身准备——"主持人的声音响彻全场。

因为于枫教练被禁赛，只能坐在观众台，白龙就肩负起了教练的职责，叮嘱起了即将上场的陆浩然和田林。

"你们两个的配合，我很放心，戒骄戒躁，稳定发挥。"白龙最后总结道。

"是！"陆浩然和田林一起喊道，出发前往热身区。

维特用胳膊肘撞了撞白龙："你看，天泽队的那谁又在盯着你看了。"

白龙不动声色地抬起头，瞥了一眼，天泽队中那个娃娃脸的少年对他咧嘴一笑，转头和刘琛教练聊了起来。

"那个林昊，不简单。"白龙回想着昨天他的发挥，沉声道，"他的发挥非常稳定，从昨天的比赛开始，他就是很清醒的一个人，目标也很明确。这一次天泽队只想要第5名，保晋级总决赛。"

"他看人的眼神有点恶心，黏黏糊糊的，跟条毒蛇似的。"维特嘀咕道。

"与其说是毒蛇，不如说是黑马。昨晚我查了一下他的资料，这个林昊并没有什么出色的战绩，在天泽队里都一直默默无闻，自资格赛的时候也表现得非常低调，也许就是为了不动声色顺利晋级。"白龙说道。

"反正我看他就不顺眼。"维特撇了撇嘴，没什么原因，直觉。

"10米跳台的时候，我们很可能还会再遇上他。"白龙说着，又看了林昊一眼，那个林昊总是给他一种奇怪的违和感，这种感觉他很少在其他运动员身上感觉到。

比赛的铃声响起了，陆浩然和田林站到了3米跳板上。

陆浩然用脚调整了一下跳板，对田林说道："田林，今天你不用来迁就我，让我来配合你。"

田林有些诧异地看向他，却听他又说："在踏板的时候，你用你平时的力度就够了，我来控制我的力量。"

田林像是得到了某种认可，点了点头。

"准备——"陆浩然开始喊着口号。

两人同时迈出步子，弹跳，纵身曲体，最后同步入水，完美地完成了

101B 的动作。这时，大屏幕上显示他们的得分 50.7 分，观众席上爆发热烈的掌声。

不远处休息区的白龙松了口气，陆浩然和田林发挥一如既往地稳定，虽然他们两人不是天生默契的搭档，但是在多年的配合之后，还是能发挥稳定的实力。

有机会一定要再劝一劝浩然，不要放弃和田林的搭档，白龙心想。

接下来，其他队伍纷纷上场，发挥都很不错，直到男双 3 米板比赛结束，鹭岛队仍未能赶上天泽队，还是排在第 6。

维特勾着白龙的脖子，丝毫不减紧张地说："木头，看来还是得靠咱俩下午爆发一下，被你压着操练了那么久的 5253B 总算要派上用场咯。"

白龙点了点头，计算着鹭岛队和天泽队的分差——如果要弥补这个分差需要每一跳发挥到什么程度。

"走吧，比赛下午两点开始，午休好好睡一觉养好精神，不要玩手机。"白龙叮嘱了一句。

维特懒洋洋地说道："老年人才需要中午睡觉呢，我这样年轻力壮的小伙子，午睡越睡越困，影响我发挥。"

"那也给我好好在休息室里躺着，别到处乱跑。"白龙知道他的生活习惯，也不勉强。

"知道啦知道啦！"

中午，白龙和维特在休息室小憩，照例是白龙睡觉，维特玩手机，眼看着时间差不多白龙该醒了，维特悄悄出门去场馆附近的自动贩卖机买两瓶饮料提提神。

"维特？"白龙醒来后，发现维特不见了，他立刻打了个电话，房间里却响起了维特的手机铃声。

笃笃笃。

门被敲响了，白龙松了口气，应该是维特回来了。

他走到门边打开门，出乎他的意料，走廊上空空荡荡，尽头处有一个金发的人影迅速路过。

"维特，你去哪？"白龙喊了他一声，但对方却好像没听见似的，转眼消失在了拐角处。

白龙赶紧追了上去，看到那人走到通往地下室的安全门，于是紧跟了上去。

"维特……"白龙朝着楼梯口喊道，除了他的回声，什么都没有听到。

白龙皱了皱眉，觉得情况不太对劲，正准备转身离开，身后却突然传来一声沉重的关门声。

他愣了一下，立刻扑到了门边用力拧了一下把手——门被关紧了，外面似乎还用什么东西卡住了。

"有人吗？"白龙大喊了几声，门外无人应答。

他立刻朝楼下走去，发现地下室还有一个出口，刚刚那人应该是从那里逃走的，他想去开门，但如心中所想，这扇门也被关上了。

他被人关起来了。

港城队的休息室中。

"搞定，回头记得请我吃饭。"王盛将头上的金色假发一摘，丢回给林昊。

"好呀，没问题。"林昊笑嘻嘻地接过假发，上下抛玩了起来，"这次多谢你了，我的身材和那个维特·颂恩差太多了，怕是骗不过江白龙。"

"小事一桩，我看他也不顺眼很久了。"王盛说道。

休息室的门突然打开了，两人俱是吓了一跳。

顾云飞从门外走了进来，视线在林昊手中的金色假发上停留了一下，似笑非笑地说道："这个发色，倒是有点眼熟。"

王盛瑟缩了一下，没吱声，他知道顾云飞看不上这种小手段，这件事情他压根儿没跟顾云飞通过气。

林昊浑然不知道王盛此时内心的纠结，语气轻松地说道："王盛说最近头发日渐稀疏，作为未来的队友，我就买了一顶假发送他。"

王盛懵懂地看着林昊，下意识地摸了摸自己的发际线，心里暗暗咂舌，这位未来队友竟然敢在顾云飞面前睁着眼睛说瞎话，简直闷声作大死！

"未来队友？刘教练舍得？"顾云飞挑了挑眉，状似感兴趣地问道。

这件事还没有公开，不过林昊已经从刘琛教练那里听说了，这次选拔赛之后，各队之间的成员将可以随意流转，教练准备将他送到港城队，争取能和顾云飞搭档。这件事明克教练也很乐见其成。当然，现在他可不敢告诉王盛——他还不想被王盛套麻袋呢！

林昊笑嘻嘻地说道："那必需的，毕竟我可是很憧憬王者港城呢！"

顾云飞轻笑了一声，看着林昊的眼神里透着居高临下的气势："想成为港城队的队员，就拿出你全部的实力来。你昨天的水平，差远了。"

林昊脸上的笑容瞬间凝固了。

王盛同情地拍了拍他的肩膀，打了个圆场："该去比赛了，走吧。"

此时的跳水馆里人声鼎沸，主持人说道："双人10米台的比赛还有5分钟就要开始了，各队的参赛队员们都在进行热身，这是预选赛的最后一场，各个队伍为了晋级总决赛，必将在这里展开最后的激烈竞争——"

陆浩然问米楠："白龙和维特呢？"

米楠摇了摇头："还没来，我去休息室看看吧。"

正说着，维特喝着饮料从通道里走了出来，见到休息区没有白龙的身影，大吃一惊："白龙人呢？"

米楠大惊："不是和你在一起吗？"

维特茫然地拿着两只手机："我刚才去休息室找他，他不在啊，手机倒是落在休息室了，我还以为他已经过来了。"

几人顿时面色凝重了起来。

"维特，比赛快开始了，你要做准备了，你守在这里，保持手机通畅，白龙来了立刻通知我们，其余人跟我去找白龙！"米楠当机立断地说道。

说干就干，几人分头行动了起来，维特开始做起热身准备，但心里想的都是白龙会去哪里。

时间一分一秒地过去了，距离比赛开始还有不到5分钟，维特更是不安。

另一边，陆浩然等人正在到处寻找白龙的身影，可是却遍寻不得。

突然，陆浩然口袋里的手机响了，屏幕上显示了一个陌生号码，他接了起来："喂？"

电话那头传来一个陌生的声音，只干脆利落地说了一句话："鹭岛队休息室附近的地下室。"电话挂断了。

陆浩然惊醒了过来，顾不上多想，以最快的速度冲向了目的地。

还没到地下室，他就在楼道里听到了隐约的撞击声，随着他跑得越来越近，声音也越来越大，前方是一扇安全门，外面被一根拖把卡住了门把手，撞击声正是从里面传来的！

陆浩然立刻大声喊道："学长，你在里面吗？"

"浩然？快开门！"是白龙的声音。

陆浩然急忙拿掉了拖把杆子，白龙冲了出来，差点撞了他满怀。

"还有多少时间？"白龙焦急地问道。

"1……1分钟。"陆浩然看了看手机。

白龙二话不说把外套一脱丢给了陆浩然，朝着比赛现场冲了过去。

陆浩然拿着白龙的外套，还回不过神来，冷不防地看到外套的手肘位置已经被血浸透了，他这才意识到刚才的撞击声是怎么传来的。

"学长，包扎一下伤口！"陆浩然追了上去，大声喊道，而白龙已经消失在了走廊尽头。

陆浩然再一次看向手机，回拨了刚才的那通神秘电话，冷冰冰的电子音传来："您拨打的电话是空号……"

是谁打的这通电话？陆浩然一时间想不通。

比赛现场，主持人诧异地说道："不知道现场出现了什么情况，鹭岛队的另一名队员江白龙还没有到场，比赛开始的时间还剩下不到一分钟了。如果他再不能到场，这一跳可能就要被当作弃权——"

维特握紧了拳头，面色凝重地朝着鹭岛队的看台看了一眼，现在已经没办法拖延了。

广播最后一次传唤："鹭岛队，江白龙，维特——"

维特绝望地闭上了眼，回过头，孤零零地朝着跳台走去。就算白龙不来，他也要一个人上跳台。

可是，没有搭档的双人跳水，还是跳水吗？

维特感觉自己被强烈的焦虑不安侵蚀着，脚步犹疑。

忽然，全场哗然，这惊天动地的声音让维特有了一个难以置信的猜测，他停下脚步，回头看去——

不远处的比赛通道口，喘着气的白龙一边朝着评委举手示意，一边鞠躬道歉，手肘上正不断地流下鲜血。

"白龙！"维特当即朝着他冲了过去，"你怎么了？"

"小伤，不要耽误了比赛。"白龙呼吸急促地说道。

这下倒是组委会宣布暂停了，让白龙先包扎一下伤口再确定能否继续跳水，所幸白龙的伤势不重，止血之后他坚持自己可以继续，并将自己被人恶意关在地下室的事情说了一遍。

"这种针对我队的恶意行为已经不是第一次了，请组委会严肃彻查。"白龙肃然道。

组委会的工作人员神色尴尬地安慰了他几句，连连保证会调查此事。

不远处的港城队休息区，王盛坐立不安了起来，顾云飞慢悠悠地从洗手间回来，因为没摘隐形眼镜，他清楚地看到了这一片热闹，嘲讽地笑了一声："怎么，现在知道紧张了？"

王盛没敢搭腔，心虚地坐回了位子上。

顾云飞也没再说什么，只是将视线投向通道口，正看到陆浩然拿着白龙的外套一路小跑着出来了，他的眼底闪过了一丝笑意。

明克教练走了过来："云飞，王盛，待会儿你们两个上去之后，不用尽全力，平常发挥就行。"

顾云飞收回了视线，随口问道："那个林昊，水平怎么样？"

明克教练想了想："还不错，刘琛跟我打包票，说下午他会有惊艳发挥。"

顾云飞突然轻笑了一声，笑声里充满了轻蔑的嘲讽："那我拭目以待。"

鹭岛队那边，白龙的伤口处理完毕，示意组委会继续比赛。

听说了白龙的遭遇之后，维特就一直阴沉着脸，即便来到跳台上之后都还是如此。白龙注意到了他的情绪，安慰道："越是这种时候，越要冷静。"

"我知道。"维特抿着嘴，眼底跳动着愤怒的火焰，"我更要让他们知道，这种小手段不可能打败我们！"

白龙拍了拍他的肩膀："嗯，一起加油！"

两人走到跳台边上，同时调整呼吸。

哨声响起，两人同时起跳，向前翻腾一周半屈体，两人同时入水，虽然因为白龙的手肘伤动作略有不灵活，但还是做到了基本同步。

接下来白龙逐渐适应伤势，与维特发挥出了平时的实力，第5轮跳水结束之后，鹭岛队和天泽队就只剩下5分的分差了。

维特关切地看向白龙的手："又开始流血了，再重新包扎一下吧。"

白龙受伤的手肘轻微地颤抖着，脸色也苍白一片："不碍事，跳完最后一跳再说。"

"嗯，只差5分了，我们一定可以追上的。"维特信心满满地说道。

"一定可以。"白龙和他相视一笑。

天泽队休息区，随着鹭岛队的分数节节攀升，刘琛教练的脸色越来越阴沉，林昊这张娃娃脸上也收起了笑容，逐渐变得阴郁了起来。

林昊的搭档大气也不敢出，老实地坐在一旁尽量降低自己的存在感。

"最后一跳，该拿出来的实力就要全部拿出来，明白了吗？"刘琛教练用一种古怪的语气说道。

林昊的搭档哆嗦了一下，胡乱点了点头。

林昊笑嘻嘻地圈住了他的脖子："别那么紧张嘛，其实那个东西的副作用也没有传闻的那么大，你就放心吧。"

搭档应了一声，深深地低下了头。

林昊信心十足地对刘教练说道："放心吧，我会让鹭岛队的人知道，他们的黑马之路到此为止了。"

前方不远处，港城队刚完成了第5轮跳水，依旧牢牢地占据着第1的位置，但因为这一跳王盛心神不宁略有失误，被第2名的申川队拉近了分差，顾云飞对此只是微微一笑，没有做任何评价，这无疑让王盛更加不安。

做了顾云飞一年的搭档，他很清楚，顾云飞这人笑起来比不笑的时候可怕，同理，沉默的时候比他开口嘲讽的时候可怕。

"王盛。"顾云飞突然叫了他的名字。

"……在！"王盛赶紧应道。

"林昊给了你什么好处，让你这么帮着他作死？"顾云飞问。

"也……也没什么……明克教练让我多关照他一下，说他下一轮比赛就会转到我们港城队来，我就想着，反正我们也挺投缘的，以后还是队友，就……"王盛小声解释道。

顾云飞淡淡地扫了他一眼，忽然说起了风马牛不相及的话："我记得一年前，你用的毛巾还是蓝色的。"

"是，没错。"王盛愣了一下，下意识地摸了摸挂在脖子上的白毛巾，原来不知不觉他已经离开蓝毛巾的"阵营"足有一年了啊！

说到毛巾的颜色，就涉及港城跳水队的一项悠久传统了。港城队里的新成员通常只能使用黑色的毛巾，如果实力够强，也许很快能用上红色甚至蓝色的毛巾，但是只有寥寥几人可以使用白色毛巾，这几个人就是港城的绝对主力。

一年前，王盛还是个用着蓝毛巾的普通队员，那时顾云飞的搭档刚刚因为偷偷服用兴奋剂过量导致住院，被直接退队处置，明克教练将队里所有人叫到了一起通报批评这件事，同时考察选择顾云飞的新搭档，所有人都跃跃欲试，包括王盛。

成为顾云飞的搭档，就意味着港城队的主力位置。

比起兴奋的队员，顾云飞的态度就冷淡多了，他身披一条白色浴巾坐在长椅上，漫不经心地打量着他们。

"就他吧，张盛？"顾云飞随口说道，语气有些敷衍，甚至连名字都

224

叫错了，"我记得他力量和爆发力都还不错。"

就这样，王盛甩掉了身上的蓝色毛巾，拥有了港城队主力的白毛巾，而这"试用期"也因为没有更合适的人选，一直试用到了现在。虽然他时不时在心里抱怨顾云飞的冷漠和恶趣味，但内心深处他很清楚，如果不是顾云飞选择了他，他根本无法拥有这条白毛巾。

场馆内，顾云飞的脚步不紧不慢，带着王盛路过了天泽队的休息区，目不斜视，全程没有看他们一眼。

王盛尴尬地对林昊笑了笑，做了个加油的动作，林昊回给他一个热情的笑容。

顾云飞背对着两人，却好似什么都看见了，他轻笑了一声，声音里满是嘲讽："你还没看明白吗？港城不缺男单，林昊转过来更不是为了当替补，他的目的很明确，明克教练甚至已经默许了。"

王盛怔忪了一下，一时间没有反应过来。

顾云飞停下了脚步，回过头，眼神里流露显而易见的怜悯："林昊要的，是你手里的这块白毛巾。"

王盛呆立当场，如遭雷击。

顾云飞欣赏了一下王盛此刻的表情，语气逐渐嘲讽了起来："一天之内你办了三件惊天动地的蠢事，这个行动力和出错率都让我叹为观止。玩手段不成搞砸了自己的竞技心态，偷鸡不成蚀把米，这是其一；帮着林昊闷声作大死，被人卖了还帮人数钱，这是其二；最后，也是最要命的一点，你和林昊偷偷玩的这套小把戏，指不定能让两队被双双禁赛出局。作为你的搭档，我真是痛心疾首。"

王盛的脸色煞白，此时此刻他终于意识到了问题的严重性，看到白龙回来之后的焦虑不安也终于被证实："我……那我……我该怎么办？"

顾云飞似笑非笑地看了他一眼，听到广播里响起鹭岛队最后一跳的提示，他没有回答王盛的问题，而是回头看向跳台。

"不急，先看比赛吧。"顾云飞淡然地说着，闭上了眼侧耳倾听。

王盛如同热锅上的蚂蚁急得团团转了起来，想问又不敢问，心中对林昊的恼恨之意越涨越高，看向他的眼神也逐渐怨毒了起来。

不远处的跳台上，白龙和维特再一次站在了那里。

"练了这么久的5253B，总算派上用场了。"维特回想着当初被白龙死命训练的"悲惨往事"，语气半是埋怨半是欣然。

白龙的嘴角浮现一丝笑意："这一跳，你来喊口令吧。"

维特愣了一下："啊？"

白龙侧过脸，一双漆黑的眼眸里流露纯粹的情感："我想单纯地享受这一跳。"

维特笑了起来："好，我来喊。"

两人在跳台上做起了臂立准备。赛场的声音逐渐淡了下去，两人的呼吸不知不觉间同步到了同一个频率里，就连心跳的节奏都好似合二为一。

起跳的提示音响起，维特一声口令，两人同时摆腿弹起，协调同步地**翻腾转体**，干净利落地钻入水中——全部的动作完全同步，水花更是压得几近完美。

这一刻，掌声和欢呼声响彻全场。

主持人开始播报分数："技术分，9.0，9.5，9.0，9.5，同步分，9.5，9.5，9.5，9.5，9.5……"

播报完毕，现场再次响起热烈掌声，大屏幕上鹭岛队已经超过天泽队，成功排到了第5位！

主持人激动地喊道："反超了！鹭岛队的白龙和维特二人在这一跳之中超常发挥，得到了目前为止的全场最高分，如果不出意外，鹭岛队以第5名出线已经没什么悬念了——"

从水里出来，维特反驳道："什么超常发挥，这是正常发挥好不好。"

白龙笑了起来，觉得还是应该谨慎一些："比赛还没结束，不知道会不会还有什么变数。"

维特不以为意："你也太小心了，同一个难度之下，还会有人能拿到比我们这一跳还高的分数？"

白龙没说话，下意识地看向跳台上的林昊，林昊对他露出笑容，那笑容带着几分异样的狂热。

这种不对劲的感觉⋯⋯白龙疑惑地皱了皱眉。

维特见他不说话，问道："白龙，怎么了？"

白龙皱了皱眉："那个林昊总给我一种奇怪的感觉。"

维特不太明白，有些疑惑地看向跳台。上面的两人动作为同样难度系数的612B。

随着起跳提示音响起，那两人从跳台上同时跳下，完成了最后一跳。他们动作一致，落入水中时几乎没有水花。

观众席上的人都沸腾起来，居然接连两跳都出现如此高的水平，实在叫人惊讶。

主持人播报："技术分，9.0，9.5，9.5，9.5，同步分，9.5，9.0，9.5，9.5，9.5⋯⋯"

大屏幕上的名次开始跳动，天泽队以0.05分的优势超过了鹭岛队，重新回到第5的位置。

主持人说道："现在团体总分排名已经出来了，太让人意想不到了，天泽队2015.20分，鹭岛队2015.15分，天泽队以0.05分的优势再次反超了鹭岛队，没想到他们才是这次比赛的黑马——"

白龙听到这一切，愣愣地站在原地，维特则张着嘴巴，看着大屏幕上的比分似乎不敢相信。休息区，米楠、陆浩然和田林等人更是难以置信。

经历了这样的大起大落之后，他们竟然还是输了？

这样的结局对他们来说太过沉重，是难以接受和承受的。

鹭岛队的晋级之路，竟然就这样结束了。

第十二章

全国高校跳水系列赛的预选赛在无数人的喜悦和叹息中落下了帷幕。

校门口悬挂的"预祝鹭岛大学跳水队旗开得胜"横幅已经被撤下，因为鹭岛队没能进入决赛，校方决定依照之前的方案，拆除跳水馆，将其改建为一座综合性的体育场馆，这就意味着跳水队不得不解散。

虽然这个消息在于枫意料之中，但真的听到这个消息时她还是无法接受。

"教练，难道我们真的要解散了？"维特一脸担忧。

"我不想和大家分开。"胖哥道。

"我们以后肯定会好好训练的。"田林弱弱地说，"能不能不要拆掉跳水馆？"

"放心，"于枫安慰道，"我会去和校长谈谈。"

她不能眼看着跳水馆就这样拆掉。

于枫安抚了队员一会，一个人来到了校长办公室。

"校长，难道就不能再给我们一次机会？这群孩子都非常热爱跳水，我们不能就这样摧毁他们的梦想！"于枫面色凝重。

"于教练，"校长语重心长道，"之前我就和你说过，跳水队年年垫底，拉不到资金，学校也承担不起维护费用，你这样让我很为难的。"

"可是这次没能晋级完全是个意外。在所有环境都对我们不利的情况下，他们跳出了应该有的水平，这样的队伍不应该解散！"于枫激动道。

"可我不能对市里的人这么说，"校长摇摇头，"学校呢，其实早有规划建一座综合性的体育场馆，这样也是为更多的同学考虑……"

"可是——"

于枫还想说什么，校长却将她打断："于教练，你是从鹭岛大学走出去的优秀的跳水教练员，我很尊重你，也很感谢你在鹭岛执教，这个队伍曾经有过辉煌……这次，你尽力了，我们理解，你也要多多理解校方。"

"但我不能看到跳水队就这样被解散。"于枫坚定地说。

"这件事已成定局。"

于枫深吸了一口气，沉声问道："真的没有商量的余地？"

校长凝重地点了点头："没商量。"

维特家里有事先走了，其他偷偷躲在外面的队员们听到这个消息，面面相觑，他们都从对方脸上看到了不安和惊慌。

在于枫和校长的对话快要结束时，在走廊聚集的游泳队的队员们，一个个面色凝重，一言不发。

"我们不能眼睁睁地看着跳水馆就这么拆了，不管怎么样，我们都要争取一下。"胖哥率先打破沉默。

"那是学校的决定，我们还能怎么办啊？"田林无奈地说。

"等拆馆的施工队过来勘察，我们就去阻止他们。"胖哥心中已然有了计划。

"怎么阻止呢？"田林一脸茫然，白龙和陆浩然都不在，他心里没底。

"抗议啊。"胖哥像斗士般看了看所有人，"这一次就让我们去战斗吧。"

"战斗已经结束了。"

港城队跳水馆中，看着队员有条不紊地训练着，明克教练的心情由阴转晴，对一旁的顾云飞说道："预选赛的事情告一段落，接下来该全力备战决赛了，为了三连冠，我们不能松懈！"

顾云飞漫不经心地点了点头。

"云飞，这次的事情，真得谢谢你，如果不是你及早发现苗头，真让天泽队把锅甩给我们，那就糟糕了。"明克教练感慨道，"王盛那小子，哎……他来跟我认错的时候我都被他吓懵了，没想到他被林昊一怂恿，能干出这么蠢的事情来。他就不想想天泽队的场馆里能没有监控吗？他把白龙骗走关起来的事情，组委会真要查能瞒得住吗？这监控录像还掌握在天泽队手里，多大的纰漏啊！"

顾云飞勾了勾嘴角："算不得什么，还是您当机立断，下手既快又准。"

明克教练嘿嘿了两声："刘琛毕竟是我学生，让他赶紧找人删监控录像不要留下把柄，也是为了他们好嘛，万一王盛被组委会一查，供出了他的宝贝林昊，那还不是要死一起死。"

顾云飞淡淡地笑了："放心吧，牵连不到港城队的。"

至于天泽队——顾云飞的视线落在了不远处的王盛身上——已经完全解决了。

以一劳永逸的办法。

"对了，云飞，你想不想换个搭档？"明克教练柔声问道，"和王盛搭档实在限制你的发挥，我本来有心等天泽队的林昊转过来之后跟你试跳一下……"

顾云飞平静道："人如果只是愚蠢，那还可以被容忍。但如果他还自作聪明，那就是无法估量后果的灾难。"

明克教练明白了他的意思，尴尬地笑了一声："林昊那小子，心思是多了点。"

"这些都不是重点。"顾云飞语气里有着淡淡的不耐烦，"重点是，他太菜了。"

明克教练诡异地沉默了一会儿："能在力量和爆发力上和你一较高下的人实在太少，你总不会是想把江白龙挖过来吧？以我对他的了解，就算鹭岛队解散他也不会来的。"

"不，其实还有一个人。"顾云飞停顿了一下，轻笑了一声，"要麻烦教练您做一回说客了。"

战斗开始了。

为了保卫即将被拆除的跳水馆，鹭岛跳水队的成员组成了 24 小时巡逻的小分队，将一切非跳水队人员全部驱逐出去，特别是前来测量的施工队人员。

不仅如此，他们还准备开展抗议活动。

"田林，你带头呐喊。"胖哥安排得井井有条，"其他人去准备横幅，我再叫一些人来，一定要闹得大家都知道。"

"好嘞。"众人应答道。

"对了，浩然呢？"胖哥好奇问道，"最近都没看到他。"

几人面面相觑："没见到他啊！"

田林自告奋勇："我给他打电话问问。"

此时此刻，陆浩然一脸阴沉地坐在客厅的沙发上，看着自己的父亲和明克教练相谈甚欢。

"很遗憾，鹭岛队今年已经无缘决赛了。作为港城队的教练，我在这里厚着脸皮自夸一句，我们港城跳水队在全高赛上一向成绩优异，今年正准备冲击三连冠，我们需要浩然这样有能力的选手，所以我今天冒昧前来，是希望您作为浩然的父亲，能好好劝劝他，加入我们港城队。"明克教练一脸假笑着对陆浩然的父亲说道。

陆父显然心动了，然而陆浩然斩钉截铁的话却浇灭了他的念头："爸，除了鹭岛，我不会去任何队的！"

陆父不好意思地笑了起来："教练您看，我儿子向来是个主意大的，几年前他的项目还是游泳，结果说要跳水就转跳水了，我也拗不过他。"

明克教练意味深长地笑了起来："看来浩然还没跟您说，鹭岛队马上就要解散了，校方已经决定拆除跳水馆了。"

"什么！"陆父大惊，难以置信地看向陆浩然。

陆浩然脸色一白，这个消息他还没有和父亲提起过。

明克教练继续说道："浩然是个有天赋的运动员，何必为了一时的义气，在没有未来的队伍里毁掉自己的运动生涯呢？"

陆父叹了口气，对陆浩然说道："浩然，我知道你对鹭岛有感情，你心心念念了几年，就是为了和江白龙搭档，但是现在一切已经没有可能了，你该考虑你自己的未来了。"

　　"我不会走的，我不会背叛我的队友！"陆浩然勃然大怒地站了起来。

　　"浩然！"陆父也怒了，"你给我坐下！"

　　"别激动别激动。"明克教练笑眯眯地说，"你们先听听我的条件。我们港城队实力最强的选手，毫无疑问是顾云飞。他是一个力量型的选手，可是因为一直以来没有合适搭档的缘故，男双10米台上他完全发挥不了他的优势。而你，恰好也是力量型的选手。"

　　陆浩然浑身一震，难以置信地看着明克教练。

　　明克教练脸上露出了胜券在握的笑容："浩然，如果你能加入港城队，我会让你尝试和顾云飞搭档。毫无疑问，你们会成为总决赛上最完美的男双10米台选手。"

　　陆父严肃地看着陆浩然，见他还呆愣着，还以为他是太吃惊了："浩然，顾云飞这位选手我也听说过，前两年港城队能够在全高赛上斩获两连冠，和他的高光发挥是分不开的。这样一位搭档，也许比江白龙更适合你。"

　　作为帮白龙做过心理诊断的医生，他很清楚，白龙脱离了赛场3年时间，哪怕现在回来了，也很难和一直活跃在赛场上的人相比较。

　　作为父亲，他理所当然地希望儿子拥有最好的队伍，最好的搭档。

　　陆浩然的神情变了，他冷冷地看着沙发上的两人，坚定地说道："顾云飞凭什么和白龙学长比？我也没兴趣做他的搭档！"

　　丢下这句话，陆浩然冲出了家门，重重地甩上了门。

　　下一秒，他怔住了，靠在他家门口的人对他微微一笑："早上好。"

　　鹭岛大学里，一场抗议活动正在进行。

　　"现在是我们鹭岛跳水馆生死存亡的时刻，我们要冒着敌人的炮火前进！"胖哥激动地带头喊道。与此同时他还相当冷静地指挥大家拿着"誓死保卫跳水馆""与跳水馆共存亡"之类的横幅和旗子，在校门口排开了队形。

田林被气氛带动，也起劲地喊了起来："保卫跳水馆！拒绝被强拆！"

跳水队的成员们也都喊了起来，一时之间，吸引了不少路人过来拍照发视频传到网上。

这么一闹，胖哥带着跳水队的大伙举横幅抗议的事一下子就闹开了，学校的网站上都是他们的照片，校方看到后，赶紧找到了闹事的带头人。

"你们……这是在干什么呢？"主任迈着小短腿气冲冲地跑来，他身后跟着于枫。

胖哥大声喊道："保卫跳水馆！"

田林喊道："誓死保卫跳水馆——"

"于教练，"主任气愤地说道，"你看看你的这群学生！"

胖哥见于枫看向自己，虽然害怕被骂但鼓足勇气说："教练，我们只是想要保护跳水馆。"

"我明白。"于枫目光从众人身上扫过，发现他们的模样可爱极了，"你们不用害怕。"

"于教练！"主任一听，更气恼了，"你怎么能这么护着他们？"

这时校长也带着施工队走过来，看到跳水队举着"保卫跳水馆""誓与跳水馆共存亡"的横幅，不禁皱了皱眉，特别是当他看到人群中的于枫时，眉头皱得更深了。

"于教练，"校长走到于枫面前，"他们现在已经严重违纪，是要受处分的知道吗？"

于枫挡在他们面前，坚定地说道："这是我一人的主意，学校要惩罚就惩罚我。"

既然这群孩子都在想办法保护跳水馆，作为教练的她，必须站出来保护这群孩子。

于枫昂着头，直视校长："他们都是受我逼迫。"

"好，你不是想要惩罚吗？我给你惩罚。"校长被她呛得气上心头，"从现在起，你被开除了！"

抗议声顿时哑火了。

校长的目光扫向举着旗子的鹭岛队员："你们若是再闹下去，每个人都要受处分！"

于枫没想到校长会当众将她革职，她的身子都忍不住颤抖起来。

站了好一会儿，她像是缓过神来，怒吼道："这么多年了，跳水队给鹭岛带来了多少荣誉，现在就被这样无情抛弃，连最后的机会都不给。行，好啊，我不干就不干！"

于枫怒气冲冲地走掉后，田林担心校方迁怒其他人，便将众人带回了训练馆。此时大家早已没有了之前的热血，一路沉默。

现在，他们真正意识到预选赛的那场失利意味着什么。

他们即将失去跳水队了。

"早上好。"

来自顾云飞的问候让陆浩然背后寒毛倒竖，下意识地问道："你为什么会在我家门口？"

顾云飞不答反问："看来，你是拒绝教练的邀请了？"

陆浩然冷冷道："是，我对和你搭档没有兴趣。"

顾云飞轻笑了一声："我知道，你梦想中的搭档是江白龙。为了和他搭档，你甚至从最早的右脚起跳变成了左脚，但是很可惜，无论从技术还是现实角度来看，他的理想搭档都不是你，而是那个泰国小子。"

陆浩然当时怒上心头，他努力不去理会顾云飞，径直走向自行车。

顾云飞跟在他身后，骑上了旁边一辆自行车，随口说道："我们来一场比赛吧，看谁先到下一个红绿灯路口。"

"没兴趣！"陆浩然断然拒绝。

"事关鹭岛队生死存亡，你真的没兴趣？"顾云飞嘴角一翘，说完便专心注视着前方的红灯，再不看陆浩然的神色。

陆浩然心中一动，来不及细想，眼前的红灯已经变成了黄灯，他立刻浑身的肌肉紧绷了起来，脚踩踏板蓄势待发。

就在黄灯变成绿灯的一刹那，两人同时冲了出去！

陆浩然和顾云飞骑着单车在人行道上和机动车道之间飞速交叉穿行，灵活闪避着车辆和行人，两人一边注意着彼此的速度，一边在互相干扰中前进。

　　就在两人接近下一个路口的时候，稍稍落后的陆浩然突然一个转弯，驶入了车辆较少的逆向车道，在迎面驶来的车辆中间穿行。

　　最终，陆浩然在红灯之前干净利落地刹车，停在斑马线上，顾云飞晚他一秒到达。

　　"我输了，"顾云飞看着陆浩然，眼角含笑，"你比我想象中更喜欢冒险。"

　　"你刚才想说什么？"陆浩然问。

　　顾云飞嘴角勾起，朝他耳边凑了凑，轻轻吐出一句话，陆浩然的表情突然变了，满脸震惊地看着他："真的吗？你不会骗我吧？"

　　"你现在去鹭岛的话，差不多能赶上组委会的通知下达吧。见面礼已经带到了，我未来的搭档，回见了。"顾云飞对他微微一笑，在前方路口的绿灯中远去了。

　　谁要做你的搭档！陆浩然的火气又上来了，蹬起自行车朝着鹭岛大学飞快地冲刺。

　　抗议活动解散之后，白龙站在跳水馆门口，久久地看着这个熟悉的地方。

　　他和这座跳水馆有着深厚的渊源，要追溯起来，还要从他母亲那一辈算起。在他小的时候，母亲经常带他来这里，他的跳水启蒙也是在这里完成的。

　　漫长的时光之后，这座沉淀了他太多回忆的跳水馆，已经变得老旧过时。它曾经为鹭岛大学带来无数荣誉，如今却要被抛弃了。

　　"你看什么呢？"身后传来维特的声音。

　　"看梦开始的地方。"白龙说道。

　　维特叹了口气："现在已经是梦结束的地方了。"

　　白龙收回了视线："我不会让它就这样结束。我会继续给组委会递交声明，那场预选赛对我们来说太不公平了。"

　　维特拍了拍他的肩膀："不管怎么样，我支持你。"

一旁的米楠沮丧地坐在跳水馆门口，突然问道："学长，维特，你们有没有考虑过，流转到别的跳水队继续参赛？"

　　白龙愣了一下："我没有这个打算。"

　　维特看了白龙一眼，也说道："我也是！"

　　"可是……"米楠知道他们都热爱跳水，如果仅仅因为即将消失的鹭岛队而放弃未来，那实在是太可惜了，她不能这么自私地让他们都留在这里，"这关系到你们的运动生涯……而且，组委会也是支持已经退赛的优秀运动员和别的队伍的运动员搭配，继续参赛的。"

　　白龙回头看了一眼跳水馆，沉声道："我只代表鹭岛。"

　　"没错，我不会离开鹭岛队的！"维特也说道。

　　米楠激动地看了他们一眼，眼眶一下子红了。

　　"走吧，再进去看看，万一真的被拆了，以后就见不到了。"维特对白龙说道。

　　两人推开了跳水馆的大门，里面一个人都没有，只有空荡荡的场地和平静的池水，一切既熟悉又陌生。

　　白龙和维特并排坐在跳台边缘，不禁感伤了起来。

　　"我们就是在这里第一次一起跳水的。"维特回忆着当时的场景，感慨地说道，"为了一只手表。"

　　白龙抚摸着手腕上的那块电子表，维特也看着它。

　　"白龙，以这样的方式结束了，你甘心吗？"维特突然问道。

　　"不甘心又能怎么样？"白龙的语气平静，但是维特就是能从他波澜不惊的语气中听出无限的伤感和遗憾。

　　两人对视一眼，彼此的眼中都是浓浓的不甘心。

　　"再跳一次吧。"维特突然说。

　　"……"白龙没有立刻回答。

　　"在场馆拆除之前，我们再从这里跳一次吧。"维特满眼真诚地说。

　　白龙点了点头。

　　没有哨声，没有指令，也没有讨论动作，两人同时站了起来，对视了一眼，同时张开手臂，以完美的5253B的动作跳入了水中。

岸上的米楠目睹着无声又默契的一幕，眼泪止不住地从眼眶里流了下来，她大声喊道："我不甘心！我真的不甘心！"

白龙和维特一起上了岸，两人顾不上衣服湿透，安慰起了泣不成声的米楠。

突然，跳水馆的大门被人一把推开，陆浩然气喘吁吁地冲了进来："我们进决赛了吗？"

几人都惊讶地看着他，怀疑他是不是受了什么刺激，或者干脆还没睡醒。

米楠眼泪汪汪地喊道："你做什么梦啊，教练被开除了，跳水队要解散了，场馆也要拆了！"

陆浩然愣住了，一瞬间的脑中空白之后，他的胸口再一次被愤怒点燃。

顾云飞又耍了他！

突然，大门又一次被人推开了，这一次冲进来的人是田林，他上气不接下气地说道："我们……我们……可能要进总决赛了！"

米楠绝望地看着田林：完了，又疯了一个。

然而，只听田林兴奋地继续说道："天泽队队员的兴奋剂检测呈阳性，已经被组委会取消了比赛资格了！"

"什么！"维特一下子跳了起来，"真的？"

白龙也怔住了，他恍然想起那天比赛最后一跳时，林昊和他搭档的超常发挥，还有林昊给他的那种奇怪的违和感……竟然是这样吗？

"真的！真的！没骗你们！组委会的人正在和校长说这件事，公告已经挂出来了！鹭岛队替补晋级了，我们进总决赛了！"田林激动地抱住了一旁目瞪口呆的陆浩然，"浩然，我们可以去总决赛了！"

——顾云飞没骗他，天泽队真的因为兴奋剂被查处了！陆浩然满脸震惊，一时间恍惚得不知道是不是在做梦。

"哈哈哈……"跳水馆门外传来于枫教练爽朗的笑声，她飞奔着冲了进来，"告诉大家一个好消息，我们……"

"我们可以去总决赛了！"场馆里的几人异口同声地说道。

于枫教练呆住了："你们知道了啊？"

"那场馆呢？场馆还拆吗？"白龙急切地问道。

于枫开心地笑道："不拆了！跳水队保住了！"

"万岁！"维特第一个跳了起来。

田林兴奋得一口气冲上了跳台，一头扎进了水里，钻出水面还要大喊一声："鹭岛队万岁！"

众人都笑了起来，笼罩在他们头顶的那片阴云终于散开了。

白龙站在水池边，脸上终于露出了释然的笑容。冷不防的，维特突然兴奋地扑了上来，将他整个人扑进了水里。

一起坠入水中的一瞬间，白龙的耳边响起了维特激动的声音："我们要一起拿冠军！"

太好了。这一瞬间，白龙的脑中浮现这样的感慨，一切都还有希望，真的太好了。

冠军的梦想，希望就在前方。

第十三章

跳水馆保住，于枫回归原职，鹭岛队进入总决赛，一连串的好消息让鹭岛队的众人重新振奋。他们跳水的热情高涨，还未到训练时间，大家都已经纷纷锻炼起来。

"扑通"一声，白龙和维特同时落入水中，且没有激起太大水花。

"太棒了！"米楠欢呼道，"你们俩配合得越来越好了！"

在不远处训练的陆浩然听到这句话，身子一顿，反应慢了半拍，比旁边的田林慢一步落在垫子上。

"浩然，集中注意力。"于枫大声喊道。

陆浩然回过神，有些愧疚："田林，我们重来一遍。"

两人重新跳起，在翻身时陆浩然的余光瞟到被刚上岸的白龙，他和维特正极有默契地互换毛巾擦身体头发。

陆浩然一个晃神，动作乱了，别说和田林保持一致，就连落在垫子上的动作都不稳了。

于枫觉得他不太对劲，劝道："浩然，你先休息下。"

"不要紧，教练。"陆浩然脸色有些难看，"我还能训练。"

"欲速则不达。"于枫安慰道，"马上就要总决赛了，你先将状态调整过来。"

总决赛……

陆浩然心思一动，小心问道："教练，这次总决赛的名单……"

"从预选赛的情况来见，你和田林，维特和白龙两队搭档是最好的选择。"说到这，于枫拍拍陆浩然的肩膀，"所以你要尽快将状态调整过来，可别让田林等太久。"

　　"是，教练。"陆浩然低下头，神色晦暗不明。

　　下午结束训练，更衣室门口，陆浩然拦住准备离开的维特："我有话单独和你说。"

　　从泰国回来后，维特也想找他谈一谈，但却遇到预选赛和拆除跳水馆的事情，一直耽搁到现在。

　　正好陆浩然找上他，维特冲白龙挥挥手："你先走，记得我的是鸡腿饭啊。"

　　白龙看了两人一眼，眼神带着几分探究。

　　陆浩然低着头，没敢看他。

　　维特嬉笑着将白龙往外推了推："快去吧，不然我的鸡腿饭就要被人给抢光了。"

　　白龙虽然奇怪，但见两人不愿多说，只有离开。

　　见白龙走远，维特先开了口："浩然，之前的事——"

　　"你不用解释。"陆浩然的态度坚定，"我说过，你不用让我，我只是希望我们公正地比赛一场，看看谁更合适白龙学长。"

　　维特看着陆浩然认真的样子，眼神也热烈起来。

　　从入队到现在，陆浩然是多么希望和白龙成为搭档。陆浩然很清楚。在他以为自己无法再跳水时，也曾想过让出搭档的位置。

　　只是……现在让他陆浩然放弃白龙，他做不到，白龙是他的搭档。

　　他们曾答应过彼此，要一起获得冠军。

　　"好，我答应你。"

　　陆浩然没想到他这么干脆，愣了一下，反应过来后心情复杂。

　　"怎么比？"维特觉得既然是自己不遵守诺言，那应该按照陆浩然的规矩来，"你说了算。"

　　"就5253B，学长最擅长的动作。"陆浩然直直看着维特，眼神笃定，"一局定胜负。"

"好。"维特对上他的眼神，毫不退缩。

两人来到跳水馆，米楠正在收拾器材，两人请她当裁判。

"不行，"陆浩然不愿放弃，毅然说道，"刚刚我失误了，要比就全部比完！你要是怕了，那当我没说！"

"比就比，谁怕谁？"维特对他耍赖的行为不是很满意，"不过，陆浩然，如果三局下来你要是输了还不肯承认怎么办？"

"我不会输给你的。"陆浩然激动地说道。

维特皱了皱眉，从以前他觉得陆浩然对于白龙太过偏执，偏执得有些超乎寻常："陆浩然，我知道你想和白龙一起跳水，但是资格赛的时候你们已经试过了，谁都看得出来，是白龙勉强在配合你，你们根本不合适！"

陆浩然脸色一白，他提高声音："那是因为我们训练的时间太短了，给我们时间，我一定能够完美配合学长！"

"现在我和白龙搭档，我们天然就很默契，根本不需要时间磨合，正好应对即将到来的决赛，这不是挺好吗？"维特忍不住将心中想法说了出来，"我不明白你到底在纠结什么！"

"你当然不明白！"陆浩然突然大吼一声，长期以来压抑的情绪在这一刻爆发了，"我是因为白龙才从游泳队转到了跳水队，所有人都反对我，我的队友，我的教练，甚至我父母，他们都觉得我不该放弃游泳！我所做的一切努力，都是为了和学长一起跳水！我相信他会回来，所以我才报考了鹭岛大学，我已经等了整整3年！今年是他最后一年参加全高赛了，错过了这一次，我们永远不可能一起跳水了！那我所做的一切，我放弃的一切，到底为了什么？！"

维特愣住了。

他没想到陆浩然执著于要和白龙搭档的背后，还有这样一段心路历程，看着陆浩然发红的眼眶，他一时间说不出话来。

"陆浩然，你错了。"就在这时，来自门口的熟悉的声音打断了这一刻3人之间的死寂。

几人一齐回过头去，白龙就站在门外。

他觉得维特和陆浩然的情况不对劲，所以又转了回来，正好听到了两人的对话。

白龙神情肃然地说道："跳水就只是跳水而已。如果你对跳水的热爱，只是基于对我的崇拜，那你从一开始就走错了路。"

陆浩然脸色煞白，浑身颤抖了起来："不……"

"你听我说完，很早之前，我就该好好和你谈一谈了。"白龙无声地叹了一口气，原本他不想这么直接，但最后一场比赛在即，他们要将事情说清楚后才能好好比赛，"你是个很有天赋的运动员，从小游泳的经历让你在力量和爆发力上都远胜常人，这个优点在跳水上也同样是你的优势。但是，我们并不是很好的搭档，如果有一年以上的时间练习，也许我们可以跳得不错，但永远不会是最好的那一对。这个现实也许很残酷，但在所有的双人竞技中，都无法避免这个问题，这就是现实。"

陆浩然如遭雷击，他急促地喘着气，仿佛突然间呼吸困难。

"6年前，是你手把手教会我跳水的。"陆浩然颤抖着说道。

"是。"白龙坦然地说道。

"那时候你答应过我，会和我一起跳水的。"陆浩然再一次说道，这一次他的眼眶里已经蒙上了一层水雾。

"如果你对一起跳水的定义仅限于在比赛中双人跳的话，那算我失言。"白龙蹙了蹙眉，意识到陆浩然的情绪不对头，"现在我们在同一个队伍里，这难道不算是一起跳水吗？"

"别说了！你现在只要回答我，接下来的比赛，你会不会和我双人跳？"陆浩然死死盯着白龙的双眼，一字一顿地逼问道。

白龙的视线动了，维特和他四目相交，神色有些紧张，似乎也在等待白龙的答案。

"总决赛，我会和维特双人跳。"白龙说道。

话音落下，陆浩然脸上所有的愤怒、不甘和妒忌都化为一片空白。

这句话成为最后一根压垮他的稻草，他突然什么话也说不出来，也不想说了。他机械地从水池中出来，拿起丢在一旁的外套，头也不回地朝着大门走去。

"陆浩然！"米楠大声喊道，"你去哪？"

陆浩然没有回答，他好像根本没有听见。

"学长，我……哎，我去看看吧。"米楠对白龙说道。

"让他静静吧，这件事情别人劝是没有用的，只能让他自己想通。"白龙说着，垂下了眼帘，心中也是沉甸甸的。

维特拍了拍白龙的肩膀："原来那小子跳水是你教的啊，怪不得他一直那么在意你。"

"我只能说是他的启蒙老师，因为我的影响，他喜欢上了跳水。但是……"白龙看着敞开的大门，那里早已看不到陆浩然的身影，他幽幽地说道，"但是人不能活在过去。"

所有人都在往前走，因为冠军不会在过去，而是永远在前方。

"话是这么说，不过你这个人啊，有时候真是太直接了。"维特抱怨地用胳膊碰了碰白龙，"刚认识你的时候，我可是隔三岔五就要被你气得半死，陆浩然还要给你说好话。现在风水轮流转，被气死的人轮到陆浩然了，啧啧，你这个偶像当得真是失败啊！"

白龙一时间有些后悔自己说得太直接，但如果这样能让陆浩然打消一定要和他搭档的幼稚念头，他就将那几分后悔之意压了下去。

这样对陆浩然来说更好，白龙心想，就算是为陆浩然着想，他总得适应别的搭档，如果他还想在跳水运动里继续发展下去的话。

离开了鹭岛大学，陆浩然在路边徘徊了一阵子，钻进了附近的酒吧里，闷头喝了起来。

他一杯接一杯，很快就醉意朦胧。

手机里有好几条短信，一条是母亲发来的，让他明天生日回去过。还有几条是米楠发过来的，问他在哪里。

陆浩然没有回，酒已经灌下了不知道多少，他连自己在哪里都想不起来了。

一个装扮妖冶的女人走到浩然身边坐下来，用妩媚的声音问道："哟，小帅哥，怎么一个人在这里喝闷酒，不开心吗？来跟姐姐聊聊呀！"

"滚！"陆浩然语气不善。

"不要这么不解风情嘛！"女人毫不在意地将上半身靠在陆浩然身上，"姐姐能让你开心，想不想试试？"

"听不懂人话吗？"陆浩然眉头一皱，粗鲁地将女人一掀，"滚开！"

女人摔到椅子上，恨恨地骂了一句："给我等着！"

没过一会儿，女人带着几个壮汉过来，指着坐在吧台上的陆浩然："就是他！"

陆浩然反应过来时，已经被人从酒吧里扔出来，重重地摔在了垃圾堆里。他刚想支撑起身体，手掌却重重地压在了地上的酒瓶玻璃碴上，顿时鲜血直流，疼得他眼前一黑。

他茫然地在垃圾堆里坐了好一会儿，又挣扎着要站起来。好不容易站稳，刚一迈开腿就脚步虚浮，身子一歪，再一次倒了下去，然而这一次他却没有倒回垃圾堆里，而是倒在了一个人的身上，只是他还没看清那人是谁，就已经失去了意识。

再一次醒来时，陆浩然发现自己躺在路边的长椅上，被玻璃碴划伤的地方传来一阵强烈的刺痛感，他不由自主地痛呼了一声，想把手缩回来。

正在给他处理伤口的人却牢牢地扣住了他的手，让他动弹不得。

陆浩然疼得头晕目眩，一时间看不清眼前的人到底是谁，只是下意识地喊出了最在意的那个名字："白龙？"

帮他处理伤口的人毫不留情地把涂满了酒精的棉签按在了他的伤口上，疼得陆浩然痛呼一声，瞬间清醒了过来。

"顾云飞，你做什么！"陆浩然倒吸了一口凉气，气急败坏地问道。

"让你清醒一点，"顾云飞抬头看着他，露出了一个疏离的微笑，"看清你面前的人是谁。"

陆浩然头痛欲裂，没好气地问道："你怎么会在这里？"

"夜游鹭港，看到垃圾堆边上有个垃圾放错了分类，就做一回热心市民咯。"顾云飞语带嘲讽地回道。

被嘲讽为"垃圾"的陆浩然气不打一处来。

"鹭岛队晋级总决赛的大好日子，你不和队友一起庆祝，一个人在酒

244

吧里买醉，为什么？"顾云飞状似好奇地问道。

"与你无关！"陆浩然冷冷地回道。

"让我猜猜看，是因为江白龙不愿意和你搭档？"顾云飞说是猜测，语气却很笃定。

陆浩然脸色一变，恶狠狠地说道："你又知道些什么！"

"很多，比如比起你苦苦追寻的江白龙，最适合你的搭档，是我。"顾云飞似笑非笑地说道。

"你死心吧，我不会去港城队的！"陆浩然咬牙切齿地说道。

"为什么不咨询一下你敬爱的白龙学长的意见呢？这样吧，我们来打个赌好了。如果他认同我的观点，不挽留你留在鹭岛，你就干脆转到港城队和我搭档，怎么样？"顾云飞微笑着问道，深邃的双眸如同一汪深不见底的泉水。

陆浩然本能地反问："如果他挽留我呢？"

顾云飞笑得一脸兴趣十足："那我转学来鹭岛，和你组搭档，白送个冠军给你们鹭岛，我要是你们教练，做梦都能笑出声来。"

陆浩然的心跳慢了一拍，这无疑是一个巨大的诱惑，赌，还是不赌？

如果他赢了，港城队就会失去他们的王牌，而鹭岛队距离冠军就又迈进了一大步。可是如果他输了……

陆浩然的醉意都清醒了几分。

如果他输了，那就意味着……

"害怕吗？也许你在江白龙的心中，从来都没有那么重要，也许他根本没打算挽留你。"顾云飞蛊惑地低语着。

"不可能！"陆浩然掏出手机，咬牙道，"他当然会挽留我！"

借着酒意，陆浩然拨通了白龙的电话，嘟嘟几声后，电话被接通了。

"浩然？你在哪里？"白龙的声音有些惊讶，似乎没想到陆浩然会这么快给他打电话，"田林说你昨晚没回家，出了什么事吗？你可以说出来，大家一起来解决。"

"白龙。"陆浩然的语气很郑重，让白龙有些不安，"这次总决赛，十米台的搭档你会选我吗？"

"浩然，对不起，是我忽略了你的感受。可是如果让我重新选择一次，我还是会那样选择，我们都是最好的朋友，我不想放弃任何一个人。"白龙言辞诚恳。

"所以，你从始至终选的队友都是维特。"陆浩然为之一顿，似是明白了什么一般，他突然笑了起来，笑声凄然。

他一直选择追随江白龙，像影子追着光，可最终，江白龙还是义无反顾选了维特。

既然这样，那他留下来又有什么意义呢？

他在心里暗暗作出决定——在鹭岛队我彻底输了，那就以一个失败者的身份去港城队吧。

这样，海晏河清，放过自己也放过别人。

陆浩然挂掉了电话关了机，呆呆地坐回了长椅上，听着钟楼上的钟声敲完了12下，整通电话下来，一直保持着礼貌沉默的顾云飞坐在他身边，陪他一起听完了这最后的钟声，仿佛是一场安静的仪式。

"生日快乐！"钟声落幕，顾云飞突然说道。

陆浩然怔住了，难以置信地看向他。

顾云飞回给他一个微笑："很意外吗？未来搭档的生日，我还是会记一下的。"

"……谢谢！"陆浩然难以形容自己这一刻的心情有多复杂。

顾云飞平静地回道："不客气。最后，我还有一句话要送给你，算是生日礼物吧。"

"什么？"陆浩然本能地问道。

顾云飞看了他一眼，缓慢而从容道："对一个强者而言，要让他将你放在眼中，最好的办法从来不是成为他的跟班，而是成为他的对手——一个他不得不正视的对手。"

陆浩然像是被电了一下，浑身一颤，惊诧地看着顾云飞。

顾云飞微微一笑，对他伸出手："来吧，我的新搭档，让我们在总决赛里证明给他看。"

这一番话像是一句咒语，让陆浩然心潮澎湃了起来，他恍惚地伸出了手，和顾云飞的手交握在了一起，被处理好伤口的掌心传来轻微的刺痛，却只会让他更清醒。

是时候走出来了，陆浩然心想，他追逐了那个背影太久，久到彻底迷失了自己。他试图去打败维特，证明自己才是更适合白龙的搭档，但事实却是他输得一败涂地，不但输在了跳水上，更输在了白龙的选择上。

如果注定成不了搭档，那就来做对手吧。这一次，他一定要赢！

陆浩然的眼神闪过决绝的神采，他压低了声音，狠厉地说道："顾云飞，你赢了。"

顾云飞握着他的手，笑容里有一种他看不懂的东西："不，是我们赢了。"

第十四章

　　"教练，不好了，浩然说他要去港城队！"

　　一大早，田林急匆匆地冲进了于枫的办公室，却发现白龙也在这里，不由愣了一下。

　　于枫叹了口气，对他说道："坐吧，我们正在商量这件事。"

　　田林慌张地掏出手机，把微信里他和陆浩然的对话给于枫看："我问他怎么回事，他也不回答我，只说他想明白了，决定换个队伍，可我们马上要参加总决赛了啊！"

　　白龙垂下眼帘，低声说道："这件事，我有责任。"

　　于枫摆了摆手："与你无关。这小子魔怔了，一时想不开而已。但是事已至此，我们也只能针对性地作出人员调整。有田林、维特和你在，也还能参加比赛。"

　　一旁叼着包子的维特大惊失色："怎么回事？难道是因为昨天输给了我？那也不至于啊……"

　　田林愣愣地问道："你们什么时候比赛的？"

　　"昨天训练结束后，我们俩比了一场，我赢了。他不会因为这样就走了吧？"维特心慌了起来，虽然他算不上多喜欢陆浩然这小子，但维特只是希望他能认清事实。从没想过要把人逼走啊！

　　"这件事和你没有关系，一定要说的话，是我的责任。"白龙的声音在两人身后响起，他从于枫办公室追了出来，对田林说道，"昨晚，浩然和维特比完赛之后，他问过我决赛的时候会不会和他一起双人跳，我明确答复了不会。抱歉，田林，让你失去了搭档。"

田林悲伤地看着白龙："学长，你明知道你说这话对他来说有多残忍！"说完，他转身就走。

"白龙，如果浩然能回来，你愿意和他搭档吗？"维特有点愧疚地说，从某种意义上来说，陆浩然这次离开，很大程度上是因为他，他觉得自己有义务和责任去把陆浩然拉回来。

白龙没回答，看了看房间里正在通话的于枫。

维特也没管他，径自跑出了跳水馆，跑到校门口，呼了辆出租车坐了上去。

"去港城大学。"他火急火燎说出这五个字。

"这就是港城大学的跳水馆。"顾云飞带着陆浩然站在场馆门口，随意地介绍了几句。

陆浩然忍不住用赞叹的目光欣赏着眼前的跳水馆，这座拱形建筑总面积9300平方米，包括了一个游泳池和一个跳水池，还有1300余个观众席位，今年的全高赛总决赛会在这里举行。光从外观来看，这就是所有跳水运动员梦寐以求的场馆了。

要是鹭岛队的场馆也这么完善就好了，陆浩然本能地想着，却突然记起自己已经不再是鹭岛的队员了。一瞬间，强烈的失落之情让他情绪低落了起来。

顾云飞带着他走进了场馆，瞥了一眼不远处满脸好奇的队员们："那边是港城队的队员，抱歉，名字记不全，你也没必要记住。"

港城队的队员三三两两地聚在一起，用探究的视线打量着他，被围观的陆浩然感到了一丝局促。

不远处，孙宇搭着王盛的肩膀，啧啧了两声："教练从鹭岛挖了块墙脚过来啊，干得漂亮，这下他们的双人跳组合危险了。"

王盛阴沉着脸，挖人的事明克教练压根儿没跟他们提过，等他们收到消息的时候，陆浩然人已经在港城跳水馆了。王盛本能地觉得这里有些不对劲，可是却又说不清楚到底哪里不对，只是隐约有种不好的预感。

"等过几天他就知道我们港城不是个好待的地方了。"王盛阴恻恻地说道。

孙宇摸了摸下巴："你说，那家伙会拿什么颜色的毛巾？"

"新人就只配用黑色的毛巾。"王盛冷冷道。

孙宇把手里的白毛巾甩到了肩上，嘿了一声："那可说不定，也许人家很快就爬上来了呢！"

就在两人交谈之际，跳水馆的大门突然被人推开了。

来人正是维特，他顶着头金发在水池旁停了下来，左右张望寻找浩然，场馆内所有人的注意力都集中到了他身上，包括水池旁的顾云飞和陆浩然。

"陆浩然，你说走就走，跟我说一声了吗？"维特看着从容淡定站在顾云飞旁的陆浩然，心头无名火蹿了出来。

"这里不方便外人进来。"浩然走近，脸色出奇的平静。

被说成是外人，维特酝酿的一肚子抱歉的话都憋了回去。

陆浩然不近人情的话让王盛也很诧异，明克教练站在不远处坐山观虎，并不准备插手这件事。

"浩然，如果你还想和白龙搭档，就跟我回鹭岛吧，剩下的事我来解决，我保证，白龙会成为你的搭档。"维特语气软了下来，他来之前就做好了承受浩然情绪爆发的准备。

"你谁啊？凭什么觉得你可以把搭档让给我？"陆浩然装出来的平静渐渐消失，取而代之的是难以遏制的愤怒。

维特一下没反应过来，愣在原地。

"我来这里不是为你和江白龙，而是为了我自己。"陆浩然转身指着十米台，冷冷地说，"现在我的跳台在那里，我会用我自己的方法证明，我不会比任何人差。你可以走了，我们要训练了。"

陆浩然转身要走，却没料维特此时拉住了他的手臂，浩然无奈地转过身，眼里充满愤怒。

"我今天，无论如何都要把你带回去。"维特决心已定，死攥着陆浩然不放。

"放手"陆浩然冷漠地说。

维特不愿放手，浩然猛地给了他一拳，维特没料到他会来这一手，登时摔在地上。

"要怎么样你才肯跟我回去？"维特从地上爬了起来，咬牙问道。

陆浩然用沉默表达了自己的拒绝。

气氛登时降到冰点。

一旁冷眼旁观的顾云飞轻叹了一口气："听你们聊天总是聊不到重点，真是令人着急。王盛，来告诉他们港城队的做法。"

王盛闻言，从人群中走了出来，不怀好意地说道："我们港城队的规矩，意见不统一，比赛来决定，谁赢了听谁的，这可比拉拉扯扯文明多了。"

维特闻言，眼中燃起了希望的火焰："好，我们来比跳水！别说白龙了，你现在的水平，连我都赢不了"

浩然转过身，眼神里充满战意。

"那可未必。"王盛诡异地笑了，"我们港城队的规矩，是蒙眼跳。"

蒙眼跳！陆浩然和维特听到这话都愣了一下。蒙眼跳水的情况下，跳水者无法用视觉估算自己和水面的距离，只能凭经验和感觉来做判断，很容易误判时间导致入水姿势不正确。

"不行。"陆浩然断然拒绝，这太危险了。

"我同意！"维特大声说道，目光灼灼地看着陆浩然，"我们比蒙眼跳，如果我赢了，你就跟我回去！"

"如果你输了呢？"陆浩然反问。

维特定定地看着他，一字一顿地说道："那以后，我们就只是对手。"

陆浩然深吸了一口气，给出了他的回答："好。"

比赛确定了下来，港城队的队员们纷纷聚集到了台下看起了这场决斗。王盛拿着喇叭大声地介绍着比赛规则："港城死亡决斗，规则很简单，蒙着眼交替跳水，认输、受伤或者没有完成规定动作即为输。想跳哪个动作都随便你们，但难度系数只许上升，不许下调！"

陆浩然当即说道："我先跳，你后跳，有意见吗？"

维特摇了摇头。

顾云飞一挑眉，没想到陆浩然还挺在意他的老搭档的。毕竟这个游戏，先跳的人会比后跳的人承担更多的危险，因为陆浩然想获胜，就必须比对手多跳一轮。

陆浩然来到了跳台上，手里拿着蒙眼布，感到了一阵紧张。这种比赛形式不但危险，而且给人巨大的压迫感，随着难度系数上升，每一跳都会给对方致命的压力，而压力会导致失误的可能性成倍增加。

速战速决吧，陆浩然远远地看着跳台下的维特，作出了自己的决定。

"107B！"陆浩然大声宣布。

台下，顾云飞微微一笑，不置可否。反倒是王盛惊讶了一瞬，嗤笑道："一开场就是3.0的难度，他赶着找死啊？"

"如果是你，选什么动作？"顾云飞突然问道。

"嗯……"王盛不敢不说，"肯定是选个难度2.0的，循序渐进。"

"愚蠢。"顾云飞笑了起来，他长得清秀极了，就算在骂人也给人一种如沐春风感，"这种比试，第一跳的风险在于既要保证自己的安全，又要全力压缩对手的选择空间。你跳2.0是等着你的对手用难度3.4的动作将军吗？"

王盛脸色一白，不敢反驳。他猛然想起，顾云飞刚来港城队的时候，曾经有一次开局就盲跳了难度系数4.1的109B动作，逼得对手别无选择直接认输……某种意义上来说，陆浩然的这个选择说不定还挺对顾云飞的胃口的，这小子……王盛恼羞成怒地看了眼跳台上的陆浩然。

哨声响起，蒙上双眼的陆浩然迅速起跳，顺利地完成了所有空中动作，虽然不是很完美，但无关紧要，比赛的关键不是得分，而是能平安落水。

接触到水面之前，浩然合掌入水，与正常跳水效果相差不大，溅起的水花不大，算是不过不失。

台下的维特不自觉地咽了咽口水。陆浩然这一跳给了他极大的压力，虽然一直告诉自己要冷静，但他手心还是忍不住冒冷汗。

"如果跳不了，直接认输吧。"从水池里出来的陆浩然面无表情地对田林说道。

"我不会认输，我要把你带回去！"维特斩钉截铁地说道。

陆浩然深深地看了他一眼，转身回到了顾云飞身边。

"蒙眼跳？什么混蛋规则？老子一辈子也不想跳这个了。"维特自言自语间，开始朝着台上走去，平日轻松跃上的台阶，在此刻走来却艰难无比，像是背负着千斤重担，让他举步维艰。

他从来没有蒙眼跳过难度系数高于 3.0 的动作，但他知道这会有多危险。

可是他必须跳，为了将陆浩然带回鹭岛队，他必须跳！

如果输了，那他至少也尽力了，可是如果他赢了，陆浩然就能回去了！

站在跳台边，维特蒙上眼，他深深吸了口气，大声喊道："我选择的动作是，109C ！"

在场所有人，包括陆浩然，全都吃了一惊。

"难度系数 3.7，我还没见过有人能闭眼跳呢！"王盛不屑道，"蒙眼跳四周半抱膝，他也真敢啊！"

"至少还有胆子。"顾云飞轻笑，"比什么都没有的人要好。"

周围传来一阵嘲讽的笑声，王盛脸色一黑，恶狠狠地瞪着在一旁偷笑的孙宇。

陆浩然面无表情地看着跳台，所有的注意力都放在了维特的身上，此时此刻陆浩然甚至比自己站在跳台上的时候还要紧张。担心和怀疑不断在他的心头搅拌着，酝酿成了不安和恐惧。

万一维特出了什么事……陆浩然不敢想下去。

哨声响起，维特用尽全力跳了起来，在空中完成转体、翻腾，马上就要接近水面。

陆浩然紧紧地捏住拳头，心提了起来。

维特刚要伸展身体，但身体落下的速度太快了，他根本来不及反应，整个人就拍向水面，然后失去了知觉。

维特一下睁开眼睛，发现自己在宿舍里，他正要起身，发现肩背处传来痛感，身体软绵绵的使不出力，他只好又靠在床上。

维特一下睁开眼睛，发现自己在宿舍里，他正要起身，发现肩背处传来痛感，身体软绵绵的使不出力，他只好又靠在床上。

"醒了？"白龙坐在椅子上看书，一副事不关己的样子。

维特迷茫地看着白龙，似乎记忆出现了一些空白。

白龙见状，伸出一根手指头在他面前晃了晃。"这是哪，今天几号，你是谁，还记得吗？"

"你有毛病啊？"维特相当无语。

"那你都记得什么？"白龙语气里带着几分担忧。

维特摸了摸脑袋，记忆碎片重新拼合，突然想到什么，他猛然坐了起来，大声问着："结果怎么样了？"

白龙长叹一口气，淡淡地说："是浩然和田林把你背回来的，医生说你暂时还死不了，以后就难说了。"

维特："……"

他补了一句："我问的是我和浩然的比试。"

"你输了。"白龙平静地陈述着结果，像在讨论天气一样。

"我……我怎么可能会输？"虽然结果在意料之中，可当真正有人当面宣告，依旧让人不能接受。

"别死撑了！你入水的时候失误，昏迷了。"白龙无奈地说着，"你也真行，盲跳 4.1 的动作，这一点我得服你。"

"跟悬崖跳水比起来也就那样吧。"维特故作轻松地说，"对了，你说浩然和田林一起把我送回来的？"

"是啊。"

"浩然他还是不愿意回来？"维特不死心地追问了一句。

白龙点头，有些沮丧。

"我怎么就稀里糊涂地应了那混蛋的跳水方法呢，比其他的我肯定不

254

会输。"维特兀自懊恼道。

"怎么，放弃了？"白龙饶有兴趣地追问。

"还能有什么办法？我再去比一场？"维特低垂着头。

"到总决赛上去战胜他吧。"白龙重新拍了拍维特的肩膀。

维特："……"

白龙放下书看着窗外，虽然无奈，却仍怀希望。

一切重新回到了轨道上，失去了陆浩然的鹭岛队加紧训练新的组合，身在港城队的陆浩然也面临着新的困难——他被孤立了。

港城跳水馆内，运动员们正分散在各处进行训练，除了给他布置训练内容的助教，没有人和陆浩然说过一句话，包括顾云飞。

陆浩然站在跳台上，俯瞰着整个场馆，顾云飞坐在休息区的长椅上漫不经心地和明克教练交谈着什么，教练时不时点点头，最后抬头看了一眼陆浩然。

陆浩然的心跳快了一拍。

那天和维特的比赛结束后，顾云飞只对他说了一句话："你在港城队的第一个任务，是证明你有资格成为我的搭档，别指望我会帮你说话，这里可不是温情脉脉的鹭岛，港城队有港城队的生存法则。"

几天下来，陆浩然完全明白了港城队的风格——这里是一个丛林法则支配的世界，弱肉强食。如果他不能在教练和队员面前证明自己，他就没有资格站在顾云飞身边。

助教的哨声响起，陆浩然深吸了一口气，迈开步子在跳台上奔跑了起来，用尽全力弹跳到空中，完成了转体三周半入水的动作。

助教点了点头，眼中露出满意之色，站在跳台上的王盛不屑地撇了撇嘴，心中的那份危机感却越发强烈了起来。

不远处，明克教练挑了挑眉："陆浩然的表现不错。"

"不错，就意味着还不够好。"顾云飞淡淡地说道。

"你说，他什么时候会对王盛下手？"明克教练充满兴趣地问道。

顾云飞抚摸着手腕上蓝色的护腕："狮子发起进攻的时机，不在于它自己，而在于猎物。只要猎物出现了破绽，它就会露出自己的牙。"

顾云飞冷眼看着王盛没有抓好入水时机，溅起了大量水花，嘴角露出一丝冷嘲的笑意："时机到了。"

水池边，挂着新人黑色毛巾的陆浩然居高临下地看着水中的王盛，嘲讽地笑了起来。

王盛正在为刚才那一跳的失误懊恼不已，听到岸边的笑声，他惊怒交加地抬起头："有什么好笑的？"

"我在笑，顾云飞竟然会有你这样的搭档，怪不得他从来不给你个好脸色。"陆浩然冷笑着说道。

王盛的脸色黑沉了下来，看着陆浩然的眼神里流露着浓浓的杀气，陆浩然毫不示弱地回瞪着他，两人四目相交，战意高涨。

"你一个抛弃搭档的人有什么资格评价我？"王盛恶意地反问。

陆浩然的脸上扬起了一个自信又嘲讽的笑容："就凭我比你强。"

王盛怒极反笑："敢不敢跟我比一场？"

"哦，好啊！"陆浩然干脆利落地答应了下来。

王盛愣了一下，突然觉得情况有点不对劲，刚要开口，陆浩然已经截下了他的话："听说港城队有一条规矩，越阶挑战的话，输的人是要自动退队的，怎么，怕了吗？"

王盛心头狂跳了起来，嘴硬道："我有什么好怕的，难道我还能输给你不成？"

陆浩然弯了弯嘴角："你确实输给过我，再输一次也不奇怪。"

王盛怒道："那是憋气比赛！"

陆浩然笑了笑，把手中的黑毛巾丢在了王盛的脸上："那就让我们来比一比跳水，敢不敢？"

王盛的眼中闪过狠厉之色，上岸捡起自己的白毛巾丢给了陆浩然："来啊，鹭岛的叛徒，夹着尾巴滚出港城队吧！"

助教皱眉道："交换了毛巾，挑战就成立了，输的人是要退队处理的。最后问你们一遍，你们想清楚了吗？"

不等王盛开口，陆浩然高高扬起头，傲慢地说道："我想清楚了，但某人要是害怕，现在还来得及。"

王盛冷笑道："你就等着滚蛋吧！"

助教回去请示了一下明克教练，明克教练轻叹了一口气，对顾云飞说道："年轻人还是冲动了点。"

顾云飞却轻笑了一声："激将法用得不错。行了，就让他们比一比吧，早晚要有这一出的。"

明克教练试探着问道："你就不怕你看中的那个输了？"

顾云飞远远地看着走向更衣室的陆浩然，平静地说道："真遗憾，我目前为止还没有看错过谁。"

说完，他起身，不紧不慢地朝着更衣室走去。

更衣室里，陆浩然擦拭着自己的头发，思考着一会儿的比赛要如何进行，他心中大致有一个策略，但风险高得和赌博无异。如果他赌赢了，他就可以如愿以偿，如果他赌输了，那就一败涂地。

更衣室的门开了，顾云飞走了进来，微笑着说道："准备好了吗？"

陆浩然停下了动作，冷漠地说道："永远不会有完全准备好的时候，不过，可以一试了。"

顾云飞低低地笑了一声："如果你输了，我是不会帮你求情的。"

"未言战先言败，这不是你的风格。"陆浩然挑了挑眉，"我的心里，现在只有胜利，仅此而已。"

"很好。"顾云飞赞赏地说道，"我喜欢这句话。"

陆浩然的眸光微动："那么，能借我一件东西作为迟到的生日礼物吗？"说着将目光落在他的一对蓝色护腕上。

顾云飞垂眼一扫，从容地脱下一只丢给了他。

陆浩然嘴角勾起一个胜券在握的弧度，伸手接过："谢了！"

10 分钟后，和孙宇打好了商量的王盛在水池边做起了赛前准备，陆浩然和顾云飞一前一后地走了出来，大家的目光一下子跟了过去，好奇这两人是不是说了些什么。

孙宇在王盛耳边小声说道："情况不妙啊，顾云飞好像挺看好那小子的。"

王盛咬牙切齿地说道："看好也没用，他马上就会滚蛋了！"

休息区，明克教练用好奇的眼神上下打量了顾云飞一番，对他刚才竟然主动去更衣室和陆浩然聊天的行为感到不可思议。

顾云飞抚摸着仅剩的右手上的蓝色护腕，随口道："我下完注了。"

"押了多少？"明克教练开玩笑似的问道。

顾云飞微微一笑："All-in。"

裁判来到陆浩然和王盛身边，最后一次问道："王盛，陆浩然，你们双方都是自愿进行本次挑战吗？"

"是。"两人不甘示弱地盯着对方，眼中迸发着浓浓战意。

裁判点了点头："好，现在双方互换毛巾。"

一黑一白两块毛巾互换，赛前仪式完成。

裁判继续说道："本场越级挑战赛一共6轮动作，采用一贯的抽选方式，按照规则，由挑战发出者王盛先抽取动作。"

孙宇大大咧咧地抱着抽签箱走了过来，对王盛使了个眼色，又拍了拍箱子。

王盛了然地报以一笑，从箱子的最上方抽出了一张字条，上面写着：201B，113B，405B，5152B，626B，109C。

裁判接过字条，诧异地看了孙宇和王盛一眼，这些可全都是王盛擅长的动作："王盛的动作是201B，113B，405B，5152B，626B，109C。"

陆浩然的瞳孔猛地一缩——这些天他认真调查过王盛，太清楚这些动作意味着什么了。

裁判席上的明克教练闻言笑出了声："云飞，你这次搞不好得血本无归啊！"

顾云飞的脸上毫无波澜，眼中却闪过一丝厌恶："是吗？我拭目以待。"

陆浩然也抽选完了动作，比赛的铃声响起。

只见王盛走上了跳台，报出了自己的动作："201B。"

裁判大声喊道："第一轮，王盛选择难度系数2.0的规定动作201B，准备——"

话音刚落，王盛顺利起跳，并以完美的动作落入水中，表现十分出色。

明克教练、顾云飞和助教分别给出了 9.0，9.0，9.5 的分数。

裁判报出最后成绩："王盛第一轮实得分，54 分。"

王盛从水池中起来，与陆浩然擦肩而过时露出了得意之色，陆浩然目不斜视从他身边走过，朝着跳台走去。

这一瞬间，王盛恍惚了一秒，回过神来才意识到，陆浩然刚才的神情很像顾云飞。

说起来，他和孙宇在抽签上的小动作，已经被教练和顾云飞发现了吧？王盛忐忑了一下，可是想要赢得比赛的欲望还是占据了上风，他阴狠地瞪着陆浩然的背影，诅咒起了他跳水失败。

"这个开局，对陆浩然很不利啊！"明克教练摸着下巴说道。

顾云飞似笑非笑地说道："我以为，他早就做好这样的心理准备了。我好奇的是，他要怎么破局。"

陆浩然站在 10 米跳台上，喊出了自己的动作："109C——！"

场上一片哗然，王盛更是惊得从椅子上跳了起来："他想干什么？这不是他的规定动作，他先跳自选动作？"

孙宇啧了一声："行了，奥运会都没规定先跳什么，爱怎么跳怎么跳呗。"

裁判席上的顾云飞突然轻笑了一声："原来如此，我明白了。"

明克教练好奇地问道："明白什么了？"

"记得 2015 年的国际泳联世锦赛吗？中国队有过一次成功的策略战。"顾云飞低声说道。

明克教练回忆了一下，恍然大悟："确实，在动作和能力都拉不开距离的情况下，动作的先后顺序就是给对手施压的最好办法。不过这很冒险，把难度系数最高的动作放到前面，如果一旦出现失误，后面弥补起来就很困难了。"

"低俗的手段让人兴味索然，但是冒险的策略就不一样了，因为冒险本身就是一种无与伦比的趣味。"顾云飞看向跳台上的陆浩然，目光里满是欣赏和兴趣。

只见浩然开始准备动作，然后起跳，以 109C 的动作入水，整个动作一气呵成，完成效果很是不错。

裁判席上，顾云飞和明克教练分别给出了 8.5 分，只有助教迟疑了一下，给了 7.5 分，顾云飞冷冷地看了他一眼，然后咽了咽唾沫，把分数卡改成了 8.5 分。

"下次不要再写错分数了。"顾云飞冷漠地说道。

"是……是。"助教心虚地点头啄米。

此时，陆浩然上了岸经过王盛身边，脚步一停，对他露出了一个挑衅的笑容。王盛的火气狂涨，紧紧握住了双拳才控制住自己的情绪。

一旁的孙宇嘲讽道："单轮的分数根本就是毫无意义的，陆浩然的自信也太早了点。"

王盛恨恨道："等他把规定动作放到最后跳，哭着都别想追上来！"

比赛继续进行，5 轮下来，王盛总得分 329 分，陆浩然总得分 361 分，虽然从分数上来看是陆浩然占优势，实则不然。

明克教练笑眯眯地看着赛场上的分数："云飞啊，你的未来搭档相当危险了。"

陆浩然的最后一跳是 201B，满分只有 60 分，而王盛的 109C 满分是 110 分，就算陆浩然跳到满分，总分也不过 421 分，而王盛只需要 8.3 的平均分就可以确保胜出，情况对陆浩然很不利。

助教也小声应和："109C 是王盛的招牌动作，他不太可能在这个动作上出现大失误。"

顾云飞摩挲着右手上的护腕，淡淡道："急什么，游戏刚刚开始。"

此时，陆浩然在场边淋浴，王盛走了过去，露出不屑的神情："你调换动作顺序也没用，最后一轮，你用难度 2.0 的动作怎么翻盘？"

陆浩然关掉了开关，捋了一下湿透了的头发，用眼角的余光瞥了他一眼，语气嘲讽："你知道我为什么来港城队吗？"

王盛一愣，这些天所有人都在猜他为什么会来，可是却没有一个定论，只是听说他是明克教练亲自邀请来的。

"因为顾云飞选中了我，认为我比你更适合做他的搭档。他的招牌动作是四周半，凭你的力量，109B 根本跳不出成绩，但是我可以。"

王盛的脸一下子涨得通红："闭嘴！你马上就要滚蛋了，还在这里说什么废话！"

"滚蛋？看来你不够了解你的搭档啊！"陆浩然微微一笑，将一只蓝色的护腕戴在了自己的左手腕上，嘲讽地看着王盛。

王盛惊怒交加，他当然认识这只护腕，这是顾云飞的东西！他下意识地看向裁判席，顾云飞双手交叉支在下巴上，正微笑着看着他们。

右手的护腕还在，可是左手腕上，赫然是空荡荡的！

这一刻，王盛的心里有如翻江倒海一般，眼中更是充满了愤怒和屈辱："他选择了你？凭什么？！"

陆浩然露出胜利的微笑，在他耳边低语："凭我可以和他跳 109B，而你做不到。"

说完，他冷冷一笑，走向场边休息。

王盛还呆立在原地，裁判已经来喊人了："王盛，该你登台了。"

王盛看了看坐在一旁面带嘲讽笑容的陆浩然，又看了看远在裁判席上一脸事不关己的顾云飞，怒火中烧地一脚踹开了凳子，气势汹汹地登上了 10 米跳台。

明克教练这才注意到顾云飞手腕上的奥秘："这就是你的 ALL-in？心理战，的确是你的风格，不过你这么偏帮陆浩然，我还是没想到。"

顾云飞抚摸着护腕，淡淡一笑："教练，有人一开始计划好破坏公平竞技的原则，我有义务让比赛回到同个起点上。"

明克教练笑了笑，点了点头："那倒是，王盛和孙宇这俩小子，手段太脏了。"

似乎感觉到了明克教练点了他的名，站在跳台上的王盛朝着裁判席看了一看，冷不防地就看到顾云飞正随意玩着右手上的那只蓝护腕，顿时气得一拳捶在了跳台的护栏上，呼吸都急促了起来。

台下的孙宇喃喃道："不妙啊，王盛怎么了？"说着，他偷偷打量了一眼陆浩然，又打量了一眼看台上的顾云飞，总觉得这两人之间怪怪的，连带着比赛气氛都暗潮汹涌。

"王盛，有问题吗？"裁判问道。

王盛平复呼吸，摇了摇头。

"如果没问题就开始吧。"

王盛捡起毛巾擦了擦身体，扔下了跳台，然后走到跳台边缘准备起跳，可耳旁似乎一直回荡着陆浩然的话："凭我可以和他跳 109B，而你做不到……109B……109B……"

109B 这几个字一直在王盛耳边萦绕，他的额头已经沁出了汗水。

他努力平复下心情，用手擦了擦额头，张开双臂，准备起跳，就在他起跳纵身的那一刻，耳边再次响起："109B——"

——凭我可以和他跳 109B，而你做不到。

接着，王盛在空中完成翻腾，以一个绝佳的姿势入水。

然而，全场一片寂静。

王盛从水中突然冲出水面，自己就愣住了，他呆呆地看向不远处的陆浩然，后者的脸上已经露出了胜利的笑容。

——你输了。陆浩然张了张嘴，无声地对他说道。

裁判席上，顾云飞当场笑出了声，明克教练等几人面面相觑，谁都没想到会发生这样荒诞的一幕。

助教诧异地问道："怎么跳了 109B？不是 109C 吗？"

谁能想到王盛跳的不是规定动作 109C，而是 109B！

顾云飞从容不迫地亮出了"0"分，接着，明克教练和助教也先后打出了"0"分。

助教还觉得犹在梦中："王盛怎么可能会出现这种低级失误？"

明克教练耸了耸肩："很多世界顶级的运动员也曾经出现过这种失误，最重要的是，陆浩然赢了。"

话音刚落，裁判已经开始宣布："王盛所跳的动作不在抽选的动作范围内，这一跳失败。我宣布，本次越级挑战赛，获胜者是——陆浩然。"

王盛气得冲到了顾云飞面前，愤怒地问道："顾云飞，为什么选他？"

"你指这个？"顾云飞看了一眼护腕，嘴角微微勾起，"这种小手段就能骗到你，你输得不冤。"

王盛反应过来，顾云飞不会主动帮陆浩然做这种事，所以这是陆浩然的诡计！

王盛恨恨地转身看向陆浩然："你诈我！"

陆浩然淡定地看着他，回给他 4 个字："兵不厌诈。"

王盛一拳捶在了桌上，手疼得他叫出了声。

陆浩然不再看他，跟着顾云飞一起离开，顺便将护腕还给他："喏，东西还你。"

顾云飞侧过脸："送出去的东西，我不喜欢要回来。"

陆浩然也不矫情，立刻又戴了回去。

王盛愣愣地看着两人离去的背影，一时没反应过来，港城队的众人面面相觑，谁也没想到这场越级挑战会是这样的结果。

回到更衣室，冲洗完毕的陆浩然长长地出了一口气，今天发生的一切超出了他在鹭岛队里全部的经历，他既忐忑，又振奋，当计划成功的那一刻，那种超乎寻常的兴奋让他欲罢不能。

原来，他也可以做到！

"你学得很快，超出了我的预计。"顾云飞推开了更衣室的门，懒洋洋地靠在了墙边，"你怎么笃定他会受你影响？"

"运气。"

"运气？"

陆浩然坦言："我只是想干扰他，没想到他会出现这么大的失误。"

顾云飞失笑："你不仅爱冒险，而且还是个机会主义者。"

"但是你不正喜欢这些吗？"陆浩然淡然地说道，"我们第一次对决的时候，你玩的就是这一套，我只是学到了一点皮毛而已。"

顾云飞微微一笑："我真是越来越喜欢你了。"

此时，明克教练带着王盛走了进来，很多队员也跟着站在门口，等待最后的宣判。

"浩然，今天王盛输给你，按照规矩，你有权让王盛离开港城队，不过总决赛马上就要到了，队员们都希望王盛能继续留下来跳 3 米板，等完成了比赛，王盛是走是留都随你处置，你看怎么样？"明克教练用商量的口吻问道。

"可以，但是在此期间，他只能使用黑色的毛巾。"陆浩然冷冷道。

"这么说你同意了？"明克教练松了一口气，若是失去王盛这个主要成员，实在是一大损失。

"只要他不挡我的路，在哪里都跟我没关系。"说着，陆浩然便走出了更衣室，临出门前还和顾云飞对视了一眼，意味深长。

站在门口的队员们纷纷让路，他们看着陆浩然的背影，赫然发现对方已经不再是那个逆来顺受的新队员，他的言语开始变得有了力量。

不仅如此，靠在墙边的顾云飞懒洋洋地开了口，丢下了一枚重磅炸弹："从今天起，陆浩然会和我搭档 10 米跳台，明白我的意思了吗？"

队员们呆住了，齐刷刷地看向王盛。王盛的脸上闪过屈辱之色，最后咬牙低下了头。

这一刻，所有人都意识到了，港城队的格局已经发生了翻天覆地的变化。

第十五章

　　因为陆浩然的离去，鹭岛队修改了全高赛总决赛的名单，田林将会代替陆浩然去参加单人 3 米，并且会和白龙跳双人 3 米，其余内容不变。

　　这对田林来说是不折不扣的考验，他感到压力倍增。

　　特别是陆浩然发消息告诉他，说自己已经成功战胜了王盛。正式开始和顾云飞搭档双人跳之后，田林知道，这是陆浩然在激励他。他一方面为陆浩然感到高兴，另一方面却越发有了紧迫感。

　　"准备好了吗？"当田林单独站在 3 米跳板上的时候，他恍惚间听到耳边传来陆浩然熟悉的声音，可是当他扭头看去的时候，那里却空无一人。

　　田林摇了摇头，将脑中的虚影晃开，重新集中精神看向水池。蓝色的池水让他重新平静了下来，他回想着从空中落下跃入水中的快感，等他再次睁开双眼的时候，眼神已经变得无比坚定。

　　他从跳台上一跃而起，顺利翻转入水，完成了这优秀的一跳。

　　水池边的于枫见状，不禁露出了满意的笑容："田林的进步很大，单人跳应该是没什么问题了，待会儿你们做双人训练。"

　　白龙点了点头，迅速招呼田林来到海绵垫上训练。

　　这是白龙和田林的第一次双人跳，两人对视一眼，同时跳入海绵垫。但同步效果一般，重复几次之后，也没有任何进展。

　　白龙发现他总是在意着自己的动作，于是建议道："田林，从现在开始，不要去想着迎合我的动作，你完全凭自己的感觉跳就可以，我来配合你。"

田林点了点头，他习惯跟随陆浩然的脚步，现在也习惯性地去跟随白龙，若不是对方提醒，他都不会注意到这一点。

两人重新训练，田林更多地将注意力放在自己的身上，接下来的几次结果好多了。

"就是这样，我们要先找到自己的风格，有了自己之后，才能拥有搭档。"白龙意味深长地说道。

"明白了。"田林若有所思地点头应和。

"来吧，我们去跳台试一试。"白龙对田林说道。

两人来到3米跳板边缘，双双倒立，田林下意识地注意着白龙的动作，随即想起刚才白龙对他的提醒，又把注意力放在了自己身上。

"准备，3，2，1——！"随着白龙的口令，两人一跃而起。

起跳的一瞬间，田林集中的注意力无可避免地被身边白龙的异常转移了，白龙的身体突然失去了平衡，从跳台上落了下去！

正在水池边围观的维特吓了一跳，还以为白龙的焦虑症又犯了，连忙跳进水中："白龙，你没事吧？你怎么了？"

然而白龙一下从水里钻了出来，稳稳地站在了水中："我没事，不小心失手而已。"

"真的？"维特不相信。

作为搭档，他很清楚白龙是个什么样的选手，他对自己身体的控制力远超常人，失误率更是全队最低。

会让他失误的，通常不是什么单纯的失手，而是惊恐性障碍症候群或者被激光笔照射之类的大问题。

田林也游了过去，担忧地问道："是不是因为我没发挥好，学长不适应和我搭档？"

"不，和你没关系。昨晚我没睡好，现在精神不太集中。"白龙语气如常地解释，"田林，一会儿你回去继续做3米跳板的训练，明天我们再练习双人。"

田林闻言，听话地点了点头。一旁的维特看着白龙，越发觉得不对劲了起来。

他和白龙一个寝室，太清楚他这个人作息有多规律了，从来也没听说过他有失眠之类的问题。更可疑的是，现在距离总决赛不剩几天了，白龙这种时候不忙着和田林练习双人跳，而是主动要求延后一天。

这绝对不对劲。

白龙捏了捏鼻梁，抬头看向穹顶的灯，过了大约半分钟，他终于看向维特，语气严厉地说道："赶紧回去训练！"

"我可没偷懒，这不是看到你突然掉下来被吓的吗？老实交代，是不是焦虑症又犯了？"维特担忧地问道。

白龙摇了摇头："不是，和焦虑症没关系。"

维特一下子抓住了话柄："那和什么有关系？"

白龙瞥了他一眼："和没睡好有关系。"

维特将信将疑，眼看着从白龙身上是问不出什么原因来了，他决定回去继续潜伏，暗中观察。

接下来的一下午，白龙都表现得毫无异常，还和田林在海绵垫上做了一个小时的同步训练，一直练到了夜幕降临。白龙收拾好东西离开了训练馆，浑然没有注意到维特紧跟着他的脚步，尾随着他一路来到校门口。见到白龙打了辆车，他也赶紧拦下出租车追了上去。

鹭港市眼科医院里，白龙正在接受医生的检查，随着检查深入，医生的神情也凝重了起来。

"什么时候开始出现视野盲区的？"医生问道。

"……有一段时间了，但是大部分时候是好的，只是入水的时候，偶尔会视线模糊。"白龙的心情紧张了起来，"不要紧吧？"

医生翻着病历，眉头越皱越紧："3年前你就视网膜穿孔过，当时情况不严重，停止跳水后就自行闭合了……你胆子也太大了，这样还敢回去跳水？你不知道跳水运动员里有多少跳到视网膜脱落的吗？"

白龙沉默了一会儿："我知道，我妈妈就是这样失明的。"

医生怔了一怔，抬头深深地看了他一眼，合上了病历："你不能再跳水了，准备手术吧。现在预约的话一周左右可以进行手术，如果一切顺利，一个月内就可以出院了。"

白龙摇了摇头："还有两周的时间就要比赛了，我不能缺席。医生，我想等比赛结束再过来做手术。"

医生皱紧了眉："都什么时候了，你还想着比赛？你现在的情况很危险，万一跳水的时候视网膜脱落，你的眼睛还要不要了？"

"这次的比赛很重要……"白龙话音未落，眼科诊室的大门被人用力推开，"比赛再重要，有你的眼睛重要吗？！"

白龙讶异地看向大门，正对上维特怒火中烧的双眼，他大步来到白龙面前，黑沉着脸怒道："马上退赛，先把眼睛治好再说！"

这一刻，白龙脑中回想起的，是他和维特在泰国时的约定，还有李淼曾经对他说过的话，他犹豫了不过短短几秒钟，决心就已经定下。

"我不会退赛的，总决赛我一定要参加。"白龙坚定地说道。

维特气不打一处来："这件事你说了不算！我现在就告诉教练，这件事由她来决定！"

说着，维特掏出了电话，拨通了于枫的电话号码。

最近为了备战总决赛忙了足足一周的于枫终于有了一点闲暇时间，从学校哼着小曲来到了居酒屋，准备喝上几杯后慢悠悠地散步回家。

她一进店就熟门熟路地点上了几盘小菜，还没来得及开喝，她就接到了一个电话。

电话那头传来维特焦急的声音："教练，不好了，白龙的眼睛视网膜穿孔了！"

视网膜穿孔！于枫悚然一惊，脸色剧变，当即站了起来："你们在哪？我现在就过来！"

电话那头的维特报出了眼科医院的地址，于枫只来得及喊一声"老板记账上"就飞奔着冲了出去，打开车门倒车出库。

一路上于枫脸色煞白，几乎无法思考，怎么会这样？同样的悲剧降临在了白龙的身上，为什么？为什么？！

她最好的搭档，最好的朋友何婉，因为视网膜穿孔失明离开了跳台，最后郁郁而终，现在，她的儿子江白龙……

于枫不敢再想下去，此时此刻她的脑中只剩下一个念头——一定要保住江白龙。

突然，几个单车少年从路边毫无征兆地窜了出来。情急之下，于枫赶紧打了方向盘，车子撞到了路边的花坛上。

白龙和维特在医院见到了躺在病床上的于枫，因为颈部拉伤和腿部两处骨折，至少需要休养一个月，总决赛肯定赶不上了。

"白龙，你的眼睛怎么样了？"一见到白龙和维特，于枫立刻问道。

"还好，只是视网膜穿孔，等比赛结束我就去做手术。"白龙镇定地回道。

维特立刻反驳："什么叫'只是视网膜穿孔'？你现在这个样子还想继续跳水？别做梦了！"

于枫冷静道："维特说得对，你现在的情况随时都可能视网膜脱落，我不能让你冒这个险。"

白龙急了："那比赛怎么办？如果我不参加，鹭岛队怎么办？"

于枫闭上了眼，深吸了一口气。过往的回忆一幕幕重现在她的脑海中，关于江婉的悲剧，她以为自己已经放下了。当年江婉临终前拉着她的手，无神的双眼中默默流下眼泪，说她想回到跳台，这么多年过去了，这一幕仍然清晰得如同昨天。

她不能看着白龙带着这样的伤势去参加比赛，就算她想得到冠军，她也不能牺牲白龙。

她不能这么做。

下定了决心，于枫重新睁开眼，温柔地摸了摸白龙的头，雷厉风行的脸上露出一抹旧时的温柔："我们退赛吧。"

白龙震惊地看着她："你说什么？"

"我说，我们退赛吧。"于枫的语气坚定了起来，"现在浩然走了，我又不能继续带队，你的眼睛也禁不起折腾了，事已至此，我们退赛。"

"我不同意！"白龙斩钉截铁地说道，"我们好不容易走到这一步，现在说放弃太早了！浩然走了，田林可以出战。您不能带队，我和米楠来做。至于我眼睛的问题，早就不是一天两天了，我很清楚它现在是什么情况，还没到跳不了的程度！"

"你说什么？"维特突然打断了白龙的话，满脸震惊地看着他，"你早知道你的眼睛出问题了？"

白龙被抓住了话柄，愣了一下，语气弱了下去："一开始只是一点视线模糊，不是什么大问题，现在也没到必须手术的时候……"

"这种事情你说了不算，医生说了算！万一出了什么事，你难道要瞎着过一辈子吗？"维特气急败坏地逼问。

"我知道后果，我会做最坏的打算。"

"不，你根本不知道！"情急之下，维特一把拎住白龙的领子，"你为什么一定要去冒这么大的风险呢？如果你再有什么意外，你想过我的感受吗？！"

白龙怔怔了一下，这一刻，他清晰地看到近在咫尺的维特眼中的愤怒，还有那一层薄薄的水雾，那是担忧和悲伤的眼泪。

他一下子说不出话来了。

维特咬咬牙说道："先把眼睛治好，其他的事情都不重要。"

白龙缓了缓语气："这场比赛我已经等了很久了，我不能让它就这么结束。"

"已经结束了。"维特的神情冰冷了下来，语气决绝，"你死心吧，就算你要上场，我也不会和你搭档的。"

于枫苦笑了一声："白龙，结束了，这一次全高赛的征途，已经结束了。"

"白龙，退赛吧。"刚刚得知消息的江湛丢下了手头的工作，匆忙驱车来到医院接他回家。

这对不擅长言辞的父子一个坐在驾驶座上，一个坐在副驾座上，距离不过是半米，心中的想法却大相径庭。

"爸，你知道这场比赛对我的意义，我不可能退赛。"白龙坚定地说。

看着儿子和亡妻相似的眉眼，江湛不可遏制地回想起妻子的悲剧，这一刻，他的声音哽咽了："我接受不了，你妈妈的事情，发生在你身上，我真的接受不了……我只想我们一家人像普通人一样生活，为什么你们就是要去跳水？"

"爸，对不起。可是如果妈还在，她一定能够理解我，因为这是我的梦想，我的人生，我不可能轻言放弃。因为，跳水对我来说，就像命一样重要。"白龙缓缓说道。

江湛止不住地想起那个站在跳台上意气风发的女人，又止不住地想起她生命的最后在病床上苦苦煎熬的模样。午夜梦回，他无数次地想过，如果他没有逼着失明后的她退队回家，而是让她继续站在跳台上，一切会不会不一样？

哪怕失去光明之后，她再也跳不到从前那样好，至少她还是快乐的。

他是不是真的错了？江湛质问自己。他怎么也忘不掉，她临终前说过的那句话：跳水对我来说，就像命一样重要。

久久没有听到父亲的声音，白龙忍不住侧过脸看向他。

不知何时，这个沉默寡言的男人早已泪如雨下。

次日一早，陆浩然早早来到了港城训练馆，经过几天的岸上训练，今天他们要开始正式同台跳水了。这几天陆浩然一有空闲时间就翻出顾云飞的跳水视频研究，越看越觉得这个人的实力深不可测。

和白龙不一样，白龙的跳水动作每每会让他赞叹不已，而顾云飞……

陆浩然不动声色地打量着在热身区做准备运动的顾云飞，在这个人身上，他感觉到的是令人毛骨悚然的威压和随时都可能被猎杀的恐惧。

"既然是我们两个第一次同台，你想跳什么动作？"顾云飞背对着陆浩然，却好像看到了他一般。

陆浩然略一沉吟："就跳你最拿手的109B！"

顾云飞回过头，嘴角一扬："过度自信就是自负了。"

陆浩然皱了皱眉："我练了很久的109B，也看了无数遍你跳109B的视频，我有信心跟得上。"

顾云飞凝视着他的双眼，似笑非笑地说道："既然你这么有信心……

那就从 101B 开始吧。"

直接把难度系数从 4.1 降到了 2.0？陆浩然眉头一紧，心情沉重了起来，顾云飞还是不相信他的实力。

眼看着顾云飞已经朝着跳台走去了，陆浩然迟疑了几秒，还是咬牙跟了上去。

站在跳台上，陆浩然不动声色地观察着顾云飞，暗暗下定决心要跳好这一跳，证明自己的实力。

"101B 这一跳，你的任务是找到我的节奏，配合我的力量。"站在跳台边缘的顾云飞说道。

"好！"陆浩然也往前走起了几步，站到了他的身边。

看着台下的其他成员，这一刻，陆浩然感觉到了一种高高在上、睥睨一切的王者气魄。

顾云飞淡淡道："你该拿出全部的本事了，让我看看你对力量的控制。"

陆浩然面色严肃起来："谁来喊口令？"

"需要口令吗？"顾云飞拿起白毛巾，平伸到面前，浩然有些诧异地看着他。顾云飞嘴角一扬，翻手将毛巾扔向水面。

在毛巾落水的前一刻，陆浩然突然明白了顾云飞的意图。紧接着，两人同时起跳，在空中完成曲体，伸展，最终入水。

这一跳，两人完美同步，完美入水，引来台下队员们的鼓掌。

王盛站在人群中将这一幕尽收眼底，眼中的愤怒化为更深的怨恨和无措的茫然。他没想到，这两人第一跳就能做到这样的同步水平。他紧张地看向明克教练，明克教练一边拍着手，一边用赞赏的眼光看着水池中的两人，这无疑让他更沮丧。

顾云飞浮出水面，捋了一下头发，随口问道："刚才那一跳，你觉得怎么样？"

陆浩然回味着刚才行云流水的同步，自然地回了一句："很好啊！"

顾云飞却轻笑了一声，语气冷了下来："可是比我想象中，还是差了不少，只能说是勉强可以。"

陆浩然心头一滞，不悦地反问："哪里勉强了？"

"你对力量的控制，还差得远呢！"顾云飞平静地丢下了这句话，便离开去冲凉了。

陆浩然茫然地从水池中上来，困惑地看着顾云飞的背影，又看向明克教练。

明克教练解释道："浩然，对力量的控制并不代表一定要约束自己的力量，而是要做到收放自如。刚才那一跳，你是不是在有意识地控制自己的力量？"

陆浩然点点头。

明克教练了然地笑了："云飞为了配合你，也控制了自己的力量。"

陆浩然满脸震惊："不可能！我们两个从来没有一起上台跳过，而且在刚才那么短的时间里，他不可能有时间观察我的动作，调整自己的身体来配合我的力量！"

可是当他再次回忆刚才那一跳的时候，陆浩然恍然意识到，明克教练说得是对的。刚才是顾云飞在配合他，而不是他在配合顾云飞！

他根本没有完成顾云飞交给他的任务！

想到这里，陆浩然一阵茫然："……他是怎么做到的？"

"每个人都有秘密，而云飞的秘密只会比常人更多。"明克教练高深莫测地说道，"如果你想成为他认可的搭档，而不是王盛那样拉来凑数的，你要走的路还长着呢！"

陆浩然不可遏制地感到了好奇，顾云飞到底是怎么做到对力量的收放自如的？

"对了，你刚才没有注意到吗？"明克教练突然问道。

"什么？"

明克教练的笑容变得古怪了起来："他跳水的时候，从来不睁眼。"

陆浩然脱口而出："这不可能！"

如果说顾云飞通过观察搭档随时调整自己的动作，那确实有几分可能做到刚才的同步率，但如果他是盲跳……这根本不可能做到！这完完全全超出了跳水的常识！

"永远不要对一个强者说不可能，这只会暴露你的无知。"明克教练冷冷地笑了一笑，"所以我说，你要走的路还长着呢！好好练习吧，光看视频是看不出这种细节的。"

这一番话让陆浩然如坠冰窖之中，他满以为自己击败了王盛，理所当然地可以成为顾云飞的搭档，他们的第一跳也确实发挥优秀配合默契。

但一想到这一跳的优秀发挥全靠顾云飞的"施舍"，和他陆浩然的努力无甚关系，他又觉得好像一拳打在了棉花上，又好像如鲠在喉。

回到休息室，陆浩然看到顾云飞正闭着眼还原魔方，一团色彩斑斓的无序魔方，在他修长的十指间如同幻影闪电一般跳动着，转眼就恢复了整齐，陆浩然不觉看呆了。

"又慢了两秒。"顾云飞这才睁开了眼，对自己的这一次发挥不太满意。

"你怎么做到的？"陆浩然忍不住问道。

"无他，唯手熟尔。"

陆浩然皱了皱眉："我问的不是这个？"

顾云飞站了起来，将拧好的魔方丢给了陆浩然："你问的就是这个。"

说完，顾云飞就离开了休息室，留下陆浩然一个人拿着魔方呆呆地看了半天，不解其意。

休息室的门开了，挂着黑毛巾的王盛走了进来，一见到陆浩然就停下了脚步，掉头欲走。

"你等等。"陆浩然叫住了他，"顾云飞和你跳水的时候，都是他在配合你？"

王盛的脸涨得通红，怒火中烧："我为什么要告诉你？"

陆浩然了然，不答反问："那你见过他全力一跳吗？"

王盛一脸被羞辱的愤怒："没有！"

似乎为了挽回颜面，王盛恶狠狠地说道："别以为你的力量强就了不起了，你跟顾云飞比差远了。他的前一个搭档嗑兴奋剂都赶不上他的力量，最后退队了。要和顾云飞做搭档，你的那点本事和小聪明还差得远呢！"说完，王盛重重地甩上了休息室的大门。

陆浩然看着手中的魔方，心中的困惑越来越多：盲跳、精通心理战、超乎常人的力量和控制力……顾云飞身上的秘密太多了，让他难以自制地感到好奇。

他到底是怎么做到的呢？陆浩然不禁陷入了深深的思索之中，但莫名的，他又有些兴奋。如果他能从顾云飞身上学到变强的方法，在总决赛上他们一定可以打败白龙和维特！

他会证明，离开鹭岛是正确的，他会成为白龙学长不得不正视的对手。

柜子里的手机响了，陆浩然拿起来看了一眼，是田林打来的电话。

他疑惑地接了起来："喂，田林，怎么了？"

"不好了，出事了！白龙学长的视网膜穿孔，他可能要失明了，教练车祸受伤没法参加总决赛，鹭岛要准备退赛了！"

"什么！"陆浩然的脑中"嗡"了一声，刹那间一片空白。

那一晚和父亲的一番谈话后，江湛不再明确要求白龙退赛，却还是以遵医嘱为理由，要求他在家休养。

晚上 10 点，作息健康的江湛早早洗漱完毕回房间睡了，又等了半个小时，白龙从床上起来，拿起外套和钥匙，在桌子上留下了一张自己会返校住宿的字条，悄无声息地出了门。

打车来到鹭岛大学，白龙一路走到了跳水馆，打开了跳水馆的大门。

灯开了，白龙刚一抬头，冷不防地看到 10 米跳台上坐着一个人影，心头一惊："浩然？"

"还能看得清是我，看来你没瞎。"陆浩然肃然道。

"你为什么会在这里？"白龙讶异地问道。

"回来看看鹭岛，"陆浩然停顿了一下，轻声说，"也来看看你。"

"你怎么知道我会来这里？"白龙追问。

"我不知道。我只能来这里等你，田林不知道你住哪，我总不能打电话问维特或者米楠吧？好歹我现在也是港城队的正式队员。"陆浩然自嘲地笑了笑，从跳台上走了下来，一直来到白龙面前。

"眼睛怎么样？"陆浩然在白龙面前站定，直直地凝视着他的双眼，企图用肉眼看出白龙眼睛的异常。

"还行，视网膜没有脱落，只是穿孔。"白龙也同样打量着陆浩然。

无论从眼神还是神情来看，这个他曾经熟悉的后辈，在去往港城队的短短几天里就飞速成长了。

"退赛的事情，是真的吗？"陆浩然问道。

"假的。"白龙斩钉截铁地说道，"我不会退赛的，鹭岛也不会。"

陆浩然的表情一瞬间有些复杂，说是欣慰也好，担忧也罢，最终只剩下沉淀之后的平静："视网膜穿孔有多危险，不用我提醒你了吧？你就不怕下一跳直接视网膜脱落？"

"所以我来练习盲跳了。"白龙说道。

陆浩然皱了皱眉，盲跳这个词让他条件反射似想起了顾云飞："盲跳不是那么好练的。再说就算是盲跳入水，水面还是会对眼睛造成冲击，只是强弱的问题。"

"我知道。但我总要做好最坏的打算。"白龙坦言道。

陆浩然浑身一震，难以置信地看着白龙："最坏的打算……"

白龙定定地看着陆浩然，漆黑的眼瞳中点亮了坚定的信念："就算现场有什么万一，我也要跳完这场最后的比赛！"

此时此刻，说不清是被白龙的信念引燃，还是被他的疯狂震撼，陆浩然的嘴唇颤抖了一下，声音沙哑地说道："从前我真没看出来，你有这么疯。"

白龙微笑了起来，这一刻，他的笑容融化了他脸上一贯的清冷，让他变得生动，也变得鲜活。

陆浩然移开了视线，冷声说道："还有一件事要告诉你。我已经正式开始和顾云飞搭档双人 10 米跳台了，我们配合得很不错。"

"太好了，我没有看错，你们确实很合拍。"白龙欣慰道。

陆浩然的心中一阵酸涩，咬牙说道："总决赛上再见面，我不会手下留情的！"

"嗯，我很期待。那我们赛场见。"白龙温言道。

——你能不能上场都是个未知数，陆浩然在心里对白龙说道。可是当他看向白龙坚毅的双眼时，他再也说不出这样的话来。

手机响了，陆浩然拿起一看，发现是父亲打来的，不出意外是催他赶紧回家的电话，他按掉了电话，回了一条信息说自己马上回去。

"提醒你一句，想学盲跳的话，研究一下顾云飞的跳水视频吧。虽然角度关系看不清楚面部细节，但他是个盲跳高手，我也是最近才发现这件事的。"陆浩然匆匆丢下了这句话，转头就离开了鹭岛跳水馆。

白龙静静地在水池边站了一会儿，大步朝着热身区走去。

换好衣服，做完了热身，白龙拿着一块蒙眼布来到10米跳台上。

看着脚下的一池碧水，他一遍遍用脚丈量着跳台的距离，最后决定先放弃需要助跑的动作，选择直接起跳的动作试水。

蒙上双眼，世界陷入了一片黑暗之中，白龙调整着自己的呼吸，回忆着101B的动作。3，2，1……白龙从跳板上一跃而起，向前翻腾半周屈体入水。

他的身体没入水中的那一刻，恍然听见水面上传来一个熟悉的声音："白龙——！"

下一秒，另一个入水声证明了刚才的那声叫喊并不是他的错觉。

白龙感觉自己的胳膊被人一把拉住，拽着他往岸边游，他摘下了蒙眼布，用力眨了眨眼："维特？"

维特面色铁青地将他拖上了岸，气急败坏地问道："你搞什么鬼！要不是我路过看到跳水馆的灯开着，你是不是还打算一个人瞎跳？盲跳这么危险的事情，是可以随便乱来的吗？万一你受了伤没人发现，你让我去太平间认领你吗？！"

白龙被劈头盖脸地骂了一顿，一时间有种角色倒置的错乱感，他定了定神，平静地解释道："我跳的是101B，闭着眼睛也不会错的。"

维特简直要被他气笑了："你以为我不知道你什么人吗？跳完101B，下一跳就是5253B了！"

白龙张了张嘴，哑口无言。

一片沉默之中，维特忍不住开口问道："你一定要参赛吗？"

白龙郑重地点了点头："一定。"

"即使可能会失明？"

"即使可能会失明，我也要跳完这一场。"

维特深深地凝望着白龙的双眼，昨晚他辗转反侧了一整夜，在得知这个坏消息之后，他一直在发泄自己的担忧和顾虑，却没有考虑过白龙的感受。

冠军是他们共同的梦想，为了这个梦想，他们一路奋斗到了今天，只差最后一步就是圆满。如今承担失明风险的人是白龙——维特最重要的搭档，他拼命阻拦白龙，痛苦的人不仅仅是他自己，更是白龙。

"从前我以为自己天不怕地不怕，原来我还是会怕。"维特喃喃地说道。在曼谷街头讨生活的时候，他打过黑拳，玩过赛车，哪一个不是赌命的勾当？那时候他从来也不害怕，因为他一无所有，大不了赔上自己的性命。

可是现在他怕了，真真切切地害怕着。

"江白龙，我可以赌自己的性命，但我不敢赌你的眼睛，你明白吗？"维特的手伸向白龙的双眼，白龙闭上了眼，任由他的指尖碰触在自己的眼帘上。

"我知道。但如果你不让我赌这一次，我……抱憾终生。"白龙抓住了他的手，一字一句地说道。

这一刹那，翻江倒海都不足以形容维特心中的感受，他知道白龙有多热爱跳水，也知道这可能是他最后一场比赛，在这里要他放弃，无异于拔掉 ICU 病人的氧气管。

"你曾经说过，跳水是你的命。"维特说。

"我到现在还是这么认为。"白龙回道。

维特痛苦地闭上了双眼，作出了他最后的抉择："那就跳吧，你要是瞎了，大不了我养你！"

白龙怔住了，一时间没有反应过来。

"没听明白吗？"维特的语气里还带着恼怒的意味，"我同意你参赛，我会继续和你搭档，好好练习盲跳吧，我会在旁边看着你的！"

白龙清冷的脸上霎时绽开了一个罕有的笑容："真的？"

"真的真的，可算我服了你了！"

白龙再也按捺不住此刻的激动，一把抱住了猝不及防的维特，来自搭档的认可和鼓励让他如获新生。

"谢谢你，维特！"

维特愣了一下，不知所措地僵立了一会儿，这才伸出手小心地拍了拍白龙的背，别扭道："不用谢我。我也不想往后几十年，你天天咒得我打喷嚏。"

"那我继续练习了？"白龙松开了胳膊，迫不及待地问道。

"喂，悠着点啊！我先跟米楠说一声，我们两个轮流盯着你！还得跟学校汇报一下情况，一会儿说要退赛一会儿又不退赛的……"维特絮絮叨叨地说着，眼看着白龙已经捡起蒙眼布朝着跳台走去了，他安静下来。

"加油，白龙。"维特在心中默默说道。

港城训练馆内，陆浩然和顾云飞并肩站在 10 米跳台上，有些心不在焉。随着顾云飞的起跳暗示，陆浩然慢了整整有一拍才入水，还在水面上溅起了大量水花。

岸边的明克教练诧异地看着陆浩然，对这种失误感到不可思议。

顾云飞出水后冷冷道："训练时间，你在胡思乱想些什么？"

"抱歉，下一跳不会了。"陆浩然连忙道歉，昨晚他失眠了大半夜，早上差点迟到不说，状态也不好。

从水池里出来的时候，陆浩然的脚刚跨到岸边就软了一下，身体一个趔趄差点栽回泳池，还好顾云飞就在旁边，一把将他扶住。

"说吧，怎么回事？"顾云飞把人叫到了休息区，自己坐定，这才开口问道。

陆浩然迟疑了一下，觉得这事情肯定瞒不住，还不如直说："白龙的眼睛出了点问题。"

顾云飞惊讶地看着他："什么问题，不能比赛了？"

陆浩然神情哀伤，不再说话。

顾云飞明白过来，清明的眸子中多了一抹担忧："希望他没事。我太期待这场比赛了……你不是也一样吗？"

陆浩然看向顾云飞，眼神变得坚定："来港城的意义就是要彻彻底底地打败他，希望他别让我失望……"

说着，陆浩然离开休息区。

顾云飞看着他离去的背影，脸上露出深思的神情。

这一整天，陆浩然和顾云飞练习跳水，成效都不佳，他们之间依旧是依靠着顾云飞超乎寻常的判断力和控制力达成同步。陆浩然不禁有些丧气，又迫切地想要知道顾云飞是怎么做到如此精准地盲跳的。

没想到，这个秘密突然就暴露在了他的眼前。

训练结束，陆浩然回休息室换衣服，顾云飞也在里面，正在给自己戴隐形眼镜。

陆浩然诧异地问道："你的眼睛……"

顾云飞轻描淡写地回道："先天性近视，裸眼视力不到0.1。"

这一刻，陆浩然脑中回想起了顾云飞种种"目中无人"的表现，这一切突然间有了一个答案。但这怎么可能呢？高度近视本来就比健康的眼睛更容易视网膜脱落，更别说他参与的是跳水这种高风险运动，他就不怕一个不小心哪天一头入水当场失明吗？

"很惊讶？"顾云飞戴上了隐形眼镜，似笑非笑地看着他。

陆浩然竭力控制着自己的表情："我没想到你胆子这么大，你就不怕视网膜脱落直接瞎掉吗？"

顾云飞轻笑了一声，毫不在意地说道："那又如何？做所有人以为你做不到的事情，这不是很有趣吗？"

"你简直是个疯子。"陆浩然说不出第二种评价来，顾云飞这个人简直太恐怖了，每一跳都在玩命，比起他对力量超乎寻常的控制力，他的心理承受能力才更加恐怖。

"如果这是夸奖，我收下了。"顾云飞反问，"和疯子搭档，怕了吗？"

"与其说害怕，不如说是好奇。你在跳台上配合我的动作和力量，难道全靠直觉吗？"陆浩然趁机问出了这个困扰他许久的问题。

"如果你瞎得够久，你自然会有一套盲跳的办法。这一点，跳水和拧魔方没什么两样，一切都是有规律可循的，跳了这么久，我早就总结出盲跳心得了。"顾云飞嘴角一扬，探究地打量着陆浩然。

陆浩然的喉结颤抖了一下。盲跳心得，现在白龙正需要这个东西。

"你……我不太擅长盲跳，有点好奇。"陆浩然试探着问道，"能透露一下吗？"

顾云飞笑了起来："是为了白龙？"

陆浩然有些窘迫，倔强道："难道我不能感兴趣吗？"

"那小子要是不能好好跟我比一次，总决赛就少了好多乐趣。"顾云飞从柜子里拿出一本笔记本扔给陆浩然，"这是我的盲跳笔记，你知道怎么处理。"

陆浩然翻开手中的本子，里面密密麻麻写着很多字，他神色犹豫："你是想……"

顾云飞没有回答，笑着离开。

陆浩然又看了一眼手中的笔迹，做了一个决定。

鹭岛跳水馆，这几天因为于枫的意外米楠升级成了代理教练，她疲惫地推开了跳水馆的大门，毫不意外地发现白龙和维特就在里面。

"学长，你今天又不回家？"米楠关切地问道。

"嗯，没事的，我爸他现在算是默认了吧。"白龙心情复杂地说道。

那天晚上他留书返校并拒接电话之后，江湛就再没有联系过他，身为儿子，他多少能猜到父亲的心情。父亲既不想让他冒险跳水，又不愿儿子因此错失梦想，所以选择了沉默。

"米楠，你来看看，陆浩然送了一个大礼包给我们。"维特对她招了招手。

米楠好奇地走了过来，两人正翻看着一个笔记本，上面密密麻麻地写着一些记录性的文字，甚至还有手绘插图和体征数据等。

"这是什么呀？"米楠不解。

白龙将笔记本翻到了扉页，扉页上赫然写着："当你不再依赖眼睛，才是认识世界的开始。"

维特解释道："顾云飞的盲跳笔记，他真是个怪胎，高度近视还来跳水，而且是全程盲跳！"

米楠当即反驳："这不可能！他怎么判断入水时机，怎么判断搭档动作？做不到的！"

"事实就是如此。"白龙揉了揉轻微酸胀的眼睛，"他有一套独特的盲跳技法，很有意思。"

"你别看了，注意保护眼睛，我念给你听。"维特抢过笔记本翻到了目录，"他是从听力判断法、距离感知法、时空计算法和直觉训练法四个方向来练习的，厉害了，白龙，这个对你完全适用！我接着念给你啊……"

白龙听着维特念出笔记里的内容，暗暗心惊。想不到顾云飞有这么详细的资料，如果能完全掌握上面的技术，那么想要盲跳参加比赛也许真的可以实现。

米楠听得一愣一愣的："太厉害了。"

维特也难得称赞了一声："是个狠人。"

"你把笔记本给我，我今晚就整理一下，梳理出一个适合白龙的方法，让他既能减少眼部冲击，又能节省体力。另外，3米双人你就不要参加了，交给田林和维特吧。"

白龙略一思忖，决定信任队友："好，那我就只负责单人10米台和双人10米台这两个项目，优先练习参赛动作组别。"

米楠转头看向维特："维特，你和白龙的同步训练是重中之重，现在不但要配合他随时调整，还要和他达到高度默契。"

"知道啦！"维特语气随意了一些，神情却很认真，"说起来，你最近真有点代理教练的样子了。"

米楠揉了揉发疼的太阳穴："那有什么办法，总不能让学长再兼一份教练的工作吧，这种时候，我可不能拖你们的后腿。"

白龙和维特对视了一眼，清晰地看到了彼此眼中的笑意。

"好了，今天已经很晚了，就到这里了。"米楠拿出了一点教练的气派来，"赶紧回去休息，明天继续！"

第二天一早，米楠带领鹭岛七侠按照笔记本中记载的方法，在跳水馆的每一个位置都贴上标志距离的尺度。当白龙站上跳台时，维特和米楠则在一旁用尺子测量跳台的长宽高。在他开始走步后，米楠则记录下尺度标志上的数据。

现在，白龙正闭着眼睛，沿着尺度标志走向跳台边缘。但在迈出最后一步的时候，他还有些迟疑。众人都提心吊胆地看着他，白龙最终还是将脚掌放下，不过距离边缘还有些距离。

米楠提醒道："你要记住跳台上的每一个点和每一步迈出的距离，必须保证误差在一厘米之内。"

白龙点点头，重新走板。他开始慢慢适应调整脚步，身后的维特亦步亦趋地跟在他身边，生怕他出现问题。

果然，白龙在迈出最后一步的时候步幅稍大，脚掌差点踩空，维特眼疾手快，一把将他拉住。

"不要急，"维特耐心说道，"你一直最擅长的就是对身体的控制力，现在，你首先要做的就是场地适应性训练，你必须用身体去了解跳板和跳台，让它们变成你身体的一部分，这样才能真的实现盲跳。"

白龙点了点头，重新再来，渐渐的，他开始适应跳台。下一步，他开始训练与维特一起走跳台，两人同步转身，同时用均衡的步幅走向跳台边缘。在他落下最后一步的时候，脚尖刚好抵达尺度标志上的红色标记。

维特看了看自己脚尖，也刚好踩着红色标志，不禁露出了笑容。

经过整整 3 天的紧急训练，白龙能够在闭着眼睛的情况下，顺利走到 10 米跳台上，如果不知道他闭着双眼，任谁也看不出他的异样。

当这历史性的一刻到来时，维特兴奋地将他搂住："白龙，你已经迈出第一步了。"

"太好了，希望还不算太晚。"白龙重新睁开眼，为了适应盲跳，他几乎在一片黑暗中度过，每当他自我怀疑的时候，是维特在他身边鼓励他，现在终于有了胜利的曙光，他怎能不欢喜？

"下一项，我们准备把跳台上的尺度标志全部撤除，准备好了吗？"米楠在跳台下大声喊道，"接下来你们要找到一种属于你们自己的方法，首先你们要做的就是把心跳和呼吸都调整到同一个频率上，这样才能做到心有灵犀、完全同步！"

为了更好地锻炼两人的默契，米楠让他们进行乒乓球游戏。维特将乒乓球扔向桌面，白龙用手去抓。一开始白龙总是抓不到球，但试过几百遍后，当维特再扔出球时，白龙能够准确无误地抓住，然后扔出，维特也能以同样的节奏抓住。

在多次重复之后，白龙能够左手接球，右手发球，而维特也以同样的节奏发球、接球。两个球在球台循环往复，奏出频率和谐的声音。

"太棒了。"米楠再次露出会心微笑。

不过仅仅如此还是不够，他们还一起进行踢踏舞训练，就是为了让他们找到同一个频率。有了之前的训练，两人很快就在踢踏舞舞曲中形成完美的同步动作，鹭岛队的其他成员看到后都不禁振奋不已。

米楠也点头说道："我们要想完成完美的同步，还要先找到一种和谐的心理共振，这样才能在动作上实现统一的力度和频率，而同步的最高标准，就是两人能形成一个完美的镜面效果。"

达到这样的效果，现在只差最后一步——让维特和白龙融入彼此的生活，你中有我，我中有你。

于是两人像一对连体婴儿一样，不管是训练还是日常生活，每天都在一起。

训练倒立时，两人闭着眼背对背练习，他们的双脚相对合在一起，形成了一个对称的镜面效果。冲凉时，两人背对背站着，维特用完了洗发水，扔给白龙，白龙本能地接住，又将沐浴露扔过去，维特也准确地接住。

早上起床，两人同时按住闹钟，以相同的步子起床、刷牙、洗脸，他们同时穿上回力鞋，接着，两人把脚放在同一张凳子上，互相交换着系鞋带，所有动作同步而协调……

到了展示两人训练结果的一天，米楠带着所有队员坐在场边裁判席，每个人都拿着打分板。

维特和白龙并排站在跳台边缘，准备跳水。

"再过两天就要比赛了，紧张吗？"维特问道。

白龙摇摇头，然后看了看下方的泳池，表情一点都不轻松。

此时，台下米楠吹响了准备哨声。

白龙和维特互相看了一眼，然后张开双臂准备。

"记得闭眼。"维特小声提醒道。

白龙点点头，然后看了看穹顶的灯光，视线开始模糊起来。他闭上双眼，在维特喊了一声之后，两人同时调整呼吸，然后一起迈步走到跳台边缘，他们的步调几乎在同一个幅度和节奏上，非常有默契。他们同时抬起双臂准备，然后同时跳下跳台。

两人同时以107B的动作入水，虽然同步效果不错，但他的水花压得并不理想。

两人浮出水面，维特对着白龙吹了一个口哨，然后白龙跟着他一起游上了岸。

接着，裁判席上的鹭岛七侠高呼喝彩，都举起了10分的打分板，米楠等人也举起打分板，分别是7.0，7.5，7.5分。

"怎么样？"白龙闭着眼，问扶着他的维特。

"拿了好几个满分呢！"维特冲鹭岛七侠喊道，"同志们，喊出你们的分数！"

鹭岛七侠齐声呐喊："10分——10分……"

白龙知道是大家在安慰自己，虽然结果并不理想，但听到他们的呐喊声，白龙还是不自觉露出了笑容。

第十六章

"欢迎大家来到所有高校跳水运动员梦寐以求的舞台——全高赛的现场！本次决赛共分为单人项目和双人项目共 4 组比赛，每组比赛共有 6 轮动作，最终将以团体总分排列名次，今年的冠军将会花落谁家，让我们拭目以待。"

伴随着主持人激情洋溢的声音，全高赛的总决赛正式拉开了帷幕。

港城跳水馆的观众区座无虚席，江湛好不容易找到了一个空位，赶紧落座，他没有告诉白龙自己来看比赛的消息，但儿子带伤上阵，他又怎么能安然坐在家里看比赛呢？

坐在他旁边的是一个皮肤黝黑的中年男人，戴着一顶鸭舌帽，身上有一种肃杀又市井的矛盾气质。江湛不禁多看了他两眼，那个男人敏锐地感觉到了他的视线，警惕地看了过来，两人俱是一愣，礼貌地笑了笑，没有搭话，而是一齐看向比赛区。

参赛的 5 支队伍已经开始试跳了，维特领着白龙适应了几次港城队的10 米台，随时准备扶人，生怕白龙一个没踩稳失足。

"距离已经记熟了？"维特反复确认，"要不要再试一次，毕竟这里是港城队的跳水馆。"

"台阶比我们馆高了大概 1 厘米左右，地面摩擦力稍小，灯光亮度也高一些，其他都一样。"白龙镇定地回道，闭上眼在脑中构建跳台的模样。

随着运动员的试跳，观众席上传来一阵又一阵的掌声和欢呼声，维特不由皱了皱眉："我们漏掉了一个重要的点，比赛和训练不一样，这里的声音太嘈杂了，我怕会影响你的空间感。"

白龙刚才也意识到了，若有所思："这倒是个问题，但也不是不能克服。"

维特轻叹了一口，觉得自己真是有操不完的心："还有就是组委会了，虽然盲跳不违规，但是我们故意隐瞒，万一被发现，怕是得挨批。"

"不会有事的。"白龙睁开了双眼，漆黑的眼睛里倒映出维特此时的模样，"冠军，一定是属于我们的！"

"嗯。"维特不觉微笑了起来，用力点了点头。

不远处传来一声略带嘲讽的轻笑声："有信心是好事。可惜，我们港城还没有大方到让别人在自家主场捧走冠军奖杯的地步。"

是顾云飞！白龙回过头，模糊的视线中看到两个熟悉的身影："浩然，顾云飞。"

跟在顾云飞身后的陆浩然站定了脚步，神情复杂地看着白龙的双眼："你的眼睛……怎么样？"

"没有大碍。"白龙轻点了点头，又对顾云飞表达了谢意，"还要谢谢你的盲跳笔记。"

顾云飞慢条斯理地说道："江白龙，很期待能在跳台上和你再相遇。这一次，我不会手下留情的。"

说完，他不紧不慢地朝着跳台走去，陆浩然跟着他一起离开。

跳台上，陆浩然还想着白龙的事情，有些心不在焉，就连顾云飞喊了口令他都没反应过来。

"你在想什么？"

顾云飞淡淡地瞥了他一眼，朦胧的眼神仿佛洞察一切，陆浩然感到慌乱："没什么……开始试跳吧。"

"你太在意江白龙了。"顾云飞一针见血指出。

"我当然会在意他！因为我要打败他！"陆浩然坚定地说道。

顾云飞冷笑了一声，反问道："打败他不是理所当然的事情吗？"

陆浩然张了张嘴，眼中流露明显的不认同。

"好好纠正下你的心态。跳水，可没有你想的那么简单。"顾云飞淡淡地说道，独自一人朝前走去。

　　结束了试跳，陆浩然回到了港城队的休息区，顾云飞的那一番话一直浮现在他的脑海中，他隐约觉得顾云飞是想告诉他什么，可是……陆浩然用眼角的余光看向顾云飞，他坐在明克教练身边，漫不经心地玩着魔方，轻松得不像在决赛现场。

　　主持人热情洋溢的声音将陆浩然拉回了比赛现场："现在正在进行的是全高赛决赛男单 3 米板比赛，即将上场的选手是鹭岛队田林。他的第一轮动作编号是 101B，难度系数 1.5。"

　　陆浩然不禁将紧张的目光投向了 3 米跳板上的田林，担心起了他的状态。

　　但是出乎他的意料，田林的这一跳发挥超常，姿势干脆利落又不失优美，入水时没有激起太多水花。

　　陆浩然吃惊地站了起来，比起他们两人搭档的时候，田林无疑进步了！

　　"这不是被你抛弃的搭档吗？怎么回事，你一走他的水平可是突飞猛进。"刚结束了 3 米跳板第一跳的王盛路过陆浩然的身边，语气里满是嘲讽。

　　陆浩然冷冷地看了他一眼，王盛压低了声音，眼神里满是恶意："看来没有你，他们发挥得更好了。"

　　陆浩然拿起一旁的黑色毛巾，丢给了王盛："好好跳水，不要废话。"

　　王盛揪紧了黑毛巾，备感耻辱。自从那一次盲跳决斗之后，他在港城队的地位一落千丈，要不是明克教练给了他机会，他恐怕真得滚出港城队了。他理所当然地对造成这一切的陆浩然恨入骨髓："3 米跳板，我会让港城队位列第一。接下来轮到你的 10 米跳台，你可不要给我们掉链子了。"

　　"不劳你操心。"陆浩然寒声道。

　　王盛嗤笑了一声，丢开黑毛巾大步朝着跳板走去。

　　陆浩然的神色凝重了起来，王盛这个人虽然有种种缺点，但是确实有几分实力，否则顾云飞也不会容忍他这么久。6 轮比赛下来，港城队如他承诺的那样名列第 1，而鹭岛队名列第 4。

　　"男子单人 3 米板比赛结束，15 分钟后，将进行男子单人 10 米跳台比赛，请各位观众稍事休息！"伴随着主持人的声音，陆浩然站了起来，深深地吸了一口气，朝着热身区走去。

男子单人 10 米台的比赛即将开始，第一个出场的陆浩然心不在焉地做着赛前准备，视线却一直跟随着白龙的身影。盲跳不是一件容易的事情，这么短的时间里，白龙能掌握到什么程度呢？

陆浩然正沉思着，大屏幕播放的视频集锦却突然吸引了他的注意力——屏幕画面正播放到他在淘汰赛上和白龙并排站到跳台上的画面。

陆浩然怔住了，呆呆地看着那一幕，耳边还回荡着那一日自己对白龙说过的话：

"最后一跳，我们一起加油，为了鹭岛，为了胜利！"

主持人的声音响起："即将上场的第一位选手，港城队陆浩然！"

港城队陆浩然，不是鹭岛队陆浩然。

陆浩然猛地回过神来，本能地寻找着人群中白龙的位置——白龙就站在不远处，静静地看着大屏幕，似乎和他共同回忆着当初搭档过的那场比赛，而维特在一旁搭着他的肩膀，指着屏幕对他说着些什么。

这一瞬间，陆浩然怅然若失，他暗暗攥紧了拳头：既然做不成搭档，那就来做对手吧！他不会输，接下来的 10 米跳台，他要证明给白龙看！

陆浩然来到了跳台上，调整自己的呼吸，右腿突来的痛感让他眉头一皱。这几日，为了跟上顾云飞，他一直拼命训练，看来过度训练的后遗症发作了。

主持人适时地解说道："陆浩然原本是鹭岛队的种子选手，预选赛之后突然转入了港城队，让我们来看看他的表现。"

陆浩然的心里"咯噔"了一下，下意识地看向台下，白龙正凝望着他，田林挥舞着手臂给他鼓劲，而王盛抱着手臂站在水池边，对他露出了一个嘲讽的笑容。

起跳的提示音响了。

陆浩然来不及多想，强迫自己清空了思绪，迅速走板起跳——起跳的一瞬间，他感到右腿被拉扯了一下，但是他及时控制住了自己，干净利索地完成了 101B 的跳水动作，港城队的看台上立刻响起了一片欢呼声。

"陆浩然选手的得分为：9.0，9.0，8.5，8.0，9.0，9.0，8.5，最后得分：66.00 分！"

浮出水面的陆浩然松了口气，不着痕迹地摸了摸自己的右腿，疼痛似乎更严重了，不过他并不太在意，比起自己的腿，他更关注白龙的情况。

"下一位选手，鹭岛队江白龙。"主持人播报道。

·

在鹭岛队众人紧张注视下，白龙朝着跳台走去，临走前还宽慰地对他们点了点头。

维特紧张得呼吸都不敢用力，双目紧盯着白龙的背影，他走得很稳很坚定，丝毫看不出任何问题。这下维特宽慰起了自己：白龙又没瞎，只是视线模糊而已，实在不行他还能睁眼看看跳台呢，不会有问题的。

白龙在众人的注视下走上了跳台，他谨慎地迈着步子，丈量着到跳台边缘的距离，当他走到最后一步时，维特连呼吸都屏住了。

跳台上，白龙收住了脚步——他感觉半只脚掌已经踏出了跳台的边缘。

白龙睁开了双眼，用模糊的视线确认了眼前的情况。确实，他刚才的脚步迈大了，要是再迈过头一点，说不定就要掉下去了。

起跳的提示音响起。

白龙迅速调整好姿势，闭上眼放缓了呼吸，人声鼎沸的场馆里，那些声音逐渐远去了，他用耳朵和直觉丈量着这片跳台，一切都像呼吸一样自然。

白龙伸开双臂，在心中默念着："三、二、一……"

台下的维特紧紧盯着白龙的一举一动，同样默数着："三、二、一，跳——！"

白龙腾空而起，向后翻腾半周屈体，以完美的姿势入水。入水的一瞬间，习惯了仰头迎向水面的他感到了熟悉的冲击感打在了眼球上，带来一阵刺痛感，浮出水面后白龙立刻睁开了眼，发现自己的视线还算正常，这才松了口气。

"江白龙选手的得分为 9.5，9.5，9.0，9.5，9.0，9.5，9.0，最后得分：

83.7分！"

观众席上爆发了雷霆般的掌声，江湛一边紧张地观察着白龙有无异状，一边用力鼓掌，惹得一旁的中年观众多看了他一眼。

陆浩然远远地看着，反复咀嚼着白龙刚才的那一跳。这就是白龙真正的实力吗？哪怕是短期突击训练出来的盲跳，他也依旧发挥得那么完美。而自己空有一双健康的眼睛，却连盲跳的白龙也比不过。

他必须发挥120%的实力，这一场，他要赢！

白龙游到了岸边，维特朝他伸出了手，拉着他上了岸。

白龙俯身捡毛巾，眼前突然黑了一下，他的身体晃了晃，被维特一把扶住："没事吧？"

"没事。"白龙下意识地回答，眼前的漆黑逐渐散去，视线恢复到了模糊的状态，他立刻转头看向维特，对他安慰地笑了笑，"我没问题。"

维特将信将疑，领着白龙朝淋浴区走去。

"早就告诉过你，仰头入水对眼睛的冲击很大，这样下去你的眼睛会受不了的。反正你现在是盲跳，仰不仰头对你的动作没有影响。"维特一脸严肃地说道。

"只是习惯了，后面我会留意的。"白龙无奈地说道。

之后的几轮，白龙调整了动作，保持闭眼入水，情况似乎也没有恶化，他的几跳发挥稳定，带领鹭岛队从第4追到第3的位置，着实令人振奋不已。

最后一跳了，陆浩然默默凝视着大屏幕，大屏幕上显示了他的第6轮动作——5255B，赛场一下子安静了下来，观众们惊讶不已。

鹭岛队的休息区，米楠感叹道："向后翻腾两周半转体两周半屈体，难度系数3.6，这个动作太难了。如果他完成得不错，分数就真的拉开了。"

"这个动作对肌肉强度的要求很高。"白龙隐隐有些担心地说道。

"这小子胆子够大啊，换成是我，我是不会在这种场合跳这个动作的，没有把握。"维特也说道。

田林沉默地看着走上跳台的陆浩然，不解道："现在港城队稳居第一，他没必要这么冒险。"

白龙睁开双眼，看向跳台上那个模糊的身影，低声道："浩然他，背负了很大的压力。"

鹭岛队的众人立刻安静了下来，只听白龙缓缓道："第二、三名的分数追得很紧，如果他不能扩大优势，对他而言就是失败，他恐怕是这样想的。"

如果不能拉开分差，那就意味着他输给了王盛，也意味着他输给了白龙！

站在跳台上的陆浩然无声地计算着自己和白龙的前5跳，毫无疑问的，是白龙赢了，白龙在盲跳的不利情况下还在追赶比分，而他呢？他空有胜利的欲望，却没有发挥出应有的实力。

陆浩然神情肃穆地走上了跳台，无视了右脚上隐约的疼痛，这一跳，他一定要发挥全部的实力！

随着起跳提示音响起，展开双臂默念着数字的陆浩然爆发了全身的力量，腾空而起！

这一套空中翻腾四周半的复杂动作，在全高赛这样的赛场上都极其罕见，无论是主持人还是观众都被这一跳牵动了心神，屏息目送这个惊艳的身影，直到他经入水好几秒，这才送上了迟到的掌声！

主持人亢奋地呐喊了起来："做到了！他真的做到了！虽然说不上完美，但是完成得也相当出人意料了！让我们来了解一下陆浩然选手的得分：9.0，9.0，9.0，9.0，9.0，9.0，9.0，最后得分：162分！"

维特震惊地看着大屏幕上的分数："真没想到他能做到这种地步。"

"浩然他一直很厉害啊！"田林感慨道。

陆浩然从水池中起来，右脚刚踏上岸就像抽筋一样剧烈地疼痛了起来，应该是刚才用力过猛造成的拉伤，他咬了咬牙，看了一眼各队的总分排名，这才若无其事地朝着港城队的休息区走去。

忍痛回到座位上，陆浩然悄悄打量了顾云飞一眼，他正闭着眼睛玩魔方，平静无波的脸上既没有对刚才那一跳的惊叹和赞赏，也没有对队友的鼓励，仿佛一个冷漠的旁观者。

王盛"啧"了一声，坐到角落里去了，假装没有看见他。

陆浩然摸了摸自己的右腿，因为用力过猛，小腿的位置开始不停地颤抖，疼得厉害，他给自己做起了按摩，可是却没有一点缓和的迹象，接下来他还有双人跳的比赛，带伤上阵可不是个好兆头。

顾云飞睁开了眼，冰冷的目光落在他的身上："你知道我是为什么开始跳水吗？"

陆浩然思考过这个问题，但伤病让他没心情探究："我没兴趣知道。"

"你又是为什么开始跳水？"顾云飞问道。

"与你无关！"陆浩然忍着脚疼，冷冰冰地回了一句。

"你不说我也知道，是为了江白龙。"顾云飞俊秀的脸上露出熟悉的讥诮笑容，"你曾经是为了他，开始跳水。现在是为了赢过他，继续拼命。可是你赢不了的，因为你太小看跳水了。"

"我认为，刚才那一跳已经可以证明我的实力了。"陆浩然冰冷的语气里隐含着怒意。

"如果跳水只比一场，那你倒是有机会赢过他。"顾云飞语带嘲讽地说道。

陆浩然明白了他的意思："接下来的双人跳，我们也会赢的！"

"双人跳从来不是实力的简单相加，一加一也可能会小于二。现在的你，既不了解我，也不了解你自己，你拿什么去赢？"顾云飞勾了勾嘴角，似乎在说与自己毫无关系的事情。

陆浩然有些生气，从比赛开始顾云飞一直说些让他想不明白的话，他音调不禁提高："你到底想说什么？"

顾云飞微微一笑，伸出食指放在了唇边："嘘，你吵到我'看'比赛了。"

陆浩然立刻回过头看向跳台，白龙在10米跳台项目的最后一跳即将开始了。

白龙朝着跳台走去，这一次，他的步子比之前任何一次都要慢。

刚才他睁开眼看了一眼，视网膜里的黑色区域越发明显了，他干脆闭上眼，将一切和比赛无关的杂念都赶出脑海，一心一意只想着跳水。

主持人的声音响起："白龙选手这一跳的动作是 5253B，难度系数 3.2，让我们来看看他这一跳的发挥。"

白龙用脚丈量着距离，一路走到了跳台边缘，背对跳台，准备。

跳台下的维特默默地攥紧了拳头，心中的忧虑如同潮水一般上涌。

"加油，加油，加油。"一旁的米楠双手合十祈祷着。

观众席上，江湛眼睛一眨不眨地看着跳台上的儿子，因为职业而格外稳定的双手在这一刻不住颤抖。

就连远在医院的于枫，都坐在电视机前屏气凝神地看着这一幕。

起跳的提示音响起，白龙深吸了一口气，腾空跃起，在空中漂亮地完成了向内翻腾两周半转体一周半屈体的动作，只在入水时时机稍稍滞后，导致水花偏大。

还是失误了。入水的一瞬间，白龙就意识到了问题，也许对别的选手而言，这样的发挥已经算不错了，但是他自己明白，刚才入水的时机判断失误了。

最要命的是，在他意识到的那一瞬间，他本能地睁开了眼。水面直冲双眼，等到他浮出水面再次睁开眼的时候，眼前的黑色盲区已经笼罩了大半的视野。

"江白龙选手的得分为 8.0，7.5，7.5，8.0，8.0，7.5，8.0，最后得分 124.8 分！"

白龙无声地叹了口气，脸上不动声色地游到了岸边。

"这里！"维特大声说道，对他伸出了手。

白龙拉住了他的手，状若无事地上了岸。

"刚才那一跳……"维特想询问他的失误，心念一转又换了个问法，"眼睛怎么样？"

"没事。"白龙平静地回道。

"真的？你可别骗我。"维特将信将疑。

"盲跳入水时机没抓好，接下来只能在双人跳里补回来了。"白龙低声道。

"没问题的。"维特拍了拍他的肩膀。

两人朝着淋浴区走去，白龙这才敢睁开眼确认自己的视力状况，视线越发模糊了，他没走几步就觉得眼前一黑，他一惊，立刻停下了脚步，

一名工作人员恰好从他身后跑过，没想到他突然站住了，来不及刹车的工作人员一头撞在了白龙身上。

白龙瞬间就丧失了重心和方向感，趔趄了两步脚下一空，一头栽进了泳池，现场一片哗然。

"白龙！"维特赶紧跳进去。

水中，白龙死死地抓住维特的胳膊，就像抓住了最后一根救命的稻草。

"没事了，别慌，我在这里！"维特牢牢地拉紧了白龙，将他送出水面。

这一突发事件引来了摄影师的格外关注，场上的镜头纷纷对准了刚才被撞落水的白龙，大屏幕上清晰地放出了他此刻的异样状态——空洞茫然的双眼里，充斥着赤红的血丝。

主持人愕然道："鹭岛队的选手江白龙，遇到了一些特殊状况……医疗队的工作人员已经入场了，希望他没有大碍。"

观众席上，江湛的脑中"嗡"了一声，脑中一片空白，最坏的情况还是发生了。

医院里，于枫连忙拨通米楠的电话。

"你想去哪？"顾云飞寒声问道。

刚站起身的陆浩然被问住了。他当然是想去看看白龙的情况，但此情此景，他身为港城队的队员，做出这种行为就太不合适了。

王盛在一旁不爽地"啧"了一声，他刚才都准备好义正词严地指责陆浩然身在曹营心在汉了，没想到就这么被顾云飞搅和了。

"王盛、孙宇，准备男双3米板热身。"顾云飞命令道。

孙宇圈住王盛的脖子，半拉半拖地把人带走了。

陆浩然低下头，给田林发消息询问情况，一时间都忘了右腿的不适。

"你的老搭档现在正在热身区准备双人跳，别指望他能给你回消息了。"顾云飞淡淡道。

陆浩然挫败地放下了手机，心急如焚。

办公室里，组委会主席和米楠、白龙相对而坐，旁边还坐着几名组委会成员。

　　主席直言不讳地问道："韩教练，刚才江白龙在赛场上出现的情况我们都看见了，医生也已经确认了，他随时都有视网膜脱落的风险。对此你们有什么说法？"

　　米楠看了看白龙，迟疑地说道："他的视网膜确实有一点损伤。但是诸位也明白，在职业跳水运动员中，这样的问题并不罕见。"

　　主席皱了皱眉："但是我们很怀疑江白龙还能不能继续参加接下来的比赛。"

　　米楠立刻说道："作为教练，我可以保证，我的队员完全有能力参加比赛。"

　　"韩教练，对于这样一场全国性的赛事，我们不希望有任何意外情况发生。"主席环视了一眼其他的成员们，沉声道，"我们表示遗憾——"

　　"请等等，主席先生，各位组委会的领导。全高赛没有规定不允许选手盲跳，所以我盲跳参赛，并没有违反相关规定。"白龙站了起来，他依旧闭着双眼，却镇定如常。

　　主席看向他，问道："江白龙，你知道接下来你所冒的风险吗？"

　　"我比任何人都清楚。"江白龙坚定地说，"我的母亲何婉也是因为视网膜的问题离开了赛场，所以我很清楚视网膜问题会带来的风险，并且早已做好了心理准备。"

　　"何婉是你的母亲？"主席愣了一下，忍不住多看了白龙两眼，"我记得她，她是个很优秀的运动员。今天她来赛场看你了吗？"

　　米楠的心脏被揪了一下，下意识地去看白龙的神色。

　　白龙的脸上流露了淡淡的感伤："她来不了了。在她失明离开赛场不久之后，她就因病去世了。"

　　现场一片凝重的沉默，衬得房间外主持人的声音更加清晰："现在正在进行的是全高赛决赛男双3米板比赛，即将上场的选手是鹭岛队田林和维特·颂恩……"

主席轻叹了一口气："我最后问你一次，你执意要继续比赛吗？"

白龙用力点了点头："是的，我一定要完成这场比赛，请诸位给我一次机会。"

主席和其他几位成员交换了一个眼神，说道："既然如此，会议继续，我们详细讨论一下，你们也留下来吧。"

白龙听出了他话里的意思，惊喜地点了点头："好，麻烦了！"

比赛现场，维特和田林在全场观众的注目下走上了跳台。

田林担忧地问道："如果白龙学长不能参加比赛了可怎么办？"

这同样是维特的疑问，身为搭档，维特比任何人都在乎白龙的健康。虽然他在赛前同意了白龙盲跳的决定，但这并不意味着他真的做好了面对最坏结果的心理准备。

现在白龙正在组委会面前争取继续比赛的机会，而他能为白龙做的，就只有尽力跳好每一跳。

维特深吸了一口气，拍了拍田林的肩膀："相信他，就像他相信我们一样。"

"可是万一——"

"没有万一。"维特打断田林，用坚毅的眼神直视着他，"他一定会回来，在他回来之前，就由我们来撑起鹭岛！"

田林被他满眼的自信和坚定鼓舞，情不自禁地点了点头。

两人心无旁骛地比完3米双人跳，在第6轮结束的那一刻，维特连分数都来不及看，飞快地冲进了组委会的办公室。

主持人尽职尽责地播报着比赛内容："男双3米板的比赛已经结束，现在的总分排名，港城队仍然领先，接下来的比赛是男双10米台。现在大家可能都比较关心鹭岛队的江白龙还能不能再继续参赛，请大家耐心等待组委会的通知……"

话音刚落，主持人接到了最新消息，惊喜地说道："组委会的决定下来了！鹭岛队选手江白龙隐瞒视力问题参加比赛，对此大赛组委会予以严重警告。但根据比赛规定未有禁止选手盲跳的条令，鉴于其患有眼疾仍带病参赛的体育精神，组委会与鹭岛队协商决定，准许江白龙继续参赛！"

话音刚落，全场掌声如雷，经久不息。

港城跳水馆的办公区，满怀欣喜和担忧的维特步履飞快地穿过走廊，寻找组委会的办公室。

"维特！"一个熟悉的声音叫住了他。

维特停下了脚步，紧张地问道："你的眼睛怎么样了？"

"视网膜没有脱落。"白龙镇定地宽慰了维特，"组委会同意我继续参赛。"

维特深深地看着白龙："你确定要继续吗？"

"我确定，非常确定。已经到了这一步，我决不现在放弃。"

维特很清楚这一点，但这并不能让他打消所有的顾虑。

"走吧，接下来的 10 米跳台，一起加油。"白龙对他说道。

维特叹了一口气，拍了拍白龙的肩膀："你可千万小心，再有什么意外，我拖也会把你拖到医院去的。"

米楠在一旁看着这对并肩离去的搭档，眼眶一热，悄悄走到旁边给于枫回了个电话："小姨……是的，没事了，学长的视网膜穿孔加剧，但是没有脱落，组委会同意我们继续参赛了。真的太好了，小姨，你放心吧，我有预感，这一次我们一定会胜利的。"

最后一场双人 10 米台的比赛拉开了帷幕，各队运动员已集结在淋浴区进行热身准备。

陆浩然寻找着白龙的身影，在确定他能继续比赛之后，他终于松了一口气，挂着毛巾走出了淋浴区，和顾云飞擦肩而过。

"关于我的问题，想清楚回答了吗？"顾云飞似笑非笑地问道。

陆浩然停下了脚步："哪个问题？"

"看来我提了太多问题，让你可怜的脑瓜子不堪重负。"顾云飞轻笑了一声，"那就从最初的那个问题开始吧：你为什么开始跳水？哦，差点忘了，这个问题我已经帮你回答过了，当然是为了江白龙。"

陆浩然瞪着他，眼中跳动着愤怒的火焰："比赛就要开始了，你非要拦着我在这里聊这个？"

"毕竟这很重要。"顾云飞认真道。

"我看不出来。"陆浩然冷冷地回道，他现在满心都是接下来的比赛，没心思在这里和顾云飞打机锋。

"如果你想不明白，那我们输定了。"顾云飞淡然道。

陆浩然下意识地回头看了一眼排名和总分："需要我给你报一遍目前的分数吗？港城队902.35，位列第1。鹭岛队867.05，位列第3，相差了35.3分，对方还要盲跳。"

顾云飞挑了挑眉："你是不是忘了，我也是盲跳。"

陆浩然被噎住了。

顾云飞的视线从他的脸上，移到了他的右腿上："比他们还糟糕一点，我的搭档是个跛子。"

陆浩然握了握拳："没有影响，我可以正常发挥！"

"打败江白龙，这就是你跳水的目的吗？"顾云飞问道。

"是。"陆浩然回道。也许从前不是，但此时此刻，这已经是他全部的目的了。

"那你可真是，太令我失望了。"顾云飞冷冷地看着陆浩然，嘴角一扬，笑容里充满了冷嘲，"我从来不把任何人当作我必须打败的对手。"

"……你可真是自负。"陆浩然语气古怪地回了一句。

"你会这么想，是因为你太自卑了。"顾云飞淡淡道。

陆浩然怔住了。

"亲爱的观众朋友们，接下来将要进行的比赛就是本届全高赛总决赛最后一个项目——双人10米台的比赛。"主持人激动的声音响彻整个赛场，"比赛进行到这里呢，我们不得不说鹭岛队的队员江白龙，成为全高赛有史以来第一个'盲跳'队员，这届全高赛真是看点十足啊——"

"走吧，本年度最有趣，也是最意义重大的一轮比赛要开始了，好好享受这一刻吧。"顾云飞语气平淡地说着，大步朝着跳台走去。陆浩然看着他的背影，不断咀嚼着他刚才的那番话，陷入了沉思。

"经过重新抽签,首先出场的选手是鹭岛队的江白龙、维特·颂恩——"

随着主持人的播报声,维特小声询问白龙:"准备好了吗?"

白龙点了点头:"我等这一刻,已经等了太久了。"

维特微微一笑,两人同时迈开步伐登上了阶梯,他甚至没有特意控制自己的步伐,但是两人的步调和节奏却默契得好像磨炼了无数次一样。

现场发出了一阵阵的惊叹声,观众们也没有想到,因为视力问题差点退赛的白龙此刻看起来竟然宛若常人。

"预备,走——!"随着维特一声口令,两人一起用脚步丈量着跳台的距离,最终稳稳地停在了跳台边缘。

维特松了口气,只听白龙说道:"现在什么都不用多想,只要尽全力跳好后面的每一跳,不留遗憾。"

"好!"起跳的提示音响起,维特喊起了口令,"三、二、一,走——!"

10米跳台上,两道身影同步起跳,在空中做出了101B的动作,压水花入水。

屏幕上显示他们的得分:

技术分:8.0,8.5,8.5,8.5。

同步分:8.5,8.5,8.5,9.0,8.5。

实得分:38.25。

"发挥得不错。"驻足在水池边闭目养神的顾云飞轻描淡写地评价了一句。

自从看过顾云飞的盲跳笔记之后,陆浩然就知道他是怎么"看比赛"的了,比起这种与众不同的看比赛方式,陆浩然更在意的是白龙和维特的发挥,毫无疑问,这两人的默契给了他不小的压力。

"轮到我们了。"顾云飞睁开双眼,朝着跳台走去。

陆浩然慢了一拍,匆忙跟上,两人一前一后来到了跳台上站定,陆浩然深吸了一口气,感到右腿又开始隐隐作痛。

"这一跳,你想怎么发挥?"顾云飞问道。

这看似平常的问话,对陆浩然而言不啻于羞辱:"用尽你的全力,我来配合你。"

"哦，是吗？"顾云飞似笑非笑地反问，"可是这段时间的练习，全都是我在配合你。"

陆浩然浑身一僵，无法反驳。

"配合我没那么容易。"顾云飞淡淡道，"留着点力气吧，这场比赛还长着呢！"

起跳提示音响起，顾云飞完美起跳，以优美的动作完成整个翻转，最终落入水中，几乎没有水花。陆浩然的动作同样完美，完成度甚至比顾云飞的还好。

但是，将两人的动作放在一起看，他们的这一跳却无疑出现了巨大的问题——顾云飞的这一跳是收力的，而陆浩然却不然，他的起跳爆发力太强，跳得太高，两人的翻转动作虽然一致，却在落水时间上出现了纰漏！

这绝对是重大失误！

明克教练当即从座椅上站了起来："他们两个搞什么鬼！"

水池中，陆浩然从水中冒出头，愤愤地质问道："你搞什么鬼！"

"我说过，留着点力气。"顾云飞的语气冷极了，带着不容置喙的意味，"你又在做什么？赶着在第一跳就断腿下场吗？！"

"我这是为了赢！"陆浩然说着，右腿上传来一阵刺痛，他不禁皱了皱眉，捂住了伤处。

"你以为这样还能跳几次？"顾云飞寒声问道。

"足够跳完这场比赛了！"陆浩然断然道。

顾云飞用充满压迫感的视线凝视着陆浩然，突然冷笑出声："好啊，那就证明给我看。"

之后的几跳，顾云飞每一跳都与陆浩然完美配合，两人连连获得高分，再次将追到第2的鹭岛队甩在了后面。

"他们还挺难对付的。"维特看着两人越发默契的配合，感慨地说道。

"不用在意他们。"白龙平静地说道，"我们只需尽情去跳，去享受就好。"

"说得也是。"维特故作轻松地说道，"我俩的配合也是越来越默契，刚才那一跳，我觉得可以满分！"

白龙笑了，罕见的笑容让维特不禁多看了他两眼，可是看到白龙紧闭的双眼，他却又什么话都说不出来，满心只剩下沉重。

　　"走吧。"白龙语气轻快地说道，"第5跳，我们要迎头赶上了。"

　　"嗯，该加油了！"

　　大屏幕上出现了鹭岛队第5跳的动作，主持人激动地说道："鹭岛队的第5跳动作，动作编号6243D，难度系数3.2，让我们期待盲跳的江白龙选手和搭档维特会为我们带来什么样的精彩表现。"

　　站在跳台上，一直闭目养神的白龙突然睁开了眼，对着穿顶的灯光发愣，他记得港城队的顶灯亮度远超鹭岛队场馆，可是现在他丝毫不觉得光线刺眼了，模糊的视野中剩下大片的黑洞盲区，让他不知所措。

　　"怎么了？"维特关切地问道。

　　"没事，开始吧。"白龙重新闭上了眼。

　　起跳音响起，维特和白龙两人同时完成跳台臂立。

　　两人同时调整呼吸，然后摆动双腿跃入空中，只见他们翻腾、转体，完全一致，他们的动作看上去稳健、优美，场上一时静寂无声，所有人都被他们的动作所吸引。

　　直到他们落入水中，屏幕上打出分数，全场才爆发热烈的掌声！

　　入水的一刹那，白龙的双眼被强烈的水流冲击着，他下意识地在水中睁开眼，眼中的光亮正在逐渐消失，世界在水底之中逐渐沉入深海，而他像一个筋疲力尽的溺亡者，缓慢而不可阻挡地朝着深渊滑落。

　　眼中最后的画面，是维特在水中朝着他奋力游来，全力向他伸出手——

　　白龙什么都看不见了，黑暗侵蚀了他的双眼，习以为常的声音在水底变得模糊不清，他凭借着本能朝着最后看到的画面伸出了手。

　　他的搭档拉住了他的手，牵着他朝着水面游去。

　　"白龙，你怎么样？"浮出水面的一瞬间，维特惊恐地问道。

　　片刻之前的恐惧在这一声熟悉的呼唤中消失了，白龙"看向"声音传来的方向，竭力用平静的声音回道："我……可能看不见了。"

　　摄影师发现了异样，将镜头对准了这位站在水池中双目无神的青年，全场的欢呼声戛然而止。

鹭岛队的休息室中，米楠急得团团乱转，鹭岛队的成员们一个个面色凝重。

"最坏的情况发生了，双眼视网膜脱落，抓紧时间去医院吧，越快越好！"比赛现场的医生检查了一番之后，给出了答复。

"医生都这么说了，学长，去医院吧。"米楠的声音里带着哭腔，"刚才小姨又打电话给我了，她也是这么说的。"

维特紧紧地拉着白龙的手，刚才他就是这样牵着白龙的手，将他从水池带到了休息室，一路上都强忍着眼泪。担心和自责深深地叠加在他的心中，压得他喘不过气来。

"最后一跳了，我想跳完。"白龙说道。

"都什么时候了，你还想着比赛！"维特怒道，"你有没有想想你自己！如果你真的瞎了，以后怎么办？"

白龙抬起头，漆黑却无神的双眼浸泡在血丝之中，他笑了："不是说你养我吗？"

"现在是开玩笑的时候吗？！"维特气愤地问道。

"我没有开玩笑。这可能是我最后一场比赛了，我想和你一起走完。"白龙静静地说道，出乎意料地平静，"我不想放弃，所以也请你不要放弃，好吗？"

维特紧紧盯着白龙的双眼，双拳紧握，眼泪在眼眶中打转。

"还记得你刚进跳水队的那会儿吗？那时候咱俩老对着干，每天到跳水馆里，大家都围在教练身边训练，只有你总想着偷懒，我还要千方百计地盯住你。"白龙的脸上泛起了浅浅的笑意，"其实那时候，我就意识到，你是不一样的。"

维特不敢开口，生怕自己一开口，眼泪就要掉下来了。

"后来发生了很多事情，你帮我找回了梦想，你成为我的搭档，我们一起在赛场拼搏，最后走到了这里。"白龙缓缓说着，苍白的脸上浮现了异样的光彩，"维特，让我们去完成吧。为你，为我，我们完成这一跳！"

看着白龙被血丝浸染的双眼，维特闭上了眼，长长地出了一口气。

"自从认识你以后，我就一直很倒霉，我上辈子肯定是欠了你什么。"维特眼含热泪，半是抱怨地说道，"但我还是很庆幸，来到了中国，遇见了你。"

白龙笑了，他知道他的搭档已经做好了决定："走吧，最后这一跳，全力以赴！"

维特的眼泪无声地流了下来。

赌上一切，全力以赴！

休息室的走廊上，江湛踌躇着停下了脚步，畏葸不前。

他想冲进鹭岛队的休息室，拉住白龙带他去医院，这是一个父亲的本能。可是每当回想起白龙坚定的话语，和亡妻临走前满怀遗憾的叹息，他又犹豫不决。

休息室的门开了，江湛后退了一步，看向白龙。

他被搭档维特牵着，双眼紧闭，脸上却带着微笑。

江湛怔怔地看着，用视线描摹着儿子的面庞，他有很多年没有在白龙的脸上见到这样的笑容了，仔细回想，应该有3年了。

维特见到站在门口的白龙的父亲，愣了一下，想要唤他一声，江湛默默摇了摇头，无声地做了一个嘘声的动作。

维特迟疑了一秒，脚步一顿，白龙立刻问道："怎么了？"

"没什么，我们走吧，去赛场。"维特牵着白龙，为他指引方向。

失去视力的白龙对周围暗潮汹涌的一切一无所知，他只是微笑着点头，跟着维特大步向着赛场走去。

两人擦肩而过的一刹那，江湛隐忍在眼眶里的泪水汹涌决堤，他拼命克制住自己，不发出一点声音，目送着白龙朝着未知的舞台走去，满怀痛苦，也满怀希冀。

——加油。江湛向前追赶了两步，无声地对白龙说道。

白龙好似觉察到了什么，停下了脚步回过头："谁在那里？"

维特看向摇头的江湛，赶忙说道："没有没有，走吧，广播在催我们了。"

白龙沉默了许久，对着一片漆黑的世界，露出了一个释然的笑容。

——谢谢！他同样无声地对藏身于黑暗中的那个人说道。

选手通道的尽头，陆浩然强忍着右腿一阵接一阵的抽痛，定定地站在阴影中，眼睛一眨不眨地看着朝他走来的两人。

看着白龙紧闭的双眼，陆浩然握了握拳，将问候的话咽了下去。

"只剩最后一跳了，两队分差30多分，继续下去已经没有意义了，你们已经输了。"陆浩然冷冷地说道，"退赛吧，现在去医院还来得及。"

维特怒视着他："你来就为了说这个？"

"维特·颂恩，你作为搭档，就是这样任由他胡闹的吗？"陆浩然质问道。

"正因为是搭档，维特才会同意。"白龙上前一步，挡在了维特的身前，转头朝向陆浩然所在的方位，认真地说道，"因为，我们有着共同的梦想和目标。"

共同的梦想和目标，陆浩然愣了一下，一瞬间他的思绪飞远，却又被硬生生拉回了现实之中。

"可你们已经赢不了了。"陆浩然生硬地说道。

"跳水不仅仅为了胜利。浩然，你究竟为什么在跳水？"白龙耐心地问道。

"为了战胜你。"陆浩然一字一顿地说出了这个回答。

可是当话说出口的时候，他却突然迷茫了，如果是为了战胜江白龙，现在他距离达成目的就只有一步之遥，可为什么他的心中却丝毫没有喜悦之情？

白龙看着他的目光变得宽容而柔和："你这样是不可能战胜我们的。"

"为什么？"陆浩然当即反问，他甚至上前了一步，迫切想要得到答案。

主持人已经开始了最后一轮的催促："鹭岛队，第6跳，江白龙，维特·颂恩——"

"我们该走了。"维特小声提醒道。

"好好看我们这一跳吧，希望你能从中找到答案。"白龙语重心长地说道，大步朝着看不见的前方走去，步履坚定，一往无前。

那是属于他们的战场，他要去打一场几乎不可能胜利的战役，他甚至曾经惨痛地失败过、一蹶不振过，但是现在，当他的搭档拉着他的手带他重归战场的时候，他对胜利充满了信心与渴望。

他和他的搭档要去创造一个不可能的奇迹。

江湛回到了观众席上，心神不宁地目送着白龙和维特走向 10 米跳台。

主持人看到了出现在选手通道里的白龙，激动地说道："现在鹭岛队的江白龙和维特终于回到了赛场，不知道以江白龙的状况，还能不能在最后一轮跳出理想的成绩。"

"他们会的。"坐在江湛身边皮肤黝黑神情严肃的中年男人突然开口，带着一点异域的口音，发现江湛探寻的目光，他解释道，"我是维特的父亲，我儿子的搭档和您长得有几分相似，如果没猜错的话，您应该是江白龙的父亲吧？"

江湛愣愣地点点头。

"江白龙的情况怎么样？"亚桑问。

江湛的话哽住了，他摇了摇头，忧虑的视线再次投向了跳台。

亚桑也看向了跳台，这对默契的搭档已经并肩来到了跳台前，开始了最后的准备。

大屏幕上放出了摄像镜头下的白龙，他眼中浓重的血色让全场寂静无声，江湛更是握紧了双拳，默默地在心中祈祷着。

主持人大声说道："鹭岛队江白龙、维特·颂恩，第 6 组动作 109B，向前翻腾四周半屈体，难度系数 4.1，这是目前难度表上的最大难度！"

"紧张了吗？"站在 10 米跳台上的白龙打破了这一刻的沉默。

"当然，不过这种程度的紧张，只会让我兴奋而已。"维特故作轻松地说道。

这一切瞒不过白龙，他想了想，打开了一个话题："还记得我们在曼谷的时候吗？"

"这种事情怎么可能忘了！"维特立刻回道，"我们还发誓要一起拿冠军呢！"

"那么，现在就是时候了。"白龙在一片黑暗中朝着起跳位走去，维特赶紧跟上。

"这一跳谁来喊口令？"维特问道。

白龙微微一笑："不需要口令，跟着感觉走，我相信你，也相信自己。"

维特也笑了，他最后一次看向大屏幕——大屏幕上正播放着摄像头扫过的观众席画面，坐在江湛身边戴着鸭舌帽的男人，赫然是他的父亲亚桑！

他来看他的比赛了！

维特的眼眶一热，最后一点遗憾也在这一刻被抹平。时隔多年他重新站在了赛场上，只是这一次，他不是为了父亲和家庭跳水，而是为了他自己。

起跳的提示音响起。

跳台上的两人一同闭上了双眼。这一刻，所有的声音和光线都被屏蔽，他们同处于黑暗空间之中，唯有身边的搭档的呼吸与心跳，逐渐同步到了同一个频率里，再不分彼此。

他们动了，两个相似的身影同步起跑，每一个动作都整齐划一，举臂、起跳，两人同时从跳台一跃而起，向前翻腾四周半屈体，全程闭着双眼的两人在动作上达到了完美的同步，甚至出现了镜面效果！

一片寂静的赛场上，清晰地响起了轻微的"扑通"声，两人笔直地劈入水中，几乎没有激起水花！

下一秒，全场的欢呼声如同火山爆发一样炸开了，江湛和亚桑惊呼了一声，从座位上一跃而起，奋力鼓掌。来自观众席上的掌声狂风暴雨一般席卷了全场，经久不息。

所有人都看向了大屏幕。技术分：10/10/10/10。

同步分：10/10/10/10/10。

总分：123。

满屏的10分中，全场响起了"江白龙维特""江白龙维特"的欢呼声，既热烈又疯狂。

米楠在鹭岛队的休息区号啕大哭了起来："他们做到了，他们真的做到了……"

主持人激动到情难自禁："他们创造了历史！毫无疑问，鹭岛队创造了新的历史和纪录！这是历届全高赛唯一的一次双人满分，同时也是唯一一次以盲跳获得的满分！真的太不可思议了！"

维特在水中激动地扑向白龙，紧紧地将他抱住："我们做到了！"

白龙一只手捂着眼睛，疼痛也不能阻止他脸上的笑容："嗯，我们做到了！"

无论胜利还是失败，这一刻都不再重要，因为他已经得到了想要的一切，跳出了他人生中最完美的一跳。

"白龙，维特，赶紧上来，该去医院了！"米楠在水池边大声喊道。

维特这才扶着白龙上岸："米楠说得对，我们赶紧去医院吧！"

"再等等，让我看完最后一跳。"白龙挥了挥手，坚定地站在水池边等待港城队的最后一跳，他要用耳朵听完这场比赛。

"为什么？"陆浩然喃喃地问道，"这种极限难度下的同步，到底是怎么做到的？"

"现在？这里？你确定还要思考下去吗？"顾云飞抱着手臂站在10米跳台上，目不斜视地正视着前方模糊的世界。

陆浩然的右腿再一次抽痛了一下。

"109B是你最擅长的动作，看到刚才那一跳，你都不震惊吗？"陆浩然难以置信地问道。

"我震惊的是我的搭档竟然在跳台上未战先怯。"顾云飞轻松的语气里带着一丝冷意，"如果你不想跳完这场比赛，现在就下去。"

主持人颇有些惊讶地说道："现在上场的是港城队的顾云飞和陆浩然。巧合的是，他们的第6跳动作也是109B，这也是顾云飞选手最擅长的动作，前两届全高赛上，他凭借这个动作为港城队的两连冠立下汗马功劳。港城队是否能在今年卫冕成功呢？让我们期待这对搭档的精彩表现。"

"我要赢。"陆浩然握紧了拳头，神情肃杀，"这最后一跳，我绝不认输！"

顾云飞深深地看了他一眼："期待你的表现。"

起跳的提示音响起。

顾云飞和陆浩然站在起跳点上，全神贯注地调整呼吸。

起跳！两人不约而同地迈开了脚步，整齐划一地伸出手臂，最后纵身一跃——然后就在跃起的一瞬间，陆浩然的右腿猛烈地抽搐了一下，一瞬间的恍惚之中，他不受控制地朝着3米板的方向栽了下去！

盲跳的顾云飞在半空中猛地睁开了双眼，本能地朝着陆浩然倒下的方向调整身体，用手臂捞住了他，用力一带，在现场的一片惊呼声中，两人险险地擦过了3米板，一起坠入了水池之中，在水面上溅起了巨大的水花。

失败了。

落入水中的陆浩然的脑中闪过这句话，他挣扎着在水中调整姿势，身体却被人轻轻托出水面。直到这一刻，他才意识到刚才是顾云飞救了他。

"顾云飞，你……"陆浩然心慌意乱地开了口，却看见顾云飞捂住了自己的眼睛，"你的眼睛没事吧？！"

顾云飞松开了手，一言不发地朝着岸边游去，似乎对刚才的一切失望透顶。陆浩然既愧疚又害怕，赶紧追了过去，却不敢开口。

"港城队的最后一跳出现了重大失误，两位选手没能完成这一跳……"主持人惊讶地播报着赛场的惊天变化。

陆浩然如坠冰窖。决赛现场惊天疏漏，彻底断送了港城队的三连冠，他根本不敢看教练的脸色。

顾云飞上了岸，突然回过头，居高临下地看着他："现在你该回答我的问题了。"

陆浩然仰视着他，颤抖着嘴唇，视线的余光已经看见了站在不远处的白龙，他被队友拉着走向了退场通道。

"对不起。"强烈的痛苦和自责击溃了他，陆浩然崩溃了，"真的，真的对不起……"

"我要的不是道歉。"顾云飞冷冷地说道，"陆浩然，你不该追逐江白龙的背影，因为你永远的对手，是你自己。"

陆浩然呆呆地看着眼前的顾云飞，一个字也说不出来了。

"胜利固然是比赛的一部分，但跳水从来不是这么简单的事情。我从来不把任何人当作我必须打败的对手，因为我要战胜的人，是我自己。"

顾云飞平静地说着。

陆浩然浑身战栗，这就是他输了的缘由，就这么简单，也就这么愚蠢，拼命想要证明自己，拼命想要赢下白龙，疯狂的偏执让他不惜透支自己，最后功败垂成。

他到底为什么跳水？只是因为白龙吗？不，不是的，他从游泳转向跳水，是因为他想超越自己！

陆浩然明白过来，这就是顾云飞一直想让他明白的道理，但他好像明白得太晚。

主持人大声说道："男双 10 米跳台的比赛已经全部结束，激动人心的时刻来临了。今年的全国高校跳水系列赛总决赛的冠军诞生了，让我们恭喜奇迹鹭岛队！"

全场震耳欲聋的欢呼声中，顾云飞的声音依旧是那么清晰可闻："一场比赛的输赢我还不放在眼里，不过是明年再来。"

说着，他朝陆浩然伸出了手。

这一刻，陆浩然的视线模糊了。

维特、米楠和田林以最快的速度带着白龙前往医院，手术本就安排在比赛结束后不久，4 人一赶到现场，医生立刻将白龙送进了手术室。江湛很快也来到了医院，几人一起在手术室外静静等候。

手术室的指示灯由红色变为绿色，医生大步走了出来："谁是江白龙的家属？"

维特立刻站了起来，江湛大声说道："我是，我是江白龙的爸爸。"

医生点了点头："手术很顺利，不过恢复情况要等拆了纱布才能判断。"

几人不约而同地松了一口气。

太好了，闯过了一关，接下来就看术后恢复了。

等待拆纱布的日子并不好熬，但是有鹭岛队的众人轮流来照看白龙，特别是维特，每天都来病房报到，白龙倒是度过了人生中难得的平静时光。

这天，病房的门被敲响了，白龙摘下耳机："维特，帮我倒杯水。"

来人靠近了他，倒了一杯水放在了他的床头，发出了清脆的声音。

水没有递到他手里，白龙愣了一下："你是谁？"

"是我。"陆浩然神情复杂地看着白龙，轻声说道。

"浩然？谢谢！请坐吧。"白龙摸索着拿起水杯，抿了一口。

病房里，安静了下来，过了一会儿，两人同时开口："你——"

"还是我先说吧，恭喜你们获得冠军。"陆浩然压低了声音，"田林说你的手术很顺利，现在感觉怎么样？"

"还不错，具体恢复情况要等拆线了才知道。你呢，听说你比赛的时候拉伤了韧带，现在好了吗？"白龙问道。

"没事，已经好了。"陆浩然静静地看着白龙的面容，顿了顿，终于说出了那句话，"学长，对不起。"

"你没有必要向我道歉。"白龙温和地说道。

陆浩然惭愧地低下了头："我应该道歉的，离开鹭岛的事情也好，任性地把你视为我的目标也好……有太多事情，我都做错了。"

"现在醒悟也不算太晚。你找到新的目标了吗？"白龙问道。

"是的，现在我找到了我要走的路，找到了更适合我的搭档……虽然现在我拼尽全力还是无法跟上他的脚步，但是总有一天我能成为他最好的搭档。"陆浩然回头看了一眼，坚定地说道。

白龙略带疑惑地问道："顾云飞和我同届，明年应该毕业了，还能参赛吗？"

门口传来顾云飞的声音："本校保研了，明年继续参赛。既然鹭岛队今年拿了冠军，肯定会来找你留校继续深造，顺便参加全高赛。你可以考虑一下，要是明年赛场上见不到你，那可少了很多乐趣。"

"没想到你会来看我。"白龙微微讶异。

"不管怎么说，你也是从我们港城主场拿走冠军的人，来看你一眼不过分吧？"顾云飞轻笑了一声，语气里丝毫听不出对失去唾手可得的冠军的失落。

"谢谢……你的提议，我会考虑的。"白龙说道。

陆浩然激动地说道："请务必继续参赛，我希望明年还能和你在跳台上相遇。"

"我很期待那一天的到来。"白龙的声音里满是轻松和释然。

门外传来熟悉的脚步声，戴着耳机哼着小曲的维特熟门熟路地来到白龙的病房，冷不防地看到门边杵了个熟悉的对手，大惊："顾云飞，你怎么在这里？"

顾云飞漫不经心地扫了他一眼，随手指了指床边。

陆浩然起身："那我们先走了，下次再来看你。"

维特探头进来："哟，你也在啊！"

陆浩然跟他打了个招呼，将带来的水果放在了床尾的柜子上，离开了病房。

维特一屁股坐在白龙的床边，塞了个耳机给他："这首歌不错，给你听听。"

两人戴着同一副耳机听起了歌，维特问道："明天就要拆纱布了，紧张吗？"

白龙从容道："最可怕的时候我们在赛场上都经历过了，不管结果如何，我都有心理准备。"

"你这个人，有时候真是心大。"维特抱怨了一句，"这要是真的全好了，你是不是又要去跳水了？"

白龙但笑不语。

到了拆线的那天，鹭岛队的所有人包括于枫教练都来了，江湛也来了，一群人团团围着病床，看医生为白龙拆纱布。

维特紧张得不行，等到纱布只剩下最后一层的时候，他不自觉地捏紧了床头的铁栏杆，手心都冒出了汗。所有人都屏气凝神，等待最后的答案。

"别担心，白龙，没事的。"维特突然打破安静，"你先闭上眼睛，慢慢睁开，我问过医生，一开始看不到很正常，需要时间适应。"

他絮絮叨叨的，比医生的话还要多，紧张的气氛一下子被冲淡，白龙凝重的神情也变得轻松起来。

等到纱布完全解开，白龙缓缓地睁开眼，目光茫然。

"怎么样？看得到吗？"维特急切地问，白龙没有马上回答，他又说，

"没事，看不到很正常，因为我们没开灯，你再等等，我们马上开灯……"

"维特。"白龙打断他。

因为是白天，根本不用开灯。

白龙在适应光线后，看得清清楚楚，维特脸上的不安和焦虑是那样明显。

"我看见你了。"

"看不见不要——"维特还在安慰，过了一会儿才反应过来，"你说什么？"

"我看见你了。"白龙的眼眶微微发红，声音也有些颤抖。

"太好了！"维特猛地往白龙身上一扑，欣喜若狂地将他紧紧抱住，"太好了！你没事，真是太好了！"

白龙的视线一一扫过人群中熟悉的面容，于枫教练、米楠、鹭岛七侠……还有他的父亲，他的眼眶早已湿润了，却还是勉力摆出严肃的架势，对他轻轻点头：

"欢迎回来！"

白龙先是一愣，随即眼泪不自觉地落下，吓得维特赶紧找纸巾帮他擦："你别哭啊，医生说了你最近要注意用眼！"

"我只是太高兴了。"白龙情不自禁地说道。

于枫拍了拍手："来啊，把东西拿进来！"

鹭岛七侠们吆喝了一声，争先恐后地冲到门外，最后还是胖哥抢到了先手，将冠军奖杯郑重地交到了白龙的手上。

"学长你稳住，我给你拍个照。"米楠掏出手机说道。

"要拍一起拍，这个照片可是要挂到我们鹭岛跳水馆里的！"于枫说道。

"我帮你们拍。"江湛主动接过手机，示意米楠也过去拍照。

一群人热热闹闹地挤到了白龙的病床边，嘻嘻哈哈地摆出了各种姿势。白龙和维特被围在了中央，并肩而坐。

"你也拿一半。"白龙把奖杯递了过去。

维特毫不客气地捧了一半，又用胳膊勾住了白龙的脖子，对着镜头大声道："准备，三、二、一……茄子！"

"咔嚓"一声轻响，这一幕被定格在了手机里，米楠拿回了自己的手机，用这张照片编辑了一条朋友圈，认真斟酌起了配词，直到大家帮白龙收拾好了住院的随身物品，办理完出院手续，她还在苦思冥想，亦步亦趋地跟在大家身后。

一抬头，她看见前方白龙和维特肩并肩朝前走的背影，突然间灵光一现，手指飞快地在手机键盘上跳动，组成了一行字符。

"扑通扑通的青春。"

米楠满意地笑了起来，按下了发送键。

青春，就该是这个样子，米楠抬头看向头顶碧蓝的天空，露出了一个幸福的笑容。